송파 문집

20세기 초 영남 남인의 기록

송파 남성도 저

윤지산 옮김

松坡文集

펴사리
Common Life Books

송파 문집
20세기 초 영남 남인의 기록

펴낸날 | 2023년 9월 1일

지은이 | 송파 남성도
옮긴이 | 윤지산
편집 | 김동관
디자인 | 박현정
마케팅 | 홍석근
펴낸곳 | 도서출판 평사리 Common Life Books
출판신고 | 제313-2004-172 (2004년 7월 1일)
주소 | 경기도 고양시 덕양구 중앙로558번길 16-16. 7층
전화 | 02-706-1970   팩 스 | 02-706-1971
전자우편 | commonlifebooks@gmail.com

ISBN 979-11-6023-327-8 (03810)

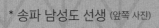

* 송파 남성도 선생 (앞쪽 사진)

차례

서문

부모에게 효도하고자 하는 것은 천리天理요, 인정人情의 참되고 진실함의 극치일 것인즉 부모가 기다려 주지 않으니, 부모를 여읜 외롭고 슬픈 회감을 안은 채 칠십여 년이 흘러 어버이 전형典型을 사모할 때 한시라도 잊을 수 있으랴!

선고先考는 휘諱 성철性喆이며, 자字는 성도聖道이시고, 관명官名 역시 성도聖道이시고 호號는 송파松坡이시다. 성姓은 영양남씨英陽南氏이다. 청송靑松에 처음 들어오셔서 자리 잡으신 운강공雲岡公의 10세손으로, 현동면縣東面 거성리巨城里 부흥마을에서 태어나셨다. 천비래(천변리) 자음정사紫陰精舍에서 글을 배우고 익히셨다. 유가儒家의 전통을 잇고, 주자朱子의 가례家禮와 사의四儀의 예절 중 효를 으뜸으로 여기면서 경서 공부에 임하셨다. 마을의 현로賢老이신 자정紫正, 벽와碧窩 양 선생의 가르침을 받으셨다. 시제詩題를 번갈아 내고 시를 짓고 즐기면서 항상 붓을 놓지 않으셨다.

성장하시면서 일제 강점기를 거치셨고, 6·25 동란 때는 가옥이 폭격을 받아 완전히 전소되어 마을 주변 장수나무 밑에 움막을 짓고 사시다가, 친척의 도움으로 오체정(만수정)에 사시면서 네 칸 초가집을 마련하고 거처를 옮겼다고 한다. 이후 선고께서는 우연히 병을 얻어 고생하시다 세상과 이별하셨다.

선고께서는 시대 탓에 큰 업적을 세우지 못하셨지만, 유유자적하시면서 남기신 글이 적지 않다. 시詩, 제문祭文, 간찰簡札 등 여러 방면으로 다양한 글을 쓰셨다. 하지만 세월의 풍파를 겪으면서 온전하게 보존할 수 없었는데, 이는 후손의 잘못이며 자식의 도리가 아닐 것이다. 이를 불효라고 생각하고 아들 삼형제 경범炅汎, 대락大洛, 효충孝忠과 상의하여 출판하기로 결정하였다. 유고遺稿를 정리하고 초고草稿를 편집하면서, 글이 고문이라 후손이 읽고 이해하지 못할까 염려되어 번역해서 책을 만들기로 했다. 마침 셋째 아들 효충의 친구가 이 분야에 전문가라는 소식을 듣고 그에게 맡기기로 했다. 원의를 손상하지 않는 범위에서 현대인이 쉽게 이해할 수 있도록 번역해 달라고 신신당부했다. 나와 아들이 성

의를 다하고, 역자가 혼신의 힘을 다하더라도 미흡한 점이 있을 것이다. 친지와 이웃, 또 이 책을 읽는 분들께서 널리 양해해 주시길 부탁드리며, 강호 제현諸賢의 가없는 질정을 부탁드린다.

계묘년癸卯年 맹춘孟春 오체정五棣亭 아래에서

불초자不肖子 석걸錫杰 관수경지盥手敬識

송파문집을 펴내며

수년 전 아버님께서 마지막 과업이라고 하시며 할아버지 문집 발간에 대한 의지를 보이셨고, 저는 자식 된 도리로 조금이나마 도움을 드리기 위해 문집 발간에 참여하게 되었습니다.

우선 아버님께서 소장 원본을 정리하여 시, 제문 등으로 목록을 분류하셨습니다. 1차로 정리된 원본을 한 장 한 장 사진으로 기록하여 문서 형식의 파일로 만들면서, 번역을 위한 제반 준비를 마쳤습니다. 하지만 옛 문장을 번역할 분을 찾는 것이 쉽지 않았습니다. 여러분을 만났지만 모두 어렵다고 난색을 표했고, 간혹 자신 있다고 하신 학자도 고개를 절레절레 흔들면서 손을 들고 말았습니다. 조부님이 세상과 이별하실 때 친구 분은 한문으로 제문을 지어 슬픔을 달랬습니다. 그게 불과 60년 전 일입니다. 시대가 그만큼 빨리 많이 변한 것 같습니다. 상심한 끝에 오랜 벗인 지산芝山에게 부탁하였더니 흔쾌히 수락하여 출간을 하게 되었습니다. 지기知己인 지산은 이미 20여 종에 달하는 책을 출판한 사계에 명성이 자자한 중진 학자입니다. 바쁜 와중에 번역을 맡아 준 것에 심심한 사의를 전합니다.

아버님이 20대 초반 무렵 할아버님이 돌아가셨으니 저희 형제자매는 할아버지의 모습을 기억하지 못합니다. 할머니가 간혹 하시는 말씀을 듣고 할아버님이 늘 그리웠습니다. 간혹 아버님에게서 할아버님의 그림자를 봅니다. 저도 자식을 보고 할아버님이 돌아가실 때 연세보다 더 살다 보니 아버님의 할아버님에 대한 심정을 조금 이해할 것 같습니다. 효는 '백행의 근본百行之本'이라고 하지만 여전히 실천하기는 어려운 것 같습니다. 저는 불민하여 할아버님의 가업을 잇지 못했으나, 후손 중에 누군가 곧 학문의 길을 이어 효를 다했으면 하는 마음 간절합니다.

조부의 유묵을 제대로 보존하지 못한 안타까움은 이루 말할 수 없으나, 그나마 일부라도 문집으로 발간하니 저희 후손들에게는 더없는 기쁨입니다. 시문을 읽으면 할아버님의 기상과 기개, 풍류가 눈앞에 선합니다. 할아버님의 후손이

라는 것이 자랑스럽고 뿌듯합니다. 그래서 할아버님에 대한 존경심도 더 깊어
지고, 그만큼 그리움도 더 짙어집니다.

  아버님이 문집으로 후손에 남겨 주신 연유를 깊이 헤아리고 실천하도록 노력
하겠습니다. 할아버님이 못 다한 수를 아버님이 더 누리시길 저희 자식들은 진
심으로 기도하고 있습니다.

2023년 봄

조손祖孫 효충孝忠 돈수재배頓首再拜

옮긴이의 글

이 망망대해 같은 삶에서 혈육 못지않게 중요한 존재가 친구가 아닐까? 그 벗이 점잖은 인품과 성실한 자세를 두루 갖추었다면 더 말할 나위가 있겠는가! 하물며 그 친구가 나를 알아주는 벗이라면! 우리에게 관포지교管鮑之交로 잘 알려진 관중은 친구 포숙아를 두고 이렇게 평가한 적이 있다.

"나를 낳아 준 사람은 부모이지만[生我者父母], 나를 알아준 사람은 포숙아다[知我者鮑叔]." (『사기史記』, 「관안열전管晏列傳」)

하늘에 가없는 복을 주셨는지, 필자에게 이런 훌륭한 벗이 있다. 영양남씨英陽南氏 후손인 효충孝忠이 바로 그이다. 필자는 늘 그의 고매한 덕성이 어디서 연원했는지 궁금했다. 30년 넘는 세월을 함께했지만, 가문 같은 것을 배경으로 벗을 삼지 않으므로 한 번도 집안 내력을 묻지 않았다. 무상한 시간만 흐르는데 서로 생업이 바빠 가까운 거리에도 만나기 쉽지 않았으니 가학家學을 알 길이 없었다. 필자가 중국에서 유학하는 탓에 지난여름 모처럼 연락이 닿았는데 조부 송파松坡공의 문집을 보내오면서 번역을 부탁했다. 몇 줄 읽고 바로 효충의 인품이 어디서 비롯되었는지 단박에 알 수 있었다. 그의 뿌리에는 송파 선생이 계셨던 것이다.

퇴계退溪의 학풍이 고스란히 남아 있는 선생의 글에서 영남 남인의 비애나 슬픔이 묵향과 더불어 묻어나왔다. 인조반정 이후 영남 남인의 출사 길이 막혀 학문을 해도 뜻을 펼칠 길이 없었다. 그런 와중에 나라마저 왜놈들이 강탈해 갔고, 또 사서삼경四書三經을 필두로 하는 학문은 근본도 없는 신학문에 밀려 자리를 잡지 못하고 있었다. 해방의 기쁨도 잠시, 곧 민족 동란이 기다리고 있었으니 송파 선생이 보낸 신산辛酸한 삶을 어찌 필설로 다 형용할 수 있겠는가!

설상가상, '정신보다 물질을 더 중시하는' 정책이 아름다운 산하를 헤집었으니, 옛 유묵遺墨이 어찌 제대로 보존될 수 있었겠는가! 가장 아쉬운 점이 이 부분이다. '과거를 훼절하고 신문명 그것도 잘못된 문명'을 건설하려는 어리석은 정치 탓에 선생 글의 대부분이 소실되었다는 점이다. 불쏘시개로 창호지로 명문明文이 사라진 것이다. 그나마 다행인 것은 춘부장春府丈이신 석걸錫杰 님의 노력이 있어 일부가 보존되어 있었다는 점이다.

남은 글로 추정하자면, 송파 선생은 자음정사紫陰精舍에서 한학漢學의 기본을 닦았던 것 같다. 시문을 보면 기본 교양서인 사서삼경, 역사서 『사기』와 『한서』, 당시唐詩에 막힘이 없다. 이는 조선의 지식인이라면 반드시 거쳐야 할 필수 과정 덕분일 것이다. 또한 영남 특유의 학풍이 곳곳에 배어 있다.

한편, 시의 형식적 측면에서 '운韻과 평측平仄'이라는 한시漢詩만의 고유한 법칙을 충실히 따르고 있으니, 조선조 지식인의 정도正道를 걸으신 것이다. 내용을 보자면 출사의 길이 막히고 나라마저 잃은 슬픔을 노래한 것이 많다. 자연과 벗하며 울분을 삭혔던 것이다. 왜놈의 앞잡이 짓을 하지 않으려는 당시 지식인의 선택은 그것밖에 없지 않았을까! 따라서 도가道家가 지향하는 은자隱者의 풍모가 짙게 묻어나온다. 후손들은 선생의 기상과 풍모를 반드시 배우기를 부탁드린다.

이렇게 삼대三代가 덕을 쌓았으니, 영양남문英陽南門이 번영하고 번창하는 것은 당연한 일이리라! 그렇지 않았다면 '적선지가필유여경積善之家必有餘慶'이라는 『주역』의 말씀이 그른 것이 되리라.

번역은 원문에 충실하면서 현대인이 쉽게 접근할 수 있도록 했다. 지나치게 사적인 부분은 필자의 능력을 넘어선 것으로, 오류가 있을 수 있다. 탈초脫草와 번역은 최진욱(시립대, 역사학), 정태윤(단국대, 중문학), 서정화(고려대, 한국문학), 김새미오(성균관대, 한국문학)가 귀한 시간을 내서 도와주었다. 오류는 모두 역자의 몫이다. 잘못을 질정해 주시길 고개 숙여 부탁드린다.

2023년 베이징에서
윤지산이 삼가 쓰다.

松坡文集

1부
/
시
詩

칠언율시
七 言 律 詩

無題
무 제

疏人今上讚慶樓　　遙望鄉山即水流
소 인 금 상 찬 경 루　　요 망 향 산 즉 수 류

俄如楚虎方貪視　　日似秦蟲滿地遊
아 여 초 호 방 탐 시　　일 사 진 충 만 지 유

從俗難行君子道　　當時誰識丈夫愁
종 속 난 행 군 자 도　　당 시 수 식 장 부 수

百世宗廟今寂寞　　英雄何處一擧頭
백 세 종 묘 금 적 막　　영 웅 하 처 일 거 두

나그네 오늘 찬경루[1]에 올랐네.
저 멀리 고향의 산, 강이 휘감아 흐르네.
러시아는 초나라 호랑이처럼 우리나라를 노렸고,
왜놈은 진나라 독사처럼 온 국토를 휘젓네.
세속을 따르자면 군자의 도를 행하기 어려우니,
당시 장부의 근심을 알아주는 이 있었겠는가!
길게 이어 온 종묘사직도 이제 저물려 하니
영웅은 어디에서 고개를 들겠는가!

1.　현재 경상북도 청송군 청송읍 소재. 청송심씨 시조 심홍부沈洪孚의 재각齋閣으로 1428년(세종 10년)에 창건하였고, 화재로 소실하자 1792년(정조 16년)에 재건하였다. 그 이후 수차례 중수重修가 있었다.

無題
무 제

水不流窮岩不轉
수 불 유 궁 암 부 전

爲邦死節碧千秋
위 방 사 절 벽 천 추

忠鬼遠借西洋力
충 귀 원 차 서 양 력

快雪東方庚戌讐
쾌 설 동 방 경 술 수

흐르는 강물은 마르지 않고 큰 바위는 구르지 않는다네.
나라를 위해 목숨을 바쳤다면 청사에 길이 남으리라.
저승 가셔 서양의 힘을 빌려서라도,
경술국치의 우리 원수에게 복수하소서.

無題
무 제

人如明月月如人 인 여 명 월 월 여 인	月到窓前忽憶人 월 도 창 전 홀 억 인
月有去年今庭月 월 유 거 년 금 정 월	人無今庭去年人 인 무 금 정 거 년 인
月在那邊常在月 월 재 나 변 상 재 월	人歸何處未歸人 인 귀 하 처 미 귀 인
昔日與君同苦樂 석 일 여 군 동 고 락	痛庭明月痛家人 통 정 명 월 통 가 인

사람은 달 같고, 달은 사람 같네.
창밖으로 달이 떠오르니 문득 친구가 생각나네.
작년의 그 달 올해도 뜰을 밝히는데
지금 뜰에 작년 그 사람은 없구나.
저 멀리서도 달은 늘 그대로겠지만,
떠나간 사람 돌아올 줄 모르네.
옛날에 그대와 동고동락을 하였으니,
달이 휘영청하니 그대가 애달프게 그립네.

無題
무제

搔首噓唏欲問天　六方文物惚何邊
소 수 허 희 욕 문 천　육 방 문 물 총 하 변

迎賓館外通新道　列廡祠前鎖暮煙
영 빈 관 외 통 신 도　열 무 사 전 쇄 모 연

百事終成愁結果　一樽□有笑因緣
백 사 종 성 수 결 과　일 준 □ 유 소 인 연

東山抵摩無增減　草樹斜暉萬億年
동 산 지 마 무 증 감　초 수 사 휘 만 억 년

머리를 풀고 흐느끼며 하늘에 묻고 싶구나!
세상[六方]² 문물은 모두 어디에서 오는가?
영빈관은 밖으로 새로운 도와 통하는데
늘어선 문묘 앞에 저녁밥 짓는 연기가 피어오르지 않네!
온갖 사업이 서글프게 끝났으니
술동이 앞에 두고 시절 인연을 웃을 수밖에 없네.
동쪽 산을 문지르고 갈아도 변하지 않으며,
석양 아래 초목은 억만년을 사는구나!

2.　동서남북, 상하를 말함. 곧 온 세상을 뜻함.

無題
무제

忽聞青狵吠巷深　門前白髮古人尋
홀 문 청 방 폐 항 심　문 전 백 발 고 인 심

春殘野圃花飛魄　日落山家樹倒陰
춘 잔 야 포 화 비 백　일 락 산 가 수 도 음

老戾如無陽界面　忻然更話少年心
노 려 여 무 양 계 면　흔 연 경 화 소 년 심

今行亦偶誠難再　爲子傾囊送酒金
금 행 역 우 성 난 재　위 자 경 양 송 주 금

깊은 골목에서 어린 개가 갑자기 짖네.[3]

문 앞에서 백발노인이 찾아왔네.

늦봄 들판에 꽃잎이 혼비백산하듯 휘날리고

해가 떨어져 시골집 나무는 그늘을 드리우네.

늙어서 마치 이 세상 사람이 아닌 듯

소년 같은 마음으로 즐겁게 이야기를 나누네.

이런 행차는 정말 우연이니 다시 만나기 어려우리.

그대를 위해 주머니 털어 좋은 술 사러 가리다.

3.　이 시는 도연명陶淵明의 「귀원전거歸園田居」를 연상시킨다. 다음이 첫 수이다.
　　少無適俗韻, 性本愛丘山. 誤落塵網中, 一去三十年. 羈鳥戀舊林, 池魚思故淵. 開荒南野際, 守拙歸園田. //
　　方宅十餘畝, 草屋八九間. 榆柳蔭後簷, 桃李羅堂前. 曖曖遠人村, 依依墟裏煙. 狗吠深巷中, 雞鳴桑樹顚. //
　　戶庭無塵雜, 虛室有餘閑. 久在樊籠裏, 複得返自然.

冬日偶吟 (東同, 童, 鴻通)[4]
동 일 우 음

幸寓地東又縣東　　風流每與晝宵同
행 우 지 동 우 현 동　　풍 류 매 여 주 소 동

耐寒甘苦猶閑士　　逐懶取勤詎限童
내 한 감 고 유 한 사　　축 해 취 근 거 한 동

暇得復經先躍雀　　年荒生路恃恩鴻
가 득 부 경 선 약 작　　연 황 생 로 시 은 홍

莫恨當時虛學識　　三餘磨琢乃精通
막 한 당 시 허 학 식　　삼 여 마 탁 내 정 통

어느 겨울의 노래

운 좋게 동쪽 더군다나 현동에 자리를 잡았네.

풍류가 밤낮이 달라지지 않고 같네.

어려운 시기를 견디는 것은 오히려 벼슬하지 않는 선비라네.

게으름을 쫓고 부지런한 것이 어찌 아이만의 일이겠는가!

틈이 나면 경전을 읽고 먼저 도약하고,

흉년에 성은을 크게 입었네!

당시 공부를 헛했다고 한탄하지 말게나.

3년을 갈고 닦으면 곧 정통해지리라!

4.　동東, 동同, 동童, 홍鴻, 통通은 모두 같은 계열의 발음으로 운자韻字를 표시한 것임. 이하도 같음.

不盡悲歌欲嘯東　　良朋華筆幸相同
부 진 비 가 욕 소 동　　양 붕 화 필 행 상 동

石緣溪畔無塵老　　山向雲間有意童
석 연 계 반 무 진 로　　산 향 운 간 유 의 동

被病于時橫且虎　　順風何日遇如鴻
피 병 우 시 횡 차 호　　순 풍 하 일 우 여 홍

精神更勵徘徊立　　雪月淸光入戶通
정 신 경 려 배 회 립　　설 월 청 광 입 호 통

슬픈 노래가 끝나지 않아 휘파람 불며 동쪽으로 왔네,
좋은 벗과 서책은 다르지 않네!
개울가 바위가 늙지 않는 것처럼
산과 구름 속에서 아이처럼 살고 싶네!
당시 횡액에다 호환까지 겹쳤고
어느 날에 순풍처럼 크게 풀릴지 걱정했네!
정신을 더욱 가다듬고 배회를 멈추니
눈 내리는 달밤 맑은 빛이 창으로 드네!

掬雪 (空中, 桐, 豊功)
국 설

經營行事日無空	掃掬亦然在此中
경 영 행 사 일 무 공	소 국 역 연 재 차 중
指跡節浮還畫竹	掌痕葉似返疑桐
지 적 절 부 환 화 죽	장 흔 엽 사 반 의 동
工心造運圓球積	課意資收照燭豊
공 심 조 운 원 구 적	과 의 자 수 조 촉 풍
寒威崇朝勤動畢	若如凡物必成功
한 위 숭 조 근 동 필	약 여 범 물 필 성 공

한 움큼 눈을 쥐고

세상을 경영하고 일 처리하면서 하루도 헛되이 보내지 않았네!
이런 와중에 눈 쓸면서 한 움큼 움켜쥐었네!
손마디가 눈 속에 찍혀 마치 대나무를 그린 듯하고
손바닥 흔적이 남아 마치 오동나무 잎 같네.
공들여 공 모양을 만들었네!
생각대로 성과를 얻어 촛불에 비춰 보네!
매서운 추위에 새벽부터 아침까지 부지런히 일을 마쳤네!
만약 세상사 이와 같이 한다면 반드시 성공할 것이라네.

氣不尋常自半空　　手中淡白穩心中
기 불 심 상 자 반 공　　수 중 담 백 온 심 중
時揚月夜增輝桂　　或任風便自脫桐
시 양 월 야 증 휘 계　　혹 임 풍 편 자 탈 동
灑異寒江難更釣　　淸同瑞色告餘豊
쇄 이 한 강 난 경 조　　청 동 서 색 고 여 풍
聊知爽快緣何得　　總是天公造化功
요 지 상 쾌 연 하 득　　총 시 천 공 조 화 공

기는 일정하지 않아 저절로 반이 비고
손 안이 담백하니 마음이 편안해지네!
때마침 달이 떠올라 계수나무가 더욱 흔들리고
바람 따라 오동나무는 잎을 떨구네.
눈이 강을 더 차갑게 만들어 낚시하기 힘들고
푸른 강물에서 상서로운 기색이 있으니 풍년을 예고하네!
이런 상쾌함을 어디서 얻으리오.
모두 하늘의 조화라네!

冬至 (逢容, 葑, 重封)
동 지

閑暇仲冬又節逢　　風流騷客展和容
한 가 중 동 우 절 봉　　풍 류 소 객 전 화 용

寒威精神增積雪　　陽生消息採餘葑
한 위 정 신 증 적 설　　양 생 소 식 채 여 봉

北留長夜時將短　　南至一輪日復重
북 류 장 야 시 장 단　　남 지 일 륜 일 부 중

豆粥傳來向古俗　　詩囊無故敢焉封
두 죽 전 래 향 고 속　　시 낭 무 고 감 언 봉

한가한 겨울 한가운데, 또 절기가 다가왔네.
풍류를 즐기는 손님, 떠들썩해도 웃음꽃이 피네!
맹렬한 겨울 정신을 가다듬는데 눈이 더 내리고,
양기가 자라므로 남은 무를 캐네!
북쪽의 긴 밤은 점점 짧아지기 시작하고
남쪽 태양은 일주 시간이 다시 길어지네!
팥죽을 나누는 것 옛 풍속을 따르는 것이고,
시 주머니를 까닭 없이 어찌 감히 봉하겠는가!

到老愈知佳節逢　樂招朋酒自從容
도 로 유 지 가 절 봉　악 초 붕 주 자 종 용

兵間舊感娄亭豆　宇內寒情下體封
병 간 구 감 루 정 두　우 내 한 정 하 체 봉

天南推此陽生一　幕北緣何雪更重
천 남 추 차 양 생 일　막 북 연 하 설 경 중

休說風威今日始　計深經過戶曾封
휴 설 풍 위 금 일 시　계 심 경 과 호 증 봉

나이가 들수록 절기가 더욱 좋아지네!
즐겁게 벗을 부르고 술을 내놓으니 마음이 편안하네!
다툼에 쌓인 옛 감정 팥죽 앞에 잠시 사라지고
집안에 찬 기운 스며드니 몸소 내려가 무를 캐네!
남쪽 하늘에서 양기가 하나씩 살아나고
장막 북쪽에는 어인 일로 눈이 더 깊게 쌓이네!
오늘부터 바람이 더 거세진다 말하지 말게나.
창호지로 더 발라야 하나 살펴보아야 한다네!

通商 (農恭, 松, 峯春)
통 상

元來是業不如農	相對群人對則恭
원래시업불여농	상대군인대즉공
實而不信疑桐竹	悅返欺親愧栢松
실이불신의동죽	열반기친괴백송
非賣失時廉下壑	難求得勢價騰峯
비매실시렴하학	난구득세가등봉
歲暮斜陽繁雜地	忽忙度布尺頭舂
세모사양번잡지	홀망도포척두용

원래 이 상업은 농업보다 못한 것,

뭇 사람을 상대하면서 공손한 척.

열매가 있어도 믿을 수 없으니 오동나무, 대나무도 의심스럽고,

얼굴빛을 꾸미면서 부모마저 속이니 소나무, 잣나무 보기에 부끄럽다!

제때에 못 팔면 가격이 바닥을 치고

구하기 힘든 물건은 가격이 하늘을 친다네!

연말 해질 무렵 번잡한 곳에서

도량형도 잊어버리고 머리로 그저 셈을 하네!

交易生涯亦一農　物爭高下語還恭
　　교역 생애 역 일 농　　　　물 쟁 고 하 어 환 공

賂求功織桑麻葛　買盡良材杞柳松
　　뇌 구 공 직 상 마 갈　　　　매 진 량 재 기 류 송

所願恒行譏有市　厥功欲積廩如峯
　　소 원 항 행 기 유 시　　　　궐 공 욕 적 름 여 봉

新機多出繁華地　慷慨人間太古春
　　신 기 다 출 번 화 지　　　　강 개 인 간 태 고 용

교역하는 생활 역시 농사와 다를 바 없네.

물건 값을 다투다 말씨가 공손해졌네!

힘들여 구해 뽕, 마, 칡을 공들여 짜고,

버드나무, 소나무 같은 좋은 목재 다 사들이네.

일정한 직업을 원하는 것, 어찌 장사한다고 나무라리오!

재물을 모은 창고가 산봉우리처럼 높아지기를.

새로운 물건 번화가에서 많이 나오니,

이를 슬퍼하는 사람 예부터 늘 있었네.

冬雨 (枝時, 眉, 垂思)
동 우

雨來消息最先枝
우 래 소 식 최 선 지

時則窮陰似夏時
시 즉 궁 음 사 하 시

氷雪自然涓地面
빙 설 자 연 연 지 면

霧雲無故被山眉
무 운 무 고 피 산 미

寒流川上群泡泛
한 류 천 상 군 포 범

集注簷端一瀑垂
집 주 첨 단 일 폭 수

假此明春儲四澤
가 차 명 춘 저 사 택

年豊兆朕坐而思
연 풍 조 짐 좌 이 사

겨울비

비 소식 나뭇가지에서 제일 먼저 보네,
때론 겨울이 음이 다한 여름철 같네.
눈과 얼음이 연못 위에서 자연스럽게 녹고
운무가 산허리에 까닭 없이 걸쳤네!
찬 강에는 흰 거품이 무수히 생겨나고
처마에는 눈이 녹아 폭포처럼 내리네!
내년 봄에는 사방 연못에 물이 가득해
풍년이 들 조짐이라고 앉아서 생각하네!

洗塵萬樹自輕枝
세 진 만 수 자 경 지

猶虎狂風動不時
유 호 광 풍 동 불 시

行旅冒寒愁半面
행 려 모 한 수 반 면

樵夫得暇展雙眉
초 부 득 가 전 쌍 미

雲含夏驟濛濛在
운 함 하 취 몽 몽 재

梅借春光菉菉垂
매 차 춘 광 록 록 수

願使腥寰同盡滌
원 사 성 환 동 진 척

清流餘日破三思
청 류 여 일 파 삼 사

먼지 씻겨 내려가니 온갖 나무의 가지가 가벼워지고
호랑이처럼 사나운 바람 때 없이 부는 것과 같네!
추위를 무릅쓴 나그네 얼굴 수심에 차 있고
짬을 내 땔감 하는 사내 미소가 가득하네!
구름은 여름처럼 모여 뭉게뭉게 피어오르고
매화는 봄볕을 빌린 듯 푸른 싹을 틔우고 늘어지네!
세상 티끌 다 씻어 버리고
나머지 날들은 맑게 흐르며 잡념을 씻어 버리세!

奠雁 (期知, 籬, 龜詩)
전 안

一生不再好星期 일 생 불 재 호 성 기	從古依然此向知 종 고 의 연 차 향 지
華對閨卽引禮席 화 대 규 즉 인 례 석	觀光賓客擁圍籬 관 광 빈 객 옹 위 리
成人列伍尋陽鳥 성 인 렬 오 심 양 조	偕老長久任壽龜 해 로 장 구 임 수 구
爲婚慶祝非徒酒 위 혼 경 축 비 도 주	各自能才舞又詩 각 자 능 재 무 우 시

전안[5]

일생에서 가장 좋을 때,

옛 법도대로 그대를 책임지겠지!

새색시와 절을 나누며 자리를 잡고 앉네,

구경하는 손님 울타리를 둘러싸고 있네!

자손이 기러기처럼 번성하고[6]

거북이처럼 부부는 백년해로하세!

혼인을 축하하는 것은 술만이 아니라네

재주대로 춤추고 노래 부르세.

---

5. 奠雁(전안)은 혼례 때 신랑이 신부집에 기러기를 가지고 가서 상위에 놓고 절하는 예禮. 살아 있는 기러기를 쓰기도 하지만 대부분 나무로 깎아 만들어 쓴다. 대개 납폐納幣를 할 때 같이 한다. 雁, 鴈으로도 쓴다. 기러기는 일부일처를 의미하고 자손이 번성하라는 축원을 담고 있다.

6. 기러기는 양조陽鳥를 번역한 것이다. 기러기를 한자로는 보통 안雁이라 쓰는데, 홍鴻, 양조陽鳥, 옹계翁鷄, 사순沙鶉, 육루鵱鸚, 주조朱鳥, 상신霜信, 홍안鴻雁으로도 표기한다. 모두 기러기를 뜻한다.

良貴人間旭日期　　親迎儀禮幸先知
양 귀 인 간 욱 일 기　　친 영 의 례 행 선 지

雙鴛已畫佳人枕　　彩鵲騷嘲古宅籬
쌍 원 이 화 가 인 침　　채 작 소 조 고 댁 리

滿室休徵來瑞鳳　　萬頭吉驗合玄龜
만 실 휴 징 래 서 봉　　만 두 길 험 합 현 구

維新萬福賓朋賀　　誦盡睢鳩舊國詩
유 신 만 복 빈 붕 하　　송 진 휴 구 구 국 시

선량하고 귀한 사람 더욱 발전하는 시기,
친영 의례는 다행히 미리 알고 있었네!
원앙 한 쌍을 이미 베개에 수놓았고
까치가 고택에서 요란하게 지저귀네!
상서로운 봉황이 깃들듯 좋은 징조가 집안 가득하고
검은 거북이 오듯 집안에 경사 가득하기 바라네.
만복이 나날이 새롭기를 손님과 친구들이 모두 축원하네,
『시경』,「관저」편을 다 같이 노래 부르네.[7]

7.　『시경』,「관저關雎」: 關關雎鳩, 在河之洲. 窈窕淑女, 君子好逑. 參差荇菜, 左右流之. 窈窕淑女, 寤寐求之. 求
　　之不得, 寤寐思服. 悠哉悠哉, 輾轉反側. 參差荇菜, 左右采之. 窈窕淑女, 琴瑟友之. 參差荇菜, 左右芼之. 窈
　　窕淑女, 鍾鼓樂之.

陽曆朔日 (隨私, 梨, 移持)
양력삭일

子爲歲首太陽隨　　擧世共通敢不私
자 위 세 수 태 양 수　　거 세 공 통 감 불 사

威使履端誰徙木　　强從送舊摠蒸梨
위 사 리 단 수 척 목　　강 종 송 구 총 증 리

立春布澤餘年隔　　冬至窮寒十夜移
입 춘 포 택 여 년 격　　동 지 궁 한 십 야 이

令則施行君莫說　　孰能此際古心持
영 즉 시 행 군 막 설　　숙 능 차 제 고 심 지

양력 초하루

양력에 따라 자월을 한 해 시작으로 삼는데,[8]

온 세상이 다 따르니 혼자 마음대로 할 수 없네!

엄한 관리가 새해 시작을 정하니 누가 반대하며,

억지로 따르며 옛 것을 보내니 아낙의 일을 좌지우지하네![9]

봄이 와 만물이 햇볕을 받는 것도 세 밑에서 갈라지네!

아주 추운 동지가 (한 해 시작하기) 10일 전이 되네.

나라의 영을 시행하는 것이니 그대는 말하지 마시라.

누가 이 때문에 옛날 같은 마음을 지킬 수 있겠는가!

8.　음력 11월을 달리 부르는 말. 자子는 십이지十二支 중 첫 번째에 해당하는데, 지금의 음력은 중국 하夏나라에서 십이지의 세 번째인 인寅을 정월로 삼았던 것을 사용하기 때문에 '자'는 11월에 해당한다. 여기서는 양력 1월로 지칭한다.

9.　증리蒸梨는 증려蒸藜의 속칭으로, '야채를 익히는 것'을 말하며 보통 부모를 봉양하는 부인을 뜻한다. 『공자가어孔子家語』에 나오는 증삼曾參의 고사에서 유래함.

歲華難可主張隨
세 화 난 가 주 장 수

嗟我殘俘不自私
차 아 잔 부 불 자 사

改節換引多戰栗
개 절 환 인 다 전 률

削頭相對愧闍梨
삭 두 상 대 괴 도 리

如今正月緣何出
여 금 정 월 연 하 출

太古遺風盡欲移
태 고 유 풍 진 욕 이

翻復時期天所使
번 부 시 기 천 소 사

消愁莫若一杯持
소 수 막 약 일 배 지

세월은 흐르고 다른 사람 주장 따르기 어렵지만,

아! 나는 포로 같아 마음대로 할 수가 없네!

절기를 바꾸는 것은 두려운 일이고

상투를 자르는 것은 도리[10]에게도 부끄러운 일이라네!

지금 정월은 무슨 연고로 만들어진 것인가?

옛날 유풍을 다 옮기려 하는구나!

시대를 갈아엎는 것은 하늘의 일이건만,

슬픔을 삭이는 것은 한 잔 술만 한 것이 없네!

10. 도리闍梨는 절에 들어가 중이 된 총각을 높여 부르는 말.

履 (違稀, 肥, 機揮)
이

兩身一體不相違　爲偶如斯甚少稀
양 신 일 체 불 상 위　위 우 여 사 심 소 희
土陛登在還高位　水濕含逢返潤肥
토 폐 등 재 환 고 위　수 습 함 봉 반 윤 비
恒用居家停馬策　旅行僻地勝車機
항 용 거 가 정 마 책　여 행 벽 지 승 차 기
芒同竹杖觀光日　步步石間摠力揮
망 동 죽 장 관 광 일　보 보 석 간 총 력 휘

신발

두 발은 한 몸이라 서로 어긋나지 않는데
이처럼 (신발과) 짝이 맞는 것도 아주 드문 일이라네.
흙 계단을 올라도 흙보다 더 높이 있고
젖은 길을 걸어도 오히려 더 윤이 나네!
집에서 늘 신으니 말을 탈 일이 없고
벽지를 여행할 때 수레보다 낫네!
죽장을 짚고 신발을 신고 관광한 날에
돌 사이 걸음걸음 신발이 힘을 발휘하네!

布革製來與古違　　堪憐許道至今稀
포 혁 제 래 여 고 위　　감 련 허 도 지 금 희

臨行不讓程遐近　　戴着無觀足脊肥
임 행 불 양 정 하 근　　대 착 무 관 족 척 비

鮮處何論難上枕　　織功欲助或懸機
선 처 하 론 난 상 침　　직 공 욕 조 혹 현 기

川堰任意誰能識　　步步誠非杖指揮
천 언 임 의 수 능 식　　보 보 성 비 장 지 휘

베와 가죽을 다루는 것은 옛날과 다르네!

애석하게도 지금은 옛날 기술이 사라졌네!

길을 나서면 먼지 가까운지 따지지 않고

신으면 발이 통통한지 마른지 보이지 않네!

곳곳을 다니면서 생각을 떠올리기에 베개보다 낫네![11]

베 짜는 이가 만들려다 간혹 베틀을 뒤집기도 하네!

강둑을 편히 거닐 수 있는 것은 모두 신발 덕이라네!

걸음걸음을 지휘하는 것은 죽장이 아니라네!

---

11. 구양수歐陽脩의 「귀전록歸田錄」에서 유래한 것 같다. "나는 평생에 지은 문장이 대부분 삼상三上에서 얻은 것이니, 바로 말 위와 베개 위와 뒷간 위인데, 대체로 이런 곳이 생각을 짜내기에 더욱 알맞기 때문이다.[余平生所作文章, 多在三上, 乃馬上枕上廁上也, 蓋惟此尤可以屬思爾.]"

虎　　(微依, 衣, 非飛)
호

名曰山君好翠微　　　無雲白日樹巖依
명 왈 산 군 호 취 미　　무 운 백 일 수 암 의

精眼鬚眉英傑目　　　彩毛皮服富豪衣
정 안 수 미 영 걸 목　　채 모 피 복 부 호 의

包容臥宿純猶猛　　　有事急行走亦飛
포 용 와 숙 순 유 맹　　유 사 급 행 주 역 비

不時出顯時還匿　　　誰識當時聖與非
불 시 출 현 시 환 닉　　수 식 당 시 성 여 비

호랑이

산의 군주라고 부르는데, 푸른 산을 좋아한다고 하네!
구름 없이 맑은 날, 산과 바위에 의지한다네!
선명한 눈동자, 수염과 눈썹, 영웅 같은 눈,
얼룩무늬 가죽은 부자들의 옷이 된다네!
껴안거나 눕거나 잘 때 순하지만 때론 용맹하고,
일이 있어 급히 달릴 땐 마치 나는 것 같네!
불시에 나타났다 때론 숨어 버리네!
누가 당시의 성인인지 아닌지 알아보는가!

勇若山君豈曰微　　威於百獸不相依
용약산군기왈미　　위어백수불상의

眼眞猥玃流紅霹　　皮亦榮光可袞衣
안진외확류홍벽　　피역영광가곤의

步下層巖如朄躍　　走行千里敵群飛
보하층암여인약　　주행천리적군비

縱橫天地人今病　　那得英雄破是非
종횡천지인금병　　나득영웅파시비

용감한 산 왕을 누가 미물이라고 부르는가!

모든 들짐승보다 위엄이 있으니 서로 의지하지 않네!

눈은 마치 붉은 번개처럼 빛나고

외피는 아름답고 위엄이 있어 임금의 옷을 만들 수 있다네!

층층 바위를 내려올 때는 몇 길을 뛰어내리고

천 리를 달릴 때는 새들에게 뒤지지 않네!

천지를 종횡무진하는 것은 사람에게 병통이겠으나,

어찌 영웅이 시시비비를 따지겠는가!

五棟亭禊話 (疏徐, 魚, 書如)[12]
오 체 정 계 화

滿座論情寔不疎　　先齋舊意語還徐
만 좌 론 정 식 불 소　　선 재 구 의 어 환 서

厚意同衾堪冷室　　好遊對飯不關魚
후 의 동 금 감 랭 실　　호 유 대 반 불 관 어

爰及蔭流無盡慶　　倍思往感在餘書
원 급 음 류 무 진 경　　배 사 왕 감 재 여 서

萬樹軒前松栢茂　　蒼蒼士氣永相如
만 수 헌 전 송 백 무　　창 창 사 기 영 상 여

오체정에서 모임을 갖고서[13]

가득 모여 앉아 정담을 나누는데 내용이 소홀하지 않고,
선재[14]의 옛 뜻을 말할 때는 말이 오히려 더디네!
뜻이 깊어져 이불을 같이 덮으며 찬 공기를 감내하고,
즐거운 모임이라 반찬이 물고기라도 상관이 없네!
그늘이 져도 즐거움이 끝이 없고,
지난 감정을 더 깊이 생각하니 글로 다 적지 못하겠네.
정자 앞의 온갖 나무는 잣나무, 소나무처럼 무성하고
젊고 젊은 선비의 기상 영원하리라!

12. 疎(소), 徐(서), 魚(어), 書(서), 如(여)는 한국 발음으로는 운자가 맞지 않으나, 중국 발음은 '~u'로 모두 운자
　　가 맞다.
13. 왕희지王羲之의 「난정서蘭亭序」를 계첩禊帖이라고 하는데, 여기서 유래하여 '계화'란 모임을 갖고 이후 기록한
　　것을 뜻한다.
14. 선재先齋는 당호堂號이다.

情親從古不相疎　　園樂乘閑意思徐
정 친 종 고 불 상 소　　난 악 승 한 의 사 서
惜在衰年來髮鶴　　論深連夜煎銀魚
석 재 쇠 년 래 발 학　　논 심 련 야 전 은 어
棣亭幸有蘭亭約　　花樹恨無講樹書
체 정 행 유 란 정 약　　화 수 한 무 강 수 서
一席微忱何最急　　願言光景昔時如
일 석 미 침 하 최 급　　원 언 광 경 석 시 여

예부터 깊었던 정은 여전히 깊고,
한가하고 즐거우니 생각이 더 깊고 천천히 흐르네!
애석하게도 귀밑머리 학처럼 하얗게 세고,
토론으로 밤이 깊어지는데 은어를 굽네!
오늘 오체정의 모임은 (옛날) 난정의 약속을 지킨 것 같은데,
꽃과 나무가 글을 하지 못하는 것이 한스럽네.
아무도 잠들지 않았는데 무엇이 제일 급한가?
이 광경 예전처럼 한결같기를 바라노라!

煎炭 (居廬, 車, 余除)
전 탄

春風秋雨久山居 춘 풍 추 우 구 산 거	堪耐苦勞事不虛 감 내 고 로 사 불 허
窯傍野宿溫愈室 요 방 야 숙 온 유 실	壁處木撬轉亦車 벽 처 목 효 전 역 거
汚煤身上知眞孰 오 매 신 상 지 진 숙	拘泥心中自愛余 구 니 심 중 자 애 여
于今塗炭緣何濟 우 금 도 탄 연 하 제	由此樂爲萬念除 유 차 악 위 만 념 제

숯을 굽다

봄바람, 가을비에도 산에 오래 머물렀네.
힘들고 어려운 일을 감내하니 일이 헛되지 않네!
가마 옆에서 노숙해도 방보다 더 따뜻하고,
벽에 나무를 대니 구르는 것이 마치 수레 같네!
그을음이 몸에 붙어 어느 것이 진짜 나인지 모르겠고,
먼지투성이어도 스스로가 더 사랑하게 되었네!
지금 도탄에 빠진 세상 어찌 구하리오!
이 즐거움 덕분 수많은 상념을 지우네!

徘徊宇宙料群居　　塗炭能堪是本虛
배 회 우 주 료 군 거　　도 탄 능 감 시 본 허

減非魏竈同明日　　燒異秦灰幸五車
감 비 위 조 동 명 일　　소 이 진 회 행 오 거

樹林勞役何難者　　煙火生涯任意余
수 림 로 역 하 난 자　　연 화 생 애 임 의 여

近世竟無含啞客　　始知人事一階除
근 세 경 무 함 아 객　　시 지 인 사 일 계 제

우주를 배회하다 모여 살기를 생각하고,

도탄을 이겨 낸다면 본래 살던 곳과 다를 바 없다네!

위나라 아궁이처럼 줄이지 않고 내일도 아궁이 수는 같고,[15]

태워도 진나라 궁전이 재가 된 것과 달리 다행히 다섯 수레가 나오네![16]

숲에서 노역하는데 무슨 어려움이 있겠는가,

연기 같은 인생 내 뜻대로 해야지!

근래에는 숯을 삼킨 자객이 없으니[17]

인간사 하나씩 사라진다는 것을 비로소 알게 되었네!

15. 위조魏竈 즉 '위나라 아궁이'는 『손자병법』의 저자 손빈孫臏의 고사에서 유래하였다.
16. 진회秦灰는 항우項羽가 진나라 궁궐을 불태운 사건에서 유래한다.
17. 아객啞客은 '숯을 삼켜 벙어리 행세를 한 자객'이라는 뜻으로, 『사기』, 「자객열전刺客列傳」의 예양豫讓의 고사에서 유래하였다.

歲寒念西征壯士　(圖俱, 湖, 夫無)
세 한 념 서 정 장 사

西向坐而見地圖　料知風雪吹來俱
서 향 좌 이 견 지 도　요 지 풍 설 취 래 구

必然深夜登東岳　應有早朝後北湖
필 연 심 야 등 동 악　응 유 조 조 후 북 호

鐵衣堪冷眞良將　煜室言涼愧拙夫
철 의 감 랭 진 량 장　욱 실 언 량 괴 졸 부

淸宵步月難忘事　忠勇溢之萬念無
청 소 보 월 난 망 사　충 용 일 지 만 념 무

세 밑에 서쪽을 정벌하러 떠나는 장사를 생각하다

서쪽으로 앉아 지도를 보니

바람과 눈이 같이 오는 것을 알 수 있겠네!

(눈과 바람이) 깊은 밤 동쪽 산등성이를 올라왔으니

내일 아침에는 반드시 북쪽 호수에 있겠네!

갑옷을 두르고 추위를 견디는 것이 진정한 장군이며,

따뜻한 방에서 말을 차갑게 하는 것은 졸부에게조차 부끄럽다네!

맑은 밤 달빛을 거닐면 옛일을 잊기 어렵지만,

충성과 용맹이 넘치면 뭇 생각이 사라지네!

白頭山亦一黃圖　　何事源源獨不俱
백 두 산 역 일 황 도　하 사 원 원 독 불 구

冷切狐城重雪月　　戰難平地況江湖
냉 절 호 성 중 설 월　전 난 평 지 황 강 호

奇謀只是多三略　　勇烈分明特百夫
기 모 지 시 다 삼 략　용 렬 분 명 특 백 부

進退當揚雖未共　　悵然安得此時無
진 퇴 당 양 수 미 공　창 연 안 득 차 시 무

백두산도 지도에는 하나의 황색에 지나지 않고,
어떤 일도 근원이 있어 흘러나오는 것이지 홀로 우뚝한 것은 없네!
춥고 길이 끊긴 호성, 눈 내린 밤 달이 다시 떠오르고,
전쟁은 평지도 힘든데 하물며 강과 호수에서야!
기이한 책략은 삼략보다 더 많이 알고
용맹과 용기는 수많은 병졸보다 더 뛰어나네!
전장에서 돌진하고 물러나는 것을 함께할 수 없어,
이때에 함께하지 못함이 슬프네!

環木花　(愚扶, 蛛, 梧姑)
환 목 화

良覺閨中不劣愚　　一生衣食共相扶
양 각 규 중 불 렬 우　　일 생 의 식 공 상 부

飛騰纖手形容蝶　　巧出細絲恰似蛛
비 등 섬 수 형 용 접　　교 출 세 사 흡 사 주

不電生雷難致雨　　有絃未曲恨無梧
불 전 생 뢰 난 치 우　　유 현 미 곡 한 무 오

此功借問文氏來　　曰識遺傳婦與姑
차 공 차 문 문 씨 래　　왈 식 유 전 부 여 고

목화

규방 일이 하찮지도 어리석지도 않다는 것을 깨달았네!

평소의 옷과 음식 모두 함께 거들어 만든 것이라네.

날렵하고 가녀린 손은 마치 나비 같고

좋은 솜씨로 가는 실은 뽑는데 마치 거미 같네!

마른벼락만 치면 비가 내리지 않듯이

줄이 있는데 곡을 켜지 못하니 오동나무가 없는 것이 아쉽네!

목화를 가져온 것은 문 씨라고 들었는데[18]

그가 아낙들에게 전했다고 하네!

18.　문 씨는 문익점文益漸을 말함.

花餞 (斜家, 花, 涯何)
화 전

東風今日復興斜　　探景西遊却忘家
동 풍 금 일 부 흥 사　　탐 경 서 유 각 망 가

携杖臨溪看綠水　　吟春隨處見紅花
휴 장 림 계 간 록 수　　음 춘 수 처 견 홍 화

九案從來心有緒　　光陰虛送恨無涯
구 안 종 래 심 유 서　　광 음 허 송 한 무 애

如此良辰兼知己　　歸路還停意若何
여 차 량 진 겸 지 기　　귀 로 환 정 의 약 하

꽃과 작별하며

오늘 동풍이 거세졌다 잦았다 하네.
서쪽 경치를 찾아 노닐다 집을 잊어버렸네!
지팡이 짚고 개울에 앉아 시냇물을 구경하며,
곳곳에 피는 붉은 꽃을 보며 봄을 노래하네!
생각의 갈래가 여럿이라도 마음에는 단서가 있고
세월을 허투루 보낸 것이 끝이 없다네!
이처럼 좋을 때 지기와 같이 있으니
돌아가는 길에 잠시 정자에 머무는 것이 어떠한가!

放目紫山石逕斜　　和風散入萬人家
방 목 자 산 석 경 사　　화 풍 산 입 만 인 가

吟詩桃興難停興　　酌酒間花不語花
음 시 도 흥 난 정 흥　　작 주 간 화 불 어 화

對韻彼此如稀闊　　居地君吾匪角涯
대 운 피 차 여 희 활　　거 지 군 오 비 각 애

時惟三月今春晩　　迅速光陰乃若何
시 유 삼 월 금 춘 만　　신 속 광 음 내 약 하

자초산을 힐끗 보니 돌길은 가파르고
따뜻한 바람이 온 집으로 부네!
복숭아를 흥겹게 노래하니 흥을 멈추기 어렵고
꽃을 곁에 두고 술을 마셔도 꽃은 말이 없네.
서로 운자를 주고받는데 희미하게 잘 들리지 않고,
그대와 난 집이 외진 곳에 있지 않다네!
벌써 3월 늦봄,
세월이 이처럼 빨리 흐르니 어쩌면 좋단 말인가!

尚古峨冠着不斜	團圓相對一書家
상 고 아 관 착 불 사	단 원 상 대 일 서 가
誤逢濁世風情酒	晚訪春林意思花
오 봉 탁 세 풍 정 주	만 방 춘 림 의 사 화
投以木桃羞莫測	交如湛水樂無涯
투 이 목 도 수 막 측	교 여 담 수 악 무 애
方臨農隙今休說	若過良辰悔亦何
방 림 농 극 금 휴 설	약 과 량 진 회 역 하

옛것을 좋아하는데, 높은 관을 바르게 쓴 채
둥글게 마주 앉아 붓글씨를 쓰네.
혼탁한 세상 잘못 만났으니 술을 마셔야 감정이 솟네!
늦은 봄 숲에서 꽃을 생각하며
복숭아를 선물로 주었는데 답례가 보잘것없어 부끄럽기 그지없고,[19]
담박한 물처럼 사귄다면 즐거움 끝이 없으리라!
곧 농번기가 닥친다고 지금 이야기를 멈추면
좋은 시절 그냥 보낸 것을 어찌 후회하지 않겠는가!

越嶺渡川石逕斜	不勞在駕幸吾家
월 령 도 천 석 경 사	불 로 재 가 행 오 가

19. 『시경』, 「목과木瓜」: 나에게 목도木桃를 보내 주었는데 내가 경요瓊瑤로 보답하고도 보답했다고 여기지 않는 것은 길이 잘 지내고자 해서이다[投我以木桃, 報之以瓊瑤, 匪報也, 永以爲好也].

旅客歸心長夜月　　良朋佳約暮春花
여 객 귀 심 장 야 월　　양 붕 가 약 모 춘 화

人事經營多世路　　吾徒此樂一生涯
인 사 경 영 다 세 로　　오 도 차 악 일 생 애

暖日和風詩與酒　　好遊餞送更爲何
난 일 화 풍 시 여 주　　호 유 전 송 경 위 하

재를 넘고 내를 건너니 돌길이 경사져 있어,

힘들이지 않고 수레를 몰아 다행히 집으로 돌아왔네!

떠나는 나그네, 돌아가려는 마음, 긴 밤 달이 비추고,

좋은 벗과 늦은 봄 만나기로 약속을 했다네.

세상 사는 길 제 각각이지만,

우리는 이런 즐거움 누리고 살기로 했네!

따뜻한 날, 온화한 바람, 시와 술,

즐겁다 놀다 전송하니 여기에 무엇을 더하리오.

步步踏來路轉斜　　風流幸借歸人家
보 보 답 래 로 전 사　　풍 류 행 차 귀 인 가

窓外行裝依藜杖　　洞前物色種桃花
창 외 행 장 의 려 장　　동 전 물 색 종 도 화

無巡白酒三章軸　　數疊靑山一曲涯
무 순 백 주 삼 장 축　　수 첩 청 산 일 곡 애

衣冠滿座相吟處　　悠泛浪遊我奈何
의 관 만 좌 상 음 처　　유 범 랑 유 아 내 하

걸으면 걸을수록 길은 더 가파르고,

풍류 끝에 다행히 인가를 만났네!

창밖에 행장을 꾸려 명아주 지팡이를 짚고 가는 이 있고

동구 밖은 복숭아를 심은 듯 빛이 나네!

막걸리를 돌리며 시를 몇 두루마기가 차도록 많이 짓고

첩첩 청산에 노래가 울려 퍼지네!

의관을 갖추고 고쳐 앉아 시를 읊조리며,

유유자적 흥겨운 놀이 내 어찌 즐기지 않으리오.

好事虛經幾日斜　　風流幸設故人家
호 사 허 경 기 일 사　　풍 류 행 설 고 인 가
田田耦耨經營麥　　處處團遊性僻花
전 전 우 누 경 영 맥　　처 처 단 유 성 벽 화
不培以前難達葉　　得源然後自深涯
불 배 이 전 난 달 엽　　득 원 연 후 자 심 애
一杯復一休辭足　　如此高筵不醉何
일 배 부 일 휴 사 족　　여 차 고 연 불 취 하

좋은 일이 있어 허투루 보내니 며칠이 그냥 지나가고,
옛 친구 집에서 다행히 좋은 모임 열었네!
밭마다 김을 매고 보리를 돌보고
곳곳에서 같이 놀이하니 기분이 꽃처럼 활짝 피어나네!
돌보지 않으면 잎을 맺기 어렵고
근원을 깨우쳐야 저절로 깊어진다네!
한 잔 술에 좋은 말씀 하나면 충분하고,
이와 같은 수준 높은 잔치에서 어찌 취하지 않으리오.

晚春佳節夕陽斜　　耕讀男兒不顧家
만 춘 가 절 석 양 사　　경 독 남 아 불 고 가
溪柳猗猗如絲綠　　野桃灼灼發英花
계 류 의 의 여 사 록　　야 도 작 작 발 영 화
四方自客尋閑處　　上下高朋學誨涯
사 방 자 객 심 한 처　　상 하 고 붕 학 회 애
作伴數三詩律唱　　浮生若夢不遊何
작 반 수 삼 시 률 창　　부 생 약 몽 불 유 하

늦봄, 좋은 계절이라 석양이 저무네!
농사지으며 독서하는 대장부, 집안을 돌아보지 않네!
시냇가 버드나무는 푸른 실처럼 푸르고

들판의 복숭아꽃은 활짝 피어났네!
사방에서 손님이 와 조용한 곳을 찾아
윗사람, 아래 사람 모두 뛰어나 가르치고 배우네.
짝을 지어 시를 세 수씩 짓고 노래 부르네!
이 뜬구름 같은 인생, 어찌 즐기지 않으리오!

三月晩春若日斜　　淸光滿野福益家
삼 월 만 춘 약 일 사　　청 광 만 야 복 익 가
川邊楊柳絲絲綠　　後圍杏桃點點花
천 변 양 류 사 사 록　　후 위 행 도 점 점 화
飜覆世途能不識　　循環日月轉生涯
번 복 세 도 능 불 식　　순 환 일 월 전 생 애
穀雨經過自後日　　播耕時期向如何
곡 우 경 과 자 후 일　　파 경 시 기 향 여 하

3월 늦봄 해는 기울고,
맑은 햇볕 들판에 가득하고 집안에 복을 더하네!
강변의 버드나무는 푸른 실 같고
뒤 울타리 살구와 복숭아는 꽃잎을 하나씩 틔우네!
세상일이란 늘 바뀌니 알기 어렵고
해와 달이 돌고 도니 인생이 흘러가는구나!
곡우가 내리고 며칠이 지나면
밭 갈고, 파종해야 하니 어떻게 해야 하나!

問期行到石逕斜　　有意詞人會一家
문 기 행 도 석 경 사　　유 의 사 인 회 일 가
林邃頻聞于鳥舌　　山明坐賞萬枝花
임 수 빈 문 간 조 설　　산 명 좌 상 만 지 화
師友學窓交易誼　　風倬波海涉難涯
사 우 학 창 교 역 의　　풍 탁 파 해 섭 난 애
披瞻津津逢惜別　　爲言後約又如何
피 첨 진 진 봉 석 별　　위 언 후 약 우 여 하

기일을 묻고 길을 나서니 돌길이 가파르네!
글 짓는 데 뜻 있는 사람 모여 일가를 이루네!
숲이 깊어지자 새소리 자주 들리고
산이 밝아 앉아서 온갖 꽃을 감상하네!
스승과 벗, 학창 시절처럼 우의를 나누네!
바람이 거세고 파도가 출렁이니 건너기가 어렵겠구나!
나루터를 바라보며 석별의 정을 나누네!
후일을 약속하는 것이 어떠하겠는가!

無題 (眠天, 年, 邊船)
무 제

聞道玆遊喜不眠	愁雲打破露奕天
문도자유희불면	수운타파로혁천
和風暖日同光席	皓髮靑襟各序年
화풍난일동광석	호발청금각서년
臥醉白醪樽枕上	坐看紅樹麓家邊
와취백료준침상	좌간홍수록가변
從古勝緣疎世俗	莫言劫海去來船
종고승록소세속	막언겁해거래선

이번 유람을 들으니 기뻐서 잠이 오질 않고,
수심 가득한 구름 헤치니 하늘이 드러나네!
부드러운 바람, 따스한 햇볕, 자리를 함께하며
백발노인과 청년 나이에 따라 자리를 잡았네.
막걸리 마시고 취해 술통을 베개 삼고,
앉아서 산기슭 인가에 핀 붉은 꽃을 구경하네!
예부터 좋은 인연은 세속에서 드물다고 하니
깊은 바다에 배가 왔다 갔다 한다고 말하지 말게나.

布穀聲中覺春眠	和風佳氣正滿天
포곡성중각춘면	화풍가기정만천
營事奈其星白髮	勝遊未必任靑年
영사내기성백발	승유미필임청년
有意鳥鳴幽谷裏	無心雲過紫山邊
유의조명유곡리	무심운과자산변
一觴一詠於此足	何羨蒼波遠遊船
일상일영어차족	하선창파원유선

뻐꾸기 소리에 봄잠을 깨니
따스한 바람, 좋은 기운이 하늘에 가득하네!

세상살이에 머리가 희끗희끗하게 세었고
좋은 모임을 청년에게만 맡길 수 없네!
새가 깊은 산속에서 울고
무심한 구름 자초산을 흘러간다.
술 한 잔에 시 한 편, 이것이면 충분하니
저 멀리 푸른 파도를 헤치고 가는 배를 부러워할 필요가 있겠는가!

鳥喧窓外攪春眠	曉月娟娟已半天
조 훤 창 외 교 춘 면	효 월 연 연 이 반 천
愛酒良朋忘世事	惜花諸子總芳年
애 주 량 붕 망 세 사	석 화 제 자 총 방 년
弄笛遊兒還野上	失機宿鷺坐江邊
농 적 유 아 환 야 상	실 기 숙 로 좌 강 변
風縱雲捲難言理	九萬里中日月船
풍 종 운 권 난 언 리	구 만 리 중 일 월 선

창밖에 지저귀는 새 봄잠을 방해하네!
새벽달은 어여쁘게 하늘 가운데 떠 있구나!
좋은 벗과 술을 마시니 세속의 일을 잊고,
한창 때인 젊은이들 꽃보다 예쁘네!
피리 불던 아이 들판에서 돌아오고
때를 놓쳐 백로는 강변에 앉아 있네!
바람이 흐트러지게 불고 구름이 말리는 것, 그 이치를 말하기 어렵네.
구만리 창공에 해와 달이 배처럼 떠 있네.

晝夜風塵世不眠	吾遊幸借載陽天
주 야 풍 진 세 불 면	오 유 행 차 재 양 천
人事平生營萬事	奢年一夢已中年
인 사 평 생 영 만 사	사 년 일 몽 이 중 년
春日遲遲淡笑裏	詩歌間間醉醒邊
춘 일 지 지 담 소 리	시 가 간 간 취 성 변
塘上桃花君見否	風便便作水中船
당 상 도 화 군 견 부	풍 편 편 작 수 중 선

밤낮으로 세상일에 시달리니 잠 못 들었는데
우리 모임 날 다행히도 날이 맑네.
인간사란 본디 수없는 일을 겪는 법,
일장춘몽처럼 시간을 허비하다 벌써 중년이 되었네!
담소를 나누니 봄은 더디게 가고
취중에 시를 짓고 노래를 부르네.
연못가 복숭아꽃, 그대 못 보았는가!
산들산들 바람, 저 멀리 바다에 배가 떠 있네!

何事杜鵑覺是眠　　良春佳氣任心天
하 사 두 견 각 시 면　　양 춘 가 기 임 심 천
壓倒此筵皆刮目　　勝緣逢處友忘年
압 도 차 연 개 괄 목　　승 연 봉 처 우 망 년
雲樹深情蒼白後　　山川消息碧紅邊
운 수 심 정 창 백 후　　산 천 소 식 벽 홍 변
惜乎爲餞吟詩裏　　花落漂風綠水船
석 호 위 전 음 시 리　　화 락 표 풍 록 수 선

무슨 일로 두견은 깼다 잠들었다 하는가!
따뜻한 봄 좋은 기운, 하늘에 가득하도다!
아 잔치 자리를 압도하는 이들 모두 뛰어난 인재라네,
이 자리에서 좋은 인연으로 만나 벗하며 지난해를 잊노라!
구름은 하얗고 나무는 푸르며,
강은 푸르고 산을 붉어졌네!
애석하게도 시를 읊조리며 헤어지네!
바람에 꽃이 떨어지고 푸른 물결 위에 배가 떠 있구나!

勝會經營不醉眠　　分明多在夕陽天
승 회 경 영 불 취 면　　분 명 다 재 석 양 천
杜花向上技高意　　楊柳垂春力壯年
두 화 향 상 기 고 의　　양 류 수 춘 력 장 년
誤我桑田蒼海裏　　得君山水白雲邊
오 아 상 전 창 해 리　　득 군 산 수 백 운 변

情遊如許由何恨　　却怕浮生不繼船
정 유 어 허 유 하 한　　각 파 부 생 불 계 선

좋은 모임 가졌으니 취하지 않고도 잠이 오네!
해질 무렵까지 오늘 많이 모였구나!
두견화(진달래)는 가지 끝에 자라며 올라가고,
수양버들은 가지를 내리며 더 탄탄해지는구나!
뽕밭에서 푸른 바다에 있는 듯 착각하고,
그대는 산과 강, 흰 구름 속에 있네!
정이 어린 이 모임 언제까지 가려나?
이 뜬구름 같은 인생이 아쉬운데 배는 끊겼네!

無題 (人春, 巾, 頻新)
무 제

悲歌孰匪感中人 　 落盡槿花五百春
비 가 숙 비 감 중 인 　 낙 진 근 화 오 백 춘

萬峀粧成紅樹錦 　 群塵揮立綠綠巾
만 수 장 성 홍 수 금 　 군 진 휘 립 록 록 건

一功未就詩何最 　 四座皆親酒可頻
일 공 미 취 시 하 최 　 사 좌 개 친 주 가 빈

好事休言餘日少 　 分明雨後紫山新
호 사 휴 언 여 일 소 　 분 명 우 후 자 산 신

슬픈 노래에 감동하지 않을 사람이 어디 있으랴!

오백 년 봄 만에 무궁화가 모두 떨어지네.

온갖 골짜기 화장한 듯 나무는 붉게 물들며,

모든 먼지를 떨쳐 버린 듯 푸른 망건을 쓴 듯하네!

결과를 아직 정하지 않았으나, 누구 시가 제일 뛰어난가?

둥글게 둘러앉은 이 모두 친하고, 술잔이 자주 비는구나!

좋은 일, 아름다운 말, 하루가 모자란다네!

비가 오면 분명 자초산은 더 새로워지겠지!

意外相逢意中人 　 吟吾今日莫惜春
의 외 상 봉 의 중 인 　 음 오 금 일 막 석 춘

情詩桃興團圓席 　 白酒無端倒着巾
정 시 도 흥 단 원 석 　 백 주 무 단 도 착 건

水石淨淸心猶溺 　 風流湛樂語自頻
수 석 정 청 심 유 닉 　 풍 류 담 악 어 자 빈

此世此遊誠難易 　 山川物色更得新
차 세 차 유 성 난 이 　 산 천 물 색 경 득 신

뜻밖에 생각하던 사람 만났네!

오늘을 노래하며 봄이 가는 걸 아쉬워 말아야지!

복숭아꽃 만발한데 둥글게 모여 앉아 정감 어린 시를 짓고,
막걸리는 한없이 많아 결국 망건을 적시네!
물과 돌이 맑고 깨끗해 오히려 마음이 젖는구나!
풍류가 담박하고 즐거우니 말이 많아지네!
험한 세상에서 이렇게 모이기 어려운 법,
산천의 경치가 더욱 새로워지네!

事無頭緒亂麻人	歲月於焉已暮春
사 무 두 서 란 마 인	세 월 어 언 이 모 춘
業期時俗無前策	農使吾傳脫古巾
업 기 시 속 무 전 책	농 사 오 전 탈 고 건
此席何遲君我始	靈區已絶去來頻
차 석 하 지 군 아 시	영 구 이 절 거 래 빈
爲遊宿雨玆時霽	溪上妍妍柳色新
위 유 숙 우 자 시 제	계 상 연 연 류 색 신

일이 두서없이 어지럽게 뒤얽혀 있네!
세월은 흘러 이미 봄이 저물고 있구나!
일은 시속에 따라 하니, 미리 대책을 세우지 않고,
내게 내려온 농사일로 예부터 쓰던 망건을 벗었네!
그대와 내가 처음 만나는 자리 왜 이렇게 늦었던가?
영구는 이미 끊어졌으니, 자주 왕래하세!
이 모임을 위하여 비가 그치고 날이 개고
시냇가는 더 예쁘고 버드나무 색은 더 새로워지네!

座中皆是意中人	情緒一如各愛春
좌 중 개 시 의 중 인	정 서 일 여 각 애 춘
論話多懷携酒軸	俗風稀見正衣巾
논 화 다 회 휴 주 축	속 풍 희 견 정 의 건
望晦溪川流曲曲	探花蝴蝶舞頻頻
망 회 계 천 류 곡 곡	탐 화 호 접 무 빈 빈
玆筵何幸爲今日	雨後江山物色新
자 연 하 행 위 금 일	우 후 강 산 물 색 신

앉은 이 모두 늘 생각하던 사람들,

정서가 모두 같아 각자 봄을 사랑하네!

들고 온 술을 마시며 이야기 나누면서 회포를 푸는데

의관을 바로 잡으니 세속에서 보기 드문 광경이라네!

달처럼 흰 계곡이 굽이굽이 흐르고

꽃을 찾는 나비가 춤추며 자주 날아드네!

오늘 이 자리 얼마나 행복한가?

비가 그치면 강과 산의 색깔이 더 새로워지겠네!

勸酒論情喜故人　　暮春更發麴米春
권 주 론 정 희 고 인　　모 춘 경 발 국 미 춘
花衰難禁風吹氣　　鳥啼不看淚修巾
화 쇠 난 금 풍 취 기　　조 제 불 간 루 수 건
川水寒流清曲曲　　野蜂時晚役頻頻
천 수 한 류 청 곡 곡　　야 봉 시 만 역 빈 빈
依檻又望孤村外　　野色山光日日新
의 함 우 망 고 촌 외　　야 색 산 광 일 일 신

술을 권하며 회포를 풀면서 옛사람 이야기를 하네.

늦은 봄 국미춘[20]을 담근 것이라네!

바람이 거세니 꽃잎이 떨어지는 것을 막을 수 없고,

지저귀는 새 보이지는 않지만, 긴 망건에 땀방울이 맺히네!

시냇물은 맑고 차가운데 굽이굽이 흐르고

들판에 벌들이 늦도록 붕붕거리네!

울타리에 올라 멀리 마을 밖을 바라보니

들판과 산의 빛깔이 나날이 새로워지네!

勝遊此席總知人　　歸去幸尋此日春
승 유 차 석 총 지 인　　귀 거 행 심 차 일 춘

20.　정확히 어떤 술을 말하는지 알 수 없으나, 당唐나라 때 술을 흔히 '춘春'으로 불렀다. 두보의 시 중에 다음과
　　같은 구절이 있다. "聞道雲安麴米春(문도운안국미춘), 纔傾一盞卽醺人(재경일잔즉훈인)." 여기에도 '국미춘'이
　　등장한다.

清酒滿樽桃興藥　輕風入室拭汗巾
청주만준도흥약　경풍입실식한건

冒嫌修足情徒售　責善刻頭語不頻
모혐수족정도수　책선각두어불빈

風流滿座吾家色　有意江山亦有新
풍류만좌오가색　유의강산역유신

이 좋은 자리에 모인 이들 다 아는 사람이네,
돌아가려다 다행히 이 봄날을 찾았네!
청주가 술통에 가득한데 복숭아꽃은 만발하고
기벼운 바람 방으로 불어 젖은 망건을 말려 주네!
어려움을 무릅쓰고 수양하니 실정이 잘 드러나고
선을 권하는 말은 각박하니 자주 하지 않네!
풍류가 온 자리에 가득하여 우리 집이 더욱 빛나고
강산에 뜻을 둔 것이 더 새로워지네!

環坐高朋老少人　談笑明年復在春
환좌고붕로소인　담소명년부재춘

隨俗稀罕正衣冠　醉臥不覺倒葛巾
수속희한정의관　취와불각도갈건

花殘野浦紅粉飛　世如蜀道不酬頻
화잔야포홍분비　세여촉도불수빈

險世風流無此外　紫陰山下後口新
험세풍류무차외　자음산하후구신

수준 높은 벗들 둘러앉았는데, 젊은이도 늙은이도 있네.
내년에 다시 만나자 이야기를 나누네!
풍속을 따르는 이 드물어도 여기서는 늘 의관을 바로잡는데
술 취해 누우니 저도 모르게 갈건이 벗겨지고,
꽃잎이 떨어져 들판과 포구에 분홍빛을 흩뿌리네!
세상이란 촉도처럼 험하지만, 너무 자주 마시지는 말게나.
험한 세상에서 풍류는 이보다 좋을 수 없으리라.

자음산 아래 뒤쪽 입구가 더 새로워지네!

詩酒玆筵摠吾人	不關窓外告及春
시 주 자 연 총 오 인	불 관 창 외 고 급 춘
儂首自羞今時帽	君家猶有古葛巾
농 수 자 수 금 시 모	군 가 유 유 고 갈 건
紛紛人事惟如儆	寂寂吾林願有頻
분 분 인 사 유 여 감	적 적 오 림 원 유 빈
隨便臥起無關席	羨子工夫日日新
수 편 와 기 무 관 석	선 자 공 부 일 일 신

이 자리에서 술 마시고 시 짓는 이 모두 내 친구구나!
창밖에 봄이 왔다 야단해도 상관하지 마시게나.
나는 짧은 머리가 부끄러워 지금 시대 모자를 썼는데,
그대 집에는 옛날 갈건이 남아 있었구려!
어지러운 인간사 험난하더라도,
적적한 우리 마을에 자주 오시게나.
자리에서 상관하지 말고 편할 대로 눕고 일어나시게.
그대의 공부 나날이 새로워지는 것이 부럽기만 하네!

勝遊莫作惜時人	晦未來前惟□春
승 유 막 작 석 시 인	회 미 래 전 유 □ 춘
紅樹山林觀白酒	玄冠天地愧黃巾
홍 수 산 림 관 백 주 소 식	현 관 천 지 괴 황 건
谷中消息鸎歌近	簷末微聲鷰語頻
곡 중 소 식 란 가 근	첨 말 미 성 연 어 빈
好席如今醒豈獨	爲君意舉一杯新
호 석 여 금 성 기 독	위 군 의 거 일 배 신

좋은 모임에서 이 시대 사람들을 안타깝게 여기지 말자!
그믐이 오기 전에 봄이 □.
붉어지는 산속에서 막걸리를 바라보네!

현관(검은 관)이 천지에 넘치니 황건을 쓰는 도적에게조차 부끄럽네!

계곡 소식을 방울새 노래하며 알려주고,

처마 끝에서 제비가 작은 소리로 자주 지저귀네!

오늘 같이 좋은 자리 어찌 홀로 취하겠는가,

그대를 위해 새로 한 잔 건배하네!

無題 (相章, 黃, 墻長)
무제

何幸今宵枕聯相
하 행 금 소 침 련 상

猥忝勝會我有章
외 첨 승 회 아 유 장

山花灼灼鵑含赤
산 화 작 작 견 함 적

幽谷嚶嚶鳥拂黃
유 곡 앵 앵 조 불 황

秉燭桃圍成數軸
병 촉 도 위 성 수 축

麥飯蔥湯過仞墻
맥 반 총 탕 과 인 장

此席何多詩高手
차 석 하 다 시 고 수

却惡今日萬會長
각 악 금 일 만 회 장

오늘 밤 같이 베개를 베니 얼마나 행운인가!
좋은 모임에 내가 글을 보태야 하니 두렵구나!
산꽃이 붉어지니 두견새가 붉은 꽃잎을 머금고,
깊은 계곡에서 새가 울면서 노란 잎을 떨어뜨리네.
복숭아꽃 활짝 핀 밤 촛불을 켜고 시 몇 수를 짓는데,
거친 밥과 반찬에도 힘이 넘쳐 몇 길 담을 넘을 듯하네!
이 자리에 시를 잘 짓는 이 어찌 많은지,
오늘 모임에 장을 맡는 것이 싫어지네!

佳節良朋幸兩相
가 절 량 붕 행 량 상

欣然一席誦詞章
흔 연 일 석 송 사 장

樂酣當日傾樽綠
악 감 당 일 경 준 록

釀話連宵剪燭黃
양 화 련 소 전 촉 황

我未濟來三變悔
아 미 제 래 삼 변 회

子能逃出四圍墻
자 능 도 출 사 위 장

盍簪意氣誰能識
합 잠 의 기 수 능 식

甘苦多年一味長
감 고 다 년 일 미 장

좋은 계절에 좋은 벗을 만났구나!
즐겁게 한자리에 앉아 문장을 짓네!

당일 술동이 비도록 즐겁게 노닐면서
촛불 심지를 잘라내 가며 밤 깊도록 이야기가 무르익었네!
나는 세 번 변심한 것을 후회하는데,
그대는 사방을 둘러싼 담을 뛰쳐나오는구나.
벼슬을 버린 그대의 기상 누가 알겠는가?
오랜 세월 어려움을 견디면 반드시 좋은 결과가 나오리라!

良辰喚友子吾相 양 진 환 우 자 오 상	無恙玆遊已四章 무 양 자 유 이 사 장
半夜圍棊爭黑白 반 야 위 기 쟁 흑 백	靈區入俗意蒼黃 영 구 입 속 의 창 황
詩酒幸兼尋古宅 시 주 행 겸 심 고 댁	桑麻方盛補疎墻 상 마 방 성 보 소 장
萬吟依舊溪山面 만 음 의 구 계 산 면	春暮枝枝雨後長 춘 모 지 지 우 후 장

좋은 날 벗들을 부르고, 그대와 나 서로 어울리네!
이 자리에서 어렵지 않게 글 네 편을 지었네!
밤새 검은 돌 흰 돌 승부를 다투는 바둑을 두는데,
신선도 속세에 내려오니 서두르는 기색이 있네.
술 마시며 시 지으면서 고택을 둘러보니,
뽕나무와 대마가 무너진 담에서 자라고 있네.
옛 방식대로 개울과 산을 노래하네!
늦봄 비가 내리니 온갖 가지 더 자라겠구나!

意合從來遠近相 의 합 종 래 원 근 상	言言總是出於章 언 언 총 시 출 어 장
天上雲時多月白 천 상 운 시 다 월 백	山中花滿亂蜂黃 산 중 화 만 란 봉 황
離俗逢場宜載軸 이 속 봉 장 의 재 축	通心交處各非墻 통 심 교 처 각 비 장
餘興尙存連續夜 여 흥 상 존 련 속 야	長長春日亦無長 장 장 춘 일 역 무 장

얼마나 오랫동안 뜻이 맞았던가!

말씀 말씀이 모두 옛 문장에서 나오네!

하늘에 구름이 밝은 달 주위에 몰리고,

산중에 꽃이 가득하니 노란 벌들이 윙윙거리네!

세속을 떠나 여기서 만났으니 마땅히 글을 많이 지어야지,

마음이 통하는 사귐에는 막히는 곳이 없다네!

여흥이 밤늦도록 이어지지만,

긴긴 봄날도 역시 오래 가지 않는구나!

知己難離挽袖相　　隱然留意在詞章
지 기 수 리 만 수 상　　은 연 류 의 재 사 장

蝶舞桃花雙紫白　　鶯飛柳葉各靑黃
접 무 도 화 쌍 자 백　　앵 비 류 엽 각 청 황

無間談話情膠漆　　何事工夫意糞墻
무 간 담 화 신 교 칠　　하 사 공 부 의 분 장

情遊此會難爲再　　據盡胸懷日不長
정 유 차 회 난 위 재　　거 진 흉 회 일 불 장

지기와 헤어지기 싫어 서로 소매를 잡아당기네!

은연중에 마음은 문장으로 향하네!

복숭아꽃에 자색, 흰색 나비가 짝을 지어 춤을 추고

노란 꾀꼬리가 푸른 버드나무에 날아든다.

쉬지 않고 담소를 나누니 끈끈한 정 더욱 깊어지고,[21]

분장[22] 같은 공부에 어찌 마음을 두겠는가!

21.　교칠膠漆은 백낙천白樂天이 원미지元微之에게 보낸 편지에 나오는 말로 '아교 혹은 옷칠 같은 끈끈한 친구 사이'를 뜻한다.

22.　분장糞墻은 『논어』, 「공야장」에 나오는 말로, '재질이 나쁘면 어떤 것을 완성할 수 없다'는 뜻이다. 『논어』, 「공야장」: 재여가 낮잠을 잤다. 공자께서 화가 나셨다. "썩은 나무로 조각할 수 없고, 거름으로 담장을 손질할 수 없다. 내가 재여에게 무엇을 꾸짖겠는가?" 조금 지나 공자께서 다시 말씀하셨다. "옛날에 나는 그 사람의 말을 듣고 그 사람이 그렇게 행동할 것이라 믿었다. 지금은 그 사람의 말을 듣고 어떻게 행동하는지 지켜본다. 재여 때문에 이렇게 바뀌었다.[宰予晝寢. 子曰, "朽木不可雕也, 糞土之牆不可杇也, 於予與何誅?" 子曰, "始吾於人也, 聽其言而信其行, 今吾於人也, 聽其言而觀其行. 於予與改是.] 번역은 다음 책을 참고했다. 윤지산 옮김, 『논어』(지식여행, 2022). 아래 역시 동일하다.

이번 같은 정이 어린 모임 다시 갖기 어렵겠지,
흉금을 터놓으니 하루해가 모자라는구나!

相親相近誼重相
상 친 상 근 의 중 상

此夜遊愈白日章
차 야 유 유 백 일 장

居山無怪閑雲白
거 산 무 괴 한 운 백

飽德餘期大麥黃
포 덕 여 기 대 맥 황

□旬風雨雲□□
□ 순 풍 우 운 □ □

四面江山左右墻
사 면 강 산 좌 우 장

莫惜今胸巡杯酒
막 석 금 흉 순 배 주

前程如水歲月長
전 정 여 수 세 월 장

서로 친하고 가까워 우정이 더 두터워지네!
이 밤 모임은 낮보다 문장이 더 많이 나오네!
산에 사는 것이 부끄럽지 않고 흰 구름만 한가롭게 떠다니네!
태평성대 넉넉한 세월, 보리가 누렇게 익어 가네!
열흘째 비바람 □□□□.
사면에 산과 강이 있고, 좌우는 담처럼 막혀 있네!
오늘 흉금을 터놓고 술잔을 돌리니, 아쉬워 말게나!
긴 세월, 앞길이 물처럼 맑을 것이네!

孤隣當日與誰相
고 린 당 일 여 수 상

緣此多年卷不章
연 차 다 년 권 불 장

叔世羨君心淡白
숙 세 선 군 심 담 백

高筵愧我語雌黃
고 연 괴 아 어 자 황

家留勝界前通路
가 류 승 계 전 통 로

戶入和風外坼墻
호 입 화 풍 외 탁 장

淸夜佳期連豐得
청 야 가 기 련 풍 득

吾遊無恨一生長
오 유 무 한 일 생 장

이웃이 없으니 당일 누구와 함께해야 하는가?
오랫동안 인연이 있었는데도, 문장을 짓지 못했네!

말세에도 그대 마음이 담박한 것이 부럽네!

이 수준 높은 자리, 나는 감당하기 힘들어 노란 꾀꼬리와 이야기 나누네!

집에서 세상을 견디면, 앞길이 열리겠지!

창으로 산들바람 불어오는데, 밖에는 담장이 막고 있네!

아름다운 계절, 좋은 밤 계속 이어지기를.

긴 인생에서 나는 이런 모임 가졌으니 한이 없네!

會中詩酒兩宜相 회 중 시 주 량 의 상	滿座高朋縉紳章 만 좌 고 붕 진 신 장
薰風入近山漸綠 훈 풍 입 근 산 점 록	落照吞紅日己黃 낙 조 탄 홍 일 이 황
君得究成磨琢玉 군 득 구 성 마 탁 옥	我行未免土糞墻 아 행 미 면 토 분 장
逢少別多今後約 봉 소 별 다 금 후 약	勝春夜口不何長 승 춘 야 口 불 하 장

모임에 시와 술 둘은 꼭 필요한 것,

뛰어난 친구 가득 모여 벼슬에 관한 글을 짓네!

훈훈한 바람 불어오고 산은 점점 푸르러지네!

석양이 잔 속에 떨어지니 그 붉은 색을 마시는데, 날은 이미 저물었네!

그대는 이미 옥을 쪼고 다듬었는데,

나는 여태 거름으로 만든 담 신세를 면치 못하네!

만남은 적은데 이별의 슬픔은 큰 듯, 지금 다음 약속을 잡네!

좋은 봄날 밤, 어찌 이리 짧은가!

無題 (靑醒, 屛, 丁庭)
무제

白酒頻傾拭眠靑　　樂深長夜宿還醒
백 주 빈 경 식 면 청　　낙 심 장 야 숙 환 성

棋無黑白儂虛局　　畫盡丹靑子彩屛
기 무 흑 백 농 허 국　　화 진 단 청 자 채 병

滿地煙霞同勝已　　先天風雨感零丁
만 지 연 하 동 승 이　　선 천 풍 우 감 령 정

團圓此席何嫌久　　詩禮由來古宅庭
단 원 차 석 하 혐 구　　시 례 유 래 고 택 정

막걸리병 자주 기울이다 눈을 비비며 잠을 깨네!

즐거움 깊어지는 긴 밤, 잠시 잠들었더니 술이 다시 깨네!

검은 돌, 흰 돌이 없다면 바둑이 되겠는가!

나는 단청을 그리니 그대는 병풍을 채색하세!

안개와 노을이 온 땅에 가득하니 경치가 더 아름답고,

하늘에서 비바람 내리니 고달프고 애달프네!

이 자리에 둥글게 모여 앉았으니 누가 오래 가는 것을 싫어하겠는가!

시와 예는 모두 고택의 뜰에서 유래한 것이리라![23]

和風天地樹樹靑　　醉夢浮生孰先醒
화 풍 천 지 수 수 청　　취 몽 부 생 숙 선 정

---

23. 이 구절은 『논어』에서 유래한 것 같다.: 진항이 공자 아들 백어에게 물었다. "그대는 아버님께 특별히 들은 말이 있는가?" 백어가 대답했다. "없습니다. 아버님이 홀로 서 계실 때 잰걸음으로 뜰 앞을 지나간 적이 있습니다. 그때 아버님이 물으셨습니다. '시를 배웠느냐?' 아직 배우지 못했다고 대답했습니다. 다시 아버님께서 말씀하셨습니다. '시를 배우지 않으면 말을 제대로 할 수 없다'고 하셨습니다. 저는 물러나 바로 시를 공부하기 시작했습니다. 어느 날 또 홀로 계실 때 잰걸음으로 뜰 앞을 지나친 적이 있습니다. 아버님이 물으셨습니다. '예를 배웠느냐?' 제가 배우지 못했다고 말씀드렸더니 '예를 배우지 않으면 서지도 못한다'라고 하셔서 물러나 바로 예를 공부했습니다. 이 두 말씀은 들었습니다." 진항은 돌아가면서 즐거워했다. "하나를 묻고 세 개를 얻었다. 시를 듣고 예를 들었다. 군자가 자식을 멀리한다는 것도 배웠다."[陳亢問於伯魚曰, "子亦有異聞乎?" 對曰, "未也. 嘗獨立, 鯉趨而過庭. 曰, '學詩乎?' 對曰, '未也.' '不學詩, 無以言.' 鯉退而學詩. 他日, 又獨立, 鯉趨而過庭. 曰, '學禮乎?' 對曰, '未也.' '不學禮, 無以立.' 鯉退而學禮. 聞斯二者." 陳亢退而喜曰, "問一得三, 聞詩聞禮, 又聞君子之遠其子也."]

事業經營成虧簣　山林景物作畫屏
사 업 경 영 성 휴 궤　산 림 경 물 작 화 병

淸宵酒飮桃詩興　喚友聲傳伐木丁
청 소 주 음 도 시 흥　환 우 성 전 벌 목 정

待得風塵飛盡後　論文更與主家庭
대 득 풍 진 비 진 후　논 문 경 여 주 가 정

천지에 따뜻한 바람 불고 온갖 나무 모두 푸르러지네!

뜬구름 같은 인생 취하거나 꿈꾸고 사는데, 누가 먼저 깨어나리오!

세상사 뜻대로 풀리지 않고,

산과 숲 같은 경치를 병풍에 그려 넣네.

맑은 밤 술을 마시는데, 시와 복숭아꽃이 흥을 돋우고

벗을 부르는 소리 마치 도끼로 나무를 찍듯 울려 펴지네![24]

바람이 불어 먼지가 모두 떨어지고,

주인의 뜰에서 문장을 더 깊이 논하네!

回憶奢年夢過靑　灯前皆醉有誰醒　暮春幸訪煙霞洞
회 억 사 년 몽 과 청　정 전 개 취 유 수 성　모 춘 행 방 연 하 동

前鬱便成錦繡屏　十年事業儂無策　百戰詩場子壯丁
전 울 편 성 금 수 병　십 년 사 업 농 무 책　백 전 시 장 자 장 정

晝筵繼夜猶無足　但願來頭更上庭
주 연 계 야 유 무 족　단 원 래 두 경 상 정

지난 시간을 떠올려 보니 청춘은 꿈처럼 흘러갔구나!

등불 앞에서 모두 취했으니 누가 먼저 깨어나리오!

늦봄 다행히 안개와 노을이 가득한 동네를 찾아왔네!

앞 울타리는 꽃이 피어 마치 비단을 수놓은 듯하구나!

10년을 대책 없이 사업을 벌였었는데,

전장에 수없이 참가한 장정처럼 여기서는 모두 시를 잘 짓네!

24.　『시경』, 「벌목伐木」: 도끼 소리 쿵쿵, 새소리 꾀꼴꾀꼴. 깊은 골짜기에서 나와, 높은 나무로 옮겨 가네.[伐木
　　丁丁 鳥鳴嚶嚶 出自幽谷 遷于喬木.]

낮에 열었던 이 모임 밤까지 이어져도 오히려 부족하네!
바라건대 몇 사람이라도 집 안의 뜰로 돌아가 더 놀아 봄세!

此筵素意更何清　　應在其間并醉醒
차 연 소 의 경 하 청　　응 재 기 간 병 취 성
紙板黑白房中局　　山幅丹靑屋後屛
지 판 흑 백 방 중 국　　산 폭 단 청 옥 후 병
巡杯虛讓心童子　　臨軸守貞力壯丁
순 배 허 양 심 동 자　　임 축 수 정 력 장 정
供得今宵詩興滿　　更新餘日一家庭
공 득 금 소 시 흥 만　　경 신 여 일 일 가 정

이 자리에 앉으니 평소 품은 뜻이 더 맑아지네!
사이에 끼어 앉아 취했다 깨었다 한다네!
방 안에서 종이판에 바둑을 두고,
산은 단청을 두른 듯 집 뒤에 병풍처럼 서 있구나!
술잔을 돌리면 짐짓 사양하니 마치 아이 같은 마음일세!
시를 적을 종이를 곧은 마음으로 대하는 것이 힘센 장정 같네!
함께 이 밤을 보내니 시흥이 가득하고,
이 집에서 남은 날 더 새롭게 보내세!

詞老多愼意氣靑　　少吾況不懶眠醒
사 로 다 신 의 기 청　　소 오 황 불 라 면 성
夜深風物都寐面　　日出江山更畵屛
야 심 풍 물 도 매 면　　일 출 강 산 경 화 병
酒樽傾盡皆豪傑　　詩軸壓書子壯丁
주 준 경 진 개 호 걸　　시 축 압 서 자 장 정
玆席團欒連剪燭　　時朝別意恨玆庭
자 석 단 란 련 전 촉　　시 조 별 의 한 자 정

노인은 글 지을 때 신중하니 기상이 청춘 같은데,
젊은 나는 게을러 취했다 깨었다 하네!

밤이 깊어 가니 풍물도 모두 잠든 것 같고,
강산에 해가 떠오르니 병풍을 그린 듯하네!
호걸처럼 술 동이를 모두 비우고
시를 적은 두루마기가 두꺼운 책이 되니 모두가 장정일세!
단란한 이 자리, 촛불 심지를 계속 자르며 밤을 이어 가고,
아침이 밝아 오면 이별해야 하니 이 뜰이 애틋하겠네!

春滿乾坤葉葉靑	詩興不盡酒未醒
춘 만 건 곤 엽 엽 청	시 흥 부 진 주 미 성
四節風光各有時	三春物色畫山屛
사 절 풍 광 각 유 시	삼 춘 물 색 화 산 병
一點孤燈環座上	半夜圍棋落聲丁
일 점 고 등 환 좌 상	반 야 위 기 락 성 정
堪憐門外風搔動	何日淸光後洞庭
감 련 문 외 풍 소 동	하 일 청 광 후 동 정

천지에 봄기운 가득하고 잎이란 잎은 다 푸르러지네!
시흥은 끝이 없고 술은 아직 깨지 않네!
사계절 경치 때마다 다르고,
봄 내내 온 산이 병풍을 그린 것 같았네!
등불 하나를 두고 둘러앉아
밤새 바둑돌 소리 퍼져 나가네!
문밖에 바람 소리 요란하니
맑은 어느 날 다시 이 뜰에서 만나세!

關東客靑鳧屋 (東同, 風, 中紅)
관 동 객 청 부 옥

鹿洞餘規復海東　文房四友古今同
녹 동 여 규 부 해 동　문 방 사 우 고 금 동

世皆漆室開明燭　人自新程依舊風
세 개 칠 실 개 명 촉　인 자 신 정 의 구 풍

詩談嘆髮隨年白　酒力潮顔盡日紅
시 담 탄 발 수 년 백　주 력 조 안 진 일 홍

君有瓊琚吾有樂　遙遊誰識在其中
군 유 경 거 오 유 악　요 유 수 식 재 기 중

관동에서 온 객이 청부옥에 묵음

백록동 규약이 우리나라에서 다시 살아났네![25]

문방사우[26]는 예나 지금이나 같고,

세상이 모두 칠실처럼 어두우니 밝은 등불을 켜야 하고,

다른 사람은 저절로 새로운 길을 찾아가나 나는 옛 풍습을 지키고 싶네.

시를 짓고 담소하며 세월 따라 희어진 머리를 탄식하네!

술기운이 얼굴로 올라 종일 붉은 얼굴이라네.

그대의 아름다운 시가 있어 나는 즐겁네.[27]

이 중에서 그 소요유를 누가 알아보겠는가![28]

---

25. 주자朱子가 만든 교육 방침 및 목표를 말함. 내용은 다음과 같다. "父子有親, 君臣有義, 夫婦有別, 長幼有序, 朋友有信. 右五敎之目. 堯舜使契爲司徒, 敬敷五敎, 卽是也. 學者學此而已, 而其所以學之之序, 亦有五焉, 其別如左. 博學之, 審問之, 愼思之, 明辨之, 篤行之. 右爲學之序. 學, 問, 思, 辨, 四者所以窮理也. 若夫篤行之事, 則自修身以至於處事接物, 亦各有要, 其別如左, 言忠信, 行篤敬, 懲忿窒欲, 遷善改過. 右修身之要. 正其義不謀其利, 明其道不計其功. 右處事之要. 己所不欲, 勿施於人. 行有不得, 反求諸己."
26. 문방사우는 붓[筆], 먹[墨], 종이[紙], 벼루[硯]를 말한다.
27. 경거瓊琚는 보배로운 구슬인데, 상대방의 시문이 뛰어남을 비유한다. 다음에서 유래했다. 『시경詩經』, 「목과木瓜」: 나에게 목과를 주거늘 경거로써 갚는다.[投我以木瓜, 報之以瓊琚.]
28. 『장자莊子』, 「소요유逍遙遊」를 말한다.

翻桑天地孰吾東　何幸今宵與子同
번상천지숙오동　하행금소여자동

歲月居然雙鬢雪　塵埃良貴古淸風
세월거연쌍빈설　진애량귀고청풍

暫論忘却靈區外　一見知爲特閥中
잠론망각령구외　일견지위특벌중

如此雅遊仙不讓　小春當日筆花紅
여차아유선불양　소춘당일필화홍

천지가 상전벽해 하듯 크게 변했으니, 여기가 과연 우리나라인가!

오늘 저녁 그대와 함께하니 얼마나 다행인가!

세월이 빨리 흘러 벌써 귀밑머리에 눈이 내렸고,

이 속세도 좋고 귀하며 맑디맑은 풍속 영원하리라!

신선이 노닐던 곳이라는 걸, 잠시 잊었네!

한 번 보아도 특별한 집안 출신이라는 걸 알겠네!

이처럼 좋은 놀이 신선에게도 양보하지 않으리라!

소춘 당일에 붓으로 붉은 꽃을 그리네![29]

29.　『초학기初學記』에서 다음과 같이 말했다. "겨울철에 양기陽氣가 발동하면서 만물이 귀의할 곳을 얻게 되는 바, 그 기운이 봄처럼 따뜻하게 되기 때문에 소춘小春 혹은 소양춘小陽春이라고 한다." 따라서 이 글의 문맥을 살펴보면 '소춘'은 '초봄'을 뜻하는 것 같다. 겨울은 '양陽' 하나씩 생겨나는 계절이므로 양월이라고도 한다. 음력 11월을 복괘復卦라고 하는 것도 같은 이치이다. ䷗(지뢰복괘)의 괘 모양을 보면 초효에서 '양'이 하나 생긴다.

無題 (冬封, 笻, 容重)
무제

近日風光盡入冬　樹將春意一心封
근 일 풍 광 진 입 동　수 장 춘 의 일 심 봉
口詩遣夜無勞燭　知己尋門幸慣笻
口 시 견 야 무 로 촉　지 기 심 문 행 관 공
劫海多翻儂泛跡　靈區長在客仙容
겁 해 다 번 농 범 적　영 구 장 재 객 선 용
良宵酬唱休言數　白髮當前正議重
양 소 수 창 휴 언 수　백 발 당 전 정 전 중

최근 완연히 들어서서

봄을 기다리던 나무는 움츠러드네!

시를 지으며 밤을 보내니 촛불은 수고를 아끼지 않고,

지기의 집을 찾아가니 익숙한 길이라네!

깊은 바다 수없이 뒤집혀 내 흔적 사라지고

신선이 살던 곳에 오래 있었으니 그대는 신선의 자태라!

좋은 밤, 술 마시고 노래 부르며 좋은 글 짓네!

백발이 눈앞에 있지만, 올바른 논의가 중요하다네!

布衣寒士用三冬　客榻借來口口封
포 의 한 사 용 삼 동　객 탑 차 래 口 口 봉
却將志氣山同立　願洗心身口口笻
각 장 지 기 산 동 립　원 세 심 신 口 口 공
稽古千種扶道脈　從今十載舊時容
계 고 천 종 부 도 맥　종 금 십 재 구 시 용
是年此樂明年又　特設筵口孰識重
시 년 차 악 명 년 우　특 설 연 口 숙 식 중

가난한 선비 겨울을 보내며,

그대의 책상 빌려와 口口口.

기상은 산처럼 우뚝 섰고,

심신은 수양한 것이 □□□.

옛일을 살펴보니 성인도 술을 천종 마시며 도통을 지켰고,[30]

지금부터 10년간 옛 풍속을 지키겠네!

올해의 이 즐거움 내년도 기약함세!

특별히 잔치를 열었으니, 무엇이 중한지 알겠네!

□ 遊幸得小春冬　　積積詩囊自不封
□ 유 행 득 소 춘 동　　적 적 시 낭 자 불 봉

□□興流儂剪燭　　寒□□色□□□
홍 류 농 전 촉 □ □　　한 □ □ 색 □ □ □

親朋交道無長夜　　初面許心反熟容
친 붕 교 도 무 장 야　　초 면 허 심 반 숙 용

□□□北風何故　　甚天將未洽欲重[31]
□ □ □ 北 風 何 故　　삼 천 장 미 흡 욕 중

□ 모임이 다행히도 겨울 초입이라네!

시를 적은 종이가 겹겹이 쌓여 묶을 수도 없을 지경이라네!

□□ 흥이 깊어 내가 촛불 심지를 자르네!

□□□□□□□

친한 벗과 도를 나누니 긴 밤이 오히려 짧네!

초면인데 터놓고 이야기 나누니 오히려 오래전부터 알던 사이 같네!

□□□□ 북풍은 무슨 까닭에,

하늘은 무엇 때문에 어둡고 흐린가!

30. 『공총자孔叢子』, 「유복儒服」에 "요순은 한자리에서 천종의 술을 마셨고, 공자는 백고의 술을 마셨다.[堯舜千鍾, 孔子百觚.]"라는 말이 있다. 한나라 공융孔融의 「여조조논주금서與曹操論酒禁書」에 "요 임금은 천종의 술이 아니면 태평 시대를 세울 수 없었고, 공자는 백고의 술이 아니면 지고의 성인이 될 수 없었다.[堯不千鍾, 無以健太平, 孔非百觚, 無以堪上聖.]"라고 하였다. '천종'은 '많은 양量' 또는 '가장 높은 관직의 녹봉祿俸'을 가리킨다.

31. 甚은 보통 '심'으로 읽는데, '무엇'이라는 뜻일 때 '삼'으로 읽는다.

秋夕 (來開, 臺, 杯才)
추 석

一年佳節此時來　　四野稻花限無開
일 년 가 절 차 시 래　　사 야 도 화 한 무 개

白髮班衣探仙路　　淸風明月捲雲臺
백 발 반 의 탐 선 로　　청 풍 명 월 권 운 대

黃租未熟平常食　　靑果爲肴請一杯
황 조 미 숙 평 상 식　　청 과 위 효 청 일 배

自致勝遊詩興發　　相爭句作各奇才
자 치 승 유 시 흥 발　　상 쟁 구 작 각 기 재

추석

일 년 중 제일 좋을 때가 지금 왔네!
온 들판 꽃 같은 벼들이 끝없이 열렸구나!
백발에 채색옷을 입고 신선의 길을 찾는데
맑은 바람과 밝은 달이 운대를 감싸네!
벼가 완전히 익지 않아 묵은쌀 먹어도,
과일주가 익었으니 한 잔 들게나.
이 아름다운 모임에 왔더니 시흥이 저절로 생기고
서로 다투어 시를 짓는데 각기 재능이 뛰어나구나!

新涼勸諸生 (前遷, 泉, 賢先)
신 량 권 제 생

時當暑退顧燈前　讀盡靑編善可遷
시 당 서 퇴 고 등 전　독 진 청 편 선 가 천
大爵高官皆出卷　深江廣海始於泉
대 작 고 관 개 출 권　심 강 광 해 시 어 천
今日莫嫌師父訓　來頭露出古人賢
금 일 막 렴 사 부 훈　내 두 로 출 고 인 현
同堂朋友多從集　各自受才佚足先
동 당 붕 우 다 종 집　각 자 수 재 일 족 선

초가을 제생에게 권함

지금 더위가 물러나고 등 앞에 앉을 시기라네.
옛 서적을 열심히 읽어 선으로 옮겨 가세!
큰 벼슬도 모두 책에서 나오는 법이고,
깊은 강이나 광활한 바다도 모두 얕은 샘에서 시작했다네!
오늘 스승의 가르침을 가벼이 듣지 말고
와서 인사하고 고인의 현명함을 배우세!
같은 공부하는 여러 벗이 많이 모였으니
각자 재주대로 힘써 정진하세!

老松 (深尋, 禽, 心臨)

枝葉 □ 形歲月深
지 엽 □ 형 세 월 심

杆根堅立不無尋
간 근 견 립 불 무 심

愛鳳橫長禁雜獸
애 봉 횡 장 금 잡 수

後圍白鶴恨飛禽
후 위 백 학 한 비 금

四時不變比干節
사 시 불 변 비 간 절

萬代無窮赤松心
만 대 무 궁 적 송 심

一年一到天中節
일 년 일 도 천 중 절

綠衣紅裳自樂臨
녹 의 홍 상 자 악 림

노송

잎은 □ 모양이라 세월의 흔적이 깊게 묻어나네.

큰 줄기 튼튼하고 크게 자랐네!

가로로 길게 자란 가지 봉황을 사랑하여 다른 들짐승이 오지 못하게 하고

뒤늦게 내려앉은 백학은 다른 날짐승을 멀리하네!

사철 변하지 않은 것이 비간[32]의 절개 같고

영원토록 끝이 없는 것은 적송의 심지이어라!

일 년에 한 번 오는 천중절(단오)에

녹의홍상을 입고 스스로 즐거워하네!

---

32. 비간比干은 은殷나라 마지막 왕 주왕紂王의 숙부이다. 주왕의 폭정을 간언했는데, 주왕은 듣지 않고 오히려
비간을 처형했다. 절개와 지조를 상징한다.

賭局 (逢空, 鴻, 忠通)
두 국

一宇二雄待必逢	兩將心裏日無空
일 우 이 웅 대 필 봉	양 장 심 리 일 무 공
口用象馬橫行敵	作隊軍兵列飛鴻
口 용 상 마 횡 행 적	작 대 군 병 렬 비 홍
其動戰術非威力	吉運歸來露盡忠
기 동 전 술 비 위 력	길 운 귀 래 로 진 충
關中先入兩陣策	受德天于莫無通
관 중 광 입 량 진 책	수 덕 천 우 막 무 통

내기 장기

한 하늘 아래 영웅이 둘이라면 반드시 만나는 법,
두 장군이 마음은 하루도 허투루 보내지 않네![33]
(장기의) 상과 마를 이용해 적진을 휘젓고,
병사를 조직하고 움직이는 행렬이 마치 기러기가 날아가는 것 같네.
전술이라는 것이 큰 위력은 없고
하늘이 내린 운이 있어야 모두 충성을 다하네!
관중에 먼저 들어가는 것이 두 군대의 전략이었는데,
하늘에서 덕을 받은 이 이루지 못하는 것이 없네!

---

33. 장기에 관한 시이지만 실상은 항우項羽와 유방劉邦의 초한 전쟁을 노래하고 있다. 관중關中은 진나라 수도로 들어가는 관문이며, 항우와 유방이 서로 먼저 들어가려고 다툰다. 『사기』, 「항우본기」 참고.

秋燈 (隨宜, 籬, 知師)
추 등

□光變化逐時隨　　居就恒常隱壁□
　□ 광 변 화 축 시 수　　거 취 항 상 은 벽 □

□□影藏房內月　　夜間輝發不干籬
　□ □ 영 장 방 내 월　　야 간 휘 발 불 간 리

南北西鄰耿耿火　　左右山下蟋蟀知
남 북 서 린 경 경 화　　좌 우 산 하 실 솔 지

書聲幷起來日贇　　與爾同存我於師
서 성 병 기 래 일 운　　여 이 동 존 아 어 사

가을밤 등불

□ 빛 시간에 따라 변하고,

나고 들 때 항상 □□□.

□□□□ 그림자 달빛이 방 안으로 들어온 것,

밤에 불빛은 울타리를 넘지 못하네!

남쪽, 북쪽, 서쪽 이웃은 등불을 밝게 켜니

산 좌우 아래에서 귀뚜라미 우네!

글 읽는 소리 내일의 재물을 부르고,

등불과 내가 함께 있으면 등불은 스승이라네.

78

周王山 (清情, 聲, 平生)
주 왕 산

□馬秋風是意淸　　尋僧斜日古人情
　□ 마 추 풍 시 의 청　　심 승 사 일 고 인 정

□□□色花屛立　　瀑沛鑿巖玉磨聲
　□ □ □ 색 화 병 립　　폭 수 착 암 옥 마 성

怪石奇巖行看險　　仙景□□□□□
괴 석 기 암 행 간 험　　선 경 □ □ □ □ □

逝後高名周王刻　　儒生謄寫漸光生
서 후 고 명 주 왕 각　　유 생 등 사 점 광 생

주왕산

말을 타고 가는데 가을바람이 불어오니 뜻이 더 맑아지네!

해질 무렵 승려를 찾아가니 옛사람의 마음을 알겠네!

□□□ 꽃이 나란히 서 있고

폭포가 떨어져 바위에 부딪히는 소리, 마치 옥을 가는 것 같네!

기암괴석을 보니 갈 길이 험한 것 같고,

신선이 □□□□□,

세상을 떠나도 이름이 남아, 그 이름을 따 주왕이라고 지었네![34]

유생들이 본받으려 하면서 잠시 체면치레를 하네!

34. 주왕周王은 당나라 때의 주도周鍍를 말하는데, 그는 스스로 후주천왕後周天王이라 칭하면서 당나라 수도 장
　　안을 공격했으나 안록산의 난을 평정한 곽자의郭子儀 장군에게 패하여 요동으로 도망쳐 행방을 알 수 없게
　　되었다. 주왕산이라는 명칭은 이러한 실화를 바탕으로 각색한 것으로 보인다. 주왕은 석병산(石屛山, 주왕
　　산의 옛 이름)으로 도망쳐 숨어 있었는데, 당나라의 요청을 받은 신라 정부군에게 척살 당했다고 한다.

丹楓 　(明成, 橫, 程輕)
단 풍

靑黃紅葉露霜明　　春夏秋中最好成
청 황 홍 엽 로 상 명　　춘 하 추 중 최 호 성
□穀豊登盈四野　　二重春色世岐橫
□ 곡 풍 등 영 사 야　　이 중 춘 색 세 기 횡
天上□□何神物　　地下群生不問程
천 상 □ □ 하 신 물　　지 하 군 생 불 문 정
江山彩影□□□　　海内充光□□輕
강 산 채 영 □ □ □　　해 내 광 충 □ □ 경

단풍

울긋불긋한 잎 서리 맞으니 더 선명하고
봄여름 가을 중 지금이 제일 아름답네!
□ 온 들판에 풍년이 들었고
봄 색이 더 짙어져 세상이 완전히 달라졌네!
하늘에 어떤 신물이 있는가?
땅의 뭇 생물들은 길을 묻지 않네!
강산의 색조 짙은 그림자 □□□,
바다에는 빛이 가득하고 □□ 가볍네!

耕麥 (仙年, 船, 玄傳)
경 맥

仙月二重不羨仙　　農時勿失後豊年
선 월 이 중 불 선 선　　농 시 물 실 후 풍 년
大野晚種飛手足　　漁村歸帆促走船
대 야 만 종 비 수 족　　어 촌 귀 범 촉 주 선
相爭收□郊外白　　風捲雲塵世上玄
상 쟁 수 □ 교 외 백　　풍 권 운 진 세 상 현
富貴資源茲始産　　愚夫勤儉有終傳
부 귀 자 원 자 시 산　　우 부 근 검 유 종 전

밭을 갈다

선월(7월) 보름, 신선이 부럽지 않네!
농사는 때를 놓치지 말아야 풍년이 든다네!
들판에 씨 뿌리는 손 바쁘고
어촌에는 돛이 돌아오는 배를 재촉하네!
수확이 바쁜데, 교외에 밝은 닭이 떠오르고
바람이 구름과 먼지를 걷어내도 세상은 여전히 어둡네!
부귀는 본디 이 생산에서 시작하는 것,
농부는 부지런하고 검소해서 자손에게 전하는 것이 있다네!

新春知舊喜逢
신 춘 지 구 희 봉
(天緣, 仙, 田邊)

新春佳氣丘城天　　邂逅兹筵摠舊緣
신 춘 가 기 구 성 천　　해 후 자 연 총 구 연

聊將世故何時脫　　偶得浮生半日仙
요 장 세 고 하 시 탈　　우 득 부 생 반 일 선

暖日和風同海陸　　農家急務在牟田
난 일 화 풍 동 해 륙　　농 가 급 무 재 모 전

滿座欣然相醉飽　　主人處事感無邊
만 좌 흔 연 상 취 포　　주 인 처 사 감 무 변

새 봄 옛 친구를 즐겁게 만나다

기운이 좋은 새 봄, 빈 성에서 하루를 보내네!

이 자리에 만난 이들 모두 예부터 인연이 있었네!

세상살이 들어보니 어느 세월에 벗어날 수 있겠는가?

우연한 뜬구름 같은 인생, 신선처럼 반나절 보냈네!

따뜻한 산들바람 마치 해변 같고

농가의 급선무는 밭갈이라네!

자리에 가득히 모여 즐겁게 마시고 배부르게 먹었네.

주인의 대접, 감사하기 그지없네!

詞人不偶露眞天　　何幸風流歲始緣
사인불우로진천　　하행풍류세시연

每惜蒼顔無所樂　　更看皓髮便知仙
매석창안무소악　　경간호발편지선

鴨樽傾盡情新酒　　魚夢相酬說及田
압준경진정신주　　어몽상수설급전

自是源源相續否　　明花啼鳥景無邊
자시원원상속부　　명화제조경무변

글을 지을 때 우연히 진면목이 드러나지는 않네!

한 해를 시작할 무렵 이런 인연이 있어 얼마나 다행인가!

늙어서 이제 즐길 바가 없어 애석하구나!

백발을 보면 신선인 줄 착각하겠네!

술동이 다 비우니 정은 깊어지고 술을 새로 내오네!

풍년을 기원하며 농사에 대해서 이야기 나누네![35]

지금부터라도 이 모임 끊어지지 않고 계속 이어지기를 바라네!

꽃이 피고 새가 우는 아름다운 경치 끝이 없네!

35.　어몽魚夢은 풍년의 조짐을 예지하는 물고기 꿈을 말한다. 『시경詩經』, 「소아小雅, 무양無羊」에서 유래한 것이다. 다음이 그 원문이다. "소와 양을 치는 사람이 꿈을 꾸니, 사람들이 물고기로 보이고 작은 기가 큰 기로 보였다. 태인이 점을 치고서 사람들이 물고기로 보인 것은 올해 풍년이 들 조짐이요, 작은 기가 큰 기로 보인 것은 집안이 번성할 조짐이라 하였다.[牧人乃夢, 衆維魚矣, 旐維旟矣. 大人占之, 衆維魚矣, 實維豐年, 旐維旟矣, 室家溱溱.]"

會話 (收秋, 流, 樓留)
회화

士藪悲歌永未收　　高人逢處又新秋
사 수 비 가 영 미 수　　고 인 봉 처 우 신 추

因風松籟淸聲奏　　雨過稻田瑞色流
인 풍 송 뢰 청 성 주　　우 과 도 전 서 색 류

篇上聖言儂束閣　　詩中健格子高樓
편 상 성 언 농 속 각　　시 중 건 격 자 고 루

勝緣休道茲筵霎　　千里吳州意思留
승 연 휴 도 자 연 삽　　천 리 오 주 의 사 류

회화

선비들이 모였으니 슬픈 노래가 끝나지 않네![36]
뛰어난 사람 만났더니 가을이 더 새롭다.
바람이 부니 소나무는 피리처럼 맑은 소리 내고
비 내린 들판은 상서로운 기운이 감도네!
책 속의 성인의 말씀 나는 읽지 않고 있는데[37]
그대는 시 짓는 품격이 매우 높다네!
아름다운 인연, 아름다운 노래 넘치는 이 자리에 가랑비가 내리네!
천리 밖 오주에 있더라도 여기 생각이 날 것이네![38]

---

36. 원문의 '수藪'는 본래 짐승이 모이는 곳을 지칭하는 말인데 여기서 '선비의 모임'을 은유한 것이다. 참고로 물고기가 모이는 곳을 '연淵'이라고 한다.
37. 속각束閣은 '묶어서 시렁 위에 올려놓는다'라는 뜻이다.
38. 이백李白이 지은 「송장사인지강동送張舍人之江東」에 "천리 밖 오주에 있더라도 여기 생각이 날 것이네.[唯有吳洲千里月]"라는 구절이 나오는데, 이를 인용한 것 같다.

積月長霖此日收　看君髮白覺余秋
적월장림차일수　간군발백각여추
琴書偶樂酸塵味　泉石含奇聽澗流
금서우악산진미　천석함기청간류
□ 與宋靑歸聖廟　題吟 □□□□ 樓
□ 흥송청귀성묘　제음 □□□□ 루
□ 難吾輩同三益　一席餘情我自留
□ 난오배동삼익　일석여정아자류

몇 달 이어진 긴 장마 오늘 멈추었네!
그대의 백발을 보니 나에게도 가을이 왔다는 것을 알겠구려.
거문고와 책을 같이 즐기니 세상사 시름 사라지고
시내에 잠긴 기괴한 돌 위로 시냇물이 흘러가는 소리 들리네!
□ 송청과 함께 성묘로 돌아가면서
□□□□루라는 시를 짓는다.
우리 친구 사이를 익자삼우라고 부를 수 있으리라!³⁹
이 자리에서 깊었던 정이 나를 붙드네!

---

39. 『논어』, 「계씨季氏」: 유익한 벗이 셋이고, 해로운 벗이 셋이다. 정직한 사람과 벗하고 성실한 사람과 벗하고
박학다식한 사람과 벗하면 유익하고, 편벽된 사람과 벗하거나 굽실거리기 잘하는 사람과 벗하거나 빈말
잘하는 사람과 벗하면 해롭다.[益者三友, 損者三友. 友直, 友諒, 友多聞, 益矣. 友便辟 友善柔, 友便佞, 損
矣.]

松隱
송은

人當舊甲歲新陽 인 당 구 갑 세 신 양	無限風光入室堂 무 한 풍 광 입 실 당
皓髮宛然平地作 호 발 완 연 평 지 작	勝緣何幸報天長 승 연 하 행 보 천 장
川崗精氣翁家得 천 강 정 기 옹 가 득	杯酒深香孝祝口 배 주 심 향 효 축 口
此會休論經歲日 차 회 휴 론 경 세 일	增年增慶好商量 증 년 증 경 호 상 량

송은 선생 회갑연[40]

사람이 한 갑자를 살았다면 다음 해는 양의 기운이 새로 생기겠네![41]

바람과 빛이 끝없이 집안으로 들어오는구나!

비록 백발이 성성하나 평지에서는 일할 수 있다네!

아름다운 인연 덕분 다행히도 하늘이 주신 명에 보답할 수 있구려.[42]

강과 산의 정기가 선생의 집안에 가득하다.

짙은 술 향기 가득하고 효자들이 축하 인사를 올리네!

해가 갈수록 경사가 더 많아지리라 덕담하네!

慶家消息幸昌陽 경 가 소 식 행 창 양	勝地高人乃適當 승 지 고 인 내 적 당
彷彿仙風惟皓白 방 불 선 풍 유 호 백	自然壽域又川岡 자 연 수 역 우 천 강
趨庭皆是還生孝 추 정 개 시 환 생 효	賀軸無非喜欲狂 하 축 무 비 희 욕 광

40. 송은松隱이 어떤 분의 호號인지, 아니면 은자를 뜻하는지 명확하지 않다. 여러 자료가 실전했고, 또 이때 일을 기억하는 분도 없으니 고증할 길이 없다. 본 역서에서는 문맥에 따라 어떤 분의 호로 추정했다.

41. 신양新陽은 ䷗(지뢰복괘)를 뜻한다. 여기서 나이가 이미 환갑을 넘었으니 새롭게 다시 시작하자는 의미로 쓴 듯하다.

42. 천장天長은 『도덕경』 7장에 나오는 '천장지구天長地久'를 뜻한다. 여기서는 '하늘과 땅처럼 장수'한다는 의미로 썼다.

好話津如許席 □　　愚慵猶愧未香 □
호 화 진 여 허 석 □　　우 용 유 괴 미 향 □

집안에 경사가 있다는 소식, 장수하시길 축원하네![43]

아름다운 고장, 뛰어난 인물 모두 이 자리에 어울리네!

호호백발 신선 같은 풍모,

산과 강처럼 장수하소서!

자녀들은 모두 공자의 아들이 환생한 듯하고,[44]

축하하는 시가 넘치고 모두 뛸 듯이 기뻐하네!

좋은 말씀이 자리를 넘나들고,

실력이 없어 아직 □ □ 못해 부끄럽구나!

此日溫溫倍載陽　　故人光景不尋常
차 일 온 온 배 재 양　　고 인 광 경 불 심 상

喜翻舞袖怡顔露　　競獻佳杯赤悃長
희 번 무 수 이 안 로　　경 헌 가 배 적 곤 장

初中安過知餘歲　　深淺能分驗善量
초 중 안 과 지 여 세　　심 천 능 분 험 선 량

猥共賀筵惟有愧　　重兼拙句亦何當
외 공 하 연 유 유 괴　　중 겸 졸 구 역 하 당

43. 원문의 창양昌陽은 창포菖蒲를 말하는 것으로, 한유韓愈가 「진학해進學解」에서 "창양은 장수하게 한다[昌陽引年]"라고 했듯이, '장수'를 뜻한다.

44. 원문의 추정趨庭은 『논어』에서 유래했고, 여기서는 '효자'라는 의미로 썼다. 『論語』, 「季氏」: 진항이 공자 아들 백어에게 물었다. "그대는 아버님께 특별히 들은 말이 있는가?" 백어가 대답했다. "없습니다. 아버님이 홀로 서 계실 때 잰걸음으로 뜰 앞을 지나간 적이 있습니다. 그때 아버님이 물으셨습니다. '시를 배웠느냐?' 아직 배우지 못했다고 대답했습니다. 다시 아버님께서 말씀하셨습니다. '시를 배우지 않으면 말을 제대로 할 수 없다'고 하셨습니다. 저는 물러나 바로 시를 공부하기 시작했습니다. 어느 날 또 홀로 계실 때 잰걸음으로 뜰 앞을 지나친 적이 있습니다. 아버님이 물으셨습니다. '예를 배웠느냐?' 제가 배우지 못했다고 말씀드렸더니 '예를 배우지 않으면 서지도 못한다'라고 하셔서 물러나 바로 예를 공부했습니다. 이 두 말씀은 들었습니다." 진항은 돌아가면서 즐거워했다. "하나를 묻고 세 개를 얻었다. 시를 듣고 예를 들었다. 군자가 자식을 멀리한다는 것도 배웠다.[陳亢問於伯魚曰, "子亦有異聞乎?" 對曰, "未也. 嘗獨立, 鯉趨而過庭. 曰, '學詩乎?' 對曰, '未也.' '不學詩, 無以言.' 鯉退而學詩. 他日, 又獨立, 鯉趨而過庭. 曰, '學禮乎?' 對曰, '未也.' '不學禮, 無以立.' 鯉退而學禮. 聞斯二者." 陳亢退而喜曰, "問一得三, 聞詩聞禮, 又聞君子之遠其子也.]

오늘은 매우 따뜻한데 평소 재양(3월)보다 더 따뜻하네!

고인의 모습은 예사롭지 않네!

자손들은 웃는 얼굴로 즐겁게 춤추면서

진심으로 장수를 빌며 좋은 술 다투어 올리네!

인생의 초중반을 잘 보내셨으니 여생도 그러하시겠지!

능력에 따라 선함이 드러나는 법이라네!

모두 축하하는 자리 나만 홀로 재주가 없어 부끄럽고

거듭 서툰 글을 지어 내니 어찌 이 자리와 어울리겠는가!

多慶遇然近建陽	于歸同日倍華觴
다 경 우 연 근 건 양	우 귀 동 일 배 화 상
此辰完福皆前積	餘後榮光可豫量
차 진 완 복 개 전 적	여 후 영 광 가 예 량
孝祝遐籌添海屋	賀詩張樂押笙簧
효 축 하 주 첨 해 옥	효 축 하 주 첨 해 옥
休言吉席時會過	是歲猶愈去歲忙
휴 언 길 석 시 회 과	시 세 유 유 거 세 망

이 경사스러운 날 우연히 또 건양 부근이라네!

이 날이 또 혼인날과 겹치니 축하하는 술도 갑절이구나![45]

이미 복을 많이 받았고 앞으로 더 많이 받으실 것이니

앞날의 영광 미리 알 수 있다네!

효손들이 장수를 기원하네![46]

축시를 짓고 생황을 불며 음악을 펼치네!

아름다운 말, 좋은 자리, 이 모임도 지나가리라!

이 해는 오히려 작년보다 더 바쁜 것 같구나!

---

45. 于歸(우귀)을 혼인날로 번역한 것은 다음에 근거하였다.『시경詩經』,「주남周南, 도요桃夭」: 야들야들 복사꽃,
   열매가 주렁주렁. 이분 시집감이여, 가실 화순케 하리로다.[桃之夭夭, 有蕡其實, 之子于歸 宜其家室.]

46. 주첨해옥籌添海屋은 '해옥주첨海屋籌添'을 운율을 맞추려고 도치한 것 같다. '장수를 기원하는 말'이다. 해옥은
   선인仙人이 사는 바다이고, 이곳으로 선학仙鶴이 해마다 산算가지 하나씩을 물어 온다는 전설에서 유래하였
   다.『동파유림東坡志林』참고.

登棣亭感吟
등 체 정 감 음

際值腥寰寂此亭
제 치 성 환 적 차 정

登軒當日感晨星
등 헌 당 일 감 신 성

雙溪經夏苔新岸
쌍 계 경 하 태 신 안

萬樹逢秋葉畫屏
만 수 봉 추 엽 화 병

齋守孤僧疑弊寺
재 수 고 승 의 폐 사

門無宿將猥虛營
문 무 숙 장 외 허 영

斜陽一吟携筇起
사 양 일 음 휴 공 기

心思悠悠自不寧
심 사 유 유 자 불 녕

체정을 오르며 마음을 노래함

속세에도 이처럼 고요한 정자가 있구나!
새벽별이 뜨는데 이 정자를 오르네!
여름이 지난 두 줄기 개울에는 이끼가 푸르고,
나무는 가을을 맞아 잎이 병풍의 그림 같네!
무너진 절간에 계율을 지키는 스님 한 분만 계시고,
문도 없는데 묵으려 하니 허상인가 두렵네!
해가 저물자 한 구절 읊조리며 지팡이를 짚고 일어선다.
마음과 생각은 유유히 흘러가나 어쩐지 불안하네!

層巖
층 암

嚴立氣像不犯塵　　玩者能一是心仁
엄 립 기 상 불 범 진　완 자 능 일 시 심 인

列坐容模餘久曆　　間立丹楓露小春
열 좌 용 모 여 구 력　간 립 단 풍 로 소 춘

雨後蒼松弄戴鶴　　霜降藏草動麒麟
우 후 창 송 롱 대 학　상 강 장 초 동 기 린

石上展紐見異目　　□□咏詩讀同唇
석 상 전 뉴 견 이 목　□ □ 영 시 독 동 진

겹겹 바위

우뚝 솟은 바위의 기상에 먼지가 내려앉지 못하고

이 바위들을 보는 이들은 곧 마음을 어질게 가꾼다네!

겹겹이 쌓인 모양은 오랜 세월의 흔적이고

바위 사이에 자란 단풍나무에 가을 서리 내렸네![47]

비 그치자 푸른 소나무에 학이 내려앉았고

서린 맞은 장초[48]는 마치 기린처럼 흔들리네!

바위 위에 갓끈을 풀어 놓고 다른 눈으로 세상을 바라보네.

□□ 시를 읊는데, 그 소리가 모두 놀랍네!

47. 소춘小春은 음력 10월로 봄날처럼 따뜻해 일컫는 말이다. 소양춘小陽春, 양월良月, 양월陽月이라고도 한다.
48. 장초藏草는 동충하초의 일종이다.

重陽菊
중 양 국

年中近閏此際閒	時下勝光發無間
연 중 근 윤 차 제 한	시 하 승 광 발 무 간
絶色美香滿庭屋	增花明月爛江山
절 색 미 향 만 정 옥	증 화 명 월 란 강 산
氣節淸正含露易	妙娟姿態獨看難
기 절 청 정 함 로 역	묘 연 자 태 독 간 난
今朝 □ 酒余味醉	暮日風遊更杯歡
금 조 □ 주 여 미 취	모 일 풍 유 경 배 환

중양절 국화[49]

한 해 중에 윤달이 가까운 이 달이 한가하네!
때마침 아름다운 경치 흠잡을 곳이 없네!
빼어난 자태를 뽐내며 좋은 향기 집안에 가득하네!
밝은 달에 국화가 많이 피어 강과 산이 빛이 나네!
(국화는) 기상과 절개 맑고 곧아 이슬을 쉽게 머금고,
아름다운 자태 혼자 보기 아쉬워라!
오늘 아침 마신 술에 조금 취했으나
저녁에 바람 따라 노닐며 즐겁게 잔 기울어야겠네!

49. 중양절은 음력 9월 9일이다.

紫草山 　　(何多, 家, 斜鴉)
자 초 산

萬歲無窮不老何	三山諸藥處處多
만 세 무 궁 불 로 하	삼 산 제 약 처 처 다
鬱鬱氣像天中立	光光佳影倒詩家
울 울 기 상 천 중 립	광 광 가 영 도 시 가
徐徐探景深入裏	怪怪奇巖石逕斜
서 서 탐 경 심 입 리	괴 괴 기 암 석 경 사
來雪蒼松如白鶴	飛風落葉恰似鴉
내 설 창 송 여 백 학	비 풍 락 엽 흡 사 아

자초산

(자초산은) 만세토록 무궁하며 어찌 늙지도 않는가!

세 산 곳곳에 약초가 있다네![50]

우뚝한 기상 하늘에 닿을 듯

아름다운 경치 시인을 부르네!

천천히 경치를 찾아 깊이 들어가면

기암괴석 즐비하고 돌길 가파르네!

푸른 소나무에 눈이 쌓이면 백학 같고

바람이 불어 낙엽이 떨어지면 흡사 갈까마귀 같네!

50. 　여기서 말하는 '세 산'은 무엇을 지칭하는지 명확하지 않다. 조선 후기 지도인 「광여도廣輿圖」에 따르면, 유
　　현柳峴, 삼자현三者峴, 어화현於火峴을 가리키는 듯한데, 명확한 근거는 없다.

無題
무 제

諸君探景不爲何　名勝得來歷史多
제 군 탐 경 불 위 하　명 승 득 래 력 사 다

南北中腰生藥水　東西二里在人家
남 북 중 요 생 약 수　동 서 이 리 재 인 가

海風吹入心探樂　巖石疊重路曲斜
해 풍 취 입 심 탐 락　암 석 첩 중 로 곡 사

一覽花楓忘歲月　歸口相笑學鬢鴉
일 람 화 풍 망 세 월　귀 구 상 소 학 빈 아

제군은 어찌 아름다운 경치를 찾지 않는가?

명승고지에는 역사가 서려 있다네!

남북의 중간 허리쯤에 약수가 나오고

동서 이 리에 인가가 있네!

바닷바람이 불어오니 즐거움을 찾고

돌이 겹겹이 쌓인 길에는 구불구불 경사가 졌네!

한 번 단풍과 꽃을 보니 세월이 잊히고

돌아기는 길에 서로 웃으며 귀밑머리 검은 이에게 배우네!

無題
무 제

默然長立立情何　　名聞遠方意者多
묵 연 장 립 립 정 하　　명 문 원 방 의 자 다

鬱鬱楓林招畫客　　蒼蒼松木入詩家
울 울 풍 림 초 화 객　　창 창 송 목 입 시 가

欲登頭似靑天接　　認上眼如大海斜
욕 등 두 사 청 천 접　　인 상 안 여 대 해 사

萬古秘峯都不測　　朝朝乘寂尺寒鴉
만 고 비 봉 도 불 측　　조 조 승 적 척 한 아

오랜 세월 묵묵히 서서 무슨 뜻을 세우려 했던가!
이름이 멀리까지 알려져서 이를 배우려는 이 많다고 하네!
빽빽한 단풍나무 숲 화가를 부르고
푸르고 푸른 소나무는 시인을 부르네!
정상에 오르면 푸른 하늘과 닿을 듯하고
저 멀리 바다가 어렴풋이 눈으로 들어오네!
만고의 비밀을 간직한 봉우리 도무지 헤아리기 어렵고
아침마다 적막 속에 한아[51]가 날아간다.

---

51. 한아寒鴉는 까마귀인데, '새끼가 늙은 어미에게 먹이를 물어다 준다[反哺]'라고 하여 까마귀를 효자에 비유
한다.

無題
무 제

上出中霄下出何　　靑鳧一境得其多
상 출 중 소 하 출 하　　청 부 일 경 득 기 다

芝生口馥能通藥　　木有棟樑可作家
지 생 구 복 능 통 약　　목 유 동 량 가 작 가

峯是兒孫羅列氣　　路非樵叟去來斜
봉 시 아 손 라 렬 기　　노 비 초 수 거 래 사

箇中誰識玆山果　　烏角巾餘又白鴉
개 중 수 식 자 산 과　　오 각 건 여 우 백 아

하늘에서 진눈깨비 내리는데 땅에서 무엇이 나는가?

청둥오리가 풍경을 더 아름답게 만드네!

지초는 향이 나고 약초로도 쓸 수 있으며

나무는 들보로 세우고 집을 지을 수 있다네!

산봉우리는 아이들처럼 기를 뿜어내고

길은 나무하는 늙은이가 왕래가 힘들 정도로 가파른 건 아니라네!

이 산에서 나는 과실을 아는 이 있는가!

오각건을 쓰고 백아곡에 살던 은자는 알겠지!⁵²

---

52. 이 구절은 정확한 의미를 파악하기 어렵다. 두보의 다음 시를 인용한 것 같다. 「남린南隣」에 "錦裏先生烏角
巾, 園收芋栗不全貧."라고 있다. 「최씨동산초당崔氏東山草堂」에 "盤剝白鴉谷口栗 飯煮靑泥坊底芹."이 나온다.
오각건은 '은자가 쓰는 검은 망건'을 말하고, 백아곡은 지명地名이다. 모두 은자를 은유한다.

秋燈 (隨宜, 籬, 知師)
추 등

光生光死暮朝隨　　日月昃時日月宜
광 생 광 사 모 조 수　　일 월 측 시 일 월 의
晝夜取全常掛壁　　春秋淸掃或藏籬
주 야 취 전 상 괘 벽　　춘 추 청 소 혹 장 리
行旋路上先看快　　耕讀家中益重知
행 선 로 상 선 간 쾌　　경 독 가 중 익 중 지
勤實書童聞蟋否　　可親當到速歸師
근 실 서 동 문 실 부　　가 친 당 도 속 귀 사

가을밤의 등불

등불은 아침에 빛이 죽고 저녁에는 살아나네!

해와 달이 제때에 뜨고 지듯 등불도 그렇다네!

밤낮 온전하게 늘 벽에 (등불을) 걸어 두며

봄가을에는 깨끗이 청소하거나 혹은 울타리 안에 남겨 두네!

여행하는 길에서는 등불이 앞서 나가고

낮에 농사짓고 밤에 독서하는 집에서 더욱 중요하네!

열심히 글 읽는 아이야! 귀뚜라미 소리 들었는가!

부모님이 오시니 빨리 스승께 돌아가려무나.

稍親孺子不辭隨　　人物於斯兩得宜
초 친 유 자 불 사 수　　인 물 어 사 량 득 의
厥性尋常斜月戶　　所居無患晚風籬
궐 성 심 상 사 월 호　　소 거 무 환 만 풍 리
煙消灰剪淸光穩　　陰後明前向背知
연 소 회 전 청 광 온　　음 후 명 전 향 배 지
孤耿羅帷曾莫道　　聖賢從古已爲師
고 경 라 유 증 막 도　　성 현 종 고 이 위 사

어린아이와 조금 가까워지니 잘 따르네!
사람과 물건은 모두 마땅한 자리에 있어야 하는 법,
달은 평소대로 창을 사선으로 비추고
울타리로 저녁 바람 불어오니 사는 게 걱정이 없어라.
심지를 잘라 내니 그을음이 사라지고 등빛이 조금 더 밝아지네!
뒤는 그늘, 앞은 밝아 어느 쪽을 향할지 알겠네.
방 안에 외로운 등불 하나, 말을 나눌 이 없고,
예부터 성현을 스승으로 삼았다네!

其光變化逐時隨	居新恒常隱辟宜
기 광 변 화 축 시 수	거 신 항 상 은 벽 의
日月影藏房內月	夜間花發不干籬
일 월 영 장 방 내 월	야 간 화 발 불 간 리
南北西鄰耿耿火	左右山下蟋蟀知
남 북 서 린 경 경 화	좌 우 산 하 실 솔 지
書聲幷起來日暉	與爾同存我於師
서 성 병 기 래 일 운	여 이 동 존 아 어 사

(등불은) 때에 따라 불빛이 변하네!
등불은 항상 어두운 곳에 있는 것이 마땅하다네!
해와 달이 어두워질 때 방 안에 달이 뜨고
울타리 안에서 밤에 꽃처럼 등불이 피어나네!
사방 이웃이 등불을 밝히고
산 아래 귀뚜라미가 이를 알아차리네!
글 읽는 소리는 앞날을 빛나게 할 것이고
그대와 함께 있으니 그대는 나의 스승이로다.

養蜂 (天先, 田, 千前)
양 봉

何事今秋續旱天　　許多農務是憂先
하 사 금 추 속 한 천　　허 다 농 무 시 우 선

無風朝日施灰畔　　不雨斜陽散水田
무 풍 조 일 시 회 반　　불 우 사 양 산 수 전

勞苦甘心丹片一　　茂成驕態白莖千
노 고 감 심 단 편 일　　무 성 교 태 백 경 천

不虧功塔於斯覺　　如作靑靑滿眼前
불 휴 공 탑 어 사 각　　여 작 청 청 만 안 전

순무 키우기

이번 가을은 무슨 일로 더위가 가시지 않는가?

많은 농사 중에서 (무를 심는 것이) 제일 중요하다네!

바람 없는 아침에 밭에 거름을 내고,

비는 내리지 않고 해가 뜬 날에 밭에 물을 뿌리네!

한결같이 고달픔을 달게 여기니

흰 줄기가 튼튼하게 자라 무성하네!

공든 탑은 무너지지 않는다는 것을 여기서 깨달았네!

푸르고 푸른 잎이 눈앞에 가득하네!

勃然不但在於天　　人力孜孜亦可先
발 연 불 단 재 어 천　　인 력 자 자 역 가 선

播種已爲流火節　　培耘多出夕陽田
파 종 이 위 류 화 절　　배 운 다 출 석 양 전

積功以後虧無一　　願得口中慮盡千
적 공 이 후 휴 무 일　　원 득 口 중 려 진 천

下體深藏何足怪　　詩家一戒累年前
하 체 심 장 하 족 괴　　시 가 일 계 루 년 전

98

부단하게 크는 것은 하늘 덕택일지라도,
사람이 부지런히 애쓰는 것도 중요하다네!
유화절(음력 7월)에 이미 파종했고
석양이 내리는 밭을 김매네!
공을 많이 들이니 모두 잘 자라고
□ 중에 수확하려니 생각이 많아지네!
땅에 깊이 뿌리를 내리는 것이 중요하니
시 짓는 이 해마다 이를 경계하네!

不違勤儉自應天　　全力耘理大結先
불 위 근 검 자 응 천　　전 력 운 리 대 결 선
雲陰上逆如碧海　　月下望看快同田
운 음 상 역 여 벽 해　　월 하 망 간 쾌 동 전
計數無窮知數百　　代金換算有金千
계 수 무 궁 지 수 백　　대 금 환 산 유 금 천
益裏深藏期勝會　　玉盤一味□□前
익 리 심 장 기 승 회　　옥 반 일 미 □ □ 전

하늘의 뜻에 따라 부지런히 일을 했네!
온 힘을 다해 밭을 관리했으니 좋은 결과가 나왔네!
구름이 짙은 하늘은 마치 푸른 바다 같고
달빛 아래 밭을 바라보니 몹시 즐겁네!
수확이 얼마나 될까 헤아려 보니 끝이 없을 정도이고
대금을 환산하면 수천 금이라!
뿌리가 더 깊이 내려가길 기다렸다 좋은 날 만나세.
옥반에 담아 그대 앞에 내놓겠네.

初花 초화 (中同, 風, 功豐)

杜鵑消息始山中　　一樹紅光與子同
두 견 소 식 시 산 중　　일 수 홍 광 여 자 동

垂立巖頭其上露　　播香谷口這間風
수 립 암 두 기 상 로　　파 향 곡 구 저 간 풍

不經三月能知節　　摠染群峯大厥功
불 경 삼 월 능 지 절　　총 염 군 봉 대 궐 공

閒趣於斯惟口足　　遊人携酒意皆豊
한 취 어 사 유 口 족　　유 인 휴 주 의 개 풍

처음 핀 꽃

산중에서 두견화 피었다는 소식 제일 먼저 날아오네!

마치 그대처럼 한 그루에서 붉은빛이 감도네!

바위 꼭대기에서 우뚝 서 이슬을 맞았고

바람이 불면 향이 계곡으로 퍼지네!

꽃을 보니 절기가 아직 3월을 지나지 않았다는 것을 알겠구나!

뭇 봉우리에서 꽃 핀 봉우리가 제일 눈에 띄네.

그 사이를 거니노라니 발이 口口口,

술을 들고 벗들과 함께 노니 모두들 기분이 좋구나!

春光消息始冬中　　樹樹芬芬大是同
춘 광 소 식 시 동 중　　수 수 분 분 대 시 동

稍立山頭非凡物　　姿態露出展香風
초 립 산 두 비 범 물　　자 태 로 출 전 향 풍

今年春色何其特　　此日紅枝有隱功
금 년 춘 색 하 기 특　　차 일 홍 지 유 은 공

四堺來麥寒氣脫　　野遊樽酒杯杯豊
사 계 래 맥 한 기 탈　　야 유 준 주 배 배 풍

겨울 중에도 봄소식이 오네!
나무마다 같이 향기를 뿜어내는구나!
산머리에 우뚝 선 것이 보통 물건이 아니네!
자태가 드러나며 향기를 바람에 실려 보내네!
올해 봄의 색은 특별하겠구나!
오늘 이 붉은 가지에 공이 숨어 있겠지!
사방에 보리가 익어 가니 겨울을 벗어난 듯하고
들판으로 나들이 가서 술잔에 술을 가득 채우는구나!

春來消息最先中　　花鳥同名一體同
춘 래 소 식 최 선 중　　화 조 동 명 일 체 동
帶靄翠徽皆染色　　淸香驕態遇輕風
대 애 취 휘 개 염 색　　청 향 교 태 우 경 풍
不如歸□遺魂發　　勿失適時造化功
불 여 귀 □ 유 혼 발　　물 실 적 시 조 화 공
無盡景光忘去路　　諸般趣味自玆豊
무 진 경 광 망 거 로　　제 반 취 미 자 자 풍

봄소식이 (두견화를 통해) 제일 먼저 오네!
꽃과 새는 이름도 모습도 비슷하구나!
안개가 자욱하니 모두 비취색으로 물드네!
바람이 가볍게 불어오니 맑은 향기가 나고 그 모습 더 아름답네!
□ 돌아가는 것만 못하는 것 같은데, 유혼이 일어나고,
제때에 피는 것은 조물주의 공이라네!
아름다운 경치 끝이 없으니 돌아가는 길을 잊어버렸네.
내 모든 취미가 이로부터 더 풍부해지네!

養鷄 (時遲, 籬, 奇垂)
양 계

不失農家五母時　　頻頻産卵亦無遲
불 실 농 가 오 모 시　　빈 빈 산 란 역 무 지

厥唱可聞能達境　　其行任意自疎籬
궐 창 가 문 능 달 경　　기 행 임 의 자 소 리

未棲草藪雌雄伴　　或上梧桐鳳若奇
미 서 초 수 자 웅 반　　혹 상 오 동 봉 약 기

養此主翁非在口　　孜孜爲善訓猶垂
양 차 주 옹 비 재 口　　자 자 위 선 훈 유 수

양계

농가에서 암탉 다섯 마리를 때에 맞게 잘 키우니[53]

암탉도 제대에 알을 많이 낳네!

홰치는 소리 저 멀리까지 들리고

울타리를 멋대로 들락날락 하네!

수풀에 자리 잡고 암수가 짝을 짓거나

간혹 오동나무에 오르니 봉황처럼 기이하구나!

이 닭을 키우는 주인은 口口口 아니고

부지런히 선한 행동을 하니 다른 사람에게 교훈이 된다네!

雌雄作伴不違時　　化合蕃成畜不遲
자 웅 작 반 불 위 시　　화 합 번 성 훅 불 지

半夜初鳴催孝盥　　午天勤儉學乘籬
반 야 초 명 최 효 관　　오 천 근 검 학 승 리

農室口口增産物　　口家或用卓床奇
농 실 口 口 증 산 물　　口 가 혹 용 탁 상 기

遊場掃除黃金出　　此勣懃懃返福垂
유 장 소 제 황 금 출　　차 적 은 근 반 복 수

53. 『맹자』, 「진심(상)」: 암탉 다섯 마리, 암돼지 두 마리, 제 때에 키우면 노인께 늘 고기를 대접할 수 있다.[五
母雞, 二母彘, 無失其時, 老者足以無失肉矣.] '다섯 마리'라는 숫자에 연연할 필요는 없다. 그냥, '많다' 정
도로 이해하는 것이 좋다.

암수가 제 때에 짝을 지어
화합해서 자손이 빨리 번성하네!
새벽 첫 울음으로 부모님의 세숫물 준비하라 재촉하고
오전에 부지런히 먹이를 쪼다 울타리에 오르는 것을 배우네!
농가 ▢▢▢▢ 산물이 늘어나고
▢▢▢ 간혹 대청에 오르는 것이 기이하네!
마당을 청소하니 황금이 나오는 듯하고
이러한 공적 은근히 복을 드리우는 것이라네.

畜中此物報知時	無曆山中事不遲
축 중 차 물 보 지 시	무 력 산 중 사 불 지
給餌頻頻恒近屋	浴砂往往臥閒籬
급 이 빈 빈 항 근 옥	욕 사 왕 왕 와 한 리
呼來斥去無勞愛	明出暮歸任意奇
호 래 척 거 무 로 애	명 출 모 귀 임 의 기
五畝農家當是業	祝翁養法有誰垂
오 무 농 가 당 시 업	축 옹 양 법 유 수 수

가축 중에 닭만 때를 알아 보답하네!
산중에 달력이 없지만 때를 놓쳐서는 안 된다네!
먹이를 자주 주니 늘 집 근처에 있고
종종 모래를 쪼거나 울타리 사이에 누워 있네!
부르면 오고 내치면 가니 기특하기 그지없고
아침에 나갔다 저녁에 돌아오는 것이 제 마음대로라네!
다섯 마지기 가진 농가라면 이 업에 종사해야 한다네!
늙은 어르신이 기르는 법을 누구에게든 가르쳐 줄 것이라네.

松田 (天年, 煙, 前仙)
송 전

蒼蒼立處氣連天　凜□風霜幾箇年
창 창 립 처 기 련 천　늠 □ 풍 상 기 개 년
大野長圍皆樂土　僻村下在脫塵煙
대 야 장 위 개 낙 토　벽 촌 하 재 탈 진 연
老萊白鶴同留後　紫草舟車一脈前
노 래 백 학 동 류 후　자 초 주 차 일 맥 전
赤松往跡今休說　□臥此間不讓仙
적 송 왕 적 금 휴 설　□ 와 차 간 불 양 선

소나무 숲

푸르디푸르고 꼿꼿이 선 그 기상이 하늘에 닿을 듯,

수많은 세월을 서리와 바람을 맞으면서도 어찌 그리도 늠름한가!

큰 숲을 길게 둘러섰으니 모두 극락 같고

마을과 떨어져 있으니 세속의 먼지 다 떨쳐 버렸네!

노래자[54]가 학을 타고 와서 머물다 떠났고

자초산을 수레를 끌며 앞으로 나아가네!

적송의 지난 흔적을 지금 아름답게 노래하면서

소나무 숲에 누워 있으니 신선이 부럽지 않다네!

長松鬱立二重天　以土培根幾百年
장 송 울 립 이 중 천　이 토 배 근 기 백 년
寒雪□風任意脫　雨晴霞霧暮綠煙
한 설 □ 풍 임 의 탈　우 청 하 무 모 록 연
長□□□□□七　百下流始此□前
장 □ □ □ □ □ 칠　백 하 류 시 차 □ 전
□□□□□□□　陰餘外別無□仙
□ □ □ □ □ □ □　음 여 외 별 무 □ 선

54.　노래자老萊子는 『도덕경』의 저자인 노자老子의 별칭이다. 『사기』, 「노장신한열전老莊申韓列傳」 참고.

104

큰 소나무가 울창하니 하늘을 가릴 듯,

이 땅이 수백 년을 기른 것이라네.

추위와 눈, 비바람을 견디며 탈속한 것 같고

비, 태양, 노을, 안개에도 저녁에 푸른 연기를 뿜는 것 같네!

□□□□□□□□.

수많은 물줄기 □□□

□□□□□□□□.

그늘 자락은 별천지라 신선이 부럽지 않네!

蒼蒼茂氣似沖天　　閱歷物情問幾年
창 창 무 기 사 충 천　　열 력 물 정 문 기 년
聳出稍端遲落照　　護圍洞口帶腰煙
용 출 초 단 지 락 조　　호 위 동 구 대 요 연
遊人棲息□陰下　　騷客風流奏籟前
유 인 서 식 □ 음 하　　소 객 풍 류 주 뢰 전
不遠赤松□不老　　歸來平地是疑仙
불 원 적 송 □ 불 로　　귀 래 평 지 시 의 선

푸르고 무성한 기운 하늘을 찌르는 듯하고,

물정을 두루 거치며 몇 백 년 지나왔던가!

우뚝 솟은 가지 낙조를 더디게 하고

동구 밖을 지키고 섰는데 허리춤에 안개를 걸치고 있네!

그늘 아래에서 사람들이 휴식을 취하고

풍류를 즐기는 손님들은 그 앞에서 피리를 부네!

가까이 있는 적송과 더불어 늙지도 않는구나!

평지로 돌아와서 보니 아마도 신선인 듯하네!

德鶯 (開來, 杯, 栽回)
덕 앵

萎夏江山柳幕開　□□□□□□
위 하 강 산 류 막 개　□□□□□□
□□鶯復伊州夢　喚處聲流客子杯
□□ 앵 부 이 주 몽　환 처 성 류 객 자 배
無風枝動□飛後　任意林深自得栽
무 풍 지 동 □ 비 후　임 의 림 심 자 득 재
載好其中多四月　便歡天地此辰回
재 호 기 중 다 사 월　편 환 천 지 차 진 회

덕이 있는 꾀꼬리

여름이 끝난 강산에 수양버들이 휘어 늘어지고
□□□□□□□.
□□ 꾀꼬리는 다시 이주(요동 일대)로 돌아가려 꿈꾸고,
부르는 곳에서 소리가 흐르며 나그네 술잔을 부닥치네.
새가 날아가자 바람이 없어도 가지가 흔들리고,
편하게 깊은 숲을 돌아다니다 어린 묘목을 얻었네!
숲 속을 거니는데 사방에 달빛이 비치네!
이 천지가 더 아름다워 보이는데 이때가 회갑이었네!

會話　(冬逢, 春, 峯容)
회화

不宜於夏不宜冬	二舍那望好暇逢
불 의 어 하 불 의 동	이 사 나 망 호 가 봉
我願微涼松下席	人皆苦熱日高春
아 원 미 량 송 하 석	인 개 고 열 일 고 용
中口廣野來豊黍	四匝靑山別有峯
중 口 광 야 래 풍 서	사 잡 청 산 별 유 봉
盡日草亭同臥起	風流美矣好從容
진 일 초 정 동 와 기	풍 류 미 의 호 종 용

만나서 정담을 나누다

여름도 겨울도 모두 마땅하지 않네.
두 집이 보이는 곳에서 좋을 때 만나세!
시원한 바람이 부는 소나무 아래에 자리 잡았으면 하네.
태양이 높은 곳에 방아를 찧고 사람들은 모두 뜨거워서 힘들어하네!
口口 들판에 곡식이 익어 가고,
사방을 둘러싼 청산은 봉우리가 특이하네!
해가 떨어지면 정자에서 같이 일어나
조용히 풍류를 즐겨 보세!

得見深工覺子冬	風流幸不偶然逢
득 견 심 공 각 자 동	풍 류 행 불 우 연 봉
戰休北地軍人宅	事暇而疇饁婦春
전 휴 북 지 군 인 택	사 가 이 주 엽 부 용
愛稻看郊知樂土	隨松設席不嫌峯
애 도 간 교 지 낙 토	수 송 설 석 불 혐 봉
此會莫言時尙早	新秋消息未從容
차 회 막 언 시 상 조	신 추 소 식 미 종 용

공부가 깊어지는 것을 보니 겨울이 다가오는 걸 깨닫네.
좋은 풍류는 우연히 만나는 것이 아니라네.
전쟁이 끝나자 북쪽 군인은 집으로 돌아가고,
한가해지자 아낙은 곡식을 찧고 들판에 밥을 내가네.
교외를 보니 탐스럽게 벼가 익어 가니, 여기가 낙원이구나!
소나무 아래 자리를 내니 봉우리가 더 좋네.
이 모임을 일찍 끝내자고 말하지 말게나.
곧 가을이 다가온다네!

乘閒夏日不如冬	緣何吾友晚年逢
승 한 하 일 불 여 동	연 하 오 우 만 년 봉
松亭住杖精神鶴	世路嫌塵意雲峯
송 정 주 장 정 신 학	세 로 혐 진 의 운 봉
老樹葉疎流日月	主翁體瘦步水舂
노 수 엽 소 류 일 월	주 옹 체 수 보 수 용
深陰僻地有此外	無窮交契好口容
심 음 벽 지 유 차 외	무 궁 교 계 호 口 용

여름철은 한가해도 겨울만 못하다네.
무슨 연유로 내 벗을 만년에 만나게 되었는가!
소나무 정자에 지팡이를 걸쳐 놓고 학처럼 생각을 펼치고
풍진 세상사 탓에 구름 봉우리에 뜻을 두네!
늙은 나뭇잎은 성근데 그 사이로 해와 달이 흘러가고
야윈 주인 늙은이 발로 물레방아를 돌리네.
그늘 깊은 벽지가 여기 말고 또 있는가?
영원히 벗으로 사귀면서 좋은 口口!

再帖 (年先, 然, 仙蓮)
재 첩

始覺虛過□□年   晚卜接隣恨不先
시 각 허 과 □ □ 년   만 복 접 린 한 불 선

靜裏書農皆宿約   □問榮辱摠自然
정 리 서 농 개 숙 약   □ 문 영 욕 총 자 연

論情賒酒浮華俗   香菊芳芝□□□
논 정 사 주 부 화 속   향 국 방 지 □ □ □

偶得風流情未盡   更思耕讀羨澤蓮
우 득 풍 류 정 미 진   경 사 경 독 선 택 련

재첩

□□년을 헛되이 보내는 것을 비로소 깨닫네.

이웃과 접하는 것을 늦게 점쳤는지, 더 일찍 하지 않은 것이 한스럽네!

조용할 때 농사에 관해 기록하자는 것 이미 묵은 약속이 되어 버렸고

□□이라는 것이 모두 자연스럽네!

외상술 마시며 정을 논하니 중국 풍속이 떠오르는구나!

향기 나는 국화와 난초 □□□□.

우연히 만난 자리 정을 다 풀지 못하고

다시 독서와 농사를 생각하니 문득 연못의 연꽃이 부러워지네!

오언추구
五 言 推 句

稻花 　(逢, 濃, 龍)
도 화

取愛此時逢　　稼色四野濃
취 애 차 시 봉　　수 색 사 야 농
種後豊不豊　　都是造化龍
종 후 풍 불 풍　　도 시 조 화 룡

벼꽃

이때를 가장 사랑하네.

사방 들판 이삭 색이 짙어지네.

모내기한 뒤 풍년이 들지 안 들지는

모든 조화를 부리는 용에게 달려 있다네!

決實秋時逢　　水上落花濃
결 실 추 시 봉　　수 상 락 화 농
形像垂髮鶴　　枝葉鱗甲龍
형 상 수 발 학　　지 엽 린 갑 룡

가을에 결실 맺을 때

논물 위에 떨어진 꽃이 짙네!

모양은 학의 털이 드리워진 듯하고

줄기와 잎은 용의 비늘 같네!

見爾仙如逢　　花似琪花濃
견 이 선 여 봉　　화 사 기 화 농
發處齊一色　　不偶得辛龍[1]
발 처 제 일 색　　불 우 득 신 룡

1. 　풍수에서 말하는 4대 수국 중 하나이다. 수국은 을룡乙龍, 정룡丁龍, 신룡辛龍, 계룡癸龍을 말한다.

그대를 보니 신선은 만난 듯하고
벼꽃은 아름답게 색이 짙어 가네!
꽃이 핀 곳 색은 모두 같은데
안타깝게도 신룡의 자리라네!

發後太平逢　　却愛葉葉濃
발 후 태 평 봉　　각 애 엽 엽 농
莫言前少旱　　神功治水龍
막 언 전 소 한　　신 공 치 수 룡

싹이 트면 태평세월,
도리어 짙어진 잎이 좋다네!
이전에 조금 가물었다고 말하지 말게나.
하느님이 수룡을 다스릴 것이라네.

廣野或人逢　　見後豊心濃
광 야 혹 인 봉　　견 후 풍 심 농
粒粒充實得　　善長雨功龍
입 립 충 실 득　　선 장 우 공 룡

광야에서 어쩌다 어떤 사람을 만났네.
그 사람을 만난 후, 풍년을 바라는 마음 더욱 짙어졌네!
벼가 알알이 여물겠지.
때 맞춰 내린 비는 용의 공이라네!

□□草 (新濱, 旬, 人振)
　□　□　초

萬物一時新　　　自麓又連濱
만 물 일 시 신　　　자 록 우 련 빈
花發不久白　　　葉期無限旬
화 발 불 구 백　　　엽 기 무 한 순

□□초

만물은 늘 새롭고
산기슭에서 물가까지 쭉 그렇다네!
꽃은 피워서 백 일을 넘기지 못하고
잎은 기한이 없는 것 같네!

無題 (先天, 田, 仙邊)
무제

四時春自先　　造化盡在天
사 시 춘 자 선　　조 화 진 재 천

草盛漸高峯　　麥登口大田
초 성 점 고 봉　　맥 등 口 대 전

若逢豊年世　　何羨不食仙
약 봉 풍 년 세　　하 선 불 식 선

臨別有後約　　風流又那邊
임 별 유 후 약　　풍 류 우 나 변

사계절은 봄부터 시작하는데

모든 조화는 하늘에 달려 있다네!

풀이 자라니 산봉우리 점점 높아지고

보리는 자라나 큰 논을 口口口.

해마다 풍년이 든다면

먹지 않는 신선이 무에 부러우랴!

이별 앞서 후일을 기약하고

다음에 또 여기서 즐겁게 노세!

此會恨不先　　今日幸緣天
차 회 한 불 선　　금 일 행 연 천

夏氣將近世　　春光盡入田
하 기 장 근 세　　춘 광 진 입 전

三杯忘塵俗　　一日得閑仙
삼 배 망 진 속　　일 일 득 한 선

物物皆自樂　　興心無限邊
물 물 개 자 낙　　흥 심 무 한 변

이 모임 더 일찍 하지 못한 것이 아쉽네.

오늘은 인연이 닿은 것이라네.

여름이 곧 다가올 듯
봄볕이 모두 밭으로 내리쬐네!
석 잔 술에 세속의 일 잊고
하루라도 한가한 신선처럼 보내네!
만물은 모두 저절로 즐기는 법이니
우리의 흥취도 끝이 없다네!

柳綠黃鶯先　　鳴盡三月天
유 록 황 앵 선　　명 진 삼 월 천
草押東西陌　　麥無爾我田
초 압 동 서 맥　　맥 무 이 아 전
今雖一農天　　後必八月仙
금 수 일 농 천　　후 필 팔 월 선
勝遊莫打破　　又好夕陽邊
승 유 막 타 파　　우 호 석 양 변

푸른 버드나무에 노란 꾀꼬리가 울고 있네.
3월 하늘에 가득 울려 퍼지네.
동서 논두렁에 풀이 무성한데
그대와 우리 밭에는 보리가 없네!
지금은 농사짓지만
훗날 8월에는 반드시 신선이 되리라!
좋은 모임 여기서 끝내지 말게나.
저녁노을이 지는 강변이 더욱 좋다네!

會話 (同東, 紅, 通功)
회 화

樂深老少同 낙 심 로 소 동	自西又自東 자 서 우 자 동
風流 □ 酒白 풍 류 □ 주 백	文章筆花紅 문 장 필 화 홍
欲爲事業大 욕 위 사 업 대	莫如古今通 막 여 고 금 통
盛會 □ 誰賜 성 회 □ 수 사	摠是 □ 人功 총 시 □ 인 공

만나서 정담을 나누다

노소를 가릴 것 없이 흥겹게 노네.
동쪽에서도 서쪽에서도 사람들이 왔네.
막걸리를 마시며 풍류를 즐기고
붉게 핀 꽃 곁에서 문장을 짓네!
큰일을 하고 싶다면
고금을 두루 통해야 한다네!
모임이 융성한 것은 누구의 덕택인가?
모두 사람의 힘이라네.

勝遊與時同 승 유 여 시 동	瑞光橫麓東 서 광 횡 록 동
如何蒲柳綠 여 하 포 류 록	□ 晚槿花紅 □ 만 근 화 홍
盡日風流樂 진 일 풍 류 악	一筵老少通 일 연 로 소 통
今會是何緣 금 회 시 하 연	幼時勤學功 유 시 근 학 공

좋은 모임도 시간에 따라 흘러가네!

서광이 동쪽 기슭에 걸쳐 있구나!

버들과 창포는 푸른데

어이하야 무궁화는 붉게 피는가!

오늘 진종일 풍류를 즐겨 보세!

잔치 자리에는 늙은이 젊은이가 서로 통한다네!

오늘 모임 무슨 인연인가?

어릴 때 함께 공부한 사이라네!

毫髮神仙同	壽域幸吾東
호 발 신 선 동	수 ▢ 행 오 동
深山▢雲白	勝地滿霞紅
심 산 ▢ 운 백	승 지 만 하 홍
詩欲驚人句	訓聽義理通
시 욕 경 인 구	훈 청 의 리 통
願言此遊長	如峯積我功
원 언 차 유 장	여 봉 적 아 공

신선 같은 백발,

우리나라 강토처럼 장수하시길!

깊은 산에 흰 구름 ▢▢▢,

좋은 땅에 붉은 노을이 가득하네.

사람이 놀랄 만한 시를 짓고 싶구나!

가르침을 들으니 의리에 맞구나!

원컨대, 이 모임 길게 이어

공덕을 산처럼 쌓아 보세!

天高日月明	地厚草木生
천 고 일 월 명	지 후 초 목 생
春來百花紅	夏熱萬樹靑
춘 래 백 화 홍	하 열 만 수 청

하늘은 높아 해와 달이 빛나고,
땅은 깊어 풀과 나무가 자라네.
봄이 오니 온갖 꽃이 붉게 피고,
여름이 더우니 갖가지 나무가 푸르네!

秋涼黃菊發　　冬寒白雪來
추 량 황 국 발　　동 한 백 설 래
日月東西懸　　乾坤上下分
일 월 동 서 현　　건 곤 상 하 분

가을은 서늘해 노란 국화가 피고,
겨울은 추워 흰 눈이 내린다.
해는 동쪽, 달은 서쪽에 걸렸고,
하늘과 땅은 상하로 나뉜다.

雪積山頭白　　蓮開水面紅
설 적 산 두 백　　연 개 수 면 홍
小兒奇竹走　　老牛臥草眠
소 아 기 죽 주　　노 우 와 초 면

눈 쌓인 산머리 희고,
연꽃 핀 물 위는 붉네!
아이는 대나무 말 타고,
늙은 소는 풀밭에 누웠네!

飮酒人顔赤　　食草馬口靑
음 주 인 안 적　　식 초 마 구 청
日暮鷄登架　　風寒鳥入簷
일 모 계 등 가　　풍 한 조 입 첨

술 마신 이 얼굴 붉고,

꼴 먹은 말 입술이 푸르네!

날이 저물자 닭은 횃대에 오르고,

바람이 차지자 새가 처마로 날아드네.

碧波吟澗口	紅萼醉山顔
벽 파 음 간 구	홍 악 취 산 안
柳色黃金嫩	梨花白雪香
유 색 황 금 눈	이 화 백 설 향

푸른 물결은 시내가 노래하는 입술 같고

붉은 꽃송이 산이 취한 얼굴 같네!

버드나무는 황금빛 싹을 틔우고

배꽃은 향기 나는 흰 눈 같네!

月白詩多興	風涼酒易醒
월 백 시 다 흥	풍 량 주 이 성
草肥山色重	風亂野草輕
초 비 산 색 중	풍 란 야 초 경

달 밝으니 시심이 자주 일고,

바람이 차니 취기가 쉽게 가시네!

풀이 자라니 산색이 짙어지고,

바람이 어지러이 부니 풀이 가볍게 날리네!

樵兒斫靑山	農人耕白水
초 아 작 청 산	농 인 경 백 수
葉落風無響	江流月有聲
엽 락 풍 무 향	강 류 월 유 성

청산에서 아이는 땔나무하고,

맑은 물에서 농부는 논을 가네!

나뭇잎이 떨어져도 바람소리 일지 않지만,
강이 흐르니 달이 소리를 내는 듯하네!

鷺割靑山色	烏分白雪光
노 할 청 산 색	오 분 백 설 광
池深蓮出水	路陝霜濕衣
지 심 련 출 수	노 협 상 습 의

해오라기 가르며 날아가니 청산이 더 푸르고,
까마귀 흩어지니 흰 눈이 더 밝네!
땅이 깊어 연꽃에서 물이 흘러나오고,
길은 좁아 서리 내려 옷깃을 적시네!

菊黃金失色	霜白月無輝
국 황 금 실 색	상 백 월 무 휘
雁叫秋聲早	鷄鳴曙色新
안 규 추 성 조	계 명 서 색 신

국화가 샛노란 탓에 금이 색을 잃고,
서리가 새하얀 탓에 달빛이 사라지네!
기러기가 일찍 가을 소리를 부르고,
닭이 홰를 치니 새벽 빛깔이 날마다 새롭네.

雲開月面白	霧收山顔靑
운 개 월 면 백	무 수 산 안 청
客歸蒼岸上	僧臥白雲中
객 귀 창 안 상	승 와 백 운 중

구름이 흩어지니 월면이 하얗게 빛나고,
운무가 걷히니 산이 푸르게 빛나네!
나그네 푸른 언덕에 서 있고,
승려는 흰 구름 속에 누웠네!

雁含秋色去　　鷗啼夕陽歸
안 함 추 색 거　　구 제 석 양 귀
大海孤舟渡　　高山一杖登
대 해 고 주 도　　고 산 일 장 등

기러기 가을색을 머금고 날아가고,
갈매기 울며 석양 아래로 돌아가네!
깊은 바다에 배 한 척 떠 있고,
높은 산 작대기 짚고 오르네!

落花紅雨散　　芳草綠陰濃
낙 화 홍 우 산　　방 초 록 음 농
釣渚靑鳧爭　　稻田白鷺翔
조 저 청 부 정　　도 전 백 로 상

꽃잎이 붉은 비처럼 흩뿌리고,
풀은 색이 점점 짙어지네!
물가에서 낚시 드리우니 청둥오리 푸드득,
논에는 백로가 높이 날아오르네.

草綠知春暮　　潭澄覺月明
초 록 지 춘 모　　담 징 각 월 명
子規啼夜月　　玄鳥語春風
자 규 제 야 월　　현 조 어 춘 풍

풀빛이 짙어지니 봄이 가는 걸 알겠고,
물빛이 맑으니 달이 밝은 것을 깨닫는다.
소쩍새는 달밤에 울고,
제비는 봄바람에 화답하네.

露草蟲聲濕　　風枝鳥夢危
노 초 충 성 습　　풍 지 조 몽 위

樹疎奇石出　　簷靜細煙濃
수 소 기 석 출　　첨 정 세 연 농

이슬 내린 풀숲에서 벌레 소리도 젖은 듯하고,
흔들리는 가지에 앉아서 꿈꾸는 새 위태로워 보이네.
나무가 성그니 괴석이 드러나고,
고요한 처마 끝에 가늘게 연기가 피어오르네!

脫冠翁頭白　　開襟女乳園
탈 관 옹 두 백　　개 금 녀 유 원
對飯蠅先集　　如厠狗前行
대 반 승 선 집　　여 측 구 전 행

갓을 벗으니 늙은이 흰머리 드러나고,
옷깃을 헤치니 여인의 가슴이 봉분처럼 드러나네.
밥상을 차리니 파리가 먼저 달려들고,
측간을 가자니 강아지가 앞서가네!

雨來靑蛙鬧　　山高白雲低
우 래 청 와 료　　산 고 백 운 저
蚊嚼翁驚睡　　兒飯狗撓尾
문 작 옹 경 수　　아 반 구 요 미

비 내리니 청개구리 요란하고,
산이 높으니 구름이 되레 낮게 깔리네.
모기 물린 늙은이 놀라 잠이 깨고,
아이가 밥을 주니 강아지는 꼬리를 흔드네!

鳥喧蛇登樹　　犬吠客到門
조 훤 사 등 수　　견 폐 객 도 문
月色明如晝　　松葉細似針
월 색 명 여 주　　송 엽 세 사 침

새가 지저귀니 뱀이 놀라 나무에 오르고,
개가 짖으니 손님이 문 앞에 도착했겠구나!
달빛이 대낮처럼 밝고
솔잎은 바늘처럼 가늘구나!

著弁僧頭角　　　吹火女脣尖
저 변 승 두 각　　　취 화 녀 진 첨
鳥啼花樹裏　　　馬嘶草堤頭
조 제 화 수 리　　　마 시 초 제 두

고깔 쓴 승려 머리가 각이 졌고,
불 지피는 아낙 입술이 뾰쪽하네.
꽃 덤불에서 새가 지저귀고,
둑에서 말이 풀을 뜯네.

足千踏峯上　　　眼穿四海波
족 천 답 봉 상　　　안 천 사 해 파
馬走駒隨後　　　牛耕犢臥原
마 주 구 수 후　　　우 경 독 와 원

수 없는 걸음 끝에 봉우리를 밟고,
사해의 파도를 바라보네.
어미 말이 달리자 망아지 뒤따르고,
어미 소는 밭을 가는데 송아지는 들판에 누워 있네!

遠峀撑天立　　　長江裂地流
원 수 탱 천 립　　　장 강 렬 지 류
月白宵如晝　　　風淸夏似秋
월 백 소 여 주　　　풍 청 하 사 추

높은 봉우리는 하늘을 받치고,

긴 강은 땅을 가르며 흐르네.
달빛이 밝아 밤이 낮 같고,
시원한 바람이 부니 여름이 가을 같네!

柳岸鶯歌歇	花園蝶舞多
유 안 앵 가 헐	화 원 접 무 다
桃花紅勝錦	柳絮白如綿
도 화 홍 승 금	유 서 백 여 면

버드나무 언덕에 앵무새가 지저귀고,
화원에는 나비가 춤을 추네,
복숭아꽃은 비단보다 더 붉고,
버들 솜털은 솜보다 더 희구나!

月白沙上金	風淸竹裏琴
월 백 사 상 금	풍 청 죽 리 금
牧童橫短笛	漁父弄淸歌
목 동 광 단 적	어 부 롱 청 가

달빛이 모래사장에서 금처럼 반짝이고,
시원한 바람 대숲에서 거문고처럼 울리네.
목동은 풀피리 풀고,
어부는 청아하게 노래하네!

草木霜前黃	松篁雪裏靑
초 목 상 전 황	송 황 설 리 청
江山長不老	風月關無主
강 산 장 불 로	풍 월 관 무 주

초목은 서리 앞에 누렇게 시들지만,
소나무와 대나무는 눈 속에도 더 푸르네.

강과 산은 늙지 않고,
바람과 구름은 주인이 없네!

棹穿波底月　　船壓水中天
도 천 파 저 월　　선 압 수 중 천
白露鳴梧葉　　淸風響竹枝
백 로 명 오 엽　　청 풍 향 죽 지

노는 물결에 뜬 달을 가르고,
배는 수면에 비친 하늘을 누르네.
백로는 오동나무에서 울고,
시원한 바람이 대나무 가지를 흔들며 우네!

雁背磨天碧　　蟾胸曳地黃
안 배 마 천 벽　　섬 흉 예 지 황
入山人避虎　　浮海客親鷗
입 산 인 피 호　　부 해 객 친 구

기러기는 하늘을 날아다녀 배가 푸르고
두꺼비는 땅을 기어다녀 가슴이 황토색이네.
산에 들면 사람이 호랑이를 피해야 하고,
배를 타면 나그네 갈매기와 친구가 되네!

月出天開眼　　山高地擧頭
월 출 천 개 안　　산 고 지 거 두
鷺行沙有跡　　魚躍浪無痕
노 행 사 유 적　　어 약 랑 무 흔

달이 뜨는 것은 하늘이 눈을 뜬 것이고,
산이 높은 것은 땅이 머리를 든 것이다.
해오라기가 백사장을 거닐면 흔적이 남지만,

물고기는 물결을 치고 올라도 흔적이 남지 않는다.

日暮炊煙起　　夜深績火明
일 모 취 연 기　　야 심 적 화 명
老翁鋪茵睡　　兒孫挽鬚戲
노 옹 포 인 수　　아 손 만 수 희

날이 저물어 불을 때니 연기가 피어오르고,
밤이 깊어 길쌈하려고 등불을 밝히네.
늙은이 자리를 깔고 잠드니,
손자가 수염을 당기며 장난치네!

超蝶鶯飛疾　　窺魚鷺頃長
초 접 앵 비 질　　규 어 로 경 장
弄春花下鳥　　啼血月中鵑
농 춘 화 하 조　　제 혈 월 중 견

꾀꼬리는 나비보다 더 빨리 날고,
해오라기는 물고기 잡으러 목을 길게 뺀다.
봄 나들이 나온 새는 꽃잎을 떨어뜨리고,
달 아래 두견은 피를 토하며 우네!

草野人耕綠　　花園鳥拂紅
초 야 인 경 록　　화 원 조 불 홍
綠水鷗前鏡　　靑山鶴後屏
녹 수 구 전 경　　청 산 학 후 병

초야에서 사람이 초록빛 밭을 갈고,
화원에서 새가 붉은 꽃잎을 떨어뜨리네.
맑은 물은 물새 앞에 거울처럼 펼쳐져 있고,
청산은 두루미 뒤에 병풍처럼 서 있네!

夏畦成江海　　秋山作畫圖
하 휴 성 강 해　　추 산 작 화 도
白酒紅人面　　黃金黑吏心
백 주 홍 인 면　　황 금 흑 리 심

여름 밭두둑 강이나 바다 같고,

가을 산은 그림처럼 서 있네.

막걸리는 사람 얼굴을 붉게 만들고,

황금은 벼슬아치 마음을 검게 만든다.

細雨魚兒出　　微風鷰子斜
세 우 어 아 출　　미 풍 연 자 사
野草常奉露　　山莪自吟風
야 초 상 봉 로　　산 아 자 음 풍

가는 비 내리자 새끼 물고기 뛰쳐나오고,

미풍이 불자 어린 제비 흔들거리며 나네.

들풀은 항상 서리를 맞고,

산속 지칭개는 홀로 바람을 노래하네!

地闊三千界　　天長九萬里
지 활 삼 천 계　　천 장 구 만 리
葉裏桃如玉　　簷端雨作鈴
엽 리 도 여 옥　　첨 단 우 작 령

광활한 땅은 삼천계이고,

긴 하늘은 구만리라.

잎 속에 복숭아 옥 같고,

처마 끝에 비 내리니 방울처럼 울리네!

稻熟黃滿野　　春來綠遍山
도 숙 황 만 야　　춘 래 록 편 산

男奴負薪入　　　女婢採蕨來
남 노 부 신 입　　　여 비 채 궐 래

벼가 익으니 들판에 황금이 가득한 것 같고,
봄이 오니 온 산이 푸르러지네.
남종은 땔감을 지고 들어오고,
여종은 고사리 캐서 돌아오네.

白鷺溪邊立　　　黃鶯柳上啼
백 로 계 변 립　　　황 앵 뉴 상 제
鳥花間逐蝶　　　鷄爭草裏蟲
조 화 간 축 접　　　계 쟁 초 리 충

백로는 개울가에 서 있고,
꾀꼬리는 버드나무 위에서 노래하네.
새는 꽃 사이로 나비를 쫓고,
닭은 풀숲 사이로 벌레를 쫓네.

紙破風入戶　　　碁罷客還家
지 파 풍 입 호　　　기 파 객 환 가
無足蛇能走　　　有口鳥未言
무 족 사 능 주　　　유 구 조 미 언

창호지 찢어지니 바람이 들어오고,
바둑을 다 두니 손님이 집으로 돌아가네.
뱀은 다리가 없어도 달릴 수 있고,
새는 입이 있어도 말을 하지 못하네!

扶杖嫗腰曲　　　削髮僧頭圓
부 장 구 요 곡　　　삭 발 승 두 원
埃破煙生席　　　廚空鳥啄口
돌 파 연 생 석　　　주 공 조 탁 口

지팡이를 짚은 노파 허리가 굽었고,
삭발한 승려 머리가 둥글다.
굴뚝이 깨지니 연기가 흘러나오고,
주방이 비니 새가 □ 쪼고 있네.

鳥偸鷦卵去   猫捉鼠雛來
조 투 추 란 거   묘 착 서 추 래
輟耕牛放草   斷轡馬入田
철 경 우 방 초   단 비 마 입 전

새가 메추리 알을 훔쳐 가고,
고양이는 생쥐와 병아리를 쫓고 있네.
밭갈이가 끝난 소는 풀을 뜯고,
고삐 풀린 말은 밭으로 뛰어드네!

月作雲間鏡   風爲竹裏琴
월 작 운 간 경   풍 위 죽 리 금
落葉風前舞   寒花雨後新
낙 엽 풍 전 무   한 화 우 후 신

달은 구름 사이를 거울처럼 둥글게 비집고 나오고,
바람이 대나무를 흔드니 거문고 소리가 나네.
낙엽은 바람 불어 춤추는 것 같고,
늦가을에 피는 꽃은 비 온 뒤 더 새로워지네.

雁啼霜夜月   人臥竹林床
안 제 상 야 월   인 와 죽 림 상
雪履行人跡   雲埋道士家
설 복 행 인 적   운 매 도 사 가

서리 내린 밤 기러가 울며 날아가고,

대나무로 엮은 평상에 사람이 누워 있네.
사람이 눈을 밟고 지나가니 발자국이 남고,
도사의 집은 구름 속에 묻혔네.

燈作房中月	月爲天下燈
등 작 방 중 월	월 위 천 하 등
柳枝鶯舌碧	花園蝶鬚紅
유 지 앵 설 벽	화 원 접 수 홍

등불은 방 안의 달이고,
달은 하늘의 등불 같네.
버드나무 가지에 앉은 꾀꼬리 혀가 푸르고,
꽃밭을 나는 나비 수염이 붉네.

谷靜風愈響	山深日易斜
곡 정 풍 유 향	산 심 일 역 사
竹林風如玉	松塢月飾金
죽 림 풍 여 옥	송 오 월 식 금

골짜기가 고요하나 바람 소리 더 크게 울리고,
산이 높으니 해는 쉽게 넘어간다.
대나무 숲에 바람이 부니 마치 옥이 부딪히는 소리가 나고,
소나무 숲에 달빛이 금빛처럼 부서지네.

海客隨鷗泳	仙人駕鶴飛
해 객 수 구 영	선 인 가 학 비
白雲山上蓋	明月水中珠
백 운 산 상 개	명 월 수 중 주

바다에서 갈매기를 따라 헤엄을 치고
신선은 두루미로 수레처럼 몰고 날아가네.

흰 구름이 산머리에 덮개처럼 걸쳤고,
밝은 달은 물속에 진주처럼 떠 있네.

葉落秋光散　　　天高雁點稀
엽 락 추 광 산　　　천 고 안 점 희
楊柳光風起　　　梧桐雪月明
양 류 광 풍 기　　　오 동 설 월 명

가을볕에 낙엽은 휘날리고,
하늘 높이 기러기 점점이 사라지네.
버드나무에 햇볕이 내리니 바람이 일고,
오동나무에 눈이 내리니 달빛이 더욱 밝네.

夜靜寒蛩語　　　秋淸白雁嘶
야 정 한 공 어　　　추 청 백 안 시
細雨春山沐　　　輕風柳絮狂
세 우 춘 산 목　　　경 풍 류 서 광

밤이 차고 고요한데 귀뚜라미가 말을 하는 것 같고,
가을날이 맑고 깨끗한데 기러기는 노래를 부르네.
가는 비 내리자 산은 목욕한 것처럼 깨끗하고,
가벼운 바람에 버들솜털은 미친 듯이 휘날리네.

屋疎日照席　　　簷短雨侵床
옥 소 일 조 석　　　첨 단 우 침 상
落花千萬片　　　啼鳥兩三聲
낙 화 천 만 편　　　제 조 량 삼 성

지붕이 성글어 햇볕이 방석으로 내리쬐고,
처마가 짧아 빗줄기가 침상까지 들어온다.
꽃잎은 수없는 조각으로 떨어지고,
새는 두세 번 운다.

竹語清霄雨　　松濤白日雷
죽 어 청 소 우　　송 도 백 일 뢰
谷鶯時喚友　　堂鷰日飼雛
곡 앵 시 환 우　　당 연 일 사 추

대나무가 말하듯 흔들리니 맑은 하늘에 비가 내리고,
소나무가 파도처럼 흔들리니 대낮에 벼락이 친다.
골짜기 꾀꼬리는 때때로 친구를 부르고,
처마 제비는 매일 새끼에게 먹이를 물어다 준다.

架鷹將拂翼　　山雉欲逃形
가 응 장 불 익　　산 치 욕 도 형
雨色依山看　　灘聲遇石聞
우 색 의 산 간　　탄 성 우 석 문

횃대에 앉은 매는 날개를 퍼덕이고,
산 꿩은 대열을 깨고 흩어지려 한다.
비는 산에 따라 색깔이 달리 보이고,
개울 소리는 부딪히는 돌에 따라 다르게 들린다.

漂娥雙足素　　漁叟一肩高
표 아 쌍 족 소　　어 수 일 견 고
白鷺含蘆叫　　寒蟬抱樹吟
백 로 함 로 규　　한 선 포 수 음

빨래하는 아가씨 두 발이 하얗고
늙은 어부는 어깨가 높다.
백로는 지푸라기를 머금고서 울고,
쓰르라미는 나무를 껴안고 운다.

泰山千秋屹　　長江萬古流
태 산 천 추 흘　　장 강 만 고 류
水鳥浮還沒　　江雲斷復連
수 조 부 환 몰　　강 운 단 부 련

태산은 천 년을 우뚝 솟아 있고.

장강은 만 년을 흐른다.

물새는 물에 떴다 가라앉았다 하고,

강 위를 흐르는 구름은 끊겼다 이어졌다 한다.

雪消春日暖　　風動夕煙飛
설 소 춘 일 난　　풍 동 석 연 비
煙霞朝濕色　　雪月夜靜光
연 하 조 습 색　　설 월 야 정 광

구름이 흩어지니 봄볕이 더 따스하고,

바람이 부니 저녁연기 날아간다.

안개와 노을은 이슬 내린 아침에 색이 더 선명하고,

눈과 달은 고요한 밤에 더욱 빛이 난다.

落雁平沙晚　　歸船遠浦遲
낙 안 평 사 만　　귀 선 원 포 지
掬水月浮手　　採蕨春滿筐
국 수 월 부 수　　채 궐 춘 만 광

기러기 모래사장에서 천천히 내려앉고,

배는 먼 포구에서 천천히 항구로 돌아온다.

물을 한 움큼 뜨니 손안에 달이 떠 있고,

고사리 캐니 바구니에 봄이 가득하다.

仙狵吠白雲　　俗客來靑山
선 방 폐 백 운　　속 객 래 청 산
洗足口下水　　傳耳月邊鍾
세 족 口 하 수　　전 이 월 변 종

선방에서는 개가 흰 구름을 보고 짖고.

속가에서는 나그네가 청산으로 돌아오네.

발을 씻으니 □ 아래 물이 흐르고,

귀로 들으니 달 가장자리에서 종소리가 나는 것 같네.

溪波噴白玉　　林靄織靑絲
계 파 분 백 옥　　임 애 직 청 사
大海龍爲宅　　長松鶴寄巢
대 해 룡 위 택　　장 송 학 기 소

개울 물결은 백옥처럼 부서지고,

숲속 아지랑이는 푸른 실처럼 얽혀 있네.

큰 바다는 용의 집이고,

커다란 소나무에 학이 둥지를 트네.

谷鳥吟淸月　　江猿嘯晩風
곡 조 음 청 월　　강 원 소 만 풍
鳳叫丹邱月²鵬飛碧海風
봉 규 단 구 월　봉 비 벽 해 풍

골짜기 새는 맑은 달을 노래하고,

강가 원숭이는 산들바람을 노래한다.

봉황은 우니 단구에서 달을 뜨고,

붕새가 날아오르자 푸른 바다에서 바람이 인다.

驢背詩興載　　壺中醉夢濃
여 배 시 흥 재　　호 중 취 몽 농
月窓燈影小　　雲谷鳥聲幽
월 창 등 영 소　　운 곡 조 성 유

말 등이 시심을 실어 나르는 것 같고,

2. 　丹邱(단구)의 원래 표기는 丹丘(단구)이다. '신선이 사는 언덕'이라는 뜻이다. 丘는 孔丘(공구), 즉 공자를 뜻
　하므로, 성현의 이름을 함부로 쓸 수 없어 邱라고 표기한 것이다. 이를 휘諱라고 한다. 송파 선생의 성향과
　식견을 볼 수 있는 장면이다.

호리병 안에서 취몽이 무르익는 것 같다.
달빛이 창으로 드니 등 그림자가 작아지고,
구름 깔린 계곡에는 새 소리가 잦아든다.

鳧胸割碧海　　鶴背磨靑天
부 흉 할 벽 해　　학 배 마 청 천
酒盡甁先醉　　飯熟鼎還飢
주 진 병 선 취　　반 숙 정 환 기

청둥오리는 배로 헤엄치니 푸른 바다를 가르는 것 같고,
학이 날아오르니 등으로 푸른 하늘을 가는 것 같다.
술이 떨어지기 전에 술병이 먼저 취하는 것 같고,
밥이 익으니 그릇이 도리어 굶주리는 것 같다.

雨後山如沐　　風前草似酣
우 후 산 여 목　　풍 전 초 사 감
兎舂千山雪　　鳧耕十里濤
토 용 천 산 설　　부 경 십 리 도

비 내리니 산은 목욕한 것 같고,
바람 앞에 풀은 흥겹게 춤을 추는 것 같네.
토끼는 온 산의 눈을 방아 찧는 듯하고,
청둥오리는 십 리 물길을 밭가는 듯하네.

宿霧孕靑山　　行雲産明月
숙 무 잉 청 산　　행 운 산 명 월
遠瀑看前響　　幽花過後香
원 폭 간 전 향　　유 화 과 후 향

고요한 운무는 청산을 잉태하고,
떠가는 구름은 명월을 만든다.

폭포는 저 멀리 있지만 소리가 먼저 들려오고,

숨어서 피는 꽃은 지나친 뒤에야 향기를 맡을 수 있다.

春雨乳萬物　　　秋霜鹽百草
춘 우 유 만 물　　　추 상 염 백 초
鳥去枝二月　　　風來葉八分
조 거 지 이 월　　　풍 래 엽 팔 분

봄비가 만물에 우유처럼 양분을 주고,

가을 서리는 온갖 식물에 소금을 뿌리는 듯 죽이고,

새가 날아가니 나뭇가지가 한들한들,

바람이 불어오니 낙엽이 너푼너푼.[3]

栗黃鼯來拾　　　枾紅豎上摘
율 황 오 래 습　　　시 홍 수 상 적
鶴髮千年壽　　　兒孫萬歲榮
학 발 천 년 수　　　아 손 만 세 영

밤이 노랗게 익으니 날다람쥐 와서 가져가고,

감이 붉게 익으니 아이가 나무에 올라 따네.

학이 천 년을 살듯이,

자손만대 번영하리라!

狗走梅花落　　　鷄行竹葉生
구 주 매 화 락　　　계 행 죽 엽 생
簷闊迎風富　　　林深得月貧
첨 활 영 풍 부　　　임 심 득 월 빈

개가 뛰니 매화가 떨어지고,

3.　二月(이월)은 '一月＋一月＝二月'이고, 一月(일월)은 번역하면 '한 달'이 된다. 이 음을 차용하여 '한들한들'
　　을 만든 것이다. 八分(팔분)은 '四分＋四分＝八分'이고, 四分은 곧 '네 푼'으로 여기서 '너푼너푼'이라는 말
　　이 나왔다.

닭이 쏘다니니 죽엽이 싹을 틔운다.

처마가 넓어 바람이 잦고,

숲이 울창해 달을 가린다.

春水滿四澤　　　夏雲多奇峯
춘 수 만 사 택　　　하 운 다 기 봉

秋月楊明輝　　　冬嶺秀孤松
추 월 양 명 휘　　　동 령 수 고 송

봄에 물이 불어 온 연못이 차고,

여름에 구름이 많아 산봉우리가 기괴하게 보이네.

가을에 달이 휘영청 버드나무를 비추고,

겨울에는 고갯마루 소나무 한 그루가 우뚝 서 있네.

柳絮何時吠　　　松鈴幾日鳴
유 서 하 시 폐　　　송 령 기 일 명

雨意雲端黑　　　春心木末靑
우 의 운 단 흑　　　춘 심 목 말 청

버들솜털은 때 없이 날리니 개가 짖고,

솔방울은 며칠을 굴러다니며 소리를 낸다.

구름 끝자락이 검어지면 비가 내리고,

나무 끝이 푸르러지면 봄이 온다.

玉索連天直　　　銀鈴落地圓
옥 색 연 천 직　　　은 령 낙 지 원

花笑聲未聽　　　鳥啼淚難看
화 소 성 미 청　　　조 제 루 난 간

하늘에서 옥을 매달았고,

땅에는 은방울이 떨어진다.[4]

꽃이 웃지만 그 소리를 들을 수 없고,

새가 울며 눈물을 흘리지만 그 모습을 볼 수가 없다.

花有重開日　　人無更少年
화 유 중 개 일　　인 무 갱 소 년

雨餘生草綠　　風起落花紅
우 여 생 초 록　　풍 기 락 화 홍

꽃이 내일 다시 또 피지만,

늙으면 다시 소년으로 돌아가지 못한다.

비 끝에 풀이 푸르게 돋고,

바람이 불자 붉은 꽃잎이 떨어진다.

世事琴三尺　　生涯酒一杯
세 사 금 삼 척　　생 애 주 일 배

西亭江上月　　東閣雪中梅
서 정 강 상 월　　동 각 설 중 매

세상사 거문고 석 줄에 실어 보내고,

인생을 한 잔 술로 달래 본다.[5]

서쪽 정자 강에 달이 떴고,

동쪽 누각에는 눈 속에서 매화가 꽃을 피웠다.

4.　빙허당氷壺堂 이씨李氏의 작품. 빙허당은 조선 중기의 시인인데, 선조 때 종실宗室 숙천령肅川令의 부인으로 시
　　문에 능했다고 한다.

5.　도연명陶淵明.

138

天
천

天長九萬里
천 장 구 만 리
高高一大者
고 고 일 대 자
風霜雨露均
풍 상 우 로 균
日月星辰繫
일 월 성 진 계

하늘

하늘은 구만리,
높고 높으며, 하나이면서 밖이 없이 크다.
바람, 서리, 비, 이슬, 고루 내리고,
해와 달, 별이 모두 매달려 있다.

地
지

地闊三千界
지 활 삼 천 계

深厚廣大者
심 후 광 대 자

羽毛鱗介居
우 모 린 개 거

山川草木載
산 천 초 목 재

땅

땅은 광활한 삼천대천세계,

깊고 두터우며, 너르고 크다.

들짐승, 날짐승, 물고기, 갑각류 등이 모두 살고,

산천초목을 모두 싣고 있다.

日
일

扶桑三百尺
부 상 삼 백 척
朝口日出來
조 口 일 출 래
有時來海上
유 시 래 해 상
無和照天下
무 화 조 천 하

해

부상⁶은 삼백 척,
아침마다 해가 거기에서 올라오네.
때로는 바다 위에서 올라와,
천하를 두루 비추지 않음이 없네.

6. 부상扶桑에서 '상桑' 신화에서 동해에 있다고 하는 신목神木으로, 그 밑에서 해가 떠오른다고 하여 '해가 뜨
    는 곳'이나 '해'를 가리킨다. 나중에는 '일본'을 지시하는 말로도 쓰이게 되었다.

月
월

口 明三五夜
口 명 삼 오 야

月出東山上
월 출 동 산 상

皎皎光如燭
교 교 광 여 촉

團團影似鏡
단 단 영 사 경

달

음력 보름에 口,

달이 동쪽 산에서 떠오르네.

밝고 밝아서 촛불 같고,

둥글고 둥근 것은 거울 같네.

搗藥來玉兔
도 약 래 옥 토

圓魄上寒空
원 백 상 한 공

隨桂步金蟾
수 계 보 금 섬

一天澹如洗
일 천 담 여 세

옥토끼 달에서 약초를 찧고,

둥글고 흰 달이 겨울 하늘로 떠오르네.

금두꺼비 월계수를 따라 걷고,

비 내린 하늘 씻은 듯 맑네.

142

春
춘

東君布德澤
동 군 포 덕 택

萬物一時新
만 물 일 시 신

庭梅綻白玉
정 매 탄 백 옥

門柳垂黃金
문 류 수 황 금

봄

동쪽 군에 은택이 내려,

만물이 시시각각 새롭네.

뜰에 매화는 백옥 같은 방울 터뜨렸고,

문 앞에 버드나무 황금 같은 가지 드리웠네.

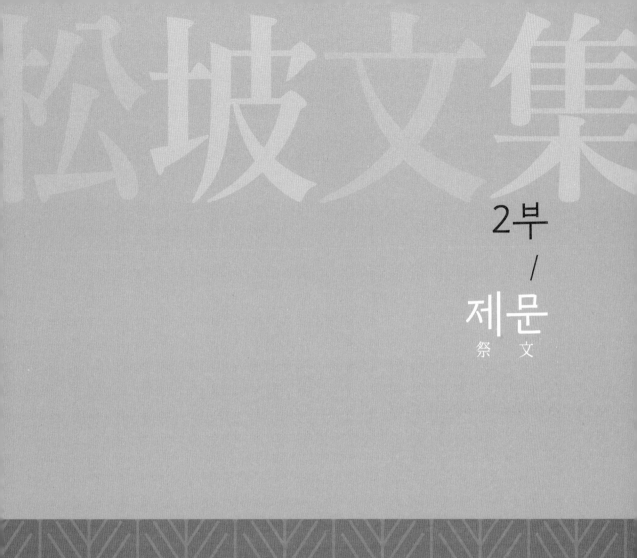

松坡文集

2부
/
제문
祭文

維歲次丁亥十一月乙丑朔之丁卯,
유세차정해십일월을축삭지정묘

逎我再從叔主處士英陽南公禫祭之日也.
내아재종숙주처사영양남공담제지일야

再從姪心制人聖道, 謹具不奠之羞,
재종질심제인성도 근구불전지수

再拜告訣于設位之下而侑之曰.
재배고결우설위지하이유지왈

於乎壽富多男, 福之良貴, 而公幸得而終之,
어호수부다남 복지양귀 이공행득이종지

由此哭之, 則宜無餘淚, 可恨.
유차곡지 즉의무여루 가한

而少子獨不然者, 何也.
이소자독불연자 하야

悲夫, 公與吾先君年長, 而行同志若而誼厚,
비부 공여오선군년장 이행동지약이의후

至於徵逐愚樂, 不計淺深, 則再從而一氣也.
지어징축우악 불계천심 즉재종이일기야

老少而朋儕矣.
노소이붕제의

　　유세차[1] 정해년(1947년) 11월(초하루가 을축일) 정묘일은 재종숙부 처사 영양 남공의 담제 날입니다. 재종질 심제인心制人[2] 성도는 제사 음식을 제대로 갖추지 못한 채,[3] 위패에 두 번 절하며 영결을 고합니다.

　　오호라! 공께서는 부유하시면서 수를 누리시는 등 복을 많이 받으셨습니다.

1. 　유세차維歲次는 '이 해의 차례'라는 뜻으로, 維(유)는 발어사이고, 祝文(축문)의 첫머리에 관용적으로 쓴다.
2. 　예법상 상복은 벗었으나 슬픔이 가시지 않아 대상大祥이 지난 뒤 담제禫祭까지 입는 옷이 심제心制며 그에 해당하는 사람이 심제인心制人이다.
3. 　『예기』, 「증자문曾子問」에서 "계빈啓殯에서부터 장사 지낼 때까지는 전을 설하지 않는다[自啓及葬不奠]"라고 했고, 그 주석에 "전을 설하지 않는 것은 장사 지내는 일에 힘써야 하기 때문이다[不奠, 務於當葬者]"라고 했다. 송파공 당시에는 이 예법을 따른 것 같다.

또 임종도 순조로우셨습니다. 이 때문에 곡을 하더라도 더 눈물을 흘리지 않아도 된다고 합니다. 참으로 한스럽습니다. 저만은 그렇지 않습니다. 나름 이유가 있습니다. 공은 선친보다 연세가 많으시지만, 행동이나 뜻이 같아 우의가 두터웠습니다. 어리석은 놀이는 가리지 않고 모두 물리쳤는데, 재종 사이라도 형제처럼 통했습니다. 두 분은 나이 차이가 나더라도 마치 친구 사이 같았습니다.

欽仰者, 不但人而少子亦以事父之事, 何運歇福涼,
흠 앙 자 불 단 인 이 소 자 역 이 사 부 지 사 하 운 헐 복 량

忽見公之歸, 此恨此恫猶爲難堪, 況又一月間,
홀 견 공 지 귀 차 한 차 통 유 위 난 감 황 우 일 월 간

哭天之痛乎, 少子何罪, 哭之如是酷也.
곡 천 지 통 호 소 자 하 죄 곡 지 여 시 혹 야

哀惶三載, 無暇哭, 終以至此.
애 황 삼 재 무 가 곡 종 이 지 차

安在平日事父之事也.
안 재 평 일 사 부 지 사 야

自愧之深, 何敢望今日默宥之萬一耶.
자 괴 지 심 하 감 망 금 일 묵 유 지 만 일 야

公之生平積厚者也, 何恨何痛之乎, 言念至此,
공 지 생 평 적 후 자 야 하 한 하 통 지 호 언 념 지 차

不敢張皇於已安之靈, 故只自哭而止, 我觞耶否.
불 감 장 황 어 이 안 지 령 고 지 자 곡 이 지 아 상 야 부

於乎痛哉. 尚饗.
오 호 통 재 상 향

공을 존경하는 이들은 많았는데, 저 역시 그래서 마치 부모님 모시듯 섬겼습니다. 어찌 운과 복이 다했는지, 공께서 갑자기 돌아가시니 이 애통함을 견딜 수 없습니다. 게다가 한 달 사이에 친상을 당했으니, 제가 무슨 죄를 지었기에 연달아 이런 극심한 슬픔을 겪어야 합니까! 공이 돌아가신 지 3년 동안 곡할 겨를도 없이 지금에 이르렀습니다. 어찌 평소 부모님 섬기듯 했다고 할 수 있겠습니까! 스스로를 깊이 책망하오나 어찌 만에 하나라도 용서받기를 바라겠습

니까?

  평소 공께서 덕을 많이 베푸셨으니, 한도 애통함도 더한 것 같습니다. 생각이 여기까지 미치니 영전 앞에 장황하게 말씀 올리지 않아도 될 것 같습니다. 저는 여기서 곡을 마칠까 합니다. 제가 잔을 올리니 받아주십시오. 오호통재라! 상향.

●

維歲次戊子六月癸巳朔十九日辛亥,
유 세 차 무 자 륙 월 계 사 삭 십 구 일 신 해

逎我外舅主處士咸安趙公中祥之辰也.
내 아 외 구 주 처 사 함 안 조 공 중 상 지 진 야

前夕庚戌外甥英陽南聖道, 謹以不腆之羞,
전 석 경 술 외 생 영 양 남 성 도   근 이 불 전 지 수

再拜痛訣于設位之下曰.
재 배 통 결 우 설 위 지 하 왈

於乎, 以少子哭公, 則其痛切者, 宜乎, 而至若疑訝,
오 호   이 소 자 곡 공   즉 기 통 절 자   의 호   이 지 약 의 아

則何其甚也. 仁榮善慶, 從右所謂, 則寔有之矣.
즉 하 기 심 야   인 영 선 경   종 우 소 위   즉 식 유 지 의

少子與公同隣, 而又甥館者殆近二十年,
소 자 여 공 동 린   이 우 생 관 자 태 근 이 십 년

則何言不論, 何事不知. 箇中最仰者,
즉 하 언 불 론   하 사 불 지   개 중 최 앙 자

性天言順行修而事寬, 白首赤悃, 叔季良貴,
성 천 언 순 행 수 이 사 관   백 수 적 곤   숙 계 량 귀

服而稱之, 非獨我矣.
복 이 칭 지   비 독 아 의

유세차 무자년(1948년) 6월(초하루가 계사일) 19일 신해일은 장인어른인 처사 함안 조(趙)공의 중상 날입니다. 전날 저녁인 경술일에 사위 남성도가 제사 음식을 제대로 갖추지 못한 채, 신위를 세우고 두 번 절하면서 애통해 하여 영결합니다.

오호라! 제가 공이 돌아가셨는데 이렇게 애통하게 곡하는 것이 당연한데도, '어찌 그리 심한가'라고 의아하게 여기는 사람들도 있습니다. '어진 이는 번영하고 선한 이에게는 경사가 있다'라고 예부터 말해왔는데, 진실로 그런 것 같습니다. 처가가 한 이웃이고 사위가 된 지도 근 20년이 되었습니다. 그러니 여러 말씀을 들었고, 여러 일을 몸소 겪었습니다. 그중에서 가장 존경했던 것은 하늘이

주신 성품과 사리에 맞고 반듯했던 언행, 너그러운 일 처리였습니다. 연세가 드셔도 진실한 마음을 잃지 않으셨고, 말세에도 본성[4]을 잃지 않으셨습니다. 모두 따르고 칭송하였으니 비단 저만 그런 것이 아니었습니다.

兄弟之和翕, 堂廡之敦敍, 何莫非公仁善中出來.
형제지화흡 당무지돈서 하막비공인선중출래

則宜享前頭榮慶, 而天胡不鑑, 反有傳家之憂,
즉의향전두영경 이천호불감 반유전가지우

而竟見其終, 是理何理, 是運何運. 仰痛之者,
이경견기종 시리하리 시운하운 앙통지자

永母主以八耋偕老未一月, 且隨公之後, 延津鉶氣,
영모주이팔질해로미일월 차수공지후 연진일기

又何迫也. 少子於是而疑訝之發, 誠非妄矣.
우하박야 소자어시이의아지발 성비망의

星霜不留, 奄當今夕, 痛涕維新. 所可奉慰者,
성상불류 엄당금석 통체유신 소가봉위자

蹟嗣今雖遠外, 異日錦還, 則門戶之光景丁寧在矣.
전사금수원외 이일금환 즉문호지광경정녕재의

然則以若愚蒙, 何必張皇於洋洋之中乎, 文不盡者, 哭以終之.
연즉이약우몽 하필장황어양양지중호 문부진자 곡이종지

伏惟尊靈庶賜歆格乎,
복유존령서사흠격호

平日聖道之情觴耶否. 於乎痛哉. 尚饗.
평일성도지정상야부 오호통재 상향

형제간 우애가 깊었고, 집안도 화목했으니, 이 모두 공의 어질고 선한 본성에서 나온 것이 아니겠습니까? 그렇다면 마땅히 영예와 경사를 누렸어야 하는데, 하늘도 무심하시지 도리어 집안의 우환을 내리시어 하늘로 데려가시니, 이는 무슨 이치이며 무슨 운수입니까? 더욱 애통한 것은 여든 살까지 해로하시던 장

---

4. 良貴(양귀)는 귀하게 되려는 본성과 그 천성을 뜻한다. 『孟子』, 「告子(上)」: 欲貴者人之同心也人, 人有貴於己者弗思耳.

모님도 따라 돌아가셨으니[延津劍氣][5] 무에 그리 급하셨단 말입니까? 그래서 저는 이런 일이 있어 이상하게 생각하는 것이니, 망령이 들어 그런 것이 아닙니다.

세월이 흘러, 어느덧 오늘이 닥쳤습니다. 더 애통하고 눈물이 그칠 줄 모릅니다. 그나마 위안이 되는 것은 양자[螟嗣][6]가 멀리서 금의환향한다고 하니, 집안의 광경이 정녕 여기에 있는 것 같습니다. 그러니 어리석은 저가 장황하게 말씀을 더 올릴 필요가 없는 것 같습니다. 글로써는 다 표현할 수 없으니, 곡하면서 마칠까 합니다. 강림하셔 흠향하소서! 사위 성도가 평소의 정을 담아 잔을 올립니다. 오호통재라! 상향.

---

5. 『晉書』, 「張華列傳」. 진晉나라 때 뇌환雷煥이 용천검과 태아검 두 보검을 얻어 그중 하나를 장화張華에게 주었다. 장화가 죽임을 당한 뒤 칼의 소재를 알 수 없게 되었다. 뇌환이 죽은 뒤 그 아들이 칼을 가지고 연평 진延平津을 지날 때 칼이 갑자기 손에서 벗어나 물에 떨어져 사람을 시켜 물속을 찾게 하였더니, 두 마리 용이 서리어 있을 뿐 보검은 보이지 않았다고 한다. 이것을 '연진검합延津劍合' 또는 '연진지합延津之合'이라 하여 다시 합하게 되는 인연이나 부부가 죽은 뒤에 합장하는 것을 비유하는 말로 쓰이게 되었다.

6. 원문은 '蹟嗣'라고 되어 있는데, 역자가 문맥을 고려하여 '螟嗣(명사)'로 수정했다. 나나니벌[蜾蠃]은 자기 새끼가 아닌 명령(螟蛉, 배추벌레)을 취하여 기르는데, 여기에서 유래한 말이다. 출전은 다음과 같다. 『시경』, 「소완小宛」: 배추벌레가 새끼를 둠에 나나니벌이 업고 간다.[螟蛉有子, 蜾蠃負之.]

●

維歲次丁亥十二月乙未朔初三日丁酉,
유세차정해십이월을미삭초삼일정유

故處士英陽南公禫祭之辰也.
고처사영양남공담제지진야

族曾孫潤洙, 謹以不腆之羞再拜告訣于設位之下曰.
족증손윤수 근이불전지수재배고결우설위지하왈

於乎, 公貌拙而性淳, 勢窮而業勤,
오호 공모졸이성순 세궁이업근

雖處於桑海蓬戶, 行潔分安, 而在誠不學而學也, 不榮而榮也.
수처어상해봉호 행결분안 이재성불학이학야 불영이영야

若其況滋之尤於晚年者, 絲穀之優, 冠笄之繁矣,
약기황자지우어만년자 사곡지우 관병지번의

此不但自樂而仰之者孰不以介福耶.
차불단자악이앙지자숙불이개복야

余亦於公誼重同堂, 而蒙其別樣則已宿昔也.
여역어공의중동당 이몽기별양즉이숙석야

유세차 정해년(1947년) 12월(초하루가 을미일) 3일(정유일)은 처사 영양 남공의 담제일입니다. 집안의 증손인 윤수가 음식을 제대로 갖추지 못한 채, 신위에 재배하고 영결을 고합니다.

오호라! 공은 용모가 출중하고 성품도 순수하시며, 가세가 기울었지만, 가업을 부지런히 닦으셨다. 오랫동안 가난[桑海蓬戶][7]에 시달렸지만, 반듯하게 처신하시고 분수를 지키셨다. 진실로 '(정식으로) 배우지 않으셨지만 배웠다[不學而學也][8]'라고 평가할 수 있고, '겉으로는 영화를 누리지 못한 듯 보이지만, 진정

---

7. 桑海蓬戶(상해봉호)에서 桑海는 桑田碧海(상전벽해)의 준말이고, 蓬戶는 선비의 가난한 거처를 은유한다. 『예기』, 「유행儒行」의 "선비는 가로 세로 각각 10보步 이내의 담장 안에서 거주한다. 좁은 방 안에는 사방에 벽만 서 있을 뿐이다. 대를 쪼개어 엮은 사립문을 매달고, 문 옆으로 규圭 모양의 쪽문을 낸다. 쑥대를 엮은 문을 통해서 방을 출입하고, 깨진 옹기 구멍의 들창을 통해서 밖을 내다본다.[儒有一畝之宮, 環堵之室, 篳門圭窬, 蓬戶甕牖.]"라는 말에서 나온 것이다.

8. 『논어』, 「학이」 편에 나오는 다음 말을 인용한 것이다. "자하가 말했다. '뛰어난 이는 걸맞게 모시고 여색은

영화를 누리셨다'라고 평가할 수 있다. 만년에는 형편이 풀렸으니, 의복도 곡식도 모두 풍족했으며 예법도 잘 지키셨다. 홀로 하늘의 명을 즐겼을 뿐만 아니라 하늘의 명을 받들었으니, 이 어찌 큰 복을 받으신 것이 아니겠는가! 공은 같은 집안이라고 귀하게 여겨서 오랫동안 특별한 은혜를 주셨습니다.

鄕柴溪之行, 嶺東德谷之緣, 何莫非公勞攘之,
향 시 계 지 행   영 동 덕 곡 지 연   하 막 비 공 로 양 지

□ …… □ 痛哉 痛哉.
□ … … □ 통 재 통 재

哭公而尤切, 吾先君之思矣. 庚同志同之儀,
곡 공 이 우 절   오 선 군 지 사 의   경 동 지 동 지 의

抑然如在則痛慕者曷勝言哉.
축 연 여 재 즉 통 모 자 갈 승 언 재

至此而自不覺滂滂之至. 伏惟不昧者存默宥,
지 차 이 자 불 각 방 방 지 지   복 유 불 매 자 존 묵 유

而庶賜歆格乎否. 於乎哀哉痛哉. 尙饗.
이 서 사 흠 격 호 부   오 호 애 재 통 재   상 향

고향에서 땔나무를 하거나 들일을 할 때도, 또 영동의 덕곡과 인연을 맺을 때도 공은 힘을 써 주셨습니다. □ …… □ 애통하고 애통하도다!

제가 공을 더 애절히 곡하는 것은 한편으로 선친이 생각나서입니다. 공과 선친은 연세도 뜻도 같았습니다. 마치 눈앞에 계신 듯하니 애통한 그리움을 어찌 다 말로 표현할 수 있겠습니까. 여기서는 저도 모르는 사이에 눈물이 주룩주룩 흐릅니다. 영령께서 너그러이 용서하시고 강림하시어 흠향하소서! 오호통재라! 애재라! 상향.

멀리하라. 부모나 군주를 섬길 때는 제힘을 다하라. 사람과 관계를 맺을 때는 진실하게 말해야 한다. 이런 사람이라면 (형편이 여의치 않아) 제대로 배울 수 없을지라도 나는 진정으로 배운 사람이라고 평가할 것이다.'[子夏曰, '賢賢易色, 事父母, 能竭其力, 事君, 能致其身, 與朋友交, 言而有信. 雖曰未學, 吾必謂之學矣.']

維歲次丁亥十月丙申朔十三日戊申,
유 세 차 정 해 십 월 병 신 삭 십 삼 일 무 신

即我故外舅主處士英陽南公終祥之日, 前夕丁未,
즉 아 고 외 구 주 처 사 영 양 남 공 종 상 지 일 전 석 정 미

謹具不腆之羞, 再拜訣于素帷將撤之下曰.
근 구 불 전 지 수 재 배 결 우 소 유 장 철 지 하 왈

於乎, 磨玄恤白淚先下戾.
오 호 마 현 휼 백 루 선 하 려

少子之於公, 只爲識面而情無陳於萬一, 而尤可痛矣.
소 자 지 어 공 지 위 식 면 이 정 무 진 어 만 일 이 우 가 통 의

유세차 정해년(1947년) 10월(초하루가 병신일) 13일(무신일)은 장인어른이신 처사 영양 남공의 종상일입니다. 전날 저녁인 정미일에 청송심씨 의훈은 제사 음식을 제대로 갖추지 못한 채, 아직 철상 전인 영정 앞에 재배하고 영결을 고합니다.

오호라! 관을 쓰고 상복을 입으니 우선 눈물이 앞을 가립니다. 저는 공께 체면치레하느라 정을 만분의 일도 나누지 못한 것이 더욱 애통합니다.

公於松, 老於松, 埋於松.
공 어 송 노 어 송 매 어 송

三松處士, 一生神農, 安貧樂道, 勤儉事業,
삼 송 처 사 일 생 신 농 안 빈 낙 도 근 검 사 업

和順家庭, 敦睦族義, 不視外物, 端正中心,
화 순 가 정 돈 목 족 의 불 시 외 물 단 정 중 심

循理行世, 人稱正直. 天命有序, 兄先弟後,
순 리 행 세 인 칭 정 직 천 명 유 서 형 선 제 후

人間本心者亡矣, 地下守義士撰乎,
인 간 본 심 자 무 의 지 하 수 의 사 찬 호

伏願閻王恭尊神靈, 千古安奉而吾心所有矣.
복 원 염 왕 공 존 신 령 천 고 안 봉 이 오 심 소 유 의

公亦知之也否.
공 역 지 지 야 부

於乎悲夫, 公之餘運二子諸孫必有後昌大之慶矣.
오 호 비 부 　 공 지 여 운 이 자 제 손 필 유 후 창 대 지 경 의

是可爲長逝者瞑目也.
시 가 위 장 서 자 명 목 야

於乎哀哉. 一盃荒辭, 略陳微情.
오 호 애 재 　 일 배 황 사 　 약 진 미 정

伏惟尊靈庶幾歆格耶否.
복 유 존 령 서 기 흠 격 야 부

於乎痛哉. 尚饗.
오 호 통 재 　 상 향

　　공은 소나무가 무성한 동네에서 태어나셨고, 소나무 곁에서 늙어 갔으며, 소나무 밑에 묻혔습니다. '삼송三松' 처사는 평생 농사를 지으시면서 안빈낙도安貧樂道하셨습니다. 부지런히 일하시고 검소하게 생활하셨으며, 가정을 화목하게 이끌었고, 집안 일가와도 정이 돈독했습니다. 바깥 것에 흔들리지 않으셨고, 마음을 단정히 가꾸시며 순리에 따라 처세하였으니, 사람들은 '정직'하다고 칭송했습니다. 하늘이 순서를 내렸으니 형제에게 선후가 있습니다. 인간 본심이 명멸하더라도 지하에서는 의를 지킨 선비를 선택하지 않겠습니까? 바라옵건대 염라대왕께서는 공의 신령을 존중하셔서 천고의 세월 동안 평안히 모셔 주십시오. 제가 이를 간절히 바라는 것은 공도 잘 알고 계실 것입니다.

　　슬프도다! 슬하의 두 아들과 여러 손자들은 반드시 번창하는 경사가 있을 것입니다. 멀리 가시는 길에 이제 편히 눈 감으소서!

　　오호애재라! 잔을 올리며 두서없이 제 심정을 말씀드립니다. 존령께서는 강림하시어 흠향하소서! 상향.

●

維歲次丙戌十月壬申朔十三日甲申,
유세차병술십월임신삭십삼일갑신

故處士外舅主英陽南公朞祥之日也.
고처사외구주영양남공기상지일야

前夕癸未, 女婿驪興閔丙璣, 謹以不腆之羞,
전석계미　여서여흥민병기　근이불전지수

再拜哭奠于儀床之下而哭曰.
재배곡전우의상지하이곡왈

於乎, 少子出入于公之門者, 二十有年.
오호　소자출입우공지문자　이십유년

于玆而源源往來之誼, 陳陳眷訓之情, 豈以一二說道哉.
우자이원원왕래지의　진진권훈지정　기이일이설도재

少子無似, 不能仰萬一之分, 而公獨視小子, 無異於己子矣.
소자무사　불능앙만일지분　이공독시소자　무이어기자의

然則其仰之之心, 哭之之痛, 豈如尋常凡人也哭耶.
연즉기앙지지심　곡지지통　기여심상범인야곡야

　유세차 병술년(1946년) 10월(초하루가 임신일) 13일(갑신일)은 장인어른이신 영양 남
공의 기상일입니다. 전날 밤인 계미일에 사위 여흥민씨 병기는 제사 음식을 제
대로 갖추지 못한 채, 영정 앞에서 곡하며 두 번 절을 올립니다.

　오호라! 공의 문하에 출입한 지 어언 20년이 되었습니다. 자주 왕래하면서 우
의가 깊어졌고, 곡진하게 가르쳐 주신 정이 넘쳤습니다. 이를 어찌 한두 마디 말
로 다 표현할 수 있겠습니까? 저는 재주가 없어 만에 하나라도 제대로 받들지
못했는데, 공은 특히 저를 친자식과 다를 바 없이 대해 주셨습니다. 그래서 존경
하는 마음이 깊어 애통하게 곡을 하니, 일반 사람들이 곡하는 것과 같겠습니까?

公之至行仁德, 遠近雷口疇不願言,
공지지행인덕　원근뢰구주불원언

矧余小子不遑敢述之, 略陳一言, 公能知耶.
신여소자불황감술지　약진일언　공능지야

以公在世之日, 常與小子之家君, 會合不苟其數.
이 공 재 세 지 일　상 여 소 자 지 가 군　회 합 불 구 기 수

或有酒而相呼, 有事而相議, 有憂同憂, 有樂同樂,
혹 유 주 이 상 호　유 사 이 상 의　유 우 동 우　유 락 동 락

則小子時候而其眷之情, 安得不銘於心感於肺,
즉 소 자 시 후 이 기 권 지 정　안 득 불 명 어 심 감 어 폐

而哭之深痛之切也.
이 곡 지 심 통 지 절 야

於乎我公先蔭垂垂, 賢子佳孫, 滿庭成立,
오 호 아 공 선 음 수 수　현 자 가 손　만 정 성 립

華人多男之祝, 公所得之矣, 夫復何言. 言念及此,
화 인 다 남 지 축　공 소 득 지 의　부 부 하 언　언 념 급 차

萬事荒涼不必飮, 恨九原之靈也.
만 사 황 량 불 필 음　한 구 원 지 령 야

而只此慰公於素帷之下, 而敬奠一觴, 靈若有知, 庶其歆右.
이 지 차 위 공 어 소 유 지 하　이 경 전 일 상　영 약 유 지　서 기 흠 우

於乎痛哉哀哉. 尚饗.
오 호 통 재 애 재　상 향

　　공의 반듯한 행동과 뛰어난 인품은 원근에서 칭송이 자자해도 아무도 그 말을 허물하지 않습니다. 이런 상황에서 제가 장황하게 서술하지 않고 한두 마디로 간략하게 말씀해도 공은 다 아실 것입니다. 생전에 공은 저의 선친과 자주 만나셨는데, 술이 있으면 서로 부르시고 일이 생기면 서로 상의하셨습니다. 근심도 즐거움도 모두 함께 나눴습니다. 이때 저에게 가르쳐 주신 정은 마음에 각인되었고 폐부에 깊이 새겨졌습니다. 슬픔이 깊고, 지극히 애통합니다.

　　오호라! 우리 공께서 음덕을 베푸셔, 뛰어난 자손들이 뜰에 가득 모였습니다. 집안 모두가 아들을 많이 둔 축복도 있었으니 모두 공의 음덕 덕분입니다. 이를 부언할 필요가 있겠습니까? 이런 점을 언급하니, 만사가 다 황량하여 물조차 넘어가지 않습니다. 저승의 원령이 원망스럽습니다. 그래서 공을 위로하고자 영전 앞에 공손하게 술 한 잔 올립니다. 영령께서 이를 아신다면 이 잔을 받아 주십시오. 오호통재라! 상향.

維歲次辛卯三月丙子朔十二日丙戌,
유 세 차 신 묘 삼 월 병 자 삭 십 이 일 병 술

處士英陽南公中祥之前夕也, 族少從聖道,
처 사 영 양 남 공 중 상 지 전 석 야   족 소 종 성 도

謹以不腆之羞再拜痛訣于靈帷之下曰.
근 이 불 전 지 수 재 배 통 결 우 령 유 지 하 왈

於乎, 哭公者孰不悲之, 少子尤切焉.
오 호   곡 공 자 숙 불 비 지   소 자 우 절 언

顧今合門之耆德可謂辰星, 而後生之無依.
고 금 합 문 지 기 덕 가 위 진 성   이 후 생 지 무 의

亦可謂安仰, 則慨恨莫甚. 而獨一片掘指者, 公行康寧也.
역 가 위 안 앙   즉 개 한 막 심   이 독 일 편 굴 지 자   공 행 강 녕 야

又首邱而與之連簹, 豈偶然哉.
우 수 구 이 여 지 련 첨   기 우 연 재

十載慈敬, 實是老老幼幼, 則其敎問之, 況尤當何如哉.
십 재 자 경   실 시 로 로 유 유   즉 기 교 문 지   황 우 당 하 여 재

유세차 신묘년(1951년) 3월(초하루가 병자일) 12일(병술일)은 처사 영양 남공의 중상[9]
전날입니다. 집안 동생인 성도는 제물을 넉넉하게 갖추지 못한 채, 영전 앞에
재배하고 애통해 하며 영결합니다.

오호라! 공이 돌아가심에 애도할 때 누군들 슬프지 않겠으나, 저는 더욱 더
애절합니다. 온 집안을 통틀어 공의 덕망이 으뜸[辰星][10]입니다. 공이 돌아가시
니 후손들은 의지할 곳을 잃었습니다. 또한 받들고 모셨으니, 이보다 더 한스러
운 일은 없을 것입니다. 늘 첫손으로 꼽을 수 있는 것은 공의 건강이었고, 또 공
은 늘 고향으로 돌아와[首邱][11] 함께하기를 원했는데, 이 모든 것이 어찌 우연이
겠습니까? 10여 년 세월 동안 저를 자애롭게 대하시고 저는 공경을 다했는데,

9.　중상中祥은 소상小祥을 달리 부르는 말이다. 사망 후 첫 주기 때 지내는 제사를 말한다.

10.　辰星(진성)은 수성을 말하며, 태양계 행성 중 첫 자리에 있으므로 이런 비유를 사용한 것 같다.

11.　원문의 '수구首邱'는 본래 수구首丘이나 공구孔丘 즉 공자를 휘하여 '邱'자를 썼다. '수구초심首丘初心'을 뜻한
　　다. 출전은 『예기』, 「단궁(상)」이다. "狐死正丘首."

이는 (맹자가 말하는) '어른을 제대로 모시고, 아이를 바르게 보살핀' 것이니, 묻고 가르치신 것을 새삼 일러 무엇 하겠습니까!

真無限而惟此微忱, 雖無著效,
진 무 한 이 유 차 미 침　수 무 저 효

祝則蓮華而運何值弓已, 公忽驚之, 痛乎否乎.
축 즉 련 화 이 운 하 치 궁 이　공 홀 경 지　통 호 부 호

悲夫, 端雅剛明, 勤儉周編, 於何更見, 祇今已矣. 世忽震蕩,
비 부　단 아 강 명　근 검 주 편　어 하 경 견　지 금 이 의　세 홀 진 탕

少子亦值翻覆, 非復前日徑廻, 安得無龍虎亡逝之嘆乎.
소 자 역 치 번 복　비 부 전 일 경 회　안 득 무 룡 호 망 서 지 탄 호

至此而淒泗, 自然則所謂尤切焉者, 是也.
지 차 이 처 사　자 연 즉 소 위 우 절 언 자　시 야

慰公茲夕者, 保樹林竹之繁衍也, 是實裕後之慶幸.
위 공 자 석 자　보 수 림 죽 지 번 연 야　시 실 유 후 지 경 행

則以我愚劣, 何感張皇乎. 言不盡者哭而終之,
즉 이 아 우 렬　하 감 장 황 호　언 부 진 자 곡 이 종 지

伏惟尊靈有以歆格耶否. 於乎痛哉. 尚饗.
복 유 존 령 유 이 흠 격 야 부　오 호 통 재　상 향

　진실로 끝없이 진심을 다하였으나 끝내 효과가 드러나지 않았지만, 공께서는 연꽃처럼 옮겨 가시길 바랐으나 운수가 다했는지 갑자기 놀라운 일을 당하셨습니다. 어찌 애통하지 않겠습니까? 슬프도다! 단정하시고 우아하시며, 강직하고 지혜로웠으며, 또 검소하시고 두루 넓으셨는데 어찌 다시 볼 수 있으리오. 오늘이 마지막이구나! 세상이 모두 놀라 넘어졌고 저 또한 뒤로 넘어졌습니다. 지난날은 다시 돌아오지 않으니, 어찌 호랑이와 용이 사라진 만큼 탄식하지 않을 수 있겠습니까?

　눈물이 앞을 가리니 더욱 애절해 하는 것은 자연스러운 일이 것입니다. 그마나 오늘 저녁 공께 위로가 되는 것은 숲이 무성하듯 자손이 번창하니, 이는 실로 집안의 경사입니다. 저는 재주가 없으니 감회가 장황할 뿐입니다. 글로 다 표현하지 못하고 곡하며 마치고자 합니다. 강림하시어 흠향하소서! 오호통재라! 상향.

●

維歲次丙戌十月壬午朔十三日甲申,
유세차병술십월임오삭십삼일갑신

即我故處士英陽南公中祥之辰也.
즉아고처사영양남공중상지진야

前日夕癸未侄婿月城李龍雨, 謹具菲薄之羞,
전일석계미질서월성이룡우　근구비박지수

數行荒辭, 敬侑于靈床之下曰.
수행황사　경유우령상지하왈

嗚呼悲夫, 恭惟我公, 生於靑鄕之巨族,
오호비부　공유아공　생어청향지거족

而以詩禮衣冠, 性度純朴, 心絃縕雅,
이이시례의관　성도순박　심현온아

處宗族每以和樂之道, 敎子侄仔詳而縝密,
처종족매이화악지도　교자질자상이진밀

接賓客源源而慈諒.
접빈객원원이자량

其處世純純雅飭, 力勤稼穡耘籽必親執.
기처세순순아칙　역근가색운자필친집

而莫羨他人之富饒, 雖弊衣縕布, 不欽狐狢,
이막선타인지부요　수폐의온포　불흠호학

儘可謂今世愷潔端正之人也.
진가위금세개결단정지인야

　유세차 병술년(1946년) 10월(초하루가 임오일) 13일(갑신일)은 처사 영양 남공의 중상일입니다. 전날인 계미일에 조카사위 월성이씨 용우가 제사 음식을 제대로 갖추지 못하고, 영정 앞에서 공손히 용서를 구합니다.

　오호라 슬프도다! 공은 청향의 거족 출신으로 늘 예법에 따라 의관을 갖추었고, 성품은 순수하고 소박했으며, 마음가짐은 따뜻하고 우아했습니다. 집안일은 늘 화락하게 처리하셨고, 자식이나 조카를 가르칠 때는 세세하고 치밀했습니다. 손님을 맞이할 때는 늘 부드럽고 성심을 다하셨습니다. 처세는 순수하고 법도대로 했고, 농사일은 몸소 힘써 하셨습니다. 다른 사람이 부유한 것을 부러워하지 않았고, 삼베옷이 비록 낡고 떨어져도 담비 가죽으로 지은 옷을 부러워하지 않았습니다. 진실로 지금 시대에서 기개가 넘치고 단정한 분이라고 할 수 있습니다.

哀允弟兄能繼家風而承襲遺緒,
애 윤 제 형 능 계 가 풍 이 승 습 유 서

日後家門昌大之漸宿計矣, 以小子之不敏,
일 후 가 문 창 대 지 점 숙 계 의   이 소 자 지 불 민

儂托子婿之烈, 有時候拜則源源齒笑迎, 有酒則輒飲我,
농 탁 자 서 지 렬   유 시 후 배 즉 원 원 치 소 영   유 주 즉 첩 음 아

有肉則必饋我, 其待之甚厚,
유 육 즉 필 궤 아   기 대 지 심 후

依依焉談笑竟夕, 猶潤心骨以不倦.
의 의 언 담 소 경 석   유 윤 심 골 이 불 첩

每祝百歷前期矣, 那意一疾不淑遽作玄臺之仙耶.
매 축 백 력 전 기 의   나 의 일 질 불 숙 거 작 현 대 지 선 야

嗚乎悲夫, 星霜周回, 墓草改宿祥日奄屆晚矣.
오 호 비 부   성 상 주 회   묘 초 개 숙 상 일 엄 계 만 의

此哭難忘平日眷愛之情, 用表誠以簞笥冷奠, 哭拜退几.
차 곡 난 망 평 일 권 애 지 정   용 표 성 이 단 용 냉 전   곡 배 퇴 궤

秋霜菜依稀於故山, 三更星月朗明于舊扃,
추 상 채 의 희 어 고 산   삼 경 성 월 랑 명 우 구 상

窃惟我公何渺漠於今夕耶.
절 유 아 공 하 묘 막 어 금 석 야

嗚乎痛矣. 嗚乎哀哉. 尚饗.
오 호 통 의   오 호 애 재   상 향

　부친상을 당한[哀允][12] 형제들이 가풍을 계승하고 가업을 이어서 나날이 가문이 창대할 것은 짐작할 수 있습니다. 저는 조카사위로서 간혹 찾아뵈면 늘 치아가 보일 정도로 웃으시며 맞이해 주셨습니다. 간혹 술이 있으면 그때마다 따라

12.　哀允(애윤)은 부모상을 입은 자식을 높여 부르는 말이다.

주시고, 고기가 있으면 반드시 나눠 주셨습니다. 이렇게 후히 대접하시면서 헤어지는 것을 아쉬워하시면서 밤새 담소를 나누기도 했습니다. 그럴 때마다 몸과 마음이 맑아져 다른 생각이 일어나지 않았습니다. 매번 장수하시기를 축원했는데, 예기치 않은 질병으로 갑자기 선계로 돌아가셨습니다.

오호라 슬프도다! 시간이 빨리 흘러 묘소의 풀이 다시 돋아나더니 벌써 1주년이 되었습니다. 오늘 곡을 하면서도 평소에 베풀어 주신 정을 잊기 어렵습니다. 간소한 음식과 찬 술을 올립니다. 곡하고 절하면서 이제 물러날까 합니다. 가을 서리에도 고사리는 고향 산에서 여전히 자라고, 삼경(밤 11시~1시)에 달과 별은 옛 평상을 밝게 비추고 있습니다. 오늘 밤 공과 저는 어찌 이리 아득히 멀어집니까? 오호통재라! 오호애재라! 상향.

嗚呼, 庚寅歲十月初七日, 逎我族父老,
오호 경인세십월초칠일 내아족부로

處士英陽南公皐復之辰也.
처사영양남공고부지진야

越辛卯之周, 族少子聖道, 謹以不腆之羞,
월신묘지주 족소자성도 근이불전지수

再拜敬祭于儀桌之下曰.
재배경제우의탁지하왈

於乎, 壽富乃福之良貴者, 而公幸得以有之冥,
오호 수부내복지량귀자 이공행득이유지명

無可恨之淚, 而少子則切有之矣. 昔何壯哉.
무가한지루 이소자즉절유지의 석하장재

公與吾先君親親, 而志又同,
공여오선군친친 이지우동

自草角到白紛源源津津者, 不啻遠近, 忽折而抑有焉,
자초각도백분원원진진자 불시원근 홀절이억유언

實由我家雌守之甚也, 分耕助荒, 同鼎共樽, 可謂每每.
실유아가자수지심야 분경조황 동정공준 가위매매

則公雖出於仁愛之常, 吾輩之感, 豈可獨爲以之.
즉공수출어인애지상 오배지감 기가독위이지

　　오호라! 경인년(1950년) 7월 초칠일은 우리 집안 어른이신 처사 남공 고복의 기일입니다. 한 해가 지난 신묘년(1951년) 1주기에 집안 조카인 성도가 제물을 제대로 갖추지 못한 채, 재배하며 공손히 제사를 모십니다.

　　오호라! 수를 누리는 복이 복 중에서 최고 복이라고 합니다. 다행히 공께서는 수를 누렸으니 한이 되지는 않지만, 저는 애통한 부분이 있습니다. 옛날에 얼마가 건강하셨던가! 공과 선친은 매우 친하셨고 뜻도 통하셨습니다. 터벅머리 때부터 백발까지 거리를 따지지 않고 자주 왕래하셨는데, 이런 왕래가 갑자기 끊겼으니 실로 저[雌守]의 잘못[13]이 큽니다. 농사일은 나누고 흉년에는 서로 돕고, 음식도 술도 함께했습니다. 거의 매번 그렇게 하셨다고 할 수 있을 정도입니다. 공께서는 '인애仁愛'라는 본성에 따라 그렇게 하셨겠지만, 저희들이 느끼기는 어찌 공께서만 유독 그렇게 하실 수 있는지 의아할 따름입니다.

而人之不知者, 弟兄也.
이 인 지 부 지 자　　제 형 야

(人)之知者謂情親也. 誠莫大而但微忱薄於報效外, 雖天然中心,
인 지 지 자 위 정 친 야　　성 막 대 이 단 미 침 박 어 보 효 외　　수 천 연 중 심

敢安直以喬松, 祝兩父老者爲無窮焉.
감 안 직 이 교 송　　축 량 부 로 자 위 무 궁 언

哀此無祿, 奄遭梁山風雨於往歲乙丙, 可惜情狀而曷勝言哉.
애 차 무 록　　엄 조 량 산 풍 우 어 왕 세 을 병　　가 석 정 상 이 갈 승 언 재

公以隆邵躬訣踽涼, 少子之痛而尤何如也.
공 이 륭 소 궁 결 우 량　　소 자 지 통 이 우 하 여 야

少可乞情者惟恃替事之有地.
소 가 정 정 자 유 시 체 사 지 유 지

命胡又薄, 餘淚纔霽, 且哭茲夕.
명 호 우 박　　여 루 재 제　　차 곡 자 석

茲夕之淚, 何缺於哭天之日耶.
자 석 지 루　　하 결 어 곡 천 지 일 야

只呼悠悠之蒼則徒增淚淚之凄矣, 且中祥奄屆,
지 호 유 유 지 창 즉 도 증 루 루 지 처 의　　차 중 상 엄 계

儀形與咳咤, 宛然則舊感維新, 滿目皆淚矣.
의 형 여 해 타　　완 연 즉 구 감 유 신　　만 목 개 루 의

泉坮之樂, 若如陽界爲說, 此漢之姑保殘命歟.
천 대 지 낙　　약 여 양 계 위 설　　차 한 지 고 보 잔 명 여

言念至此, 自然塞臂, 退與孝嗣凝眶而終.
언 념 지 차　　자 연 색 흉　　퇴 여 효 사 응 광 이 종

伏惟尊靈眷顧如平日而歆格耶否. 於乎痛哉, 尚饗.
복 유 존 령 권 고 여 평 일 이 흠 격 야 부　　오 호 통 재　　상 향

13.　雌守(자수)는 자신을 낮추어 겸손하게 처신하는 것을 말한다. 『도덕경』 28장: 知其雄, 守其雌, 爲天下谿, 知其白, 守其黑, 爲天下式.

164

모르는 사람은 공과 선친을 형제라고 생각했고, 아는 사람들은 두 분이 진짜 정이 두텁다고 했습니다. 성심이 이보다 깊을 수 없는데, 진심으로 어떤 보답이라도 바라지 않았습니다. 하늘의 뜻이겠지만, 교송처럼 두 분이 모두 장수하시기를 축원했습니다. 하지만 슬프게도 복이 없어서 지난 을유년(1945)과 병술년(1946년)에 각각 큰 변고를 당하셨으니, 이 슬픈 상황을 어찌 말로 다 할 수 있겠습니까?

공은 훌륭하셨지만 쓸쓸히 혼자 떠났으니, 저는 더없이 애통합니다. 제가 그나마 마음을 잡을 수 있는 것은 공을 대신해서 할 일이 남아 있기 때문입니다. 명이 어찌 이리도 박합니까! 눈물이 겨우 말랐는데, 오늘 밤 다시 울음이 저절로 터집니다. 오늘 저녁에 흐르는 눈물이 어찌 선친이 돌아가실 때보다 부족하겠습니까! 저 넘실거리는 바다에서 처량한 눈물을 더 보탭니다. 또 중상일에 이런 제 모습을 두고 어린아이 같다고 꾸짖으실 것 같습니다. 옛 감정이 다시 살아나 두 눈에 눈물이 가득 고입니다. 저승도 이승과 같다고 들었습니다. 저희는 그저 이승 잠시 목숨을 보존하는 것이 아니겠습니까? 생각이 여기까지 미치자 자연스럽게 가슴이 미어집니다. 공의 효손들과 같이 물러나는데 멈추지 않는 눈물 탓에 눈을 뜰 수 없습니다. 바라옵건대 평소처럼 돌보시어 흠향하소서! 오호통재라! 상향.

●

維歲次辛卯十月癸卯朔十八日庚申,
유 세 차 신 묘 십 월 계 묘 삭 십 팔 일 경 신

即我族丈處士英陽南公琴祥之辰也.
즉 아 족 장 처 사 영 양 남 공 금 상 지 진 야

前夕己未, 族下生聖道謹以尹商, 再拜敬祭于靈帷未撤之下曰.
전 석 기 미 족 하 생 성 도 근 이 윤 적 재 배 경 제 우 령 유 미 철 지 하 왈

於乎, 我負笈之初, 一門耆德巍然列位者, 可謂輩出.
오 호 아 부 급 지 초 일 문 기 덕 외 연 렬 위 자 가 위 배 출

則後屬之依仰實多其所矣.
즉 후 속 지 의 앙 실 다 기 소 의

誠盈溢門閥而顧此愚蒙, 雖未種種叨陪其仰山斗,
성 영 일 문 벌 이 고 차 우 몽 수 미 종 종 도 배 기 앙 산 두

則何日無之乎.
즉 하 일 무 지 호

但騰倒無常, 次第零落者無恠晨星, 而公獨隆邵,
단 등 도 무 상 차 제 령 락 자 무 괴 신 성 이 공 독 륭 소

則所以替, 仰之忱, 有何歇於輩出耶.
즉 소 이 체 앙 지 침 유 하 헐 어 배 출 야

유세차 신묘년(1951년) 11월(초하루가 계묘일) 18일(경신일)은 집안 어른이신 처사 영양 남공의 금상일(대상을 말함)입니다. 전날 저녁인 기미일에 후손인 성도가 삼가 격식을 갖추고[尹商] 철상에 앞서 영정 앞에 재배하고 공손히 제를 올립니다.

오호라! 처음 학문을 배울 적에 문중의 원로 중 뛰어나신 분이 많았는데, 이를 두고 '배출(훌륭한 인물이 연달아 나옴)'이라고 평가할 수 있을 것입니다. 그래서 후손들이 의지하고 모실 분이 실로 많았습니다. 진실로 집안 많은 어른들이 불민한 저를 많이 보살펴 주셨는데, 제대로 모시지 못했지만, 태산북두처럼 우러러 보이는 것이 하루도 그러지 않은 날이 없었습니다. 하지만 세월은 무상하여 차례로 돌아가시는 것이 괴이한 일은 아닙니다. 공은 특히 더 뛰어나서 다른 분을 대신하시니 정성을 다해 모셨습니다. 그러므로 공께서 우리 가문의 배출이라는 전통을 계속 이으신 것입니다.

166

公亦以是, 愛少子者, 不啻尋常言語, 而至於孝友修齊之方,
공역이시 애소자자 불시심상언어 이지어효우수제지방

招之以論, 枉之以訓者實縷縷, 則尚非其本然之有者能如是乎.
초지이론 왕지이훈자실루루 즉상비기본연지유자능여시호

思則泰嶽而趣, 何値薄, 到今見頹痛, 惜之深. 亦何歇於零落耶.
사즉태악이취 하치박 도금견퇴통 석지심 역하헐어령락야

自是而尤切, 鳳去梧秋之歎, 則凄泗外何有切悲矣.
자시이우절 봉거오추지탄 즉처사외하유절비의

歲忽祥盡, 則耿介之姿, 該博之文, 何處得來.
세홀상진 즉경개지자 해박지문 하처득래

所可得見者, 惟公積厚之驗, 寶樹森竹之盛矣.
소가득견자 유공적후지험 보수삼죽지성의

奉慰以是, 則萬念一哭, 而自不覺嗚咽之至,
봉위이시 즉만념일곡 이자불각오인지지

伏惟尊靈有鑑, 我微衷耶否. 於乎痛哉. 尚饗.
복유존령유감 아미충야부 오호통재 상향

　　이런 연유가 있어 공은 저를 특히 아껴 주셨는데, 평소 언행뿐만 아니라 효도
와 우정, 수신과 제가에 대해서도 불러서 말씀해 주셨고 직접 왕림하셔서 가르
쳐 주셨는데 실로 끝이 없었습니다. 이는 본연지성本然之性에서 나오지 않았다면
어찌 그럴 수가 있겠습니까? 생각해 보면 마치 태산처럼 높은 은혜인 것 같습
니다. 어찌 그리 박복하신지, 돌아가시니 저희는 지금 산이 무너지는 듯한 슬픔
에 잠겼습니다. 어찌 돌아가신 것만으로 끝이겠습니까? 이 때문에 저는 더욱 더
애절합니다. 마치 가을에 오동나무가 잎이 떨어지자 봉황이 떠나는 것과 같은
탄식이 쏟아집니다. 비통하고 애절해서 눈물이 그치지 않습니다. 세월이 흘러
벌써 삼년상을 마쳐야 할 시기입니다. (공의) 강직한 몸가짐과 해박한 지식은 어
디서 온 것입니까? 이제 볼 수 있는 것은 공의 후덕함이 미친 영향일 것인데, 아
마도 빽빽한 숲처럼 무성할 것입니다. 이 덕분에 조금 위로가 됩니다. 이런저런
생각이 떠오르고 곡하는데 목이 멥니다. 영령께서는 제 마음을 살펴소서! 오호
통재라! 상향!

維歲次戊子十一月庚申朔二十五日甲申,
유 세 차 무 자 십 일 월 경 신 삭 이 십 오 일 갑 신

遁我族兄主處士英陽南公中祥之辰也.
내 아 족 형 주 처 사 영 양 남 공 중 상 지 진 야

前夕癸未, 族從弟聖道, 謹以不腆之羞,
전 석 계 미   족 종 제 성 도   근 이 불 전 지 수

再拜痛訣于儀床之下曰.
재 배 통 결 우 의 상 지 하 왈

於乎, 以我哭公則悲何深也.
오 호   이 아 곡 공 즉 비 하 심 야

公體局建出, 意思恢廓, 而儼有丈夫氣象,
공 체 국 건 출   의 사 회 곽   이 엄 유 장 부 기 상

誠叔季之一超也.
성 숙 계 지 일 초 야

將有爲於前頭, 而但値羊腸事多鱗疊, 而東寓西奔,
장 유 위 어 전 두   이 단 치 양 장 사 다 린 첩   이 동 우 서 분

不得其所者已稔矣.
부 득 기 소 자 이 임 의

此實人事之極難, 而公獨泰然自處,
차 실 인 사 지 극 난   이 공 독 태 연 자 처

意於究竟者非一再也.
의 어 구 경 자 비 일 재 야

最之者孔懷後宗祀之憂也, 抑有則自爲與及人也.
최 지 자 공 회 후 종 사 지 우 야   억 유 즉 자 위 여 급 인 야

以之而愚若此漢非無其蒙矣,
이 지 이 우 약 차 한 비 무 기 몽 의

安仁同居之事尙何可忘耶.
안 인 동 거 지 사 상 하 가 망 야

유세차 무자년(1948년) 11월(초하루가 경신일) 25일(갑신일)은 집안 형인 처사 영양 남
공의 중상일입니다. 전날인 기미일 저녁에 동생 성도가 음식을 제대로 갖추지
못한 채, 영정 앞에서 재배하고 애통해 하며 영결합니다.

오호라! 제가 공을 보내며 이렇게 심하게 슬퍼하는 것은 이유가 있습니다. 공은 풍채가 훤칠하시고 생각은 깊고 넓으셔서 대장부의 기상이 넘쳤습니다. 참으로 집안에서도 군계일학이었습니다. 하지만 뜻을 펼치려 했는데 어려운 일을 많이 겪어서 동분서주하면서도 제자리를 잡지 못했으나 잘 견뎌 냈습니다. 이는 사람에게 지극히 어려운 일인데 공께서는 특히 태연자약했습니다. 끝내 뜻을 성취하신 것이 한두 번이 아닙니다. 가장 염려했던 것[孔懷][14]은 제사를 이를 후사에 대한 걱정이었습니다. 몸소 하시거나 다른 사람을 찾았는데, 이 때문에 어리석은 제가[此漢][15] 그 은혜를 입었습니다. 함께 살면서 '인仁'을 마땅히 실천하는 것을 어찌 소홀히 할 수 있겠습니까?

財之勿論, 盃之無數者, 幾花柳幾雪月,
재 지 물 론　　배 지 무 수 자　　기 화 류 기 설 월

則苟非公愛我之深能有是乎.
즉 구 비 공 애 아 지 심 능 유 시 호

顧此誠薄, 雖無當日之報銘佩, 則安得無至今歟.
고 차 성 박　　수 무 당 일 지 보 명 패　　즉 안 득 무 지 금 여

小子命險, 己徑梁山風雨, 而又哭公於茲夕,
소 자 명 험　　기 경 량 산 풍 우　　이 우 곡 공 어 자 석

前後何迫也.
전 후 하 박 야

念公悲公而莫非其深.
염 공 비 공 이 막 비 기 심

則向所謂者是也.
즉 향 소 위 자 시 야

且星霜而不留, 祥期奄屆, 彌懷維新.
차 성 상 이 불 류　　상 기 엄 계　　미 회 유 신

一觴更進而摻執哀允, 允則公之善慶之來頭也.
일 상 경 진 이 섬 집 애 윤　　윤 즉 공 지 선 경 지 래 두 야

以此慰公則何必而張皇爲訣乎.
이 차 위 공 즉 하 필 이 장 황 위 결 호

言不盡者, 哭而終之. 伏惟尊靈有以歆格乎否.
언 부 진 자　　곡 이 종 지　　복 유 존 령 유 이 흠 격 호 부

於乎痛哉. 尙饗.
오 호 통 재　　상 향

14. 『시경』, 「상체常棣」: 死喪之威, 兄弟孔懷, 原隰裒矣, 兄弟求矣.
15. 此漢(차한)은 본래 '이놈'이라는 뜻인데, 여기서는 필자가 스스로를 낮춘 겸사이다.

몇 해 동안 재물은 물론이고 술잔도 무수히 내려 주셨습니다. 공께서 저를 진정으로 아끼시지 않으셨다면 어떻게 그러실 수 있겠습니까? 이를 돌이켜 보면 제 정성이 부족한데, 당시의 은혜를 기억하지 않았다면 어찌 지금이 있겠습니까! 저의 운명도 순탄하지 않는 것 같습니다. 얼마 전 친상을 당했는데 오늘 저녁 또 공의 중상일에 곡을 해야 합니다. 상사喪事가 연달아 겹칩니다. 그래서 공을 생각하며 공을 애도하는 것이 심하지 않을 수 없습니다. 이 때문에 앞서 그렇게 말한 것입니다. 세월을 머물지 않고 흘러 중상일이 다가왔습니다. 옛 생각이 더욱 새롭습니다. 한 잔을 올리며 상주의 소매를 붙잡습니다[摻執].[16] 상주는 공의 집안에 경사가 일어나는 시작일 것입니다. 이것만으로 공께 위로가 될 것이니 장황하게 영결하지 않아도 될 것 같습니다. 말로는 다 표현하지 못하니, 곡으로 대신하며 마치겠습니다. 존령께서는 강림하시어 흠향하소서! 오호통재라! 상향.

16.　『시경(詩經)』,「정풍鄭風, 준대로遵大路」: 遵大路兮, 摻執子之袪兮.

維歲次壬辰四月庚子朔二十四日癸亥,
유 세 차 임 진 사 월 경 자 삭 이 십 사 일 계 해

遒我從姊兄處士月城李公中祥之前夕也,
내 아 종 제 형 처 사 월 성 리 공 중 상 지 전 석 야

從姊弟英陽南聖道, 謹以不腆之羞, 再拜痛訣于靈帷之下曰.
종 제 제 영 양 남 성 도   근 이 불 전 지 수   재 배 통 결 우 령 유 지 하 왈

於乎, 我哭我公痛則宜乎, 事則難堪也.
오 호   아 곡 아 공 통 즉 의 호   사 즉 난 감 야

至若三十年徵逐與醒醉, 莫非迎禮, 事則姑舍,
지 약 삼 십 년 징 축 여 성 취   막 비 영 례   사 즉 고 사

而抑其大略, 則有不可安然者也.
이 억 기 대 략   즉 유 불 가 안 연 자 야

方公之光楣也, 年奢而形端, 言忠而行敦, 上而蒙諸老之愛,
방 공 지 광 미 야   연 사 이 형 단   언 충 이 행 돈   상 이 몽 제 로 지 애

下而出吾輩之列, 真巍然一丈夫也.
하 이 출 오 배 지 렬   진 외 연 일 장 부 야

性又恢廓, 憂我伯爺之衰境, 雌守慇懃, 救恤者不啻耕樵,
성 우 회 곽   우 아 백 야 지 쇠 경   자 수 은 근   구 휼 자 불 시 경 초

而將有升斗, 伯爺之愛, 公亦奚, 但衛玠之樂廣耶.
이 장 유 승 두   백 야 지 애   공 역 해   단 위 개 지 락 광 야

유세차 임진년(1952년) 4월(초하루가 경자일) 24일(계해일)은 종제형(사촌 누나 남편) 처사 월성 이공의 중상일 전날 저녁입니다. 손아래 처남인 영양남씨 성도가 제사 음식을 제대로 갖추지 못한 채, 영정 앞에 재배하고 통곡하며 영결합니다.

오호라! 제가 공을 회상하며 애통하게 곡하는 것이 당연한 것입니다. 이 일은 견디기 힘듭니다. 약 30년 가까이 저를 불러 술 마시고 취하면서 한 번도 예로 맞이하시지 않은 적이 없었습니다. 작은 일은 거론하지 않고 큰 줄기만 거론하는 것이 마땅할 것 같습니다. 공은 용모가 훤칠하셨고, 연세가 드셔도 더욱 단정하셨습니다. 말은 진실했고 행동은 독실했습니다. 위로는 여러 원로들의 사

랑을 받았고, 아래는 우리들 반열을 훨씬 뛰어넘었습니다. 진실로 우뚝한 대장
부였습니다. 성품 또한 넓고 활달하셨습니다. 저희 큰아버님이 병환을 앓으시
자 저를 은근히 걱정하시어 농사나 땔감 마련을 도와주셨을 뿐만 아니라, 곡식
도 많이 내어주셨습니다. 큰아버님도 공을 아꼈고 공도 역시 그러했습니다. 마
치 위개와 악광 같은 사이였습니다.[17]

至於吾親亦如之, 公則乃吾家之最高義也.
지 어 오 친 역 여 지　공 즉 내 오 가 지 최 고 의 야

余之事公每以親兄, 而不以從娣兄.
여 지 사 공 매 이 친 형　이 불 이 종 제 형

人之仰公者, 未皆謂胡福, 則是豈徒然事哉.
인 지 앙 공 자　미 개 위 호 복　즉 시 기 도 연 사 재

幸符合而不偶未半百, 而憂無俗下慶得,
행 부 합 이 불 우 미 반 백　이 우 무 속 하 경 득

已下足期前頭昌大之望矣.
이 하 족 기 전 두 창 대 지 망 의

但昇沈有數, 不見喬松, 而奄作風蘭, 此時此痛何缺於孔懷乎.
단 승 침 유 수　불 견 교 송　이 엄 작 풍 란　차 시 차 통 하 결 어 공 회 호

娣氏崩城, 猶爲不忍, 況又賢胤繼逝之一乎,
제 씨 붕 성　유 위 불 인　황 우 현 윤 계 서 지 일 호

是何蒼蒼怨則自然, 一室兩喪, 孰能堪之於此.
시 하 창 창 원 즉 자 연　일 실 량 상　숙 능 감 지 어 차

而雖木石心腸, 淚則易, 而事則難, 向所謂宜乎難堪者是也.
이 수 목 석 심 장　누 즉 이　이 사 즉 난　향 소 위 의 호 난 감 자 시 야

　공은 저의 아버님께도 똑같이 대하셨습니다. 우리 집안에서 보면 공은 최고
의 의인이십니다. 저는 공을 사촌 매형이 아니라 친형처럼 모셨습니다. 공을 존
경하는 이들은 한결같이 큰 복을 타고나신 분이라고 평가했는데, 어찌 아무런
까닭이 없이 그렇게 했겠습니까? 일이 잘 풀리는 경우도 있었지만, 반백 년 동
안 때를 만나지 못하기도 하셨고, 또 세속의 경사를 이루지 못하는 것을 걱정하

17.　『진서晉書』, 「악광열전樂廣列傳」에 나오는 다음 고사를 인용한 것이다. 진晉나라 악광樂廣이 위개衛玠를 사위로
　　맞아들였는데, 이에 대해서 배숙도裴叔道가 "장인은 얼음처럼 맑고 사위는 옥돌처럼 윤이 난다.[婦公氷淸,
　　女婿玉潤.]"라고 평했다고 한다.

기도 했습니다만, 앞으로는 크게 이룰 것이라는 기대도 있었습니다. 하지만 부침이 잦았고, 든든한 교송을 만나지 못하고 오히려 풍파만 잦았습니다. 이때에 이런 애통한 일이 있으니 형제를 잃는 슬픔보다 더 큽니다. 누님도 남편을 잃어서[崩城]¹⁸ 이 역시 견딜 수 없는 일인데, 하물며 자식마저 연달아 보내야 했으니 더욱 슬플 것입니다. 하늘을 원망하는 것이 자연스러운 일이지 않겠습니까! 한 집안 상이 연달아 일어난다면 누가 견딜 수 있겠습니까? 심장이 목석같더라도 눈물이 쉽게 흐르고 참아 내는 게 어려울 것입니다. 앞서 '제가 견디기 어렵다'라고 한 게 당연하지 않겠습니까!

悲夫. 以公平日之期望, 反有今夕之痛恨, 則雖驗者命也福也.
비부 이공평일지기망 반유금석지통한 즉수험자명야복야

滿肚此欝, 向誰而言哉. 暗聞或論則謂公不歇,
만두차울 향수이언재 암문혹론즉위공불헐

而吾獨以爲未也.
이오독이위미야

若使公在今, 而遭此荐疊, 則安知不泰于壽辱之說歟.
약사공재금 이조차천첩 즉안지불태우수욕지설여

且螟嗣克哀克肖, 則亦安知有勝昔光景歟.
차명사극애극초 즉역안지유승석광경여

觀於是則若公之福, 可謂穩矣.
관어시즉약공지복 가위온의

以此慰公, 則不欲張皇, 更進一觴而略以訣之.
이차위공 즉불욕장황 경진일상이략이결지

公若有靈歆撤洋洋耶否, 於乎痛哉, 哀哉. 尚饗.
공약유령흠철양양야부 오호통재 애재 상향

슬프도다! 공께서 평소 바라신 것과 달리 오늘 저녁은 통한으로 가득합니다. 알기 어려운 것이 명이고 복이라고 합니다만, 이 먹먹한 가슴을 누구에게 하소연할 수 있겠습니까? 은근히 들리는 말로는 공을 두고 '제대로 잠들지 못했을 것[不歇]'이라고 하는데, 저만은 그렇게 생각하지 않습니다. 만약 지금 이 자

---

18. 崩城(붕성)은 남편을 잃은 아내의 슬픔을 뜻한다. 춘추 시대 제齊나라 장공莊公의 대부인 기량杞梁이 전사하자 그의 아내가 기량의 시신을 성 아래에 놓고 열흘 동안 통곡하니 성이 무너졌다 한다.

리에 계신다면 거듭되는 불운에도 욕되게 늙어 감을 좋아하지 않으시리라는 것을 어찌 모르겠습니까? 또 양자[螟嗣]가 몹시 슬퍼하고, 아주 뛰어나 옛날 광경보다 훨씬 낫다는 것을 어찌 알 수 있겠습니까? 이로 미루어 본다면 공이 복 받으셨다는 것은 타당한 평가라 할 수 있습니다. 이러한 점은 공께 위로가 될 것입니다. 장황한 말 대신 술 한 잔 올리면서 영결하고자 합니다. 존령께서는 강림하시어 흠향하소서! 오호통재라! 애재라! 상향.

維歲次辛丑七月丙申朔二十二日丁酉,
유 세 차 신 축 칠 월 병 신 삭 이 십 이 일 정 유

逈我派近親處士公聖道氏大祥之辰也,
내 아 파 근 친 처 사 공 성 도 씨 대 상 지 진 야

前夕丙申派近孫龍大謹具, 尹適再拜痛訣于儀床之前曰.
전 석 병 신 파 근 손 룡 대 근 구　尹 적 재 배 통 결 우 의 상 지 전 왈

於乎哭死之哀, 孰非其常, 余於公則有別,
오 호 곡 사 지 애　숙 비 기 상　여 어 공 즉 유 별

於是疇昔蔥竹之交, 卯角之遊, □是一場笑話,
어 시 주 석 총 죽 지 교　관 각 지 유　□ 시 일 장 소 화

獨非凡親例友則亦恰恰, 而至□年, 又何深也.
독 비 범 친 례 우 즉 역 흡 흡　이 지 □ 년　우 하 심 야

我刀筆而公簿書人.
아 도 필 이 공 부 서 인

雖曰當世榮豪, 公我則實非此也.
수 왈 당 세 영 호　공 아 즉 실 비 차 야

　　유세차 신축년(1961년) 7월(초하루가 병신일) 22일(정유일)은 우리 가문 중 가까운 친척이신 처사 성도 공의 대상[19] 날입니다. 전날 저녁 병신일에 가까운 친척인 용대가 (탈상) 준비를 했고, 윤적이 재배하고 예를 갖춰 차린 제상 앞에서 통곡하며 이별의 글을 올립니다.

　　아! 영원한 이별의 슬픔을 곡하면서 누가 상도를 벗어나지 않을 수 있겠는가! 공과 나는 특별한 사이였는데, 어릴 적에 풀피리 불고 죽마를 타고 놀던 사이[蔥竹之交][20]였고, 총각 때도 같이 놀았다. □□ 한바탕 웃었으며, 평범한 친구가 아니라 마음이 딱 맞는 친구였다. □ 해에 이르러 또한 매우 깊었다. 나는 글을 썼고 공은 문서를 정리[刀筆][21]했다. 누가 지금 이 시대 영웅호걸이라고

19.　대상大祥은 사망한 날로부터 만 2년이 되는 두 번째 기일忌日에 행하는 상례의식.

20.　총죽지교蔥竹之交는 '풀피리를 불며 죽마竹馬를 타고 놀던 사이'라는 뜻으로, 죽마고우竹馬故友와 같은 뜻이다.

21.　도필刀筆은 문서를 기록하는 것을 말한다. 종이를 발명하기 전에 칼로 대나무에 문자를 새긴 데서 유래함.

평가할지라도, 실제 공과 나는 그런 인물이 아니다.

志於高學超遠者, 順風之鴻, 乘雲之鶴,
지 어 고 학 초 원 자　순 풍 지 홍　승 운 지 학

而惟時與心違, 未免魚網設籠中囚, 則滿肚慷慨,
이 유 시 여 심 위　미 면 어 망 설 롱 중 수　즉 만 두 강 개

非酒難解, 落日悲歌, 幾口燕幾爲趙.[22]
비 주 난 해　낙 일 비 가　기 口 연 기 위 조

有時唱和, 無星頃無異籬, 相口仰松茂之悅,
유 시 창 화　무 성 경 무 이 지　상 口 앙 송 무 지 열

而論而信, 郢斤之風, 無慶不與, 無憂不須.
이 론 이 신　영 근 지 풍　무 경 불 여　무 우 불 수

所以赤悃, 長期白首, 但勝緣無常, 踽涼有數,
소 이 적 곤　장 기 백 수　단 승 연 무 상　우 량 유 수

猝地人事, 各天何故, 百思難悟, 千淚不決, 如斯長悵.
졸 지 인 사　각 천 하 고　백 사 난 오　천 루 불 결　여 사 장 창

　학문의 수준이 높고 뜻이 깊다면 마치 바람을 탄 기러기나 구름을 탄 학 같을
것이다. 하지만 때론 마음이 어긋나 어망이나 새장에 갇힌 신세를 면치 못하였
으니, 그 울분을 술이 아니면 풀 수가 없었고, 해가 떨어지도록 슬프게 노래했
다. 연나라 혹은 조나라 원로 신세를 면치 못하는 것 같았다.

　어떤 때 같이 노래하면 날이 새는 줄도 모르고 또 특별한 악기도 필요 없었
다. 소나무가 무성하면 잣나무가 좋아하듯이 잘되면 서로 기뻐했고,[23] 토론하거
나 편지를 주고받을 때 서로 잘 고쳐 주었다.[24] 경사를 함께했으며, 슬픔은 나누

---

22. 『논어』, 「헌문」: 맹공작은 조나라, 위나라 같은 큰 나라에서 원로 역할은 할 수 있으나, 등나라나 설나라
　같은 작은 나라에서조차 대부를 맡을 수 있는 그릇이 아니다.[孟公綽爲趙魏老則優, 不可以爲滕薛大夫.]
　이 부분은 원문이 훼손된 부분이 있어 정확히 무엇을 말하는지 알 수가 없다. 추측할 수 있는 것은, '爲趙'
　로 미루어 본다면 '자기를 낮추는 겸사'이거나 아니면 '관직에 나갈 수 없음'을 한탄한 듯하다. 하지만 어
　느 것도 단언할 수 없다.

23. 송무백열松茂柏悅이라고 한다. 소나무가 무성하면 잣나무가 좋아하듯이, 벗이 잘되면 기뻐한다는 뜻이다.

24. 『莊子』, 「徐无鬼」: "영 지방 사람이 코끝에 백토를 파리 날개처럼 묻혀 놓고 장석匠石을 시켜 그것을 깎아
　내게 하였다. 그러자 장석이 바람을 일으키며 도끼를 휘둘러 마음대로 깎아 내기 시작하였는데, 백토를 다
　깎았는데도 코를 다치게 하지 않고 그 영 지방 사람도 조금도 동요하지 않고 그대로 서 있었다." 여기에
　서 유래하여 후대에는 '영근郢斤'이라고 하여 글을 잘 고치는 것을 뜻하는 말로 쓰였다.

지 않은 적이 없다. 장수하시기를 진심으로 바랐다. 하지만 아름다운 인연일지라도 영원하지는 않는 것이고, 외롭고 쓸쓸한 것[踽涼][25]도 끝이 있는 법이다. 갑자기 이런 일을 당했으니, 하늘은 무슨 까닭이 있어 그렇게 하신 것인가! 아무리 생각해도 알 수가 없고, 눈물이 그치지 않고 끝없이 흐르고, 오랫동안 슬픔에 젖는구나!

奚但當時, 或對樽酒, 憶賀鑑之相味, 每口心琴,
해 단 당 시　혹 대 준 주　억 하 감 지 상 미　매 口 심 금

念鍾期之共和, 北過烏岑難堪孤墳口寂,
염 종 기 지 공 화　북 과 오 잠 난 감 고 분 口 적

南遊棣亭恨一席之不同, 自是胸海不忍口之行,
남 유 체 정 한 일 석 지 부 동　자 시 흉 해 불 인 口 지 행

秪今墓草猶悽秋風之新, 終祥玆夕口來舊意撤位,
지 금 묘 초 유 처 추 풍 지 신　종 상 자 석 口 래 구 의 철 위

明朝公儀更遠已焉哉, 天實爲之恫哭矣, 我亦衰也,
명 조 공 의 경 원 이 언 재　천 실 위 지 통 곡 의　아 역 쇠 야

千古一訣, 數行單杯敬進英靈, 有平日知我有別而庶幾歆啜耶.
천 고 일 결　삭 행 단 배 경 진 영 령　유 평 일 지 아 유 별 이 서 기 흠 철 야

於乎痛哉. 尙饗.
오 호 통 재　상 향

어찌 당시만 그렇겠는가! 술병을 마주하면 하지장과 이백처럼 서로를 알아주며 술을 마셨던 기억이 나고,[26] 마음이 거문고처럼 울리면 백아와 종자기처럼 같이 노래했던 것[鍾期][27]이 생각난다. 북쪽 오잠을 지나면서 쓸쓸한 무덤을 보

---

25. 『孟子』, 「盡心」: 行何爲踽踽涼涼, 生斯世也. 爲斯世也. 善斯可矣.

26. 賀鑑(하감)은 중국 절강성 소흥에 있는 호수 이름으로, 당唐나라 하지장賀知章이 현종玄宗에게 하사받아서 이후 이렇게 불렸다. 하지장은 이백의 문재文才를 두고 '적선論仙'이라는 평가를 내렸으며, 이백은 「對酒憶賀監(대주억하감)」이라는 시에서 자신을 알아준 친구에 대한 그리움을 노래한 적이 있다. 따라서 이 구절은 '자신에 알아주는 친구와 함께 술을 마신 기억' 정도로 이해하면 큰 오류는 없다.

27. 『열자列子』, 「탕문湯問」에 나오는 고사이다. 백아伯牙가 높은 산에 오르고 싶은 마음으로 거문고를 타면 종자기鍾子期는 옆에서 "참으로 근사하다. 하늘을 찌를 듯한 산이 눈앞에 나타나 있구나"라고 말하였다. 또 백아가 흐르는 강물을 생각하며 거문고를 타면 종자기는 "기가 막히다. 유유히 흐르는 강물이 눈앞을 지나가는 것 같구나" 하고 감탄하였다. 종자기가 죽자 백아는 거문고를 부수고 줄을 끊은 다음 다시는 거문고를 타지 않았다고 한다. 이 세상에 다시는 자기 거문고 소리를 들려줄 사람이 없다고 생각하였다. 여기서 '지음知音'이라는 고사가 유래했고, '자신을 알아주는 진정한 벗'이라는 뜻으로 쓴다.

면 견디기 힘들고, 남쪽 오체정을 지나면 옛날에 한자리에 같이 있지 못했던 것이 한스럽다. 이로부터 가슴에서 이는 슬픔을 견딜 수 없다. 지금 묘소에 서늘한 가을바람이 새로 불어오는데, 오늘 저녁 대상을 치르면 옛날대로 위패도 사라지겠구나! 내일 아침부터 공의 모습도 더 멀어지겠구나! 하늘도 공을 위해 진실로 애통해 하는구나! 나 역시 이제 쇠약하니, 영원히 이별하게 될 것이다. 잰걸음으로 영전에 한 잔 술을 올린다. 평소부터 나를 알아주었고 관계도 특별했으니 이 잔을 사양하지 않으리라! 오호통재라! 상향.

●

維歲次丙戌建亥之月十三日甲申,
유 세 차 병 술 건 해 지 월 십 삼 일 갑 신

外甥靑松沈宜薰謹具漬絮之薄,
외 생 청 송 심 의 훈 근 구 지 서 지 박

奠再拜敬祭于故聘丈處士英陽南公靈几之下, 操文痛哭曰.
전 재 배 경 제 우 고 빙 장 처 사 영 양 남 공 령 궤 지 하   조 문 통 곡 왈

嗚呼悲夫, 靑鳧君子之鄕也.
오 호 비 부   청 부 군 자 지 향 야

賢人達士接武而起, 而隣鄕多士曾所標題, 以公家先擘焉矣.
현 인 달 사 접 무 이 기   이 린 향 다 사 증 소 표 제   이 공 가 선 벽 언 의

越我爲公門舘甥以來, 承襲世德旣所有聞於鄕黨故舊,
월 아 위 공 문 관 생 이 래   승 습 세 덕 기 소 유 문 어 향 당 고 구

則不敢贊道而亦不可架說焉也.
즉 불 감 찬 도 이 역 불 가 가 설 언 야

유세차 병술 건해지월(음력 10월) 13일(갑신일), 사위인 청송심씨 의훈이 제상을 잘 갖추지 못하고[28] 빙장 어른의 영전 앞에서 제를 올리면서 글을 지어 통곡합니다.

슬프도다! 청송[29]은 군자의 고향이라, 뛰어난 인물이 연달아 많이 나왔습니다.[30] 이웃 마을에 많은 선비들이 표제할 때 공의 집안을 첫째로 꼽았다고 합니

---

28. 漬絮(지서)는 '척계지서隻鷄漬絮'의 줄인 말이다. 후한後漢 때의 서치徐穉는 먼 곳에 문상問喪을 갈 때 솜에 술을 적시고 그것으로 구운 닭을 싸가지고 갔는데, 빈소에 도착해서는 솜을 물에 적셔 술을 만들고 구운 닭과 함께 상에 올린 뒤에 문상을 하였다고 한다(『後漢書』, 「周黃徐姜申屠列傳」). 여기서는 '제상을 성대하게 갖추지 못한 것'을 의미한다.

29. 신라 때 적선積善, 고려 때 부이현鳧伊縣, 운봉현雲鳳縣, 청부현靑鳧縣 등으로 각각 그 이름이 바뀌었다. 조선 시대에 들어와서 처음에는 청보군靑寶郡으로 부르다가, 세종 때 송생현松生縣과 합치면서 이후 청송이라는 명칭이 생겼다.

30. 『禮記』, 「曲禮」에 "당 위에서는 두 발 사이를 가까이 붙여 살살 걷고, 당 아래에서는 발을 멀리 떼어 걷는다.[堂上接武, 堂下布武]."라고 하였다. 접무接武는 본래 '당 위에서는 두 발 사이를 바짝 붙여서 조심스럽게 걷는 것'을 의미한다. 여기서는 '두 발이 바짝 붙어 있듯 연달아 인물이 많이 나온다'라는 뜻으로 썼다.

다. 저는 공의 가문에 사위[31]로 들어오고서, 조상 대대로 쌓아 온 덕이 이미 향당과 이웃에게 소문이 나 있는 것을 알게 되었습니다. 그러므로 공의 덕을 찬양하려고 억지로 말을 꾸며 낸 것이 아닙니다.

而但觀於公之齊家處族與夫接人酬世, 謹愼和緩,
이 단 관 어 공 지 제 가 처 족 여 부 접 인 수 세 근 신 화 완
　身爲律言爲度, 都無梔行蠟言隨波點汚,
　신 위 률 언 위 도 도 무 치 행 랍 언 수 파 점 오
則此莫非文祖賢孫, 世守範圍餘敎中做來者矣.
즉 차 막 비 문 조 현 손 세 수 범 위 여 교 중 주 래 자 의
魯無君子斯焉取斯之言, 從可驗也.
노 무 군 자 사 언 취 사 지 언 종 가 험 야

嗚乎今夕之最所痛恨者不一而足,
오 호 금 석 지 최 소 통 한 자 불 일 이 족
而惟我滅裂生長寒微, 素無見聞, 前地着跟止乎, 黑窣而已.
이 유 아 멸 렬 생 장 한 미 소 무 견 문 전 지 착 근 지 호 흑 솔 이 이
而幸忝丈德之下, 庶幾乎鉛化精金矣.
이 행 첨 장 덕 지 하 서 기 호 연 화 정 금 의

　공께서 집안을 다스리거나 밖에서 처세하실 때 보면, 근엄하시고 조심하면서도 온화하셨습니다. 행동과 말씀이 모두 법도에 맞으셨습니다.[32] 기이한 행동과 말로 벼슬을 구하려 하지 않았고,[33] 세파에 시달리면서 오점을 남기지 않으셨습니다. 조상대대로 가르침이 있어 이렇게 되었을 것입니다. (『논어』에서) "노나라에

---

31. 『孟子』, 「萬章(下)」: 舜尚見帝, 帝館甥於貳室. 이후 舘甥(관생)은 '사위'라는 뜻으로 쓴다.
32. '身爲律言爲度(신위률언위도)'는 본래 『史記』, 「夏本紀」에는 '聲爲律身爲度(성위률신위도)'이라고 나온다. '소리는 음률이 되고, 말은 법도가 된다'라는 뜻이다. 이 글의 저자가 이것을 변형하여 쓴 것 같다.
33. 치모납언梔貌蠟言와 관련하여, 당唐나라 유종원柳宗元이 쓴 「편고鞭賈」에 다음과 같은 이야기가 나온다. "어느 부잣집 자제가 거금으로 채찍을 사서 유종원에게 자랑하였는데, 그 채찍이 노랗고 매끈매끈하여 보기가 좋았다. 유종원이 하인을 시켜 채찍을 끓는 물로 씻어 내니 노랗던 것이 하얗게 되고, 매끈매끈했던 것이 딱딱하게 말라 버렸다. 노란 것은 치자 물을 들였던 것이요, 매끈매끈했던 것은 밀랍을 칠했던 것이었다. 이에 유종원은 요즘 얼굴에 치자 물을 바르고[梔貌], 말에 밀랍을 칠하여[蠟言] 조정에서 기술을 팔려는 자가 많다며 탄식하였다."

180

군자가 없었다면, 이 사람이 어디서 군자의 도를 배웠겠느냐"[34]라고 했는데, 이 말을 실제 여기서 증험할 수 있습니다.

오호라! 오늘 밤 몹시 한스러운 것이 한둘이 아닙니다. 나는 한미한 집안 출신이라 평소 보고 들은 바가 없어, 앞으로 어떻게 살아가야 할지 어둠 속을 헤매고 있었습니다. 다행히도 빙장 어른의 덕에 힘입어 납에서 금으로 바뀔 만큼 크게 변화하고 성장했습니다.

嗚乎不肖小子, 有何積戾于天,
오 호 불 초 소 자　유 하 적 려 우 천

而遽失依歸諄諄之敎, 從何復聞今焉已矣.
이 거 실 의 귀 순 순 지 교　종 하 부 문 금 언 이 의

天道周星中, 祥奄及爰具, 泂酌庸伸, 微忱不昧, 尊靈庶賜歆格.
천 도 주 성 중　상 엄 급 원 구　형 작 용 신　미 침 불 매　존 령 서 사 흠 격

嗚乎痛哉, 尙饗.
오 호 통 재　상 향

오호라! 불초 소자 무슨 죄를 이리도 많이 지었던가! 갑자기 믿고 의지했으며 또 잘 가르쳐 주시던 분을 잃었으니, 다시 어디서 배울 수 있겠는가! 오늘로서 모든 것이 끝난 것이나 마찬가지입니다. 세월이 흘러 벌써 탈상이 다가왔는데, 제상을 제대로 차리지 못하고 올리니[35] 작은 정성일지라도 물리치시지 마시고, 강림하시어 흠향하소서! 오호통재라! 상향.

---

34. 『論語』, 「公冶長」: 공자께서 자천을 평가하셨다. "이 사람은 진정 군자이구나! 노나라에 군자가 없었다면 이 사람은 무엇을 보고 배웠겠는가![子謂子賤, "君子哉若人! 魯無君子者, 斯焉取斯!]

35. 『詩經』, 「大雅, 泂酌」에 "저 길가에 고인 빗물을 멀리 떠다가, 저기에서 떠내고 다시 여기에다 붓는 정성만 지극하다면, 제사에 올리는 밥도 만들 수 있다.[泂酌彼行潦 挹彼注茲 可以餴饎.]"라고 하였다. '형작泂酌'은 '정성만 있을 뿐 변변찮은 제사 음식'이라는 뜻으로, 흔히 겸사로 쓴다.

於乎歲辛丑七月二十二日丁酉,
오호세신축칠월이십이일정유

果處士英陽南公聖道兄化歸之再朞耶,
과 처사 영양 남공 성도 형 화귀 지 재기 야

心友義城金亨洛元甫弟揆諸平日情契,
심우 의성 금 형락 원보 제 규 제 평일 정계

不敢無一訣, 故丙申前夕謹構數行文, 再拜恫訣于靈床之前曰,
불감무일결 고 병신 전석 근구 수행문 재배 통결 우 령상 지 전 왈

於乎余於哭公也, 不知人咸曰蔥竹交連簷誼,
오호 여 어 곡공 야 부지인 함 왈 총죽 교 련 첨 의

則宜乎事, 然而實人所不及者有之.
즉 의 호 사연 연 이 실 인 소 불급 자 유지

公本迥等, 而飾詐而不求榮譽, 堪耐而自樂, 本分志符者鮮矣.
공 본 형등 이 식사 이 불구 영예 감내 이 자락 본분 지부 자 선 의

  오호라! 신축년 7월 22일(정유일)은 처사 영양남씨 성도 형께서 돌아가시고 두 번째 기일입니다. 형락, 원보와 동생 규(모두 의성김씨)는 마음으로 사귀면서 평소 정이 두터웠으니, 이별의 말을 하지 않을 수 없습니다. 그래서 기일 전날인 병신일에 몇 글자를 적고 영전 앞에 재배하고 통곡하면서 영결합니다.

  오호라! 내가 공이 돌아가신 것에 곡을 하자 모르는 이들조차 모두 '죽마고우이고, 한 처마 아래 산 것처럼 우의가 좋다'[36]라고 하는데, 사리에 비춰 보면 이 말은 매우 타당합니다. 실제 다른 사람은 이에 미치지 못하는 것이 있습니다. 공은 본래 자질이 매우 뛰어났으며, 거짓을 행해서 영예를 구하려 하지 않았습니다. 또 (어려운 삶을) 달게 여기면서 스스로 즐기셨는데, 이처럼 본분대로 뜻을 지켜 나가는 이 흔치 않습니다.

36. 원문의 '連簷(연첨)'은 정확히 무엇을 의미하는지 알 수가 없다. 두보杜甫의 「취시가醉時歌」에서 인용한 것 같다. 다음은 「취시가」의 일부이다. "칠흑같이 깊은 밤 봄 술 따르며 즐길 제, 등불 앞 가랑비에 처마 밑 꽃이 지네.[淸夜沈沈動春酌, 燈前細雨簷花落.]" 이 시는 두보가 막역지우인 정건鄭虔에게 준 것으로, 이 구절에서 유래했다면 여기서 '막역지우'라는 뜻으로 사용한 것 같다.

幸以不較暮春之餞花, 晚秋之賞楓, 無不同之,
행 이 불 교 모 춘 지 전 화　만 추 지 상 풍　무 부 동 지

有慶不爲先行, 有憂無至後來, 徵逐無常.
유 경 불 위 선 행　유 우 무 지 후 래　징 축 무 상

尤有庚亂之慟海, 孤舟難涉, 孰不畏之當時,
우 유 경 란 지 겁 해　고 주 난 섭　숙 불 외 지 당 시

則公我兩人具是北堂之下也, 不得遠避矣,
즉 공 아 량 인 구 시 북 당 지 하 야　불 득 원 피 의

方極也於坊築之前楠樹之下, 而各侍同壕無慮,
방 극 야 어 방 축 지 전 전 남 수 지 하　이 각 시 동 호 무 려

月餘其間, 不敢言之事, 不敢謀之事, 其何審也.
월 여 기 간　불 감 언 지 사　불 감 모 지 사　기 하 심 야

相依相恤不下於親弟已兄矣, 幸被好誼之德,
상 의 상 휼 불 하 어 친 제 이 형 의　행 피 호 의 지 덕

兩家奉率無敗渡涉, 其誼何如也.
양 가 봉 솔 무 패 도 섭　기 의 하 여 야

歷歷思之, 至今有心矣. 此皆人所不及之事也.
역 력 사 지　지 금 유 심 의　차 개 인 소 불 급 지 사 야

噫誼在百年, 而事違一夕, 業遺依存, 而形何千古,
희 의 재 백 년　이 사 위 일 석　업 유 의 존　이 형 하 천 고

玉樑明月與梧同落, 野稻花開, 浥露共垂, 有誰更作.
옥 량 명 월 여 오 동 락　야 도 화 개　읍 로 공 수　유 수 경 작

　　다행히도 늦봄 꽃구경이나 늦가을 단풍구경 때도 가리지 않고 함께하지 않은
적이 없었습니다. 좋은 일에 혼자 누리지 않았고, 나쁜 일에 빠지는 법도 없었
으며, 수시로 오고 가고 했습니다. 또 육이오 전쟁 때[37] 혼자 헤쳐 나가기 힘들었
는데, 어느 누가 당시에 두려워하지 않았겠습니까! 공과 나 두 사람은 북당 아
래에 숨었으며 멀리 피할 수가 없었습니다. 전쟁이 한창일 때 방축 앞, 녹나무
아래에서 구덩이를 파고 때가 좋아지기를 숨어서 기다렸다고 합니다. 한 달여
숨어 있었는데, 말할 수도 없는 일과 도모할 수 없었던 일을 어찌 자세하게 다
살피리오!
　　서로 의지하고 보살피는 것이 친형제 못지않았습니다. 다행히 공께서 호의를

37.　1950년이 경인년이므로, '경인공란庚寅共亂'이라고 부른다. 줄여서 '경란'이라고 한다.

베푼 덕분에 어른을 모시고 식솔을 보살피는 데[38] 문제가 없이 지나갈 수 있었습니다. 그 호의가 어떠했는지 또렷하게 생각이 나며 지금까지도 마음에 남아 있습니다. 이 모두는 다른 사람이 할 수 있는 바가 아닙니다. 오호라! 우의가 백 년을 갈 줄 알았는데, 일이 하룻밤에 달라졌습니다. 유업에 의존할지라도 그 형태가 어찌 천 년을 가겠습니까! 들보와 오동나무에 달빛이 밝게 내리고, 들판에 벼가 익어 가고 이제 서리도 내리는데 누가 이를 경작하겠습니까!

疇昔儀愧吾晚成兹筵酌, 公其泉臺有誰詩,
주 석 의 괴 오 만 성 자 연 작   공 기 천 대 유 수 시
我幸銀溪一句作, 以此思之, 滿肚悲懷, 欲盡難得然,
아 행 은 계 일 구 작   이 차 사 지   만 두 비 회   욕 진 난 득 연
而想應有公, 亦不說之淚, 無端返哭, 於已安之靈,
이 상 응 유 공   역 불 설 지 루   무 단 반 곡   어 이 안 지 령
難外故人之道理, 故略而終之.
난 외 고 인 지 도 리   고 략 이 종 지
靈若有知不爲晚來之責, 而宥我歆格耶否. 於乎恫哉. 尚饗.
영 약 유 지 불 위 만 래 지 책   이 유 아 흠 격 야 부   오 호 통 재   상 향

옛날 예에 어긋나게 연회 자리에서 늦게 참석하여 같이 시를 지은 적도 있는데, 이제 공이 돌아가셨으니 누구와 같이 시를 지겠습니까! 나는 다행히 '은계銀溪' 한 수가 있으니, 이런 것을 생각하면 슬픔과 회한이 가득 차올라 다 표현하려고 해도 그럴 수 없습니다. 공에 관련된 것을 다 말하지도 못했는데 눈물이 흐르고, 두서없이 곡을 합니다. 이미 영구에 편히 드셨으니 저도 고인에 대한 도리를 벗어날 수 없습니다. 간략하게 제문을 쓰고 이제 마치고자 합니다. 제가 늦게 온 것을 책망하시지 마시고, 저를 용서하시고 강림하시어 이 잔을 흠향하소서! 오호통재라! 상향.

---

38. 봉솔奉率은 '상봉하솔上奉下率'의 준말로, 위로는 모시고 있는 부모님과 아래로는 거느리고 있는 처자식을 모두 가리키는 말이다.

維歲次辛丑七月丙子朔二十二日丁酉,
유 세 차 신 축 칠 월 병 자 삭 이 십 이 일 정 유

卽處士英陽南公聖道兄大祥之辰也.
즉 처 사 영 양 남 공 성 도 형 대 상 지 진 야

前夕丙申心友齊衰人咸安趙雲濟謹具奠章,
전 석 병 신 심 우 자 최 인 함 안 조 운 제 근 구 전 장

再拜哭訣于靈床之前曰,
재 배 곡 결 우 령 상 지 전 왈

於乎公於我也, 誠何人也, 友朋也, 館客也.
오 호 공 어 아 야   성 하 인 야   우 붕 야   관 객 야

臨悲而欲說前遊還多者笑, 公則小我七年,
임 비 이 욕 설 전 유 환 다 자 소   공 즉 소 아 칠 년

而智愈明我, 則長免三尺而意未覺,
이 지 유 명 아   즉 장 면 삼 척 이 의 미 각

有事書塾每役於公而不役公, 或陟溪漲不負於公而反負於公.
유 사 서 숙 매 역 어 공 이 불 역 공   혹 척 계 창 불 부 어 공 이 반 부 어 공

似是不及, 然而惟知類之爲好, 不知勞之爲甚者,
사 시 불 급   연 이 유 지 류 지 위 호   부 지 로 지 위 심 자

爲嬉戱, 可勝言哉.
위 희 희   가 승 언 재

유세차! 신축년 7월(초하루가 병자일) 22일(정유일)은 처사 영양 남공 성도 형의 대상 날입니다. 전날 저녁 병신일에 막역한 벗인 함안조씨 운제가 비록 상중이지만, 제상을 갖추고 제문을 짓고 영전 앞에 곡하면서 재배하고 영결합니다.

오호라! 공은 나에게 진실로 어떤 사람이었던가! 친구이자 스승[39]이었다. 슬픈 일을 당했는데 옛이야기를 하고자 한다면 많은 사람들이 비웃을 것이다. 공은 나보다 일곱 살이 어린데도 나보다 훨씬 총명했다. 키가 나보다 3척이나 작은데도 의식하지 못할 정도였다. 서당에 무슨 일이 있으면 공에게 도움을 받았

---

39. 관객館客은 '관리가 손님으로 온 경우'를 지칭하기도 하나, 여기서는 훈장, 스승과 같은 의미로 썼다.

을지언정 내가 공을 도운 적이 없다. 간혹 물이 불어난 개울을 건널 때도 공이 나를 업었지 내가 공을 업은 적이 없다. 이는 내가 미칠 수 있는 게 아닌 것 같았다. 하지만 공과 어울려 노는 것만 좋아했지 공의 노고가 크다는 것을 모르고 장난만 쳤으니, 이런 일을 이루 다 말할 수 없다.

迨及中年, 頗有道理者, 幾經營幾論議也.
태 급 중 년   파 유 도 리 자   기 경 영 기 론 의 야

公事我事, 我心公心, 則一而二, 二而一也.
공 사 아 사   아 심 공 심   즉 일 이 이   이 이 일 야

且勝緣無孤, 光我門楣, 則堂廡沉恰, 可謂朱陳黃蘇矣.
차 승 연 무 고   광 아 문 미   즉 당 무 침 흡   가 위 주 진 황 소 의

此意無限孔酷, 何由二豎弄兒, 忽奪四十六年丈夫, 胡然無知,
차 의 무 한 공 혹   하 유 이 수 롱 아   홀 탈 사 십 륙 년 장 부   호 연 무 지

胡然無慭, 生前之意, 欲哭腸裂, 踽涼一恨, 何獨長也.
호 연 무 칙   생 전 지 의   욕 곡 장 렬   우 량 일 한   하 독 장 야

중년에 이르러 자못 도리가 있었던 것은 사업을 벌이기도 하고, 여러 가지를 논의하기도 했다. 공이 일한 것은 내가 일한 것이나 마찬가지고, 공의 마음이 곧 내 마음이었다. 우리는 하나이면서 둘이었고, 둘이면서 하나였다. 아름다운 인연으로 외롭지 않았고, 영광스럽게 우리 집에 오면 본채와 곁채와 아주 잘 어울렸으니, 우리 사이를 주씨와 진씨[40] 혹은 황정견과 소동파[41]에 비견해도 될 것이다. 몹시 잔혹하게도 무슨 연고로 더벅머리 두 아이[42]가 마흔여섯 살의 장부를 갑자기 데려가는가! 어찌 이리 무지하고, 어찌 이리도 매정한가! 생전의 뜻대로라면 애가 끊어지도록 울고 싶다. 쓸쓸하고 처량한 길 홀로 떠났으니 매우 한스럽다. 나만 어찌 이렇게 오래 사는가!

---

40. 중국 서주徐州 고풍현古豐縣에서 주 씨氏朱氏와 진 씨陳氏 두 성姓이 서로 혼인하면서 화목하게 살았던 촌락 이름인데, 백거이白居易의 「주진촌朱陳村」이라는 시로 더욱 유명해졌다. 여기서는 아주 친한 사이를 표현하였다.
41. 黃蘇(황소)는 황정견黃庭堅, 소식蘇軾을 병칭하여 부른 말로, 막역한 친구를 은유한다.
42. 二豎(이수)는 병마病魔를 뜻한다. 진晉나라 경공景公이 병으로 누워 있을 때 병마가 두 아이로 화신化身하여 왔다는 고사에서 유래했다.

春日看花, 歎切少一, 今宵對月, 疑何樑滿,
춘일간화 탄절소일 금소대월 의하량만

我來長呼, 何其寂然. 恫矣恫矣, 自玆以往,
아래장호 하기적연 통의통의 자자이왕

果不知公之爲何如人, 則涕泗外何長,
과부지공지위하여인 즉체사외하장

若公歿後之幸不言可驗者, 哀胤與李君在矣.
약공몰후지행불언가험자 애윤여리군재의

何心刺刺於哭私之舌歟, 情不盡者, 只自哭而終之.
하심자자어곡사지설여 정부진자 지자곡이종지

敬惟英靈知我烏陵知舊之來哭, 而度幾歆格耶.
경유영령지아오릉지구지래곡 이도기흠격야

於乎恫哉哀哉, 尙饗.
오호통재애재 상향

봄날 꽃구경할 때 꽃잎이 하나라도 떨어지면 탄식했는데, 오늘 밤 달빛은 어찌 그리 들보에 가득 쏟아지는가! 나는 공을 오래토록 부르는데, 공이 답이 없으니 어찌 이리도 적막한가! 애통하고 애통하다. 지금 이후 공을 어떤 분인지 모를 수도 있으니 눈물이 끊이지 않고 계속 흐른다. 만약 공이 돌아가시고 말없이도 증명할 수 있는 아들[43]과 이 군이 있으니 얼마나 다행인가! 어찌 곡을 하는 나의 혀를 마음이 이렇게도 찌르는가! 다할 수 없는 정을 오직 스스로 곡하면서 마칠 뿐이다.

영령은 내가 오릉에서 온 것을 아시고 오랜 벗이 와서 곡하는 것을 아시니, 강림하시어 흠향하실 것이다. 오호통재라! 상향.

---

43. 哀胤(애윤)은 상중에 있는 남의 아들을 높여 부르는 말이다.

維歲次乙未十一月己酉朔十六日甲子,
유 세 차 을 미 십 일 월 기 유 삭 십 육 일 갑 자

迺我族曾祖母孺人光山金氏小祥之前夕也.
내 아 족 증 조 모 유 인 광 산 금 씨 소 상 지 전 석 야

夫黨族曾孫英陽南潤洙,
부 당 족 증 손 영 양 남 윤 수

謹以奠章再拜恫訣于床帷之前曰.
근 이 전 장 재 배 통 결 우 상 유 지 전 왈

於乎. 仁善之必絶未可信也. 始孺人之入也,
오 호 인 선 지 필 절 미 가 신 야 시 유 인 지 입 야

雖年辭而勢拙, 頗知自任羹湯, 而先小姑饁耨,
수 년 사 이 세 졸 파 지 자 임 갱 탕 이 선 소 고 엽 누

而每如賓愛育, 而務縫密友愛, 而無間言.
이 매 여 빈 애 육 이 무 봉 밀 우 애 이 무 간 언

此實孝敬慈睦.
차 실 효 경 자 목

而抑有特之子, 濟生與救急也,
이 억 유 특 지 자 제 생 여 구 급 야

乳養貧戚失母之孩, 終見其長成之報.
유 양 빈 척 실 모 지 해 종 견 기 장 성 지 보

饋送隣家煙火之空, 亦見其感荷之誓, 足爲無限.
궤 송 린 가 연 화 지 공 역 견 기 감 하 지 서 족 위 무 한

則人之稱賀者, 奚但當日歟.
즉 인 지 칭 하 자 해 단 당 일 여

유세차 을미년(1955년) 11월(초하루가 기유일) 16일(갑자일)은 우리 집안 증조모 유인 광산김씨의 소상일 전날입니다. 집안 증손인 영양남씨 윤수가 제사 음식을 갖춰 올리고 영정 앞에 재배하고 애통해 하며 영결합니다.

오호라! 어질고 착한 이가 사라져 없다는 말은 믿을 수가 없습니다. 유인께서 처음 출가하셨을 때 나이는 어린데다 가세까지 기울었지만, 집안 살림을 스스

로 떠맡을 줄 아셨고 작은 시누이보다 먼저 들밥을 내어가셨다고 합니다. 매번 손님 맞듯이 정성을 다하셨으며, 우애를 돈독하게 하려고 무던하게 애썼으니 흠잡는 말이 없었다고 합니다. 이는 진실한 효도이자 공경이며, 자애이자 화목입니다. 또 특별한 자손들의 경우 생활을 도와주고 다급한 것을 구제해 주셨습니다. 가난한 친척과 어미 잃은 아이들을 부양하니, 끝내 그들이 장성하여 보은하였다고 합니다. 아궁이에 연기가 나지 않은 이웃에게는 음식을 보냈으니, 감격하여 은혜를 갚겠다는 맹서를 끝없이 볼 수 있었습니다. 사람들이 칭송하는 것이 비단 당시뿐이겠습니까?

如我愚劣, 非無賴也.
여 아 우 렬   비 무 뢰 야

暑日之踰嶺, 寒風之帶書, 固至厚.
서 일 지 유 령   한 풍 지 대 서   고 지 후

而尙今不忘者, 幸有荊布之偕也, 重有之者晩, 接隣比,
이 상 금 불 망 자   행 유 형 포 지 해 야   중 유 지 자 만   접 린 비

而談而笑或古或今, 而釀出怡然和氣, 則實腥寰中別樣遊也.
이 담 이 소 혹 고 혹 금   이 양 출 이 연 화 기   즉 실 성 환 중 별 양 유 야

前後所施何莫非仁善中出來, 則其徒然事哉.
전 후 소 시 하 막 비 인 선 중 출 래   즉 기 도 연 사 재

悲夫六旬八歲, 非不壽也. 二子三孫, 非不慶也.
비 부 육 순 팔 세   비 불 수 야   이 자 삼 손   비 불 경 야

저 역시 은혜를 입지 않은 적이 없습니다. 더위에 고개를 넘어오시거나 찬바람 속도 책을 갖고 오시는 등 진실로 그 은혜가 지극히 높습니다. 더군다나 지금도 잊을 수 없는 것은 증조할머니[荊布][44]와 함께 생활한 것입니다. 더욱 기억에 남는 것은 담이 붙은 이웃이라 저녁이면 고금 이야기를 담소하시고는 빚은 술은 꺼내시던 훈훈했던 분위기입니다. 이 속된 세상[腥寰]에서 실로 유별한 놀이였습니다. 전후로 늘 베푸신 것이 어질고 선한 본성에서 나온 게 아니라면

---

44. 荊布(형포)는 가시나무로 만든 비녀와 삼베로 만든 치마를 말하는데, 부인의 검소한 덕을 상징한다. 여기서는 증조할머니 광산김씨를 지칭한다.

어찌 한결같이 그러실 수 있겠습니까! 향년 육십팔 세라면 수를 누리시지 못한 것도 아니고 아들 둘에 손자가 셋이라면 복도 많이 받으신 축에 들 것입니다.

輕煖甘旨非不榮也, 新基廣廈非不幸也.
경난감지비불영야   신기광하비불행야

而較看孺人平素積厚則宜, 不但此而但此而至理,
이교간유인평소적후즉의   불단차이단차이지리

固若是不疑者其誰也.
고약시불의자기수야

所可深恨者獨未盡未洽者也. 若使少須臾無死,
소가심한자독미진미흡자야   약사소수유무사

則前頭好光景, 安知不在乎令或之冠歟慟矣.
즉전두호광경   안지부재호령욱지관여통의

歲忽回霤, 奄當玆夕, 靈其長逝而已安矣.
세홀회류   엄당자석   영기장서이이안의

果然則吾今而後, 歸孺人以有定, 而不欲以不信也.
과연즉오금이후   귀유인이유정   이불욕이불신야

退與哀胤次第長聲恫之, 自至哽塞.
퇴여애윤차제장성통지   자지경색

伏惟不昧者, 存倘記而平日潤洙之情.
복유불매자   존당기이평일윤수지정

奠而歆格耶否. 於乎悲夫. 尙饗.
전이흠격야부   오호비부   상향

좋은 옷과 좋은 음식으로 영화를 누렸고, 새로운 터전에 넓은 집으로 이사하셔서 행복하셨습니다. 유인께서 평소 두터이 덕을 쌓았으니 이런 것은 당연할 것입니다. 이뿐만 아니라 더 누리시더라도 당연한 이치이니, 진실로 이와 같으니 누가 의심할 수 있겠습니까? 새삼 더 한이 되는 것은 그 정도로는 여전히 미흡하다는 것입니다. 만약 조금만 더 사셨더라면 앞으로 좋은 일이 있어 더없는 영화를 누리실지 어찌 모르겠습니까? 물 흐르듯 세월이 흘러, 결국 오늘 저녁이 오고야만 말았습니다. 영령께서는 먼 길을 편히 가소서! 오늘 이후 저는 돌아가신 유인께서 평정을 얻었을 거라는 말은 믿지 않을 것입니다. 물러나면서 상주와 오랫동안 곡을 하며 애통해 하다 목이 메는 것 같습니다. 존령께서 평소 윤수와 나눈 정을 아직도 기억하신다면 강림하시어 흠향하소서! 오호비부! 상향.

●

維歲次己亥七月戊午朔二十六日癸未,
유 세 차 기 해 칠 월 무 오 삭 이 십 육 일 계 미

卽我故處士英陽南公大歸之日也.
즉 아 고 처 사 영 양 남 공 대 귀 지 일 야

姻弟靑松沈宜熏, 荒辭再拜痛哭于靈床之下曰.
인 제 청 송 침 의 훈　 황 사 재 배 통 곡 우 령 상 지 하 왈

於乎. 人旣有生則有死, 固世人所不免矣.
오 호　 인 기 유 생 즉 유 사　 고 세 인 소 불 면 의

公於人事可謂無不憾, 而吾於公亦無至切至痛之悲.
공 어 인 사 가 위 무 불 감　 이 오 어 공 역 무 지 절 지 통 지 비

然而人死則悲, 人之常情, 且異姓男妹之列,
연 이 인 사 즉 비　 인 지 상 정　 차 이 성 남 매 지 렬

無異於親家兄弟之情. 相依相恃.
무 이 어 친 가 형 제 지 정　 상 의 상 시

居在一二嶺之間, 月月議逢, 吉則賀之, 遭凶則慰之.
거 재 일 이 령 지 간　 월 월 의 봉　 길 즉 하 지　 조 흉 즉 위 지

歸家問期, 問以何來則來矣.
귀 가 문 기　 문 이 하 래 즉 래 의

然而門內大小有事之日, 公若不參則吾無坐意,
연 이 문 내 대 소 유 사 지 일　 공 약 불 참 즉 오 무 좌 의

吾若無座, 則公必尋之問故, 如此相愛.
오 약 무 좌　 즉 공 필 심 지 문 고　 여 차 상 애

自吾知人事以後十餘年於此矣.
자 오 지 인 사 이 후 십 여 년 어 차 의

　유세차 기해년(1959년) 7월(초하루가 무오일) 26일(계미일)은 처사 남공께서 돌아가신 날[大歸之日]입니다. 매제인 청송심씨 의훈이 영정 앞에 통곡하며 재배하고 변변찮은 글로 영결을 고합니다.

　오호라! 사람이 나서 죽는 것은 세상 사람 모두가 피할 수 없는 순리입니다. 공께서도 삶에 대해 회한이 없을 수는 없을 것입니다. 비록 공이 돌아가셨지만, (부모상처럼) 지극히 애절하거나 애통하지는 않습니다. 하지만 사람이 돌아가시면

슬픈 건 인지상정일 것입니다. (손위 처남인) 공과 저는 성이 다르지만, 항렬은 형제였고, 친가 형제와 다를 바 없이 정을 나누면서 서로 믿고 의지했습니다. 고개 한두 개 넘어 이웃하면서 다달이 만났습니다. 경사가 있으면 축하하고, 흉사가 있으면 위로했습니다. 귀가할 때 다음 기약을 묻고, 언제라도 올 수 있으면 오라고 하셨습니다. 때론 처가댁에 대소사가 있는데 공이 안 계시면 저도 자리잡는 것이 내키지 않았고, 만약 자리가 없어 우왕좌왕하면 공께서 반드시 연유를 물었습니다. 이처럼 저를 아껴 주셨습니다. 제가 인사人事를 알고부터 십여 년간을 이렇게 하셨습니다.

然而不意中年, 移寓野峽亦無一且不問.
연 이 불 의 중 년　　이 우 야 협 역 무 일 차 불 문

所謂失禮中又失禮者也. 今忽奄然,
소 위 실 례 중 우 실 례 자 야　　금 홀 엄 연

吾雖至公床下而哭之公, 無一言以悾,
오 수 지 공 상 하 이 곡 지 공　　무 일 언 이 공

是吾推之平日之所過, 而至哀至痛.
시 오 추 지 평 일 지 소 과　　이 지 애 지 통

則今日之哭非獨哭公矣, 哭我之太半耳.
즉 금 일 지 곡 비 독 곡 공 의　　곡 아 지 태 반 이

至於公之家事, 子姪侁侁, 承公履歷小無憂慮.
지 어 공 지 가 사　　자 질 신 신　　승 공 리 력 소 무 우 려

公必無憾於暄暄中, 而或以吾無依而憐之矜之耶.
공 필 무 감 어 훤 훤 중　　이 혹 이 오 무 의 이 련 지 긍 지 야

吾悲獻公一觴, 公其欽之否.
오 비 현 공 일 상　　공 기 흠 지 부

於乎痛哉. 尙饗.
오 호 통 재　　상 향

(6·25 전쟁 탓에) 중년에 생각지도 못한 일이 일어나서, 거처를 잃으시고 산골짜기에 공께서 임시로 자리를 잡았는데도 제가 찾아가 안부를 묻지 못했습니다. 제가 큰 실례를 범했습니다. 공께서 갑자기 돌아가시니, 공의 영정 앞에 이르러 한 마디 말도 못한 채 진심으로 공을 애도하는 것은 평소에 잘못한 게 있어 그

192

렇습니다. 지극히 슬프고 지극히 아픕니다. 오늘 공을 애도하는 것은 단지 공을 위해서가 아니라, 자신의 잘못된 행적이 슬퍼서 그런 게 태반입니다. 공께는 아들과 조카가 많아 공의 뜻을 이을 테니 걱정하지 않으셔도 될 것 같습니다. 다만 제가 의지할 곳을 잃었으니 저를 가련하게 여기소서! 슬픈 마음을 머금고 공께 잔을 올립니다. 흠향하소서! 오호통재라! 상향.

維歲次戊戌六月乙未朔初七日辛丑, 處士濟州高公回雷之辰也.
유세차 무술 육월 을미 삭 초칠일 신축   처사 제주 고공 회류 지진 야

前夕庚子侍下生英陽南性喆, 謹以尹脡再拜痛訣于靈椅之下曰.
전석 경자 시하생 영양 남성철   근이 윤정 재배 통결 우령 의 지하 왈

於乎. 小子哭死, 非無常情, 而其最深者, 則獨此夕也.
오호   소자곡사   비무상정   이기최심자   즉독차석야

大凡懷少慈幼, 雖曰長者之當然,
대범회소자유   수왈장자지당연

苟非其篤厚實難事, 而公於少者誠有是矣.
구비기독후실난사   이공어소자성유시의

我昔東遊, 而探候於公. 則儀貌端雅, 恣性溫良.
아석동유   이탐후어공   즉의모단아   자성온량

一談一笑, 莫非其常積厚餘慶, 四子群孫,
일담일소   막비기상적후여경   사자군손

而敎而訓, 孝悌盈門, 白首滋況.
이교이훈   효제영문   백수자황

蒼古家風. 於老於少. 各盡忠曰予少子亦蒙其寬愛,
창고가풍   어로어소   각진충왈여소자역몽기관애

以幼幼待, 以安安歡.
이유유대   이안안환

유세차 무술년(1958년) 6월(초하루가 을미일) 7일(신축일)은 본관이 제주인 처사고 선생님의 탈상하는 날입니다. 전날 저녁인 경자일에 문하생 영양남씨 성철이 제사 음식을 격식에 맞춰 갖추고, 영정에 재배하고 통곡하면서 영결합니다.

오호라! 공이 돌아가시고 곡하는 것은 인지상정입니다. 하지만 오늘 밤은 유독 심합니다. 어린아이를 품고 거두는 것을 두고 흔히 어른이면 당연히 해야 할 일이라고들 합니다만, 성품이 돈독하고 두텁지 않으면 실제로 하기 어려운 일입니다. 공께서는 저를 진실로 따뜻하게 보살펴 주셨습니다. 한번은 제가 놀러 갔다가 공께 문안을 드린 적이 있습니다. 용모는 단아하셨고, 성품은 온화하셨

습니다. 웃고 말씀하시는 것 모두가 깊은 덕과 선에서 나오지 않는 것이 없었습니다. 아들 넷과 손자 여럿을 가르치고 훈계하셔서 어른께 효도하고 형제끼리는 우애가 깊었고, 이 덕분에 장수하는 어른이 집안에 많이 계셨습니다. 역사에 길이 남을 가풍입니다. 집안 노소가 모두 '나는 공의 너그러운 사랑을 받았습니다. 아이는 아이에 맞춰 대해 주시고, 어른은 어른에 걸맞게 대접해 주셨습니다'라고 진심으로 말했습니다.

我具慶於及先親老境, 所望康寧一身.
아 구 경 어 급 선 친 로 경　　소 망 강 녕 일 신

必自投轄, 策胤同車, 臨岐殷勤, 行贐優餘.
필 자 투 할　책 윤 동 거　임 기 은 근　행 신 우 여

令人悵悵, 十步九回, 中心憾佩.
영 인 창 창　십 보 구 회　중 심 감 패

他日更陪, 世故多端, 震蕩灰機, 公家信幸, 免兵威無恙.
타 일 경 배　세 고 다 단　진 탕 회 기　공 가 신 행　면 병 위 무 양

桑楡長祝喬松, 事胡心違.
상 유 장 축 교 송　사 호 심 위

我病前冬, 此實慽慽, 公又呻吟, 兩運曷故, 幷腸一心.
아 병 전 동　차 실 척 척　공 우 신 음　양 운 갈 고　병 장 일 심

　　제 양친 모두 살아 계신다[具慶][45]고 하니, 저희 아버님이 노년에 건강하시길 축원해 주셨습니다. 공의 집에서 떠나려고 하면 반드시 잡으시고[投轄],[46] 맏이로 하여금 멀리까지 배웅하게 하시고, 갈림길에서 은근히 노잣돈을 넉넉하게 주셨습니다. 마음이 울컥해서 열 걸음마다 아홉 번을 되돌아보았고 진심으로 감동했습니다. 다른 날 모셨더니 전쟁 같은 세상사가 복잡다단하여 많은 것이 무너졌지만, 공의 집안은 다행으로 전화를 입지 않고 아무 탈이 없었다고 하셨

---

45. 부모 모두 계실 때는 구경具慶, 부친만 계시면 엄시嚴侍, 모친만 살아 계시면 자시慈侍라고 한다. 양친을 모두 여의었을 때에는 영감永感이라고 한다.

46. 投轄(투할)은 바퀴의 중요한 부분을 뺀다는 의미로, 손님이 못 가도록 만류한다는 뜻이다. 출처는 『한서漢書』, 「진준전陳遵傳」이다. "한나라 진준陳遵이 술을 좋아해서 주연을 크게 벌이곤 하였는데, 그때마다 손님들이 가지 못하도록 문을 걸어 잠그고 손님들의 수레바퀴에서 비녀장을 빼내어 우물 속에 던져 넣었으므로, 아무리 급한 일이 있어도 끝내 가지 못했다."

습니다. 뽕나무와 느릅나무가 교송이 장수하길 축원하듯이 저도 그런 마음이었
습니다만, 세상일이 어찌 제 뜻대로만 되겠습니까? 지난겨울 저도 병을 앓았고,
이때는 정말 걱정이 많이 되었습니다. 공도 아프셔서 신음하셨다고 들었는데,
무슨 연고로 두 사람 운명이 같아서 동시에 아프게 되었단 말입니까!

未及北牅, 忽焉東塲, 悵望南天, 愁雲疊隔.
미 급 북 용 　홀 언 동 곽 　창 망 남 천 　수 운 첩 격

我行一計, 掘指百千, 臨床痛哭, 涕自流漣.
아 행 일 계 　굴 지 백 천 　임 상 통 곡 　체 자 류 련

顧念疇昔, 始訣可乎, 所謂最深愧且悲夫,
고 념 주 석 　시 결 가 호 　소 위 최 심 괴 차 비 부

於何更見, 莫憑儀形, 今其已矣.
어 하 경 견 　막 빙 의 형 　금 기 이 의

萬事孤塋, 於乎痛矣.
만 사 고 영 　오 호 통 의

公若在今, 而我來, 則其況恰, 而固當何如哉.
공 약 재 금 　이 아 래 　즉 기 황 흡 　이 고 당 하 여 재

念此哭之, 則自不覺滂滂出長.
염 차 곡 지 　즉 자 불 각 방 방 출 장

伏惟尊靈眷如平日而歆格乎.
복 유 존 령 권 여 평 일 이 흠 격 호

故人稚子之觴耶否. 於乎痛哉. 尚饗.
고 인 치 자 상 야 부 　오 호 통 재 　상 향

　공의 댁 북쪽 창문에 가 보지도 못하는데, 동쪽 성곽에서 남쪽 하늘을 슬프게
바라보니 수심 가득한 구름이 겹겹이 쌓여 있었습니다. 한번 가겠다고 백 천 번
도 더 손을 꼽았습니다. 영정 앞에 이르러 통곡하니, 눈물이 저절로 그칠 줄 모
르고 흐릅니다. 옛일을 생각하며 이제야 영결합니다. 제일 슬프고 괴로운 것은
공을 다시 뵐 수 없으며, 공의 의연한 몸가짐에 기대지 못하고 만사를 제 혼자
힘으로 처리해야 한다는 점입니다. 오호통재라! 공께서 지금 살아 계신다면 제
가 오는 걸 참으로 흡족해 하셨을 것입니다. 이를 생각하며 곡을 하니, 저도 모
르는 사이에 눈물이 쉴 새 없이 흐릅니다. 존령께서는 평소처럼 저를 돌보셔서
강림하시어 흠향하소서! 고인께 어린 아들 같은 이가 잔을 올립니다. 오호통재
라! 상향.

●

維歲次丁酉九月戊辰朔之己巳,
유 세 차 정 유 구 월 무 진 삭 지 기 사

迺我妹壻處士月城金君回畱之辰也.
내 아 매 서 처 사 월 성 금 군 회 류 지 진 야

前日夕婦兄英陽南性喆, 茲此薄奠拜哭于素帷之前曰.
전 일 석 부 형 영 양 남 성 철 자 차 박 전 배 곡 우 소 유 지 전 왈

於乎. 君我爲蘇黃者, 僅三十年, 而乃己是豈平日所望歟.
오 호 군 아 위 소 황 자 근 삼 십 년 이 내 기 시 기 평 일 소 망 여

君之委禽也, 儼健與堅確, 可謂挺出,
군 지 위 금 야 엄 건 여 견 확 가 위 정 출

而純厚與慇懃, 特其情也.
이 순 후 여 은 근 특 기 정 야

實吾家光景之客, 則父兮母兮, 愛重恰好者,
실 오 가 광 경 지 객 즉 부 혜 모 혜 애 중 흡 호 자

未但迎禮, 而至於吉慶憂難必曰, 吾壻某也.
미 단 영 례 이 지 어 길 경 우 난 필 왈 오 서 모 야

于時養女之況何歇於養男耶.
우 시 양 녀 지 황 하 헐 어 양 남 야

유세차 정유년(1957년) 9월(초하루가 무진일) 기사일은 매제인 처사 월성 김군의 탈 상일이다. 전날 저녁 손위 처남인 영양남씨 성철이 음식을 간소하게 차리고 영 정 앞에 절하며 통곡한다.

오호라! 군과 내가 소식과 황정견[蘇黃][47] 같은 관계를 맺은 지 삼십여 년이 되었다. 이 역시 (운명이지) 내가 평소에 원했던 것이겠는가! 군이 우리 집안에 사 위가 되었을 때[委禽][48] 진지하고 견실해 보였다. 뛰어난 인재이면서 성품도 순 수하고 착실했는데, 그 성정이 특별했다. 참으로 우리 집안을 빛내 줄 손님 같

---

47. 소황蘇黃은 송나라 문장가인 소식蘇軾과 황정견黃庭堅의 병칭으로, 소동파가 황정견의 그림을 높이 평가하면 서 '지음知音'과 같은 의미로 쓴다. 황정견은 소식의 문하생으로 둘 다 서예의 대가로 평가받는다.

48. 위금委禽은 사위를 일컫는 말로, '금禽'은 날짐승을 뜻하는데 여기서는 기러기를 의미한다. 기러기는 혼례 婚禮에 납채納采로 쓴다.

은 존재였다. 아버님, 어머님은 특별히 아끼고 좋아해서 늘 예로 대했으며, 경사나 흉사가 있으면 꼭 '우리 사위야'라고 불렀다. 이 당시만 하더라도 딸을 키우는 것이 어찌 아들을 키우는 것만 했겠는가!

此眞吾所景仰而抑又有之矣.
차 진 오 소 경 앙 이 억 우 유 지 의

若其時生朝之累累事, 子以難之, 而壻以能之.
약 기 시 생 조 지 루 루 사　 자 이 난 지　 이 서 이 능 지

苟非君趨庭時, 已習者, 能如是乎.
구 비 군 추 정 시　 이 습 자　 능 여 시 호

爰及愚劣亦何多也.
원 급 우 렬 역 하 다 야

逢必尋杯, 去必投轄, 乃其想想餘事, 而嬋恤之厚,
봉 필 심 배　 거 필 투 할　 내 기 상 상 여 사　 이 인 휼 지 후

則非徒巨創時也.
즉 비 도 거 창 시 야

憂我病而踰這嶺者, 幾白雪也, 黃昏也.
우 아 병 이 유 저 령 자　 기 백 설 야　 황 혼 야

則何其壯者, 予雖呻吟中, 固無其憾乎.
즉 하 기 장 자　 여 수 신 음 중　 고 무 기 감 호

臥念圖報, 起則丁寧.
와 념 도 보　 기 즉 정 녕

運胡反覆, 其於病死, 先之者未先, 後之者未後,
운 호 반 복　 기 어 병 사　 선 지 자 미 선　 후 지 자 미 후

此理何理, 是變何變.
차 리 하 리　 시 변 하 변

難側之怨, 則非獨蒼蒼, 抑或病於腥寰劫海,
난 측 지 원　 즉 비 독 창 창　 역 혹 병 어 성 환 겁 해

而然歟, 病於白雪黃昏而然歟.
이 연 여　 병 어 백 설 황 혼 이 연 여

진실로 내가 높이 평가하는 것이 또 있는데, 생일[生朝] 같은 집안의 자잘한 행사를 아들인 내가 어려워하여 군이 나 대신 사위로서 잘 처리하는 것이었다. 만약 군이 어릴 때 아버님께 배우지[趨庭] 않았더라면 어찌 그렇게 능할 수 있겠는가! 이 외에도 모자란 점이 있을 수 있겠는가!

만나면 반드시 술을 내놓았고, 떠날 때는 늘 만류했다[投轄]. 이 외 나머지 일은 일일이 거론하지 않더라도 짐작이 가시리라! 이렇게 집안의 화목을 도모하고 돕는 것이 비단 부모님 상[巨創]⁴⁹이 났을 때뿐이겠는가! 간혹 내가 병이 들면 걱정하여 눈이 오든 밤이 깊든 언제라도 고개를 넘어 달려왔다. 어찌 그리 굳센가! 내가 병으로 앓고 있던 와중에도 감동하지 않을 수 있겠는가! 자리에서 일어나면 보답해야겠다고 다짐했다. 그런데 명운이 어떻게 뒤집힐 수 있는가! 그가 병으로 먼저 세상을 버렸다. 먼저 태어난 사람이 먼저 가지 않고, 뒤에 태어난 사람이 뒤에 가지 않으니, 이 무슨 이치인가! 이 무슨 변고인가! 곁에서 원망하지 않았을까? 아직 창창하지 않았던가! 세상일 탓에 병을 얻었는가, 아니면 (내가 아파서 찾아올 때) 눈과 황혼 탓인가!

較看君疇昔, 宜享百曆, 而反而忽之, 嗚呼痛也.
교 간 군 주 석   의 향 백 력   이 반 이 홀 지   오 호 통 야

至今則平日所望已矣, 亦何多者已矣.
지 금 즉 평 일 소 망 이 의   역 하 다 자 이 의

箇中深可恨者, 我於君臥, 一未憂君憂事君事也.
개 중 심 가 한 자   아 어 군 와   일 미 우 군 우 사 군 사 야

嘻噫怨夫.
희 희 원 부

回轡玆夕, 哀死猶難, 況又悼生乎.
회 류 자 석   애 사 유 난   황 우 도 생 호

孀妹與哀甥, 哀竝哭其哭, 各呼其呼.
상 매 여 애 생   애 병 곡 기 곡   각 호 기 호

雖曰鐵石何能忍見.
수 왈 철 석 하 능 인 견

吾於是也, 哭欲難長, 而只自吁嘆而止.
오 어 시 야   곡 욕 난 장   이 지 자 우 탄 이 지

靈若有知倘記平日意中人, 而懃懇來格耶否.
영 약 유 지 당 기 평 일 의 중 인   이 은 근 래 격 야 부

嗚歔哀哉嗚唏痛哉. 尙饗.
오 희 애 재 오 희 통 재   상 향

49. 巨創(거창)은 '큰 창'이라는 말인데, '큰 창에 부상을 당하면 오랜 가듯, 부모님 상은 그만큼 오래 간다'는 뜻이다. 이에서 유래하여 '부모님 상'이라는 의미로 쓰기 시작했다. 『禮記』, 「三年」: 創鉅者其日久, 痛甚者其愈遲. 三年者, 稱情而立文, 所以爲至痛極也. 斬衰苴杖, 居倚廬, 食粥, 寢苫枕塊, 所以爲至痛飾也. 三年之喪, 二十五月而畢, 哀痛未盡, 思慕未忘, 然而服以是斷之者, 豈不送死有已, 復生有節也哉!

군의 행적을 되돌아보면 마땅히 장수해야 하는데도 도리어 홀연히 떠나 버렸으니, 오호통재라! 지금에 와서 돌이켜 보니 평소 해 주고 싶었던 것이 얼마나 많았던가! 그중에서 가장 한이 되는 것은 군이 아파 누워 있을 때, 나는 한 번도 군의 우환을 염려하거나 군의 하던 일을 어떻게 할 것인가 생각하지 못했다는 것이다. 아! 원통하도다. 탈상일 저녁, 이 죽음이 슬퍼서 힘든데, 어찌 생전을 추모하겠는가! 누이동생과 조카들은 나란히 서서 곡하고 제각각 호명하는데, 무쇠나 돌 같은 심장이라도 이를 차마 볼 수 있겠는가? 목이 메어 곡을 길게 하지도 못하는구나! 존령께서는 평소의 저를 기억하고 계신다면 은근히 강림하시어 흠향하소서! 오호애재라! 오호통재라! 상향.

●

維歲次戊戌十二月辛卯朔二十六日丙辰,
유 세 차 무 술 십 이 월 신 묘 삭 이 십 륙 일 병 진
處士驪興閔公大祥之前夕也. 通家下生英陽南性喆,
처 사 여 흥 민 공 대 상 지 전 석 야 통 가 하 생 영 양 남 성 철
謹以不腆之羞再拜告訣于儀床未撤之下曰.
근 이 불 전 지 수 재 배 고 결 우 의 상 미 철 지 하 왈

於乎. 少子到今則訣公, 未蚤者不過一愚騃也.
오 호 소 자 도 금 즉 결 공 미 조 자 불 과 일 우 애 야
若論公向之傑魁仁慈, 修齊接應, 莫非積厚, 則晩乎所點.
약 론 공 향 지 걸 괴 인 자 수 제 접 응 막 비 적 후 즉 만 호 소 점
宜不獨壽也, 而天胡有猜, 竟不免於生前死後慘.
의 불 독 수 야 이 천 호 유 시 경 불 면 어 생 전 사 후 참
理安在. 善必也. 吾於是也, 每切切致疑.
이 안 재 선 필 야 오 어 시 야 매 절 절 치 의
而忍不能爲便, 至玆夕. 玆夕則乃幽明之永隔也.
이 인 불 능 위 편 지 자 석 자 석 즉 내 유 명 지 영 격 야
雖欲訣之, 於何更憑由來所爲. 只不過愚騃.
수 욕 결 지 어 하 경 빙 유 래 소 위 지 불 과 우 애
則公應責之以是, 然則吾於愚騃也, 寧爲前日無欲後日也.
즉 공 응 책 지 이 시 연 즉 오 어 우 애 야 영 위 전 일 무 욕 후 일 야

유세차 무술년(1958년) 12월(초하루가 신묘일) 26일(병신일)은 처사 여흥 민공의 대상날입니다. 통가通家[50] 문하생 영양남씨 성철이 음식을 간소하게 갖추고 신위를 거두기 전에 재배하고 통곡하면서 영결합니다.

오호라! 오늘 저는 공을 영결하고자 합니다. 저는 우매하기 짝이 없지만 공은 옛날의 영웅호걸 같았고, 인자하셨으며, 수신修身과 제가齊家 또는 빈객을 응대하는 것 모두 깊은 공부나 수양에서 나오지 않은 게 없어서 흠잡을 데가 없었습니다. 마땅히 장수하셔야 했는데, 하늘이 어찌 시샘하셔서 공은 생전에도 사후

50. 통가通家는 양쪽 집안 식구들이 모두 서로 알고 지내는 사이를 말한다.

에도 그리 편하지 못했습니다. 이치란 도대체 어디에 있는가! 제가 어리석어 미리 알지 못했단 말인가[善必]?[51] 저는 이러한 점에 대해서 항상 절실하게 의심하였지만, (명운을) 바꿀 수는 없어서 오늘 밤을 맞고야 말았습니다. 오늘은 공께서 이승과 영원히 이별하는 날입니다. 영결하고자 하나 어째서 지난 일에 빗댈 수밖에 없는지, 이는 제가 우매하기 때문일 것입니다. 이 때문에 공이 저를 책망하시겠지만, 설령 제가 어리석더라도 어찌 옛날 일에만 얽매여 앞날을 도모하지 않겠습니까!

白茲以往吾歸公以子夏, 公行而打破這切切者,
자 자 이 왕 오 귀 공 이 자 하   공 행 이 타 파 저 절 절 자

須將自私而欲訣, 痛自切焉.
수 장 자 사 이 욕 결   통 자 절 언

公與吾先君, 庚同志同, 而稧有蘭亭, 誼重葭莩,
공 여 오 선 군   경 동 지 동   이 계 유 란 정   의 중 가 부

誠當時無限勝緣. 而但少子薄於奉陪.
성 당 시 무 한 승 연   이 단 소 자 박 어 봉 배

奄見次第零落, 痛何歇於梁山風雨歟.
엄 견 차 제 령 락   통 하 헐 어 량 산 풍 우 여

殆有深者, 噫彼哀彧之淒凉, 一則援琴, 一則叩盆也.
태 유 심 자   희 피 애 욱 지 처 량   일 즉 원 금   일 즉 고 분 야

豈忍何爲耶, 以是長欲, 則所謂慰慰公者, 近惱公.
기 인 하 위 야   이 시 장 욕   즉 소 위 위 위 공 자   근 뇌 공

故只自飮恨而至.
고 지 자 음 한 이 지

伏惟尊靈倘記少子, 而殷勤歆掇耶否.
복 유 존 령 당 기 소 자   이 은 근 흠 철 야 부

於乎痛哉哀哉. 尙饗.
오 호 통 재 애 재   상 향

지금 이후로는 저는 공께 자하子夏[52]가 공자께 했던 대로 귀의하고자 합니다. 공이 행하신 대로 구구절절한 것을 물리치고, 제 뜻대로 영결하고자 합니다. 저

---

51. 이 구절 전후로 문맥이 매끄럽게 연결이 되지 않는다. 다음을 참고하여 번역한다. 『中庸章句』: 至誠之道, 可以前知, 禍福將至, 善必先知之, 不善必先知之, 故至誠如神.
52. 자하子夏는 문학이 특히 뛰어나, 공자가 사과십철四科十哲로 꼽은 인물이다.

는 애통하기 그지없습니다. 공과 저의 선친은 동갑이면서 뜻이 같아서 비록 먼 친척[葭莩][53]이지만 왕희지王羲之가 난정에서 맺었던 친분을 나누셨습니다. 당시 는 진실로 좋은 인연을 맺었습니다. 하지만 저는 공을 자주 찾아뵙지도 못했는데, 어느 날 갑자기 돌아가시니 그 애통함은 태산이 무너지는 것보다 더 큽니다. 제일 마음 아픈 것은 저 후손들[哀戚][54]이 너무나 처량해서 한편으로 거문고를 뜯고, 또 한편으로 동이[盆]를 두들긴다는 것입니다.[55] 차마 견딜 수 없어 그럴 것입니다. 그래서 오래 그러라고 하고 싶지만, 공을 위로한다는 것이 도리어 공께 근심을 끼칠 거 같아 막지 않았습니다. 저는 한은 머금고 여기서 마칠까 합니다. 존령께서 평소의 저를 기억하신다면, 강림하시어 제 잔을 받으소서! 오호통재라! 애재라! 상향.

---

53. 가부葭莩는 갈대의 줄기에 있는 엷은 막膜으로, '아주 먼 친척을 비유한 말'이다.
54. 哀戚(애욱)은 상복喪服을 입은 자손을 말한다. 참고로 맏상제는 '효윤孝胤'이라고 부른다.
55. 장자고분莊子鼓盆을 인용한 것 같다. 장자는 아내가 죽자 곡을 하는 대신 동이를 두드렸다고 한다. '본래의 모습으로 돌아간 것'을 축하해야 한다는 뜻이다. 이 글에서는 자손들의 지극한 슬픔을 역설적으로 표현한 것이다.

●

維歲次戊戌七月甲子朔二十日癸未,
유 세 차 무 술 칠 월 갑 자 삭 이 십 일 계 미

逎我三從兄主處士公琴辰也.
내 아 삼 종 형 주 처 사 공 금 진 야

前夕壬午三從弟性喆,
전 석 임 오 삼 종 제 성 철

謹以薄奠再拜告訣于屛帷將撤之下曰.
근 이 박 전 재 배 고 결 우 병 유 장 철 지 하 왈

於乎. 哭於功緦, 慟涕則宜乎.
오 호   곡 어 공 시   통 체 즉 의 호

而至公今夕尤何獨也. 公性素純厚而仁慈.
이 지 공 금 석 우 하 독 야   공 성 소 순 후 이 인 자

兼有養得于姓孫, 謨可謂昌溢而又勤儉,
겸 유 양 득 우 성 손   자 가 위 창 일 이 우 근 검

食足以見報, 事足以有效. 實吾家之福老也.
식 족 이 견 보   사 족 이 유 효   실 오 가 지 복 로 야

少子輩雖曰凉薄人事, 其默仰者, □不以喬松,
소 자 배 수 왈 량 박 인 사   기 묵 앙 자   □ 불 이 교 송

但淟涊生涯一無報施於平日者, 則是所深恨.
단 전 년 생 애 일 무 보 시 어 평 일 자   즉 시 소 심 한

유세차 무술년(1958년) 7월(초하루가 갑자일) 20일(계미일)은 집안 삼종형 처사 남공
의 금상일입니다. 전날 저녁인 임오일에 삼종 동생인 성철이 음식을 간소하게
올리고, 철상을 앞둔 영정 앞에 재배하고 영결합니다.

　오호라! 가까운 집안 어른이 돌아가셨는데[功緦][56] 곡하면서 애통해 하고 눈

56.　시마緦麻라고 한다. 시마는 종증조從曾祖, 삼종형제三從兄弟, 중증손重曾孫, 중현손重玄孫의 상사에 3개월 동안 입
　　는 의복을 말한다. 상사喪事에 입던 복제服制은 대략 다음과 같다. 대공大功, 소공小功, 시마緦麻, 이렇게 셋으로
　　나눈다. 대공은 종형제從兄弟, 자매姉妹, 중자부衆子婦, 중손衆孫, 중손녀衆孫女, 질부姪婦와 남편의 조부모祖父母,
　　백숙부모伯叔父母, 질부의 상사에 9개월 동안 입는 복제이고, 소공은 종조부모從祖父母, 재종형제再從兄弟, 종질
　　從姪, 종손從孫의 상사에 5개월 동안 입는 복제를 말한다.

물을 흘리는 것은 당연하지 않겠습니까! 특히 공이시니, 오늘 저녁은 특히 더 그렇습니다. 공의 성품은 순수하고 견실하였으며, 어질고 자애로우셨습니다. 또 자손을 거두고 기를 때는 풍족하게 해 주면서도 한편으로 근검하라고 가르쳤습니다. 음식이 남으면 나눠 주시고, 일은 여유롭게 처리하셔서 반드시 결과가 있었으니 진실로 우리 집안의 복이었습니다. 소인배들이 '인사에 냉정하고 야박하셨다'라고 말들 하지만, 묵묵히 받들었던 이들은 한결같이 '교송' 같다고 칭송했습니다. 하지만 속된 세상[洫洳]에서 평소 은혜를 하나도 갚지 못한 것이 제일 한이 됩니다.

而以待餘日之從容.
이 이 대 여 일 지 종 용

運胡值歇, 竟驚於一夕杯蛇痛矣.
운 호 치 헐   경 경 어 일 석 배 사 통 의

天於吾家何若是無驗也. 秖今則堂廡隆邵之位虛矣,
천 어 오 가 하 약 시 무 험 야   지 금 즉 당 무 융 소 지 위 허 의

後生資問之路塞矣. 於何以更承疇昔也.
후 생 자 문 지 로 색 의   어 하 이 경 승 주 석 야

少子不幸而亦病中人也.
소 자 불 행 이 역 병 중 인 야

不省人事者已數年, 則其闕情禮之多少, 固可驗,
불 성 인 사 자 이 수 년   즉 기 궐 정 례 지 다 소   고 가 험

然而若顧公我生平之篤厚何莫耶, 可慟可涕也.
연 이 약 고 공 아 생 평 지 독 후 하 막 야   가 통 가 체 야

□或有若干, 當不後於人而終以後焉, 安在其尤何獨者也.
□ 혹 유 약 간   당 불 후 어 인 이 종 이 후 언   안 재 기 우 하 독 자 야

悲愧之說, 誠無所餙詐, 則有顏有顏乎, 有口有口乎.
비 괴 지 설   성 무 소 희 사   즉 유 안 유 안 호   유 구 유 구 호

哭欲長聲, 而病盃爲疾, 聲亦嗚咽而止.
곡 욕 장 성   이 병 울 위 질   성 역 오 열 이 지

伏惟尊靈鑑我微衷之未盡, 而歆我薄醪耶否.
복 유 존 령 감 아 미 충 지 미 진   이 흠 아 박 료 야 부

於乎哀哉, 痛哉. 尙饗.
오 호 애 재   통 재   상 향

조용한 어떤 날을 기다리고 있었는데, 어찌 갑자기 명운이 다했는지, 아무것도 아닌 것에 놀라서[杯蛇][57] 아팠다고 들었습니다. 하늘은 어째서 우리 집안을 이처럼 살피지 않으셨던가! 넓고 높았던 집안이 지금은 텅 빈 것 같고, 후손들은 묻고 배울 길이 막혔습니다. 그러므로 어떻게 옛것을 이을 수 있겠습니까? 저 역시 불행하게도 병을 앓고 있었습니다. 수년 동안 인사를 살피지 못했습니다. 정과 예를 갖추지 못한 일이 실제 많습니다. 공께서 평소에 저를 도탑게 돌봐 주셨던 것을 갚을 길이 없었습니다. 애통해서 눈물이 그치지 않습니다. 마땅히 다른 사람보다 앞서 와야 하는데 끝내 뒤처졌습니다. 허물이 어디 이것뿐이겠습니까? 비통하고 부끄럽다는 말은 진심이고 꾸민 것이 아닙니다. 얼굴을 들지 못하겠고, 입이 있어도 말을 하지 못하겠습니다. 소리 내 길게 곡을 하고 싶어도 병이 깊어 목이 잠겨 소리가 나지 않습니다. 이만 그칠까 합니다. 존령께서는 제가 미진하다는 것을 헤아리시고, 거친 음식과 술이라도 강림하시어 흠향하소서! 오호통재! 애재라! 상향.

---

57. 杯蛇(배사)의 유래는 다음과 같다. 진晉나라 악광樂廣이 친구와 술을 마실 때, 술잔 가운데 뱀 그림자를 보고 께름칙하게 여기다 병이 났는데, 훗날 뱀 그림자가 벽에 걸린 활이었던 것을 알고 즉시 병이 나았다고 한다. 여기서는 '작은 병'을 뜻한다.

維歲次乙未十一月己酉朔十七日乙丑,
유세차을미십일월기유삭십칠일을축

則吾故英陽南孺人光山金氏中祥日也.
즉오고영양남유인광산김씨중상일야

前甲子夕夫黨曾孫明洙使弟昌洛操文替哭于靈床之前曰.
전갑자석부당증손명수사제창락조문체곡우령상지전왈

於乎, 大凡婦人之道難矣. 其柔順而已, 自夫世降鮮能久矣.
오호　대범부인지도난의　기유순이이　자부세항선능구의

以余所遭見孺人殆庶幾焉.
이여소조견유인태서기언

於乎, 小子距問莽蒼, 縱不得源源候拜.
오호　소자거문망창　종부득원원후배

自夫亂定之後, 得一二遭焉.
자부란정지후　득일이조언

則孺人愛之無問己孫, 情意眷眷, 敎誨諄諄.
즉유인애지무문기손　정의권권　교회순순

每語我曰, 謹身節用, 善養偏親, 友于群弟, 睦于宗族.
매어아왈　근신절용　선양편친　우우군제　목우종족

유세차 을미년(1955년) 11월(초하루가 기유일) 17일(을축일)은 영양 남공의 유인이신 광산김씨의 중상일입니다. 전날 저녁인 갑자일에 집안 증손인 남윤수가 동생 창락을 시켜 조문을 짓게 하고 영정 앞에서 대신 곡하게 하였습니다.

오호라! 부인의 도는 진실로 어렵습니다. (옛말에) 단지 '유순해야 할 뿐'[58]이라고 했습니다. 유사 이래 이를 잘 실천한 이는 드물다고 합니다. 제가 할머님을 뵈올 때마다 부인의 도에 이르렀다는 것을 알 수 있었습니다. 오호라! 저는 지척에 있으면서도[莽蒼],[59] 자주 문후 인사를 드리지 못했습니다. 경인동란이 안

---

58. 『주역』의 ䷁ (곤괘坤卦) 참고. "彖曰, 至哉坤元, 萬物資生, 乃順承天. 坤厚載物, 德合无疆, 含弘光大, 品物咸亨. 牝馬地類, 行地无疆, 柔順利貞. 君子攸行, 先迷失道, 後順得常. 西南得朋, 乃與類行. 東北喪朋, 乃終有慶. 安貞之吉, 應地无疆."
59. 분창莽蒼은 가까운 거리를 뜻한다. 출전은 다음과 같다. 『莊子』, 「逍遙遊」: 가까운 교외에 가는 자는 세 끼

정되고 나서도 겨우 두세 번 뵈었습니다. 유인께서는 친손인지 아닌지 따지지 않고 따뜻이 품어 주시고 자세하게 가르쳐 주셨습니다. 저를 만날 때마다 "행동을 조심하고 물건을 아껴 써라. 편친[60]을 잘 봉양하고, 여러 동생을 잘 살펴라. 집안사람들과 사이좋게 지내라"라고 하셨습니다.

此皆孺人之所躬親爲之者也.
차 개 유 인 지 소 궁 친 위 지 자 야

孺人之事舅姑友娣姒處, 夫黨可知也.
유 인 지 사 구 고 우 제 사 처   부 당 가 지 야

非柔順而不得者也.
비 유 순 이 부 득 자 야

況崩城之後, 能排之以理, 遣之甚力.
황 붕 성 지 후   능 배 지 이 리   견 지 심 력

蠶事之績一如平日. 家道甚潤, 敎子誨孫,
잠 사 지 적 일 여 평 일   가 도 심 윤   교 자 회 손

家蠱可幹, 爲善之報大槩如是也. 小子今玆之哭.
가 고 가 간   위 선 지 보 대 개 여 시 야   소 자 금 자 지 곡

抑又何戚戚哉. 秪道其平日見愛之私.
억 우 하 척 척 재   지 도 기 평 일 견 애 지 사

而已伏惟存靈不昧庶幾歆格也否.
이 이 복 유 존 령 불 매 서 기 흠 격 야 부

於乎悲夫. 尙饗.
오 호 비 부   상 향

이는 유인께서 몸소 실천하신 것이기도 합니다. 유인께서 시부모를 잘 모시고 동서들과 사이가 좋았다는 건 동네 사람들이 다 아는 사실입니다. 덕이 유순하지 않으면 행할 수 없는 일입니다. 또 할아버지가 돌아가시고[崩城] 안팎으로 일 처리하실 때 법도대로 하셨고 전력을 다하셨습니다. 누에 치는 일도 평소대로 한결같았습니다. 그러시니 집안이 더 윤이 났고, 자손을 잘 가르치시면서

밥만 가지고 갔다가 돌아와도 배가 여전히 부르고, 백 리를 가는 자는 전날 밤에 양식을 찧어서 준비해야 하고, 천 리를 가는 자는 삼 개월 전부터 양식을 모아야 한다.[適莽蒼者, 三湌而反, 腹猶果然, 適百里者, 宿舂糧, 適千里者, 三月聚糧.]

60. 부모 중 한 분만 살아 계시는 경우를 말한다.

가업을 이으셨습니다[家蠱可幹].[61] 선한 행위를 하면 반드시 보답이 이와 같이 돌아온다고 합니다. 제가 오늘 곡하는 것이 어찌 슬프지 않을 수 있겠습니까! 다만 평소에 사사로이 입었던 사랑에 대해서만 말씀을 올렸습니다. 존령께서는 강림하시어 흠향하소서! 오호비부라! 상향.

---

61. 원래 간부지고幹父之蠱라고 하는데, 아들이 부친의 뜻을 계승시키고 발전시키는 것을 말한다. 여기서는 부인이 가업을 잘 이었다는 의미로 썼다. 『주역』, 「고괘蠱卦」 참고.

維歲次乙未十一月己酉朔十七日乙丑,
유 세 차 을 미 십 일 월 기 유 삭 십 칠 일 을 축

卽我故英陽南孺人光山金氏皐復之朞也.
즉 아 고 영 양 남 유 인 광 산 김 씨 고 부 지 기 야

前夕親家再弟相浩,
전 석 친 가 재 제 상 호

謹以數行文哭千古訣于靈卓之前曰.
근 이 수 행 문 곡 천 고 결 우 령 탁 지 전 왈

嗚呼, 今夕何夕也. 人間何世也.
오 호 금 석 하 석 야 인 간 하 세 야

去年來日, 奄忽如昨. 而天時復回, 人事不返.
거 년 내 일 엄 홀 여 작 이 천 시 부 회 인 사 불 반

生寄死歸之理, 固如是也.
생 기 사 귀 지 리 고 여 시 야

疇昔之來談笑, 撫恤而眷眷, 垂憐之情, 逈出尋常, 誠心感服.
주 석 지 래 담 소 무 휼 이 권 권 수 련 지 정 형 출 심 상 성 심 감 복

寧有可己. 今我來斯, 儀形永邈, 則吾於今日,
영 유 가 이 금 아 래 사 의 형 영 막 즉 오 어 금 일

始知其幽明之隔如是, 而夫復何心作長嶺一路乎.
시 지 기 유 명 지 격 여 시 이 부 부 하 심 작 장 령 일 로 호

유세차 을미년(1955년) 11월(초하루가 기유일) 17일(을축일)은 영양 남공의 유인이신 광산김씨의 고복일[62]입니다. 전날 저녁에 집안 재종 동생인 상호가 제문을 몇 줄 적어 영정 앞에서 영원히 영결을 고합니다.

오호라! 오늘 저녁은 어떤 저녁인가? 사람에게 세상은 무엇인가? (벌써 일 년이 지나) 작년의 내일 날짜가 (금년의) 어제처럼 느껴지는구나! 하늘이 거두시니, 사

62.　고복皐復은 죽은 사람의 혼을 부르는 초혼招魂 의식으로, 사람이 죽고 대여섯 시간 뒤에 죽은 이가 입던 옷을 가지고 지붕에 올라간 다음 양손으로 옷을 펼쳐 들고 죽은 사람의 혼을 불러들이기 위해 북쪽을 향하여 '아무 동네 아무개 복復'이라고 세 번 부르는 것을 말한다. 이 제문에서는 원의에서 벗어나 1주기를 뜻하는 말로 썼다.

람은 되돌릴 수가 없네! 생기사귀生寄死歸[63]의 이치는 진실로 이와 같구나! 옛날
에 오셔서 담소하시며 저를 걱정하시어 돌봐 주셨고 측은하게 여겼었는데, 보
통 사람들과 아주 달라 진심으로 감동했습니다. 다시는 그런 일이 있을 수 없게
되었습니다. 오늘 제가 여기에 오니 생전의 모습이 멀리 사라졌으며, 저는 오늘
에야 비로소 삶과 죽음이 이처럼 크게 차이가 난다는 것을 깨달았습니다. 아!
어찌 옛날에 긴 고개처럼 쌓았던 정을 다시 회복할 수 있겠습니까!

嗚呼, 孺人晚暮之況, 子姓而有熾昌之兆,
오호　유인만모지황　자성이유치창지조

瓶疊而有滋殖之優者, 未必非勤幹之驗.
병첩이유자식지우자　미필비근간지험

柔婉之報, 而哀胤昆仲之周詳愼密, 必有大其后者矣.
유완지보　이애윤곤중지주상신밀　필유대기후자의

不食之望, 將執契以竢.
불식지망　장집계이사

則復何慽慽於冥漠之中耶.
즉부하척척어명막지중야

假之以歲年, 則孺人之福局, 漸至完厚, 而遽有今日.
가지이세년　즉유인지복국　점지완후　이거유금일

雖不曰無壽痛恨之情, 曷有其極耶.
수불왈무수통한지정　갈유기극야

孺人之德行, 夫黨之攢述者, 多矣.
유인지덕행　부당지찬술자　다의

不必架疊, 而何張皇於在天之靈也哉.
불필가첩　이하장황어재천지령야재

一言訣千古已矣.
일언결천고이의

伏惟洋洋降格, 而無吐玆觴也否.
복유양양강격　이무토자상야부

嗚乎痛哉. 嗚呼哀哉. 尙饗.
오호통재　오호애재　상향

63. 생기사귀生寄死歸는 인생은 이 세상에 잠깐 머무는 것이고, 죽음은 원래 집으로 돌아간다는 뜻이다. 『회남
자淮南子』, 「정신훈精神訓」에 나오는 고사를 인용한 것이다. "우禹 임금이 남쪽 지방을 살피다가 강을 건널 때
갑자기 황룡이 배를 짊어지자 배에 타고 있던 사람들이 모두 두려워하였는데, 우 임금 웃으며 말하기를
'나는 하늘로부터 명을 받아 온 힘을 다해 백성들을 위무하고 있다. 삶이란 붙어 사는 것이고, 죽음이란 돌
아가는 것이니, 어찌 평온한 마음을 어지럽힐 수 있겠는가.[吾受命於天, 竭力以勞萬民. 生寄也, 死歸也, 何
足以滑和.]'라고 하자, 황룡이 떠났다."

오호라! 유인의 말년 상황을 보면, 자손들에게 번창할 조짐이 있었고 재산이 늘어나 생활이 넉넉하셨다. 이는 평소 근면하시고 성실하셨다는 증거이고, 완숙하고 유순한 덕에 대한 보답일 것입니다. 자손들이 꼼꼼하고 성실하니, 후손들도 반드시 크게 될 것입니다. (옛말에) '큰 과일은 먹지 않고 남겨둔다'[64]고 했듯이, 다시 인연이 이어지기를 기다리겠습니다. 고인과 영원히 이별한다는 생각에 슬픔이 복받쳐 오릅니다. 몇 년 더 사셨더라면 유인께서는 복을 더 누리셨을 텐데 갑자기 오늘 같은 상황이 발생하니, 장수하셔서 그렇게 애통하지 않다고들 말하나 어찌 바른 이치이겠습니까! 유인의 덕행에 대해서는 칭찬하는 사람들이 많으니, 여기에 덧붙이지 않겠습니다. 하늘로 돌아가시는 분께 장황하게 말하지 않고 한마디로 영원한 이별을 고합니다. 존령께서는 강림하시어 제가 올리는 이 잔을 흠향하소서! 오호통재라! 오호애재라! 상향.

---

64. 『周易』, 「剝卦」: 큰 과일은 먹지 않은 것이니, 군자는 수레를 얻고 소인은 집을 허물리라.[碩果不食, 君子得輿, 小人剝廬.] 박괘剝卦의 상象, 즉 ䷖은 다섯 개의 음陰 위에 하나의 양陽이 자리 잡은 형상이다. 이는 여러 양이 모두 다 사라지고 오직 상구 한 효만 남아 있는 것이 마치 큰 과일이 먹히지 않아 다시 생겨날 가능성을 지닌 것과 같다는 뜻이다. 후일을 기약한다는 뜻으로 사용한다.

●

維歲次乙未十一月己酉朔十七日乙丑,
유 세 차 을 미 십 일 월 기 유 삭 십 칠 일 을 축

迺我聘姑母孺人光山金氏中祥之辰也.
내 아 빙 고 모 유 인 광 산 김 씨 중 상 지 진 야

前夕甲子親家女壻驪興閔丙圭,
전 석 갑 자 친 가 녀 서 여 흥 민 병 규

謹以一榼餠數文再拜告訣于靈帷之下曰.
근 이 일 합 병 수 문 재 배 고 결 우 령 유 지 하 왈

於乎, 少者於孺人平日, 則思愛中人也.
오 호　소 자 어 유 인 평 일　즉 사 애 중 인 야

今日則木石等類也. 昔何多也.
금 일 즉 목 석 등 류 야　석 하 다 야

兄弟而爲南容公冶, 親表而爲蔣姜戴嬀,
형 제 이 위 남 용 공 야　친 표 이 위 장 강 대 규

誠古今一勝緣也.
성 고 금 일 승 연 야

且數十年, 凡百事何莫非這裡出來.
차 수 십 년　범 백 사 하 막 비 저 리 출 래

則實孔邇而顧此, 愚蒙不知其効, 惟知其祝.
즉 실 공 이 이 고 차　우 몽 부 지 기 효　유 지 기 축

但好事無常, 伯兮忽焉, 可謂蘭折燭驚矣.
단 호 사 무 상　백 혜 홀 언　가 위 란 절 촉 경 의

유세차 을미년(1955년) 11월(초하루가 기유일) 17일(을축일)은 처고모인 유인 광산김씨의 중상일입니다. 전날 저녁인 갑자일에, 사위 여흥민씨 병규가 삼가 간소한 음식을 올리고 글을 지어 재배하며 영정 앞에서 영결합니다.

　오호라! 저는 평소에 유인을 존경하고 아끼던 사람이었습니다만, 지금은 목석같이 되어 버렸습니다. 옛날에 좋은 일이 많았습니다. 형제들은 모두 남용이

나 공야[65] 같았으며, 친표[66]는 모두 장강과 대규[67] 같았습니다. 제게는 참으로 좋은 인연이었습니다. 지난 수십 년 동안, 모든 일이 여기서 나오지 않음이 없었습니다. 매우 가까이에서 지난날을 돌아보니, 제가 받은 은혜는 모르고 바라기만 했습니다. 하지만 좋은 일도 무상한 법, 갑자기 돌아가시니 '난초가 꺾이듯, 촛불에 놀란 듯[蘭折燭驚]'이라는 표현이 적실합니다.

終鮮此恫. 豈同凡他孔懷實難定情,
종 선 차 통　기 동 범 타 공 회 실 난 정 정

而又迫去歲一朔二, 則天曷故而人何運也.
이 우 박 거 세 일 삭 이　즉 천 갈 고 이 인 하 운 야

恫哉恫哉. 撫念疇昔何幕非感涕.
통 재 통 재　부 념 주 석 하 막 비 감 체

則尺紙告訣, 當先而不先, 此眞木耳石耳.
즉 척 지 고 결　당 선 이 불 선　차 진 목 이 석 이

安敢曰思愛中人乎.
안 감 왈 사 애 중 인 호

悲愧至此, 辞無以妄爲於孺人旣往之善爲來之景也.
비 괴 지 차　사 무 이 망 위 어 유 인 기 왕 지 선 위 래 지 경 야

噫彼日月遽然. 今夕則靈應陟降矣.
희 피 일 월 거 연　금 석 즉 령 응 척 항 의

洋洋宥我眷我, 而庶幾歆格耶否.
양 양 유 아 권 아　이 서 기 흠 격 야 부

於乎恫哉. 尙饗.
오 호 통 재　상 향

65. 남용南容이나 공야公冶는 모두 공자의 제자로, 공자가 인품을 칭찬하면서 조카딸이나 딸을 시집보냈다고 한다. 출전은 다음과 같다. 『論語』, 「公冶長」: 공자께서 공야장을 두고 "사윗감이다. 비록 옥중에 갇혀있지만, 그의 죄가 아니다"라고 하시고는 딸을 시집보내셨다.[子謂公冶長, "可妻也. 雖在縲絏之中, 非其罪也." 以其子妻之.]. 공자께서 남용을 보고 "나라에 도가 있으면 면직되지 않을 것이고 나라에 도가 없다면 형벌을 받거나 사형당하지는 않을 것이다."라고 하시고는 형의 딸을 시집보내셨다.[子謂南容, "邦有道, 不廢, 邦無道, 免於刑戮." 以其兄之子妻之.] 번역은 다음 책을 참고했다. 윤지산 옮김, 『논어』, 지식여행, 2022.

66. 친표親表는 외종사촌 형제를 부르는 말이다.

67. 장강莊姜과 대규戴嬀는 모두 부인의 덕을 칭찬할 때 자주 인용하는 인물이다. 장강莊姜은 위衛나라 장공의 정비正妃이다. 장강은 자신이 아들을 낳지 못하자 후처인 대규戴嬀를 들여 두 아들을 낳았는데, 이들이 나중에 환공桓公이 된 완完과 선공宣公이 된 진晉이다. 천성이 후덕한 장강은 또다시 한 궁녀를 장공에게 천거하였는데, 그가 낳은 아들이 주우州吁이다. 『춘추좌씨전春秋左氏傳』, 「은공隱公, 3년」 참고.

이런 애통한 일은 흔하지 않습니다. 어찌 다른 형제[孔懷][68]들이 참으로 애통해 하는 것에 비견할 수 있겠습니까! 또 지난해 그날이 닥쳤습니다. 하늘이여 무슨 까닭으로 사람에게 이런 운명을 주셨습니까? 통재라! 통재라! 지난날을 생각하면 흐르는 눈물을 막을 수 없습니다. 종이에 글로 적어 영결하는 걸 마땅히 먼저 해야 하는데 제가 그렇지 못하는 것은 (슬픔을 못 이겨) 목석이 되어 버렸기 때문입니다. 그러니 어찌 '고인을 존경하고 아낀다'라고 함부로 말할 수 있겠습니까! 이렇게 슬프고 괴로우니, 유인께서 지난날 행하신 선행을 글을 표현할 엄두가 나지 않습니다. 오호라! 세월을 덧없이 빨리 흐릅니다. 오늘 밤 존령께서는 강림하시어 저를 돌보시고 용서하시며, 제가 올린 잔을 흠향하소서! 오호통재라! 상향.

---

68. 공회孔懷는 주로 '형제'를 표현하는 말로 사용한다. 출전은 다음과 같다. 『시경詩經』, 「상체常棣」: 죽음의 두려움을 형제가 몹시 걱정하며, 언덕과 습지에 쌓인 시신을 형제가 찾아 나서느니라.[死喪之威, 兄弟孔懷, 原隰裒矣, 兄弟求矣.]

●

維歲次乙未十一月己酉朔十六日甲子,
유 세 차 을 미 십 일 월 기 유 삭 십 육 일 갑 자

即我族曾祖母孺人光山金氏回雷之前夕也.
즉 아 족 증 조 모 유 인 광 산 김 씨 회 류 지 전 석 야

夫黨族曾孫齊衰人英陽南成洛,
부 당 족 증 손 자 최 인 영 양 남 성 락

謹以奠章再拜告訣于儀床之下曰.
근 이 전 장 재 배 고 결 우 의 상 지 하 왈

於乎, 哭死之非爲生者古也. 而今少子, 則獨何不然.
오 호 곡 사 지 비 위 생 자 고 야 이 금 소 자 즉 독 하 불 연

孺人之溫良恣性, 則婦人也, 恢廓凜然, 則丈夫也.
유 인 지 온 량 자 성 즉 부 인 야 회 곽 늠 연 즉 장 부 야

自入門之初, 勢白屋而心赤悃, 以孝養敬奉爲專一之行.
자 입 문 지 초 세 백 옥 이 심 적 곤 이 효 양 경 봉 위 전 일 지 행

以織紝組紃爲自勉之業. 幸勤儉不偶幾見振作.
이 직 임 조 순 위 자 면 지 업 행 근 검 불 우 기 견 진 작

而使所天公安於老境, 使賢胤氏藝於奢年,
이 사 소 천 공 안 어 로 경 사 현 윤 씨 예 어 사 년

又畢冠笄, 而棠戲獅畫具滿一庭.
우 필 관 계 이 당 희 사 화 구 만 일 정

非但爲乃家之光景, 而抑有遠近之讚賀也.
비 단 위 내 가 지 광 경 이 억 유 원 근 지 찬 하 야

　　유세차 을미년(1955년) 11월(초하루가 기유일) 16일(갑자일)은 집안 증조 모인 유인 광산김씨의 회류일입니다. 집안 증손인 자최[69]자 영양남씨 성락은 제사 음식을 간소히 갖추고 재배하며 영정 앞에서 영결을 고합니다.

오호라! 돌아가신 분을 곡하는 것은 산 자를 위한 게 아니라는 것은 예부터 법도였습니다. 오늘 저만은 유독 그렇지 않습니다. 유인께서 성품이 따뜻하셨는

69.　齊衰는 상복을 뜻할 때는 '제쇠'가 아니라 '자최'로 읽어야 한다. 망인과의 친소후박親疏厚薄에 따라 각각 다른 기간의 상복을 착용하여 애도의 뜻을 표한다. 이를 오복五服이라고 하는데, 참최斬衰, 자최齊衰, 대공大功, 소공小功, 시마緦麻이다. 통상 어머니가 돌아가셨을 때 자최복을 입는다.

데 이는 부인의 덕성을 갖추신 것이고, 도량이 넓고 활달하셨던 건 장부의 덕을 갖춘 것이었습니다. 처음 시집오셨을 때, 가세가 기울었지만, 본심을 잃지 않으시고 시부모님을 정성을 다해 봉양하셨습니다. 누에치고 길쌈하면서 가업에 온 힘을 다하셨습니다. 근검하셨으니 다행히도 살림이 일어나기 시작했고, 노년에는 하늘이 유인을 편하게 해 주셨습니다. 평소에 자식들을 잘 가르치고, 또 모두 성혼을 시켰는데, 축하객과 선물이 마당에 가득 찰 정도였습니다. 우리 집안 사람들뿐만 아니라 멀리서나 가까이에서도 모두 축하하고 칭찬했습니다.

余以黨之近, 誼素有厚, 而亦又接同隣, 則實多依.
여 이 당 지 근 의 소 유 후 이 역 우 접 동 린 즉 실 다 의

仰吾母與孺人行雖差池, 心則同一,
앙 오 모 여 유 인 행 수 차 지 심 즉 동 일

源源徵逐者殆若親兄已姒焉.
원 원 징 축 자 태 약 친 형 이 사 언

少子深仰, 亦當何如哉.
소 자 심 앙 역 당 하 여 재

方寸間默祝者, 豈徒百曆也.
방 촌 간 묵 축 자 기 도 백 력 야

天胡偏酷於去年十一月, 而哭母, 至月哭孺人.
천 호 편 혹 어 거 년 십 일 월 이 곡 모 지 월 곡 유 인

前後痛哭, 何其相迫也. 於歆至今, 則素厚已矣.
전 후 통 곡 하 기 상 박 야 오 희 지 금 즉 소 후 이 의

依仰已矣.
의 앙 이 의

於何更見也, 於是而生者之悲深於化者.
어 하 경 견 야 어 시 이 생 자 지 비 심 어 화 자

則將何以得全也.
즉 장 하 이 득 전 야

一候兩哭自切長呼, 則竟至其咽.
일 후 량 곡 자 절 장 호 즉 경 지 기 인

伏惟尊靈宥以眷我而庶賜歆啜耶否.
복 유 존 령 유 이 권 아 이 서 사 흠 철 야 부

於乎恫哉. 尙饗.
오 호 통 재 상 향

저는 유인과 가까운 친척으로 평소에 관계가 두터웠고, 또 이웃에 살아서 실제 의지하는 바가 많았습니다. 돌아가신 모친과 유인은 일 처리는 비록 차이가 많이 났지만, 마음은 서로 통해서 늘 부르면 따르는 것이 마치 친자매 같았습니다. 저는 평소 깊이 존경하고 있었는데, 이 일은 도대체 어찌 된 영문입니까! 마음속으로 늘 장수하시길 기원했습니다. 하늘은 어찌 이리도 잔혹하게 작년 11월 어머니를 데려가시더니, 곧 유인마저 데리고 가셨습니다. 어찌하여 전후로 통곡할 일이 연달아 닥칩니까! 오호라! 지금 와서 돌이켜 보니 두 분 모두 성품이 온후하셨고, 제가 많이 존경하고 의지했던 것 같습니다. 지금에서야 비로소 깨달으니, 돌아가신 분보다 살아 있는 자 더 깊이 슬퍼하는 것입니다. 어떻게 하면 예전처럼 온전할 수 있겠습니까? 한 번에 두 분을 곡하니 목이 막힐 지경입니다. 존령께서는 강림하시어 저를 돌보시고 용서하시며 제가 올린 잔을 흠향하소서! 오호통재라! 상향.

嗚呼. 歲己丑三月戊午朔十二日己巳,
오호 세기축삼월무오삭십이일기사

吾亡妹靑松沈孺人英陽南氏冤日之前夕也.
오망매청송심유인영양남씨원일지전석야

親家兄玆以不腆之羞不爛之文, 含悲痛訣于設位之前曰.
친가형자이부전지수불란지문 함비통결우설위지전왈

嗚乎痛矣. 世之哭同氣者, 非但我也.
오호통의 세지곡동기자 비단아야

人之棄奢年者, 非但汝也. 其痛切冤恨何獨深且長也.
인지기사년자 비단여야 기통절원한하독심차장야

在昔吾父母以鴻恩至慈, 得吾五行昆季而其養育.
재석오부모이홍은지자 득오오행곤계이기양육

則呴乳焉負抱焉弄論焉.
즉구유언부포언농논언

其敎誨則孝悌焉仁義焉禮節焉者, 各因其才而使之一例焉.
기교회즉효제언인의언례절언자 각인기재이사지일례언

而男而女莫非吾親心中寸草也.
이남이여막비오친심중촌초야

亦莫非吾親掌中琪花也. 而最愛者汝以其晚暮而得之也.
역막비오친장중기화야 이최애자여이기만모이득지야

以之而於汝所居所食所欲不甚粉華侈靡, 則必以爲之.
이지이어여소거소식소욕불심분화치미 즉필이위지

故其衣粧珍果與紙墨針線一一稱情.
고기의장진과여지묵침선일일칭정

오호라! 기축년(1949년) 3월(초하루가 무오일) 12일(기사일), 청송심씨에게 출가한 누이동생 영양남씨의 기일 전날이다. 친정 오빠가 제사 음식을 갖추고 글을 간략하게 써서, 비통함을 머금은 채 영전 앞에서 영결합니다.

오호통재라! 형제가 세상을 떠났을 때 곡하는 것은 세상에서 나 혼자만이 아닐 것이다. 또 이 세상을 버린 사람이 비단 너만이 아닐 것이다. 옛날에 우리 부모님께서는 은혜를 많이 베풀고 매우 자애로우셔서, 우리 5형제를 얻고 기르셨는데, 젖을 먹이고 안고 업으며 어르고 놀아주셨다. 가르신 것은 효제와 인의, 예절이었는데, 각자 재질에 맞게 하나씩 가르치셨다. 아들이든 딸이든 차별을 두지 않으셨는데, 부모님 마음에 자식은 모두 어린 새싹[寸草]⁷⁰ 같았고, 귀한 꽃처럼 소중했다. 그러면서 가장 아긴 것은 너였는데, 부모님이 한참 늦은 연세에 너를 얻었기 때문이다. 이런 연유로, 네가 먹고 자고 또 하고자 하는 것에 아주 풍족하게는 못 해 주었지만, 필요한 건 꼭 해 주셨다. 의복이나 음식, 지묵이나 침선 등 하나하나에 정성이 어려 있었다.

此時汝生長之樂何讓於榮富家貴女耶.
차 시 여 생 장 지 낙 하 양 어 영 부 가 귀 여 야

汝亦姿質之素重恩愛之厚, 其嫻靜婉淑者可,
여 역 자 질 지 소 중 은 애 지 후   기 한 정 완 숙 자 가

自然則所以大期望者.
자 연 즉 소 이 대 기 망 자

幸有勝緣之天, 必報於來頭矣.
행 유 승 연 지 천   필 보 어 래 두 의

然則胡不時學女固閨門, 胡不富妻分甘饁耨也.
연 즉 호 불 시 학 여 고 규 문   호 부 부 처 분 감 엽 누 야

故所適之. 家勢雖不贍實, 靑松氏古閥也,
고 소 적 지   가 세 수 불 섬 실   청 송 씨 고 벌 야

郞則局賢而志確, 足爲汝百年一耦, 而似有方來之光景矣.
낭 즉 국 현 이 지 확   족 위 여 백 년 일 우   이 사 유 방 래 지 광 경 의

너를 낳으시고 기르실 때 즐거움은 대갓집에 뒤지지 않으셨다고 한다. 너 또한 자질이 진중하고 은혜와 사랑을 베풀 줄 알아서, 정숙하고 품위 있게 자랐으니 자연히 기대하는 바가 컸다. 당연히 좋은 인연을 만나 부모님께 보답할 것이라 믿었다. 때로 양갓집 규수의 도리를 배웠고, 또 부잣집 아내가 들밥 내가는 것을 달게 여기는 법도 배웠다. 그러고서 출가를 했다. 가세가 비록 넉넉하지는

---

70. 춘초寸草는 자식을 비유하는 말이다. 당나라 시인 맹교孟郊의 「유자음游子吟」에서 유래했다. "한 치의 풀 같은 자식 마음으로, 봄볕 같은 어머니의 사랑을 보답하기 어려워라.[難將寸草心, 報得三春暉.]"

않으나 청송심씨는 유서 깊은 집안이고 신랑은 어질고 뜻이 굳건했으니, 네가 백년해로할 배필이라 앞으로는 좋은 일만 있을 것 같았다.

慘矣惡矣. 彼一種乖氣, 何酷於汝享榮樂者不如初,
참 의 오 의   피 일 종 괴 기   하 혹 어 여 향 영 낙 자 불 여 초

而纔二十三年而乃已. 此命命乎.
이 재 이 십 삼 년 이 내 이   차 명 명 호

我一不爨粥, 而遽邇割半. 此哭而哭乎, 冤哉冤哉. 其容可惜也,
아 일 불 촌 죽   이 거 이 할 반   차 곡 이 곡 호   원 재 원 재   기 용 가 석 야

其心可惜, 其行可惜也.
기 심 가 석   기 행 가 석 야

竟埋汝於靑山一坏土, 後無處可得寂寞一痛焉.
경 매 여 어 청 산 일 배 토   후 무 처 가 득 적 막 일 통 언

有其極凉薄如我猶爲難堪.
유 기 극 량 박 여 아 유 위 난 감

況吾母氏六十年隆慈之心, 悽然呼汝之聲, 莫非肝腸之斷裂,
황 오 모 씨 육 십 년 융 자 지 심   처 연 호 여 지 성   막 비 간 장 지 단 렬

則于時情狀孰死孰生, 此亦不忍處, 而吾所痛之者, 將有之矣.
즉 우 시 정 상 숙 사 숙 생   차 역 불 인 처   이 오 소 통 지 자   장 유 지 의

참담하고 애통하다. 이는 상도와 어긋난 괴이한 일로 너는 예전보다 영화를 누리지도 못했는데 잔혹하게도 나이 겨우 스물셋에 세상을 저버리는구나! 이런 운명이 어디에 있는가! 나는 너를 위해 죽도 한 번 제대로 끓여 주지 못했는데, 갑자기 내 반이 떨어져 나가다니! 그래서 울고 또 운다. 원통하고 원통하다. 그 용모도 아깝고, 그 마음씨도 아깝고, 그 행동도 아깝다. 끝내 너를 청산에 묻으니, 훗날 정처가 없어 적막할 것 같으니 애통하기 그지없다. 몹시 쓸쓸하고 처량하여, 나로서는 견디기 힘들다. 하물며 노모께서 60년 가까이 자식을 키우셨는데, 구슬프게 너를 부르시니 창자가 끊어지는 듯한 아픔을 견딜 수 없어 하시는 것 같다. 상황이 이러니 누가 죽고 누가 살아 있는 것이겠는가! 또 내 슬픔이 그치지 않은 것 같아 더욱 견딜 수 없다.

夫爲女而適人之事, 莫重於氣脈之遺,
부 위 녀 이 적 인 지 사   막 중 어 기 맥 지 유

則汝則筓之已敎三年, 而尙無一遺徒然而逝, 此豈尋常耶.
즉여즉계지이교삼년 이상무일유도연이서 차기심상야

且吾與汝爲同倫, 而忽然各天者, 自今永永,
차오여여위동륜 이홀연각천자 자금영영

則此冤此恨何日忘眼, 所謂深且長者, 亦是也.
즉차원차한하일망랑 소위심차장자 역시야

但居諸迅速, 居然祥朞而我復來斯汝之筓兒.
단거제신속 거연상기이아부래사여지계아

冤然如昨而欲憑難憑. 祇今則汝眞死矣, 汝眞去矣. 尙誰怨哉.
원연여작이욕빙난빙 지금즉여진사의 여진거의 상수원재

只呼蒼蒼而退, 闇闇者閡也, 滂滂者涕也.
지호창창이퇴 암암자훙야 방방자체야

所可慰者, 幸妹婿續絃之良也.
소가위자 행말서속현지량야

移一者承嗣之孝, 安知不及於汝乎.
이일자승사지효 안지불급어여호

以是訣汝而一聲長呼, 汝若有知倘如平日而來啜我酒耶否.
이시결여이일성장호 여약유지당여평일이래철아주야부

嗚乎哀哉痛哉. 尙饗.
오호애재통재 상향

아녀자로서 출가했을 때 대를 잇는 것만큼 중요한 것도 없는데, 너는 비녀를 꽂은 지 3년 만에 아무것도 남기지 않고 가 버렸으니 어찌 도리를 다했다 할 수 있겠는가! 너와 나는 친형제이지만 갑자기 네가 하늘로 돌아가니 지금부터 영원한 이별이라, 이 원통함과 한을 어찌 잊을 수 있겠는가! 그래서 이토록 오래도록 애절하게 곡을 하는 것이다. 하지만 세월은 빨리 흐르고, 벌써 1주기가 돌아와서 내가 다시 너의 비녀 앞에 섰다. 애통하게도 예전처럼 기대려 해도 기댈 곳이 없구나! 지금 너는 정녕 세상을 저버렸고, 진정 이 세상을 떠나는구나! 누구를 원망하겠는가! 다만 하늘을 부르며 물러나는데, 가슴은 무너지고 눈물은 그칠 줄 모른다. 그래도 위로가 되는 것은 매제가 다행히 재혼[續絃]을 잘했다는 것이다. 자손을 얻어 대를 이어간다면 어찌 너에 미치지 못한다고 할 수 있겠느냐! 그래서 이렇게 길게 곡하며 너를 영결한다. 너는 평소대로 내 잔을 받지 않겠느냐?! 오호애재라! 오호통재라! 상향.

於乎. 癸巳歲五月癸巳朔二十一日癸丑,
<small>오호 계사세오월계사삭이십일일계축</small>

吾從甥姪秀士月城君回雷之前夕也.
<small>오종생질수사월성군회류지전석야</small>

外從叔英陽南聖道, 以數行文一杯酒,
<small>외종숙영양남성도 이수행문일배주</small>

痛訣于設位之前曰.
<small>통결우설위지전왈</small>

唏噫悲夫. 運之昇降, 絶未可知也.
<small>희희비부 운지승강 절미가지야</small>

在昔君家之盛也, 尊王考處士公,
<small>재석군가지성야 존왕고처사공</small>

以儼然古氣篤有修齊, 雖僻在松鄉一隅, 克保李氏舊緒繼之.
<small>이엄연고기독유수제 수벽재송향일우 극보이씨구서계지</small>

而今大人娣兄, 特有純粹, 而重申孝悌.
<small>이금대인제형 특유순수 이중신효제</small>

在側而學灑掃之篇者, 又君也.
<small>재측이학쇄소지편자 우군야</small>

此時光景, 可謂叔世稀罕, 則所以默籌者亦多.
<small>차시광경 가위숙세희한 즉소이묵주자역다</small>

오호라! 계사년(1953년) 5월(초하루가 계사일) 21일(계축일), 종생질인 수사 월성군의 탈상 전날 저녁이다. 외종숙인 영양 남씨 성도가 글을 짓고 잔을 올리며 영정 앞에서 애통해하며 영결한다.

오호라! 슬프도다! 명운의 변화는 절대 알 수가 없다. 옛날 군의 집안이 융성할 때 군의 조부께서는 옛 전통을 엄격히 지키며 수신제가에 힘을 기울였다. 비록 청송이 궁벽한 시골이지만, 이씨 가문을 잘 보존하며 옛 전통을 계승하셨다. 군의 부친은 성정이 특히 맑으시고, 또 효제를 거듭 강조하셨다. 군 또한 곁에서 (『소학』에서 말하는) '쇄소(물 뿌리고 청소하는 짓)'를 배웠다. 이 시절의 광경은 이런 세상에서 드문 일이라고 평가할 수 있으니, 그래서 묵묵히 헤아리는 사람이 많았다.

仁善之必事, 胡不符未多年.
인선지필사 호불부미다년

奄哭君重堂, 此恨猶深, 而禍何不單.
엄곡군중당 차한유심 이화하부단

又哭君, 先庭曷勝踽踽涼涼.
우곡군 선정갈승우우량량

僅自定情者, 惟君奢年, 而君又至斯, 冤且恠哉.
근자정정자 유군사년 이군우지사 원차괴재

是何齷齪也. 較看向日宜不有此, 而反有之吾於此也.
시하악착야 교간향일의불유차 이반유지오어차야

絶未之者先焉, 痛哭者則後焉. 祖子孫三世之哭,
절미지자선언 통곡자즉후언 조자손삼세지곡

曾於未四十韓昌黎馬少監之銘,
증어미사십한창려마소감지명

　어질고 착한 이에게는 꼭 일이 많아 수를 누리지 못하는구나! 군의 조모[重堂][71]를 떠나보낼 때도 몹시 한스러웠는데, '화는 몰려온다고 했던가!'[72] 또 군을 떠나보내면서 곡해야 하니, 군의 선친께서 이 외롭고 쓸쓸한 상황 어찌 견뎌내겠는가! 다만 스스로 감정을 추스를 수 있었던 것은 군과 함께 시간을 보낼 수 있어서인데, 군마저 이 지경에 이르렀으니 원통하고도 또 괴롭구나! 어디에 하소연할[73] 것인가? 옛날과 비교해 보아도 이런 경우는 당연히 없었는데, 도리어 나에게 이런 경우가 생기는구나! 절대 가지 말아야 할 이가 앞서고, 통곡하는 이가 뒤에 남았구나. 한 집안 3대를 곡하는 것은 채 사십이 되지 않았던 한창려가 마소감에 썼던 묘지명[74]에 나오던 일인 줄만 알았다.

71.　중당重堂은 할머니를 가리키는 말이다.

72.　유향劉向의 『설원說苑』, 「권모權謀」 편에 나오는 말이다. "복은 몰려오지 않지만, 화는 몰려온다.[福無雙至, 禍不單行.]"

73.　한유韓愈의 「악착齷齪」이라는 시에 다음과 같은 구절이 나온다. "구름을 걷어내고 대궐 앞에서 부르짖고, 배를 갈라서 낭간을 바치고 싶구나.[排雲叫閶闔, 披腹呈琅玕.]" 이 구절로 미루어 악착을 '하소연하다'라고 번역했다. 국어사전에서 악착을 '일을 해 나가는 태도가 매우 모질고 끈덕짐. 또는 그런 사람'이라고 정의했는데, 이를 따르면 도무지 문맥이 살아나지 않는다.

74.　한창려韓昌黎는 곧 한유韓愈로, 친한 벗인 마소감馬少監이 죽을 때 묘지에 다음과 같이 썼다. "아직 많이 늙지 않았고, 나이도 채 마흔이 되지 않았건만, 그 사이에 그 할아버지와 아들과 손자 3대를 곡하여 보내었으니, 이 세상을 내가 어떻게 보아야 하는가! 사람들은 왜 죽기 싫어하면서 이 세상에서 살고자 하는가?[吾未耄老自, 始至今未四十年, 而哭其祖子孫三世于人世何如也, 人欲不死而觀居此世者何也.]"

224

雖非吾輩之新敢謂然, 而其驗之知感則自然也.
수비오배지신감위연　이기험지지감즉자연야

益切者君之老母與弱妻在, 而具無首倫兒.
익절자군지로모여약처재　이구무수륜아

於乎. 此兩遭處至爲可惜, 則將何爲而得好究竟也.
오호　차양조처지위가석　즉장하위이득호구경야

寞然之嘆一亦此也. 二亦此也.
막연지탄일역차야　이역차야

竟不能忘却, 而復當玆夕, 惜君哭君者, 有何歇於斂君埋君耶.
경불능망각　이부당자석　석군곡군자　유하헐어렴군매군야

切痛矣.
절통의

天若假之以年, 則門戶之振作宜乎.
천약가지이년　즉문호지진작의호

而於我相須者尤當何如哉.
이어아상수자우당하여재

其在世之厚, 我到今維新.
기재세지후　아도금유신

年不下十年, 而意常有長子之事.
연불하십년　이의상유장자지사

路又隔一嶺而候, 猶勝隣近之問, 源源津津者,
노우격일령이후　유승린근지문　원원진진자

不但憂樂, 而至於言語, 不以從舅呼之, 必呼以叔人之.
부단우락　이지어언어　불이종구호지　필호이숙인지

不知者, 謂親叔姪也. 知之者, 謂從舅甥誼乎也.
부지자　위친숙질야　지지자　위종구생의호야

　　우리 같은 사람이 (한창려처럼) 말할 수 있는 것이 아니지만, 자연히 경험으로 알
고 느끼는 것이다. 더욱 애절한 것은 군의 노모와 어린 처는 모두 가장 믿었던
이를 잃었다는 것이다. 오호라! 이 두 사람의 처지가 지극히 애석하다. 앞으로
어떻게 해야 좋아지겠는가? 막막하게 탄식하는 것 또한 첫째도 이 때문이오, 둘
째도 이 때문이어서 끝내 잊을 수 없을 것이다. 이 밤에 애석하게 곡하는 것이
군을 거두고 묻은 일 때문만은 아니다. 그래서 더욱 애절하고 애통하다.
　　하늘이 군에게 몇 년을 더 주셨다면, 문호는 반드시 일어났을 것이다. 나와는

서로 의지했던 사이였으니 어찌 당연하지 않겠는가! 생전의 두터운 관계가 있어 나는 지금까지도 매일 새로워지네. 나이는 비록 열 살 차이도 나지 않지만, 나는 맏이처럼 생각했다네. 고개를 하나 넘어 인사 오면서도 가까이 있는 이웃보다 자주 왔고, 또 근심과 즐거움을 함께 나누면서 나를 부를 때 '당외숙[從舅]'이라고 하지 않고 그저 '삼촌'이라고 했다. 모르는 사람은 '친숙질' 사이인 줄 알았고, 아는 사람은 '당외숙과 생질' 사이라는 것을 당연히 알았다.

誠無限, 而顧此凉薄, 不得其文.
성무한 이고차량박 부득기문

雖木石人事, 奚但痛哭已矣哉.
수목석인사 해단통곡이의재

重爲淒凉者, 梅雨之霏彷彿乎.
중위처량자 매우지비방불호

君之冤涕爁燭之明冤然乎.
군지원체람촉지명원연호

君之氣象, 耳目之新得, 凶腸之新感, 莫不一痛哭.
군지기상 이목지신득 흉장지신감 막불일통곡

則將何辭慰君也.
즉장하사위군야

所可爲者, 幸有賢從克保家門也. 其前頭創立之日,
소가위자 행유현종극보가문야 기전두창립지일

想必有尊祖重宗之義, 玆非君沒後之榮歟.
상필유존조중종지의 자비군몰후지영여

哭君以是, 則不欲張皇而乃已.
곡군이시 즉불욕장황이내이

惟靈有以知我來, 而啜我觴耶否.
유령유이지아래 이철아상야부

於乎哀哉. 於乎痛哉. 尙饗.
오호애재 오호통재 상향

　진정으로 이 불운하고 처량한 사태를 돌아보니 글을 써 내려갈 수가 없다. 목석같은 사람일지라도 어찌 통곡으로만 그치겠는가! 거듭 처량하고 불운한 것 같아 매우梅雨[75]처럼 눈물이 쏟아진다. 군의 원통함에 촛농처럼 눈물이 흘러내린다. 군의 기상, 새로 보고 들은 것, 가슴으로 느낀 것, 그 하나하나에 대해서 통곡하지 않을 수 없다. 무슨 말로 군을 위로하겠는가! 그나마 어진 조카들이 가문을 잘 보존하니 다행이다. 앞으로 이들이 조상의 뜻을 잘 받들 것이니, 군이 이 세상에 없어도 가문은 빛날 것이다. 이런 까닭으로 군을 곡하니, 장황하게 말을 덧붙이지 않고 여기서 그치고자 한다. 존령께서는 나를 잘 아시니 강림하셔서 이 잔을 흠향하소서. 오호애재라! 오호통재라! 상향.

---

75. '매화가 익어서 떨어질 무렵 장마'라는 뜻으로, 대략 6월 중순부터 7월 상순까지의 장마를 일컫는 말. 여기서는 마치 '장마처럼 눈물이 쏟아진다'라는 뜻으로 썼다.

●

維歲次甲午正月庚寅朔二十三日壬子.
유 세 차 갑 오 정 월 경 인 삭 이 십 삼 일 임 자

逎我姊兄處士驪興閔公大祥之辰也.
내 아 자 형 처 사 여 홍 민 공 대 상 지 진 야

前夕辛亥婦弟英陽南聖道謹以不腆之羞,
전 석 신 해 부 제 영 양 남 성 도 근 이 부 전 지 수

再拜痛訣于素帷未撤之下曰.
재 배 통 결 우 소 유 미 철 지 하 왈

於乎. 公歿, 我訣不必對今, 而始爲之者果何.
오 호 공 몰 아 결 부 필 대 금   이 시 위 지 자 과 하

載昔公之舘, 吾家也七尺挺而方寸深言語.
재 석 공 지 관 오 가 야 칠 척 연 이 방 촌 심 언 어

凡百實是超等丈夫, 則誠叔季好古氣也.
범 백 실 시 초 등 장 부 즉 성 숙 계 호 고 기 야

吾父吾母之愛, 不下於圍玠之玉閏.
오 부 오 모 지 애 불 하 어 위 개 지 옥 윤

而吾亦依賴者, 公子之高義也.
이 오 역 의 뢰 자 공 자 지 고 의 야

每源源而觀公修齊, 則最先於孝友睦婣, 勢雖雌守, 奉養之誠,
매 원 원 이 관 공 수 제 즉 최 선 어 효 우 목 인   세 수 자 수 봉 양 지 성
必以養志.
필 이 양 지

유세차 갑오년(1954년) 정월(초하루가 경인일) 23일(임자일)은 자형이신 여흥 민공의
대상 날입니다. 전날 저녁인 신해일에 손아래 처남인 영양남씨 성도가 음식을
갖추고 재배하며 탈상 전인 영정 앞에 통곡하며 영결합니다.

오호라! 공이 돌아가시고, 오늘이 아니더라도 공을 오늘 영결할 수 있었지만,
비로소 공을 영결하는 나름 사연이 있었습니다. 옛날 공의 댁과 우리 집은 매우
가까이 있어서 속 깊은 말을 나눴습니다. 공은 참으로 뛰어난 장부였으며, 또
말세에 진실로 옛 전통을 아끼시던 분이었습니다. 저희 부모님이 공을 사랑하

신 것은 (악광이) 사위 위개를 사랑하신 것[76]에 못지않았습니다. 저 역시 공의 높은 기상에 의지했습니다.

매번 찾아뵈면서 공께서 수신제가하시는 것을 보았는데, 공께서는 효도와 우애, 목인[77]을 최우선으로 하셨습니다. 형편이 넉넉하지 않은데도 부모님 봉양하실 때 정성을 다하시면서 반드시 부모님 뜻을 헤아렸습니다[養志].

故八耋起居, 猶於益壯. 隔幔之居.
고 팔 질 기 거   유 어 익 장   격 만 지 거

必以湛翁, 故賢弟之事.
필 이 담 흡   고 현 제 지 사

法於春津處族, 而必以敦敍, 故誼重.
법 어 춘 진 처 족   이 필 이 돈 서   고 의 중

吳中待戚, 而必以悅話. 故契密.
오 중 대 척   이 필 이 열 화   고 계 밀

朱陳仰之者, 孰不爲仁善耶.
주 진 앙 지 자   숙 불 위 인 선 야

以之而公我由來三十年者, 不啻花柳之酌,
이 지 이 공 아 유 래 삼 십 년 자   불 시 화 류 지 작

雪月之筇, 而抑又窮急, 則慇懃周旋者, 不待我要, 或有親瘠.
설 월 지 공   이 억 우 궁 급   즉 은 근 주 선 자   부 대 아 요   혹 유 친 제

則奔走共謁者不較我.
즉 분 주 공 알 자 불 교 아

誠顧此數者, 固非若爾人所爲, 則實我晉秦也.
성 고 차 수 자   고 비 약 이 인 소 위   즉 실 아 진 진 야

一生經歷無非積厚者, 則宜饗百歷而事胡有左,
일 생 경 력 무 비 적 후 자   즉 의 향 백 력 이 사 호 유 좌

竟無其驗, 是誠何運何理也.
경 무 기 험   시 성 하 운 하 리 야

76. 원문의 圍 자는 송파 선생의 오기이다. 다음 고사를 비춰 보면 衛 자로 표기해야 한다. 『진서晉書』, 「악광열전樂廣列傳」에 이 고사가 나온다. 진晉나라 악광樂廣이 위개衛玠를 사위로 맞아들였는데, 배숙도裵叔道가 "장인은 얼음처럼 맑고 사위는 옥돌처럼 윤이 난다[婦公氷淸, 女婿玉潤]"라고 평했다고 한다. 여기서 유래하여 사위를 '옥윤玉潤'이라고 한다.

77. 『주례周禮』, 「지관地官, 대사도大司徒」를 보면 주나라의 교육은 6덕六德 즉 '지인성의충화知仁聖義忠和', 6행六行 즉 '효우목인임휼孝友睦婣任恤', 6예六藝 즉 '예악사어서수禮樂射御書數'를 중시했다고 한다. '목인'은 6행 중 하나로서, '내외척內外戚끼리 친목親睦'함을 말한다.

그러니 (사돈어른께서도) 팔순이 넘어서도 오히려 정정했습니다. 형제들과 이웃하며 사시면서 우애가 모두 좋았는데, 형제 사이의 우애는 양춘과 양진[78]을 본받아 매우 돈독했습니다. 고향에서 친척을 대할 때 반드시 좋은 말씀만 하셨으며 그래서 사이가 매우 가까웠습니다. 이웃[朱陳]에서 공을 존경하던 사람들도 이를 본받아 어질고 선하게 처신했습니다. 이렇게 공과 저는 30년 가까이 왕래했는데, 꽃피는 봄이나 눈 내리는 겨울뿐만이 아니었고, 제가 힘들고 다급할 때 말씀드리지도 않아도 은근히 도와주셨습니다. 저희 부모님이 편찮으시면 공께서 급히 찾아뵌 것이 저는 비할 바가 아니었습니다. 이런 여러 일을 되돌아보면 공이 아니면 하실 수 없는 일이었습니다. 공과 저는 진실로 친밀한 관계였습니다[晉秦].[79] 평생 덕을 쌓았으니, 마땅히 두루 누리시고 일마다 도움을 받으셔야 하는데, 끝내 효험을 보지 못했으니, 이는 무슨 이치이며 무슨 운수입니까?

觀於是則必壽必慶之謂, 果安在. 於乎痛矣.
관 어 시 즉 필 수 필 경 지 위　과 안 재　오 호 통 의

公之不壽猶爲可恨, 而不免不孝者, 尤可忿矣.
공 지 불 수 유 위 가 한　이 불 면 불 효 자　우 가 분 의

由此而徒然於去年今日, 而今日則禮制有限, 而將撤其位焉.
유 차 이 도 연 어 거 년 금 일　이 금 일 즉 예 제 유 한　이 장 철 기 위 언

雖欲訣之, 訣之難.
수 욕 결 지　결 지 난

故吾今而後, 則打破滿肚所蘊, 歸公以命, 而慰公以數矣.
고 오 금 이 후　즉 타 파 만 두 소 온　귀 공 이 명　이 위 공 이 수 의

以伯魚顔淵之聖猶未免焉.
이 백 어 안 연 지 성 유 미 면 언

何必爲公刺刺乎. 然則待今之訣, 豈非一嗤嗤者乎.
하 필 위 공 자 자 호　연 즉 대 금 지 결　기 비 일 치 치 자 호

78. 남북조 시대 후위後魏의 양춘楊椿과 양진楊津 형제를 말한다. 형제는 같은 집에 살면서 서로 우애하고 공손하였다. 특히 동생 양진은 나이 60세가 넘어서도 형 양춘이 외출했다가 돌아오지 않으면 먼저 밥을 먹지 않았고, 먼저 음식을 맛본 뒤에야 형에게 바쳤으며 형의 허락이 있어야만 밥을 먹었다. 그리고 양진이 사주肆州 고을의 관리로 있을 적에는 철마다 좋은 음식을 형에게 보냈는데, 만약 미처 형에게 보내지 못하면 먼저 입에 대지 않았다고 한다(『북사北史』, 「양파열전楊播列傳」 참고). 따라서 원문의 '春'은 '椿'으로 표기해야 한다. 따라서 '春津'이 아니라 '椿津'으로 해야 정확한 표기이다.

79. 진진晉秦은 춘추 시대 진秦나라와 진晉나라가 대대로 혼인을 맺었다는 의미로 '사돈 관계'를 말한다. 여기서 문맥을 고려하여 번역하야 '친밀한 관계'라고 번역했다.

所可爲者甥兒幸有接允之秀, 而姊氏緣此忘悲, 而特有策戲.
소 가 위 자 생 아 행 유 접 윤 지 수   이 자 씨 연 차 망 비   이 특 유 책 희

此公歿後光景, 則苟非經歷積厚之發, 能如是乎.
차 공 몰 후 광 경   즉 구 비 경 력 적 후 지 발   능 여 시 호

訣公以是淚亦反止. 何必已已長爲乎.
결 공 이 시 누 역 반 지   하 필 이 이 장 위 호

言不盡者, 哭以終之.
언 부 진 자   곡 이 종 지

伏惟不昧靈眷我如平日, 而庶幾來格耶否.
복 유 불 미 령 권 아 여 평 일   이 서 기 래 격 야 부

於乎哀哉痛哉. 尙饗.
오 호 애 재 통 재   상 향

이로써 미루어 본다면, (공과 같은 분은) '반드시 수를 누리고 복을 받아야 한다'라는 말이 도대체 무슨 소용이 있습니까? 오호통재라! 공이 수를 누리지 못한 것도 한스러운데, 불효를 피할 수 없는 게 더 분통합니다. 이런 사정이 있어 작년 오늘을 (예를 갖추지 않고) 그냥 보냈고, 오늘도 격식을 다 갖추지 못한 채 철상하게 되었습니다. 하지만 영결하려고 해도 영결하기 어렵습니다. 오늘 이후 저는 응어리진 것을 터트려 버리고, 공이 돌아가신 것을 명으로 받아들이고 몇 글자로 공을 위로합니다. 백어와 안연[80]같은 뛰어난 분들도 운명을 피할 수 없었거늘, 공을 위하여 구구하게 말을 보탤 필요가 있겠습니까? 하지만 오늘의 영결을 어찌 어리석다고만 할 수 있겠습니까? 다행히도 생질이 자질이 뛰어나 이 덕분에 누이가 슬픔을 잊고 어느 정도 평온을 되찾았습니다. 공이 돌아가신 후 광경이 이와 같은데, 이는 공께서 덕을 많이 쌓지 않았다면 어찌 가능하겠습니까! 공을 영결하면서 눈물이 도리어 멎습니다. (공께서 베푸신 은덕 덕분으로 모두 자리를 잡아 가니) 길게 울어야 할 까닭이 없습니다. 말로 다 할 수 없는 것을 곡으로 대신하고 마치고자 합니다. 존령께서는 평소대로 강림하시어 흠향하소서. 오호통재라! 상향.

---

80.   백어伯魚는 공자孔子의 아들이고, 안연顏淵은 공자가 가장 아끼던 제자로 둘은 모두 단명했다.

●

嗚呼. 甲午六月丁巳朔十七日癸酉,
오호 갑오육월정사삭십칠일계유

迺我再從叔母孺人綾城具氏大祥之前夕也.
내아재종숙모유인능성구씨대상지전석야

夫黨再姪英陽南性喆謹以不腆之羞,
부당재질영양남성철근이부전지수

再拜敬祭于靈帷未撤之下曰.
재배경제우령유미철지하왈

於乎. 孺人之死, 果眞乎. 果眞則少子之尙不訣.
오호 유인지사 과진호 과진즉소자지상불결

固一愚世以吾家之寒微, 得孺人之婉淑者.
고일우세이오가지한미 득유인지완숙자

不啻僥倖, 而其奉先裕後, 則是可法於堂廡.
불시요행 이기봉선유후 즉시가법어당무

而且與吾母慇懃篤厚者, 殆若親娣姒焉.
이차여오모은근독후자 태약친제사언

其愛少子者, 亦何間於己出乎. 由來嫵媚事行,
기애소자자 역하간어이출호 유래무미사행

實非凡婦人所等, 則其享胡福, 應非凡婦人所等.
실비범부인소등 즉기향호복 응비범부인소등

故子與孫曾之外望者, 亦多矣.
고자여손증지외망자 역다의

오호라! 갑오년(1954년) 6월(초하루가 정사일) 17일(계유일)은 재종숙모 유인 능성구씨의 대상일 전날 저녁입니다. 집안 재종 조카 영양남씨 성도가 격식을 갖춰 음식을 올리고, 재배하며 영정 앞에 공경히 제를 올립니다.

오호라! 유인께서 돌아가셨다니 참으로 믿을 수 없습니다. 사실이라고 해도 저는 영결하고 싶지 않습니다. 어리석은 세상 탓에 우리 집이 어려울 때 유인의 은혜를 입었습니다. 그 덕분에 다행스럽게도 조상을 모시고 후손이 넉넉하게 살 수 있었는데, 이는 집안에서 본받아야 할 것입니다. 저의 모친과 유인은 사

이가 돈독했는데, 마치 친자매와 같았습니다. 저를 아껴 주셨는데, 다른 사람이 흠잡을 게 없었습니다. 평소 몸가짐이나 일 처리하시는 것은 여느 아낙과 달랐는데, 복은 보통의 아낙처럼 누리지 못했습니다. 그러므로 아들과 손자, 증손이 바라는 것이 많았습니다.

以之而孺人臨化之日, 人皆謂而吾獨謂未也者.
이 지 이 유 인 임 화 지 일   인 개 위 이 오 독 위 미 야 자

豈非這裡之所信歟. 是慮長于中, 默然竟至此.
기 비 저 리 지 소 신 여   시 려 장 우 중   묵 연 경 지 차

此則乃援琴也. 先王之制禮, 猶不敢過.
차 즉 내 원 금 야   선 왕 지 제 예   유 부 감 과

況我之訣乎. 於此覺之, 我不至者, 固非一愚耶.
황 아 지 결 호   어 차 각 지   아 부 지 자   고 비 일 우 야

嗚欷. 堂廡之法. 吾母之依, 少子之仰, 祇今則皆已矣.
오 희   당 무 지 법   오 모 지 의   소 자 지 앙   지 금 즉 개 이 의

於何更見也. 滿肚悲懷.
어 하 갱 견 야   만 두 비 회

惹出三霜未盡之淚.
야 출 삼 상 미 진 지 루

伏惟, 不昧者存, 宥我眷我, 而歆格耶否.
복 유   불 매 자 존   유 아 권 아   이 흠 격 야 부

嗚乎痛哉哀哉. 尙饗.
오 호 통 재 애 재   상 향

이런 연유가 있어 유인께서 임종할 무렵에 사람들은 모두 '그럴 것 같다'라고 했지만, 오직 저만은 '그렇지 않다'라고 했습니다. 어찌 진심 어린 마음이 아니겠습니까? 이런 생각을 오래 품고 있는데 소리도 없이 이런 상황에 이르게 되었습니다. 이를 진심으로 한탄하고 있습니다[援琴].[81] 선왕께서 예를 제정하실 때 이런 경우를 지나치지 말라 하셨는데, 하물며 제가 영결함에 있어 어찌 그냥

81. 『고악부古樂府』에 나오는 다음 고사를 참고하여 번역했다. "공자가 여러 제후를 방문했으나, 제후는 공자를 등용하지 않았다. 공자가 위衛나라에서 노魯나라로 돌아오는 길에 은곡隱谷을 지날 때 향란香蘭이 홀로 핀 것을 보고 한숨짓고는 말했다. '난초는 왕자王者를 위해 향을 뿜어야 하는데, 이제 홀로 피어 여러 풀과 섞여 있구나.' 마침내 수레를 멈추고 거문고를 타며 노래하여 스스로 때를 만나지 못한 일을 한탄했다."

지나칠 수 있겠습니까! 이에 깨달은 바가 있었는데, 제가 오지 못한 것은 진실로 어리석은 것이었습니다. 슬프도다! 집안의 법도여! 제 모친도 의지했고, 저도 존경했는데, 오늘로서 모든 것이 끝났습니다. 어찌 다시 볼 수 있겠습니까! 가슴 가득 슬픔이 가득합니다. 3년이 지나도록 눈물이 마르지 않습니다. 존령께서 저를 용서하시고 돌아보시며, 강림하시어 흠향하소서! 오호통재라! 상향.

●

維歲次甲午三月己丑朔十九日丁未,
유 세 차 갑 오 삼 월 기 축 삭 십 구 일 정 미

卽我三從叔主處士英陽南公琴祥之辰也.
즉 아 삼 종 숙 주 처 사 영 양 남 공 금 상 지 진 야

前夕丙午三從姪性喆謹以不腆之羞,
전 석 병 오 삼 종 질 성 철 근 이 불 전 지 수

再拜痛訣于屛帷未撤之下曰.
재 배 통 결 우 병 유 미 철 지 하 왈

於乎. 我哭我家何其甚也. 在昔氣數之騰也.
오 호 아 곡 아 가 하 기 심 야 재 석 기 수 지 등 야

一堂諸父老巍然. 列位者可謂輩出.
일 당 제 부 노 외 연 예 위 자 가 위 배 출

則爛商之議, 修齊之道庶幾乎. 吳中古事也.
즉 란 상 지 의 수 제 지 도 서 기 호 오 중 고 사 야

時少子輩恩愛之被, 敎誨之蒙, 可謂家之父也師也.
시 소 자 배 은 애 지 피 교 회 지 몽 가 위 가 지 부 야 사 야

則亦無異乎鯉趨之學矣.
즉 역 무 리 호 리 추 지 학 의

유세차 갑오년(1954년) 3월(초하루가 기축일) 19일(정미일)은 삼종(8촌) 숙부 영양 남공
의 금상일입니다. 전날 저녁인 병오일에 조카 성철이 삼가 음식을 갖추고, 영정
앞에 재배하고 통곡하며 영결합니다.

오호라! 제가 우리 집안에 대해서 왜 이렇게까지 깊이 곡하겠습니까? 옛날에
집안의 기운이 좋을 때 집안 어른 중 뛰어나신 분이 여럿 나와 '배출'이라는 표
현을 쓸 정도였습니다. 좋은 의견이 많이 나왔고, 수신제가도 문제가 없었습니
다. 이 모두 고향의 옛일입니다. 저희가 어릴 때 은혜와 사랑을 많이 받았고, 또
가르침도 입었습니다. 공은 집안의 아버지이며 스승이었습니다. (공자 아들) 리鯉
가 뜰에서 공자께 배운 것과 이것이 다를 게 무엇이겠습니까?

雖無著誠於當日, 其方寸間默祝者, 則四皓之商, 九世之張.
수무저성어당일 기방촌간묵축자 즉사호지상 구세지장

而但世翻桑海人易榆境, 次第零落, 少子安仰者, 又當何如哉.
이단세번상해인역유경 차제영락 소자안앙자 우당하여재

非徒是也.
비도시야

少子命道奓驗, 未四十而哭我先君, 孤露終鮮何能盡喩.
소자명도조험 미사십이곡아선군 고로종선하능진유

何幸我公在之種種慰恤者.
하행아공재지종종위휼자

殆若親子己姪固一仁玆也.
태약친자기질고일인자야

비록 당일에는 진심이 드러나지 않았지만, 마음으로 묵묵히 상산사호[82]나 장 공예[83]처럼 장수하기를 축원했습니다. 하지만 세상과 사람이 모두 상전벽해 하 듯 변하고 차례차례 영락하니, 제가 공을 믿고 의지했던 것이 어찌 당연하지 않 겠습니까? 저는 일찍이 마흔이 채 되지도 않았을 때, 선친을 떠나보냈으니 의지 할 곳이 없는 외로움을 어찌 다 말할 수 있겠습니까? 공이 계셔 종종 위로가 되 었으니 얼마나 다행입니까? 또 공께서 저를 친자식 또는 친조카처럼 한결 같이 인자하게 대해 주셨습니다.

少子雖愚亦安得無其感乎.
소자수우역안득무기감호

所以依仰者惟公, 而公又至此, 幾敢曰薄公而不薄余耶.
소이의앙자유공 이공우지차 기감왈박공이불박여야

嗚乎悲夫. 自是堂廡之交, 像可謂晨星.
오호비부 자시당무지교 상가위신성

則吾輩之運, 亦在乎九陽矣.
즉오배지운 역재호구양의

82. 상산사호商山四皓는 진秦나라 말기에 폭정暴政을 피해 상산商山에 숨어 살았던 노인 네 명을 말하는데, 후세에 '나이도 많고 덕도 높은 은사隱士'를 뜻하는 말로 사용했다.

83. 장공예張公藝는 당唐나라 수장壽張 사람으로 9대가 한집에서 살았는데, 당시 황제인 고종高宗이 그 집에 찾아 가 한 집에서 화목하게 살 수 있는 비결을 물으니, '인忍' 자 1백 자를 써서 올렸다는 고사가 전해 온다(『당 서唐書』 참고).

將何以復見疇昔氣數之騰也. 言念至此, 涕淚維新.
장하이복견주석기수지등야　언염지차　체루유신

滿肚者莫非深恨.
만두자막비심한

而抑又有之以公平素之仁善, 竟未抱丈夫, 或是理理乎.
이억우유지이공평소지인선　경미포장부　혹시리리호

天若有驗, 安得無方來之碩果耶.
천약유험　안득무방래지석과야

欲盡所懷, 恐有反惱於已安之靈.
욕진소회　공유반뇌어이안지령

故只與哀允兄哭而終之.
고지여애윤형곡이종지

伏惟尊靈傷倘記少子之來耶否. 於乎哀哉痛哉. 尚饗.
복유존령상당기소자지래야부　오호애재통재　상향

비록 제가 총명하지는 못하나 어찌 느끼는 것이 없겠습니까! 그래서 오직 의지하고 존경했던 분이 오직 공뿐이었는데, 이렇게 돌아가시니 공이 박복한지 제가 박복한지 어찌 따질 겨를이 있겠습니까? 오호라! 슬픕니다. 이제부터 집안의 교류가 새벽별처럼 곧 사라질 것 같고, 저희의 명운도 곧 양에서 음으로 바뀌듯 변할 것 같습니다. 그러니 어찌 옛날에 융성했던 집안의 모습을 다시 볼 수 있겠습니까? 생각에 여기까지 미치자 눈물이 더 쏟아집니다. 가슴이 막힐 정도로 한이 응어리집니다. 평소 공께서는 어질고 선하셨는데, 끝내 장부의 뜻을 펴지 못했으니, 이 무슨 이치입니까? 정녕 하늘이 계신다면 어찌 큰 과일[碩果][84]을 남겨두시지 않습니까? 소회를 다 풀어놓고 싶지만, 혹 존령께서 편히 쉬시는 데 방해가 될까 봐 상주와 같이 곡하면서 이만 그칩니다. 존령께서는 저를 아직 기억하신다면 강림하시어 제 잔을 흠향하소서. 오호통재라! 상향.

---

84. 『주역』의 ☷(산지박괘山地剝卦) 상구上九의 효사가 "큰 과일은 먹히지 않는다[碩果不食]"이다. 괘상卦象을 보면 알 수 있듯이, 아래 다섯 효爻가 모두 음陰이고 마지막 효가 양陽인 것을 '석과碩果'로 비유한다. 양은 하나로 음 다섯에게 핍박받지만, 절대 사라지지 않고 큰일을 예비한다는 뜻으로 쓴다.

●

維歲次乙未正月乙酉朔之甲午,
유 세 차 을 미 정 월 을 유 삭 지 갑 오

迺我族丈處士英陽南公中祥之前夕也.
내 아 족 장 처 사 영 양 남 공 중 상 지 전 석 야

族下生齊衰人性喆謹具不腆之羞,
족 하 생 자 최 인 성 철 근 구 부 전 지 수

再拜敬祭于依床之下曰.
재 배 경 제 우 의 상 지 하 왈

於乎. 余以梅梅人事, 訣公者果何意也. 誠可爲矣.
오 호   여 이 매 매 인 사   결 공 자 과 하 의 야   성 가 위 의

顧念我公孝友本也睦愛別也.
고 념 아 공 효 우 본 야 목 애 별 야

其訓誨者非無於凡親而至於少子, 何其壯也.
기 훈 회 자 비 무 어 범 친 이 지 어 소 자   하 기 장 야

有時見我, 則先問老慈之康寧, 次問産業之調獲, 塵案之問習.
유 시 견 아   즉 선 문 로 자 지 강 녕   차 문 산 업 지 조 획   진 안 지 문 습

固而曉之曰, 顧今派內年少各有渶演, 不務古而解頤.
고 이 효 지 왈   고 금 파 내 년 소 각 유 전 연   불 무 고 이 해 이

雖曰關時, 然而於修齊之荒唐, 亦將何哉.
수 왈 관 시   연 이 어 수 제 지 황 당   역 장 하 재

幸深算而勉之, 使有前頭庶幾之補, 豈非一幸耶.
행 심 산 이 면 지   사 유 전 두 서 기 지 보   기 비 일 행 야

유세차 을미년(1955년) 정월(초하루가 을유일) 갑오일은 집안 어른이신 영양 남공의 중상일 전날 저녁입니다. 집안 문하생인 자최인 성철이 삼가 제사 음식을 갖추고 영정 앞에 재배하며 공경히 제를 올립니다.

오호라! 저는 인사에 어두운데[梅梅],[85] 공을 영결한다는 것은 과연 어떤 의미

---

85. 구구매매瞿瞿梅梅에서 나온 말로. '구구'는 놀라고 경황없는 모습이고, '매매'는 미미微微와 같으니, 약간 혼매昏昧함을 뜻한다.

이겠습니까? 제가 제대로 할 수 있겠습니까? 돌아보니 공께서 효도와 우애를 근본으로 삼으셨고 화목과 사랑을 별도로 실천하셨습니다. 친가를 비롯해 저까지 가르침을 주셨는데, 열정이 대단하셨습니다. 가끔 저를 보시면 먼저 노모의 안부를 물으시고, 그다음 일이 잘되는지 공부는 어떤지 물으셨습니다. "지금 흐름을 살펴보면 해마다 조금씩 변하고 있지만, 옛것을 힘쓰지 않으면 곧 해이해진다. 비록 힘든 시기이지만 수신제가를 멀리한다면 앞으로 무엇을 할 수 있겠는가! 깊이 헤아리고 노력해서 앞날을 예비한다면 얼마나 다행이겠는가"라고 가르쳐 주셨습니다.

少子雖愚, 當時耳驚而眼開者, 尙今宛然則效.
소 자 수 우   당 시 이 경 이 안 개 자   상 금 완 연 즉 효

雖無萬一其忘, 則敢爲心祝百曆.
수 무 만 일 기 망   즉 감 위 심 축 백 력

而若公咳喘之問發, 猶歸衰老之例事, 而不甚爲慮者.
이 약 공 해 천 지 문 발   유 귀 쇠 로 지 예 사   이 불 심 위 려 자

只信仁壽之驗. 那意固此倭褥, 而竟見其化耶.
지 신 인 수 지 험   나 의 고 차 왜 욕   이 경 견 기 화 야

痛冤哉. 蚤知若此, 種種診此牖, 而更一聽慇懃之語者,
통 원 재   조 지 약 차   종 종 진 차 유   이 경 일 청 은 근 지 어 자

似無可恨, 而到今則反爲長恨, 悲乎不悲乎.
사 무 가 한   이 도 금 즉 반 위 장 한   비 호 불 비 호

由來所憾莫悲可痛, 則誠可爲者, 非此歟.
유 래 소 감 막 비 가 통   즉 성 가 위 자   비 차 여

非夫大歸如昨, 中祥奄忽. 旧念維新, 痛涕益切.
비 부 대 귀 여 작   중 상 엄 홀   구 념 유 신   통 체 익 절

自不覺嗚咽之至. 奚暇慰公慘慽之頻慶況之餘乎.
자 부 각 오 인 지 지   해 가 위 공 참 척 지 빈 경 황 지 여 호

臨觴更進, 而遞自痛哭而止.
임 상 경 진   이 체 자 통 곡 이 지

伏惟尊靈倘賜疇昔, 而煥然降歆耶否. 於乎痛哉. 尙饗.
복 유 존 령 당 사 주 석   이 환 연 강 흠 야 부   오 호 통 재   상 향

비록 저는 우둔하지만, 당시 귀가 번쩍 뜨이고 눈이 크게 떠졌습니다. 지금도 여전히 그 효과를 보고 있습니다. 그 말씀을 하나라도 잊은 적이 없으면서, 마음으로 장수하시기를 기원했습니다. 당시 공께서 간간이 기침을 하셨는데, 연세가 들어서 그런 줄만 알고 깊이 염려하지는 않았습니다. 어진 이는 반드시 장수한다고 믿었기 때문입니다. 이런 생각이 얼마나 잘못되었는지, 결국 공께서 돌아가시고서야 말았습니다. 원통하고 분통합니다. 이런 상황을 조금만 일찍 알고, 가끔이라도 병문안[牖]⁸⁶ 가서 은근한 말씀을 한 번이라도 들었더라면 이렇게 한이 되지 않을 것입니다. 지금은 후회막심이나 어찌 슬프지 않겠습니까?

지난날을 돌이켜 보니 몹시 한스럽고, 이보다 더 비통할 수 없어 애통합니다. 이런 까닭이 있어 앞서 '제가 공을 제대로 영결할 수 있을까'라고 자문했던 것입니다. 돌아가신 게 어제 일 같은데, 벌써 중상일이 닥쳤습니다. 옛 생각이 더욱 새록새록 하고, 원통해서 눈물이 멈추질 않습니다. 저도 모르는 사이에 목이 막힙니다. 후손들의 슬픔을 위로할 경황도 없습니다. 잔을 올리면서 통곡을 그칩니다. 존령께서는 예전대로 강림하시어 흠향하소서. 오호통재라! 상향.

---

86. 牖(유)를 '병문안'으로 번역한 것은 다음 출전에 근거해서이다. 『논어』, 「옹야」: 백우가 몹쓸 병에 걸렸다. 공자께서 병문안을 가셨다. '이런 일이 없어야 하는데…… 운명이구나! 이렇게 착한 사람이 이런 병에 걸리다니! 이렇게 착한 사람이 이런 병에 걸리다니!'[伯牛有疾, 子問之, 自牖執其手, 曰, '亡之, 命矣夫! 斯人也而有斯疾也! 斯人也而有斯疾也!']

維歲次癸巳九月初七日,
유세차 계사 구월 초칠일

迺我再從姑母咸安趙孺英陽南氏呼皐之辰也.
내 아 재종 고모 함안 조 유 영양 남씨 호고 지 진야

越二年乙未之周, 親家再從姪齊衰人聖道,
월 이년 을미 지 주   친가 재종 질자 최인 성도

謹以尹商再拜告訣于靈床撤之下曰.
근이 윤상 재배 고결 우 령상 철지 하 왈

於乎. 婉而兼貞, 孺人行也, 壽而多男, 孺人之福也.
오호   완이겸정   유인행야   수이다남   유인지복야

則雖歿世宜無餘淚可恨. 而少子實有痛哭者何哉.
즉 수 몰세 의 무 여루 가 한   이 소자 실 유 통곡 자 하재

在昔我家之盛也, 諸姑伯叔可謂列位,
재석 아가 지 성야   제고 백숙 가위 례위

則何莫非愛我訓我, 而至於迥出孺人.
즉 하 막비 애아 훈아   이 지어 형출 유인

在之實至厚, 而抑又有之矣.
재지 실지 후   이 억우 유지 의

　유세차 계사년(1953년) 9월 7일은 함안조씨 댁으로 출가한 재종고모 영양 남씨의 호고일[87]입니다. 2주기인 을미년(1955년)에, 친정 재종 조카인 자최인 성도가 삼가 제사 음식을 갖추고 탈상 전인 영정 앞에서 재배하며 영결합니다.

　오호라! 유인은 곱고 정숙하셨고, 수를 누렸으며 아들도 많이 두셨는데, 이 모두 유인의 복입니다. 하지만 돌아가시니 더 흘릴 눈물이 없을 만큼 한이 됩니다. 제가 진실로 통곡하는 까닭은 무엇이겠습니까? 옛날 우리 집안이 융성할 때 고모, 백부, 숙부는 모두 뛰어났었는데 한결같이 저를 아끼고 가르쳐 주셨습니다

87.　호고呼皐는 '고복皐復'과 같은 말로, 상을 당하였을 때 돌아가신 이의 이름을 부르면서 초혼招魂하는 것이다. 『예기禮記』, 「예운禮運」: 升屋而號告曰, 皐某復.

만, 그중에서 유인께서 더 특별했습니다. 실제 저는 두터운 은혜를 입었습니다.

與我先慈幸志合, 而事偕慇懃釀和者, 不翅縫線餽飼之等也.
여아선자행지합 이사해은근양화자 불시봉선궤사지등야

至或有呻吟而臥席, 則其憂慮深勸護勤者, 不但煮湯,
지혹유신음이와석 즉기우려심권호근자 부단자탕

則其他有心, 固當何如哉. 至此而丹心非木非石矣.
즉기타유심 고당하여재 지차이단심비목비석의

安得無其感歟.
안득무기감여

源源津津者殆若親兄己姒, 則少子之視孺人者,
원원진진자태약친형기사 즉소자지시유인자

亦豈口以凡姑諸母乎.
역기 口 이범고제모호

誠雖無一祝, 則百曆而算, 胡値左孺人病, 而吾母亦病,
성수무일축 즉백력이산 호치좌유인병 이오모역병

未能以孺人之事.
미능이유인지사

事之竟又以孺人之後之, 于時少子之罔極生何爲生. 於乎.
사지경우이유인지후지 우시소자지망극생하위생 오호

以觀兩老之存歿, 可謂終始之同, 則庶幾無感,
이관양로지존몰 가위종시지동 즉서기무감

而以觀少子之情像可謂重疊之病, 則何其偏酷也.
이이관소자지정상가위중첩지병 즉하기편혹야

自不覺滄桑風樹者也, 夫歲忽三祥.
자불각창상풍수자야 부세홀삼상

少子以哭慈之淚, 又於今夕則滂滂者.
소자이곡자지루 우어금석즉방방자

外更何有哉. 只與哀胤兄長呼而止. 伏惟不昧者,
외경하유재 지여애윤형장호이지 복유불미자

存眷我與平日, 而庶賜歆格耶否. 於乎痛哀哉. 尙饗.
존권아여평일 이서사흠격야부 오호통애재 상향

또, 돌아가신 저희 모친과 뜻이 잘 통해 일할 때 손이 척척 맞았는데, 바느질이나 음식 장만할 때 등 모든 일이 그랬다고 합니다. 간혹 편찮아서 자리에 몸 져누울 때도 크게 걱정하시고 돌봐주셨는데, 탕약을 달이는 등 여러 가지 마음 씀씀이가 제가 미칠 바가 아니었습니다. 이런 여러 일을 겪으면서 목석이 아닐 지언정, 어찌 느끼는 바가 없겠습니까? 왕래가 잦은 것이 마치 친자매 같았으 니, 소자도 유인을 다른 고모들과 달리 대할 수밖에 없지 않았겠습니까? 한 번 도 축원하지는 않았지만 장수하시리라 생각했었는데, 모친이 병환이 들었을 때 마침 유인도 병환이 드셔서 제가 제대로 살피지 못했습니다.

모친이 먼저 돌아가시고 그다음 유인께서 뒤따르셨는데, 이때 저는 살아도 산 것이겠습니까? 두 어른의 생몰을 돌아보니 같은 해 태어나시고 같은 해 돌아가 셨으니 두 분께서는 여한이 없겠으나, 저의 처지에서는 우환이 거듭 겹친 것이 니 이보다 더 가혹한 일이 있겠습니까! 자각하지 못하는 사이 세월이 빠르게 흘 러 벌써 탈상 때가 다가왔습니다. 얼마 전 모친을 탈상하면서 눈물로 곡했는데, 오늘 저녁 또 유인을 탈상하려니 눈물이 그치질 않습니다. 저에게 이보다 더 어 려운 일은 없을 것입니다. 상주이신 형님과 길게 곡하다 이제 그칩니다. 존령께 서는 평소처럼 저를 굽어 살피시고 강림하시어 흠향하소서. 오호통재라! 상향.

●

維歲次壬午十一月乙未朔十八日壬子,
유세차임오십일월을미삭십팔일임자

迺我重表叔主處士義城金公小祥之辰也.
내아중표숙주처사의성김공소상지진야

前夕辛亥重表姪英陽南性喆, 謹具奠章再拜敬祭于屛帷之下曰.
전석신해중표질영양남성철　근구전장재배경제우병유지하왈

於乎. 以少子哭公, 則痛涕之出宜乎.
오호　이소자곡공　즉통체지출의호

而反天然自爲者果何哉. 固有之矣. 悲夫.
이반천연자위자과하재　고유지의　비부

夙聞公之徑歷, 則以端正溫良, 不幸値氣數之降,
숙문공지경력　즉이단정온양　불행치기수지강

遷徙無常, 喪難有或, 此則命道大關也.
천사무상　상난유혹　차즉명도대관야

雖曰達觀, 難可理遣. 而公獨泰然克保門戶,
수왈달관　난가리견　이공독태연극보문호

篤愛養育, 以待來頭, 豈從然耶.
독애양육　이대내두　기종연야

　　유세차 임오년(1942년) 11월(초하루가 을미일) 18일(임자일)은 중표(외5촌) 숙부인 처사 의성 김공의 소상일입니다. 전날 저녁인 신해일에 조카 영양남씨 성철이 삼가 제물을 갖추고 영정 앞에서 재배하며 공손히 제를 올립니다.
오호라! 제가 공을 곡할 때 애통해하면서 눈물을 흘리는 것은 마땅하지 않겠습니다. 아니면 제가 하늘의 도리대로 이렇게 하는 것은 과연 어떤 의미가 있겠습니까? 나름대로 까닭이 있습니다. 슬픕니다! 공의 경력을 일찍부터 들었는데, 몸가짐이 단정하시고 성품이 온화하며 어질었다고 했습니다. 불행히도 때를 잘못 만나, 거처가 일정하지 않고 상난도 간혹 당했는데, 이는 명운이 크게 막혔기 때문일 것입니다. 비록 달관했다고나 하나, 순조롭게 헤쳐 나가기는 어려웠을 것입니다. 하지만 공께서는 태연자약하시며 가문을 잘 단속하고, 후손들을 사랑으로 기르시면서 훗날을 도모하셨습니다. 그것이 어찌 헛된 일이겠습니까?

幸天有其報, 故勢自初年, 而守窮之老, 優餉大耊, 生未七日,
행천유기보 고세자초년 이수궁지노 우향대질 생미칠일

殊恃之接, 克有終孝, 此實公仁善之壽慶也.
수시지접 극유종효 차실공인선지수경야

足爲歿後之幸, 則以我荒辞, 何必惱惱於有幸之地乎.
족위몰후지행 즉이아황사 하필뇌뇌어유행지지호

向所謂天然自爲者是也. 然則更進一觴, 而長呼者, 抑何也.
향소위천연자위자시야 연즉갱진일상 이장호자 억하야

嗚欹. 少子福凉, 而花下之戱, 又哭公於草宿之後.
오희 소자복량 이화하지희 우곡공어초숙지후

祇今則替事無地矣, 於何更仰也.
지금즉체사무지의 어하갱앙야

只在素帷之凄凄, 則抱此而泣感涕交集, 遂至哽塞.
지재소유지처처 즉포차이읍감체교집 수지경색

伏惟尊靈有以歆格乎否. 嗚呼哀哉. 尙饗.
복유존령유이흠격호부 오호애재 상향

다행히 하늘이 보답하셨는데, 가세는 어려서부터 중년까지 궁핍했고, 노년에는 여유로웠다고 합니다. 태어나서 채 이레가 지나기 전부터 특별한 사랑을 받았고, 마지막에는 효도를 다 받았으니, 이는 공이 어질고 선하셔서 경사가 많았고 수를 누렸던 것입니다. 돌아가시고도 불행한 일이 없으니, 제가 영결의 말을 올리는 것이 공이 누리시는 복에 크게 문제가 되지 않을 것 같습니다. 앞서 제가 '하늘의 도리대로 이렇게 하는 것'라고 말한 것이 이 때문입니다. 하지만 잔을 올리면서 목 놓아 부르는 것은 또 왜 그렇겠습니까? 오호라! 저는 박복하여 단풍놀이할 무렵에 또 공의 묘소에서 곡해야 했습니다. 이제 섬길 분이 없으니 어디에 의지해야 하겠습니까? 쓸쓸한 영정을 끌어안고 울부짖다 결국 목이 메었습니다. 존령께서는 강림하셔서 흠향하소서! 오호애재라! 상향.

●

維歲次乙未二月甲寅朔初一日甲寅,
유 세 차 을 미 이 월 갑 인 삭 초 일 일 갑 인

逎我處士咸安趙公終祥之辰也.
내 아 처 사 함 안 조 공 종 상 지 신 야

前夕癸丑姻下生齊衰人英陽南性喆,
전 석 계 축 인 하 생 자 최 인 영 양 남 성 철

謹以不腆之羞再拜告訣于屛帷將撤之下曰.
근 이 부 전 지 수 재 배 고 결 우 병 유 장 철 지 하 왈

於乎若公仁善驗修齊之行, 爲世人口碑,
오 호 약 공 인 선 험 수 제 지 행   위 세 인 구 비

以我愚劣何必敢刺乎.
이 아 우 렬 하 필 감 자 호

所可爲者, 自私之厚也.
소 가 위 자   자 사 지 후 야

公與我家隣比, 心恒者殆過五十年, 則這問墻頭過堂前任宜乎.
공 여 아 가 린 비   심 항 자 태 과 오 십 년   즉 저 문 장 두 과 당 전 임 의 호

事而抑有浮之者, 公與吾先君志膠漆, 而同桑楡也.
사 이 억 유 부 지 자   공 여 오 선 군 지 교 칠   이 동 상 유 야

當時兩父老恰好之沈誠不偶然, 則吾輩後屬, 雖曰木石,
당 시 양 부 노 흡 호 지 침 성 불 우 연   즉 오 배 후 속   수 왈 목 석

固無其感乎.
고 무 기 감 호

　유세차 을미년(1955년) 2월(초하루가 갑인일) 1일(갑인일)은 처사 함안 조공의 종상날
이다. 전날 저녁에 집안 사위인 자최인 영양남씨 성철이 음식을 제대로 갖추지
못한 채 탈상을 앞두고 재배하며 영결합니다.
오호라! 공은 성품이 인자하고 선하셨으며, 수신과 제가를 잘하셨으니 칭찬하
지 않은 사람이 없었습니다. 어리석은 제가 감히 무엇을 더하겠습니까? 다만 공
이 저를 많이 아껴 주셨음을 말할 수 있을 것 같습니다. 공과 저희 집안은 이웃
이라 한결같은 마음으로 사귄 지 50년이 넘었습니다. 담을 사이에 두고 혹은 집

앞을 지나면서 당연히 문후를 여쭈곤 했습니다. 모시면서 더욱 믿음이 갔던 것은 공과 저희 선친은 뜻이 마치 아교처럼 잘 맞았고 노년[桑楡]88까지 친분을 유지했기 때문입니다. 당시 두 어른의 깊고 진실한 사귐은 우연이 아니었으니, 저희 후손들이 아무리 목석처럼 무디더라도 어찌 느끼는 바가 없겠습니까?

且余迷蒙猥舘于公之堂廡, 則重重誼厚可勝言哉.
차 여 미 몽 외 관 우 공 지 당 무   즉 중 중 의 후 가 승 언 재

但此無祿蚤哭聘家, 而又無影響, 恨則自深.
단 차 무 녹 조 곡 빙 가   이 우 무 영 향   한 즉 자 심

而少可定情者. 幸有替事於公, 而公之愛我, 亦倍平日.
이 소 가 정 정 자   행 유 체 사 어 공   이 공 지 애 아   역 배 평 일

則我之默祝而安知今日而乃已耶.
즉 아 지 묵 축 이 안 지 금 일 이 내 이 야

悲夫, 少子秖今, 則無不見於陵丈人之列, 吁何如也, 痛何如也,
비 부   소 자 지 금   즉 무 불 견 어 능 장 인 지 렬   우 하 여 야   통 하 여 야

前後所蒙而何莫非自私之厚, 而尙不有自私之效, 愧乎不愧乎.
전 후 소 몽 이 하 막 비 자 사 지 후   이 상 불 유 자 사 지 효   괴 호 불 괴 호

言念至此將何敢煩怵於已安之靈耶.
언 념 지 차 장 하 감 번 주 어 이 안 지 령 야

言不盡者, 只自痛哭而止, 伏惟尊靈宥我而歆格耶否.
언 부 진 자   지 자 통 곡 이 지   복 유 존 령 유 아 이 흠 격 야 부

於乎痛哉. 尙饗.
오 호 통 재   상 향

더군다나 저는 외람되게도 공의 댁에서 가르침을 받았는데, 그 무겁고 두터운 은혜를 어찌 다 말로 표현할 수 있겠습니까! 제가 박복해서인지 장인께서 일찍 돌아가셔서 영향을 받지 못하여 몹시 한이 되었습니다. 제가 조금이라도 성정을 바로잡을 수 있었던 것은 공을 대신 섬긴 덕분일 것입니다. 공께서 저를

---

88. 흔히 초년初年의 실패를 노년老年에 만회한다는 뜻으로 많이 쓴다. 여기서는 '오래도록'이라는 의미로 썼다. 『후한서』, 『풍이열전馮異列傳』에 "후한後漢 때 장수 풍이馮異가 적미赤眉의 난을 토벌하기 위해 나섰다가 처음에 대패하고, 얼마 뒤 다시 군사를 정비하여 적미의 군대를 격파했다. 황제가 친히 글을 내려 위로하기를, "처음에는 회계會稽에서 깃을 접었으나 나중에는 민지澠池에서 떨쳐 비상하니, 참으로 '동우에 잃었다가 상유에 수습하였다[失之東偶, 收之桑楡]'라고 할 만하다." 여기서 유래한 말로 '동우'는 해가 뜨는 새벽을, '상유'는 해가 지는 저녁을 뜻한다.

평소보다 특별히 더 아껴 주셨기에 저는 속으로 늘 공께 축복이 있기를 염원했는데 어찌 오늘 같은 일이 있을 줄 알았겠습니까! 슬프도다! 장인과 같이 묻히게 되셨으니 제가 지금 얼마나 슬프고 애통하겠습니까! 베풀고 가르쳐 주신 것이 늘 두터웠는데도 저는 제대로 본받지 못했으니, 어찌 부끄럽지 않겠습니까! 생각이 여기까지 미쳤지만 더는 편안하실 존령께 심려를 끼쳐 드리고 싶지 않습니다. 말로 다 형용할 수 없어 혼자 통곡하다 여기서 그칩니다. 존령께서 저를 굽어 살피시고 강림하시어 흠향하소서! 오호통재라! 상향.

維歲次乙未九月庚戌朔二十日己巳,
<small>유 세 차 을 미 구 월 경 술 삭 이 십 일 기 사</small>

孺人密陽朴氏小祥之前夕也.
<small>유 인 밀 양 박 씨 소 상 지 전 석 야</small>

夫黨族從英陽南聖道謹以鬼瓜之奠, 再拜痛哭于依床之前.
<small>부 당 족 종 영 양 남 성 도 근 이 귀 과 지 전　 재 배 통 곡 우 의 상 지 전</small>

曰於乎孺人吾門之一婦德也. 性仁慈志又勤儉,
<small>왈 오 호 유 인 오 문 지 일 부 덕 야　 성 인 자 지 우 근 검</small>

自入門初菽水饁耨爲最大, 而蘋藻桑麻,
<small>자 입 문 초 숙 수 엽 누 위 최 대　 이 빈 조 상 마</small>

則抑其次矣. 而勞而矻, 固不偶然.
<small>즉 억 기 차 의　 이 노 이 골　 고 불 우 연</small>

勢免澹泊, 慶得繁衍, 婦人之能事孰大於是.
<small>세 면 담 박　 경 득 번 연　 부 인 지 능 사 숙 대 어 시</small>

余而夫黨之近, 不無其厚, 而重有浮焉者.
<small>여 이 부 당 지 근　 불 무 기 후　 이 중 유 부 언 자</small>

　　유세차 을미년(1955년) 9월(초하루가 경술일) 20일(기사일)은 유인 밀양박씨의 소상일 전날 저녁입니다. 집안 조카인 영양남씨 성도가 삼가 거친 음식을 갖추고 영정 앞에 재배하며 통곡하면서 영결합니다.

　　유인께서는 우리 집안을 통틀어 부인의 덕을 가장 잘 갖춘 분이었습니다. 성품은 인자하셨으며, 몸가짐은 검소하고 물건을 절약하셨습니다. 처음 시집오셔서는 우선 농사일을 거들면서 가난한 살림에도 시부모를 잘 봉양하셨고[菽水],[89] 제사 음식을 준비하는 것[蘋藻]이나 길쌈도 나무랄 데가 없었습니다. 진정으로 힘들게 노력하시니, 가세가 점점 나아지고 경사가 더 많아졌습니다. 부인으로서 할 수 있는 것이 이보다 더 큰 것이 어디에 있겠습니까! 유인의 댁과 우리 집이 가까워서 저는 은혜를 많이 입었습니다. 진실로 신실한 분이셨습니다.

89.　숙수菽水는 '가난한 살림에도 부모를 잘 봉양하는 것'을 말한다.

吾母與孺人, 幸年同志同又同堂廡,
오 모 여 유 인   행 년 동 지 동 우 동 당 무

于時況恰則可勝言哉. 但愚劣惟期思效之長,
우 시 황 흡 즉 가 승 언 재   단 우 열 유 기 사 효 지 장

而不覺零落之速是誠誠乎.
이 불 각 영 락 지 속 시 성 성 호

到今則尤切痛哭者矣.
도 금 즉 우 절 통 곡 자 의

於觀化而孺人與吾母問數月, 則何其孔酷之乎.
어 관 화 이 유 인 여 오 모 문 수 월   즉 하 기 공 혹 지 호

夫秖今則吾輩寂寞矣孤露矣, 於何更陪也.
부 지 금 즉 오 배 적 막 의 고 로 의   어 하 경 배 야

痛肚欲盡涕先漣流, 只與哀胤哭而終止.
통 두 욕 진 체 선 란 유   지 여 애 윤 곡 이 종 지

伏惟不昧者存庶賜平日而慇懃歆格耶否. 嗚乎痛哉. 尙饗.
복 유 불 미 자 존 서 사 평 일 이 은 근 흠 격 야 부   오 호 통 재   상 향

　　모친과 유인은 동갑에다 뜻도 잘 통했고 한집안이어서 때로는 어느 분이 어느 분인지 구분되지 않을 정도였으니, 이를 어찌 다 말로 형용할 수 있겠습니까. 어리석게도 더 모실 시간이 많이 남았다고 생각했는데, 갑자기 이렇게 돌아가시니 이것이 진실로 무슨 일인지요. 지금 더욱 슬픈 것은 유인과 모친이 돌아가신 날짜가 몇 개월이 채 되지 않는다는 점입니다. 하늘은 어찌 이리도 무심하신지, 지금 저희는 평소보다 훨씬 쓸쓸하고 외롭습니다. 아픔을 견디기 어려워 눈물을 다 쏟아 내고 싶습니다. 다만 상주도 같이 곡을 하니 여기서 그칠까 합니다. 존령께서는 평소대로 저를 굽어 살피시고 강림하시어 흠향하소서! 오호통재라! 상향.

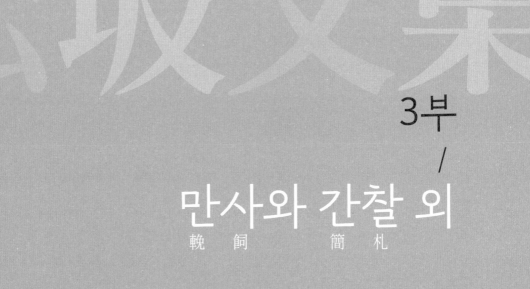

松坡文集

3부 /

만사와 간찰 외
輓詞   簡札

만사
輓詞

痛哭輓戚絶
통곡만척절

義城 金象浩
의성 김상호

詩禮靑鄕里
시례청향리
公家又有公
공가우유공
袈袖如今世
가수여금세
衣冠尚古翁
의관상고옹
淸灑秋宵月
청쇄수소월
溫和春日風
온화춘일풍
寢門遞一哭
침문체일곡
情事此時空
정사차시공

丙戌二月初五日
병술이월초오일

통곡하며 만사를 쓰다.

(처남) 의성 김상호

시와 예가 뛰어난 아름다운 마을
공 집안도 공도 모두 여기에 있네.
가사 소매는 요즘 것인데
의관은 옛것을 본받았네!
인품은 가을밤 달처럼 맑고
성품은 봄바람처럼 따스하셨네!
주무시던 방을 여니 눈물이 쏟아지네,
정으로 모셨던 세월 허공 속으로 사라지는구나!

병술년(1946년) 2월 5일.

●

少我四年反見終,
소 아 사 년 반 견 종

此只恨從今不見公.
차 지 한 종 금 불 견 공

誠何理何理,
성 하 리 하 리

難通難通,
난 통 난 통

人事曾何識.
인 사 증 하 식

族曾孫厚植, 慟哭再拜輓.
족 증 손 후 식   통 곡 재 배 만

나보다 네 살 어린데 도리어 먼저 가셨구나!

오늘 이후 공을 보지 못하는 것이 한스럽네.

진실로 이 무슨 이치인가!

이해하기 어렵고 어렵도다!

인간사를 어찌 알리오!

집안 증손 후식이 재배하고 통곡하며 만사를 짓다.

華閥出於天
화 벌 출 어 천

芳名幾百年
방 명 기 백 년

只在人間事
지 재 인 간 사

去作玉京仙
거 작 옥 경 선

車靈成幽夢
차 령 성 유 몽

薤歌摠不眠
해 가 총 불 면

淮山從此俗
회 산 종 차 속

淚落限無邊
누 락 한 무 변

侍生驪陽后人陳昌奎, 謹再拜哭輓
시 생 여 양 후 인 진 창 규　근 재 배 곡 만

하늘이 내리신 귀한 가문
몇 백 년 명성을 떨쳤네.
인간 세상에 잠시 머물다
옥경의 선계로 떠났네.
상여 소리 꿈만 같고
해가[薤歌][1] 소리에 잠 못 드네.
뛰어난 선비[淮山][2]도 이 속세에서 따랐는데,
눈물이 끝없이 흐르네.

시생 여양 후인 진창규가 삼가 재배하고 곡하며 만사를 짓다.

---

1. 만가(挽歌, 輓歌)를 달리 칭하는 말이다. '해薤'는 부추의 일종인데, '사람 목숨이 부추 잎에 맺힌 이슬처럼 쉽게 사라진다'라는 뜻에서 나온 말이다.
2. 한漢나라 회남왕淮南王 유안劉安의 산이라는 뜻으로, 사방의 선비를 초빙하여 극진하게 대우하며 글을 짓게 했던 고사가 『초사楚辭』에 전한다. 따라서 회산淮山은 곧 '뛰어난 선비'를 비유한다.

●

道軒遺蔭世振振
도 헌 유 음 세 진 진

事事言言古氣純
사 사 언 언 고 기 순

蘭菊佳辰詩與酒
난 국 가 진 시 여 주

兵戈當日席同茵
병 과 당 일 석 동 인

恒爲衰境知音友
항 위 쇠 경 지 음 우

那意五旬永逝人
나 의 오 순 영 서 인

執紼隨行猶有恨
집 불 수 행 유 유 한

其何山色一時新
기 하 산 색 일 시 신

地上弟, 義城金亨洛, 拜哭挽.
지 상 제   의 성 김 형 락   배 곡 만

258

유서 깊은 집안 대대로 명성이 자자했네.

일과 말씀마다 모두 고전을 따랐고, 성품은 순수하셨네.

난초, 국화 피는 좋은 시절은 술과 시를 함께하셨네.

전쟁 탓에 몸을 다쳐 자리에 누웠었네.

쇠약할 때 지음을 벗하셨네.

병이 깊어 50일 만에 우리 곁을 영원히 떠났네.

상여를 잡고 뒤따르니 더욱 한이 깊어지네.

이때 산의 색은 어찌 그리 새로운가!

지상에서 아우 의성김씨 형락이 곡하며 만사를 짓다.

간찰
簡札

○○에게 (수신受信, 발신發信 불명不明)

不見一年餘, 無書一年近, 則雖凡他知舊相愛之間,
불견일년여　무서일년근　즉수범타지구상애지간

情誼自如遠闊, 況於父子兄弟妻子之問耶.
정의자여원활　황어부자형제처자지문야

汝之無書在外奔忙, 無會心時,
여지무서재외분망　무회심시

而然以費分刻則能也, 而不此不可也.
이연이비분각즉능야　이불차불가야

我之無書在家從容, 有會心時, 而不此不可也.
아지무서재가종용　유회심시　이불차불가야

以不可言之, 則子之不可何如. 於父之不可也.
이불가언지　즉자지불가하여　어부지불가야

○○에게

　일 년여 보지도 못했고, 일 년 가까이 소식도 없었다. 사랑하는 친구도 멀리 타지에 있으면 정이 멀어지는데 부자, 형제, 처자 사이는 더 말해 무엇 하겠냐? 멀리 있고 바빠서 마음의 여유가 없어 편지가 없는 것 같은데, 분초를 다투어 소식을 전하는 게 좋을 것 같다. 나는 집에서 편하게 지내면서도 짬을 내 소식을 전하지 못한다만 이렇게 해서는 안 된다. 서로 소식을 전하지 못한 것에 대해서 말하자면, 자식이 부모에게 소식을 전하지 않는 것이 잘못이냐? 부모가 자식에게 소식을 전하지 않는 것이 잘못이냐?

七十生平, 無一產傳於汝, 而以汝苦辛於萬里之外,
칠십생평　무일산전어여　이이여고신어만리지외

天地間莫大之情, 豈無一線心於汝哉.
천지간막대지정　기무일선심어여재

老於憂, 傷於酒, 自靡一身太非前日樣.
노어우　상어주　자미일신태비전일양

人浩歎浩歎, 汝亦有女人, 恐必有思於淑孩矣.
인호탄호탄　여역유녀인　공필유사어숙해의

於我之思, 汝當何如哉.
어 아 지 사   여 당 하 여 재

言雖萬端, 不欲惱於汝之在外苦辛之腦.
언 수 만 단   불 욕 뇌 어 여 지 재 외 고 신 지 뇌

故只此際此秋風動地, 汝之一身無故,
고 지 차 제 차 추 풍 동 지   여 지 일 신 무 고

同居諸君一安, 主人家平安否. 爲慮不淺不淺.
동 거 제 군 일 안   주 인 가 평 안 부   위 려 불 천 불 천

　　칠십 평생 모은 재산은 없어도 너에게 전념했는데, 네가 만 리 밖에서 고생하고 있다니 이보다 마음 쓰이는 일이 어디 있겠냐! 너에게 어찌 신경이 전부 가지 않겠느냐! 네 걱정 탓에 늙는 것 같고, 근심을 잊으려 마시는 술 탓에 몸이 상하는 것 같다. 내 몸이 예전과 크게 달라졌다고 다른 사람들이 매우 안타깝게 생각한다. 너도 여인이니 당연히 자식 생각하지 않느냐? 나를 생각해 주는 것이 어쩌면 너에게 당연한 일이 아니겠느냐! 하고픈 말은 많으나 멀리서 고생하는 너에게 더 괴롭히고 싶지 않다. 요즘 가을바람이 제법 쌀쌀하니 건강한지 모르겠다. 같이 사는 제군과 사돈 집안은 평안한가? 걱정이 이만저만이 아니다.

此外白首翁坡風龜麟無故, 淑之母女,
차 외 백 수 옹 파 풍 구 린 무 고   숙 지 모 녀

去斥谷二旬, 有今明間回庭之報.
거 척 곡 이 순   유 금 명 간 회 정 지 보

現今一國一道一邑一面一家, 同心合力, 此時代安定企圖,
현 금 일 국 일 도 일 읍 일 면 일 가   동 심 합 력   차 시 대 안 정 기 도

汝亦有家之人, 則從速故還一家合力, 一以慰老父之心,
여 역 유 가 지 인   즉 종 속 귀 환 일 가 합 력   일 이 위 노 부 지 심

一以奉社會之忠, 現居郡道議員周鶴君累累語到於汝,
일 이 봉 사 회 지 충   현 거 군 도 의 원 주 학 군 루 루 어 도 어 여

而面於我書於我, 從速出來, 則有好期會云深量深量.
이 면 어 아 서 어 아   종 속 출 래   즉 유 호 기 회 운 심 량 심 량

今月中出來立竢, 而以金錢言地, 此地七八十圓,
금 월 중 출 래 립 사   이 이 금 전 언 지   차 지 칠 팔 십 원

比於內地百二十圓, 則似有利害.
비 어 내 지 백 이 십 원   즉 사 유 리 해

從速回答後出來. 心撓只此.
종 속 회 답 후 출 래   심 요 지 차

이 외 백수 옹은 장수하시면서 별 탈이 없다. 또 숙이 모녀가 이달 중순에 척곡으로 갔으니, 곧 돌아오면 이야기가 있을 것 같다. 지금 온 나라, 온 도, 온 읍, 온 면, 온 집안이 생각을 같이하고 힘을 합해 이 시대가 안정되기를 기도해야 한다. 너 또한 가정이 있으니 속히 돌아와 집안에 힘을 보태어 늙은 애비 마음을 달래 주고, 사회에 충심으로 봉사해라. 현 도의원인 주학周鶴 군이 누누이 너에게 말했듯이, 나에게 얼굴을 보이고 나에게 소식을 전해라. 빨리 돌아오면 좋은 기회가 있다고 하니 깊이 헤아려라. 이달 중에 올 것이라고 기다리고 있다. 금전 문제를 말하면 여기 땅은 칠, 팔십 원 하는데, 내지와 비교하자면 백이십 원 정도이다. 먼저 회답을 보내고 오너라. 마음이 어지러워 여기에서 줄인다.

沈相旭疏上
심 상 욱 소 상

省式. 頓首再拜言. 先府君喪事,
생 식 돈 수 재 배 언 선 부 군 상 사

寔出於千萬夢想之外, 復夫何言.
식 출 어 천 만 몽 상 지 외 부 부 하 언

年齡尚未隆邵, 氣力常是康旺, 竊期享用遐壽, 垂裕貽謨矣.
연 령 상 미 륭 소 기 력 상 시 강 왕 절 기 향 용 하 수 수 유 이 모 의

豈料往者, 幽音遽至耶, 不勝驚惶.
기 료 왕 자 유 음 거 지 야 불 승 경 황

伏惟春寒尚峭, 侍奠哀軆, 能無毀損於攀擗之餘.
복 유 춘 한 상 초 시 전 애 체 능 무 훼 손 어 반 벽 지 여

望頂節哀葆重, 毋至傷. 孝如何奉慮, 靡不憧憧.
망 정 절 애 보 중 무 지 상 효 여 하 봉 려 미 부 동 동

相旭揆以情禮, 固當匍匐, 些少憂故,
상 욱 규 이 정 례 고 당 포 복 사 소 우 고

抽身末由未克, 遂誠寸紙替慰.
추 신 말 유 미 극 수 성 촌 지 체 위

亦在人後此, 亦善守己乎. 尤切悚仄. 謹奉疏.
역 재 인 후 차 역 선 수 기 호 우 절 송 측 근 봉 소

伏惟, 鑑察. 不備謹疏上.
복 유 감 찰 불 비 근 소 상

심상욱이 글을 올립니다.

생식省式.[1] 고개를 숙이고 재배하며 말씀드립니다. 선부군의 상사는 꿈에도 생각지 못한 일이었으니, 무슨 말씀 더 드리겠습니까? 연세도 그렇게 많지 않으시고, 기력도 왕성해서 수를 더 누리시고 자손에게 물려줄 것도 가르쳐 줄 것도 많을 것이라 생각했습니다. 천만뜻밖에 돌아가셨다는 소식을 들으니, 놀라고 당황하지 않을 수 없었습니다. 아직 봄 날씨가 매서우니, 지나치게 슬퍼하시어 [攀擗][2] 몸이 상하지 않으시기를 바랍니다. 슬픔을 절제하시고 보중하셔서 몸

---

1. 상喪을 당한 사람에게 편지 쓸 때 슬픔을 표현하려고 상대방에 대한 인사를 포함한 기본 형식을 갖추지 않는다는 뜻이다. 이때 '省'의 발음은 '성'이 아니라, '생'이다.
2. 반호벽용攀號擗踊의 준말로, 부모父母의 상喪을 당하여 너무 슬퍼 부여잡고 울부짖기도 하고, 가슴을 치며 뛰기도 함을 가리키는 말이다.

이 상하는 지경에 이르지 않으시기를 간절히 바랍니다. 저 상욱은 정으로 보나 예의로도 마땅히 포복하고 찾아뵈어야 하나, 이쪽도 작은 근심이 있어 제가 겨를이 없었습니다. 대신 편지로나마 위로의 말씀 전합니다. 뒤에 남은 사람도 있으니 부디 잘 추스르시기를 바랍니다. 애절하고 황송한 마음 금할 길 없습니다. 삼가 편지를 올립니다. 살펴주십시오. 이만 줄이겠습니다.

謹再拜爲上
근 재 배 위 상

西階東筵禮酬新誼, 一宵未洽, 居然之頃,
서 계 동 연 례 수 신 의   일 소 미 흡   거 연 지 경

此時伏慕之懷, 想應一般, 未審此際.
차 시 복 모 지 회   상 응 일 반   미 심 차 제

仲春靜中棣體履隨時康福, 同堂尊少候幷得均安否. 仰慰區區.
중 춘 정 중 체 체 리 수 시 강 복   동 당 존 소 후 병 득 균 안 부   앙 위 구 구

查弟省事俛無大損, 餘集而無他何.
사 제 성 사 면 무 대 손   여 집 이 무 타 하

村葉幷一安, 是爲私者幸.
촌 엽 병 일 안   시 위 사 자 행

況然見初, 凡百一無可觀, 愧汗無地.
황 연 견 초   범 백 일 무 가 관   괴 한 무 지

長來幸福, 未有此理, 恕諒如何.
장 래 행 복   미 유 차 리   서 량 여 하

壻郞數日見, 置可謂君子, 世間獨當之.
서 랑 수 일 견   치 가 위 군 자   세 간 독 당 지

慶春間一次枉臨, 千萬切望.
경 춘 간 일 차 왕 림   천 만 절 망

壻郞勿爲久留, 從速爲送月來命送如何.
서 랑 물 위 구 류   종 속 위 송 월 래 명 송 여 하

餘忙撓不備禮, 尊照.
여 망 요 불 비 례   존 조

己亥二月念五日.
기 해 이 월 념 오 일

查弟金相麗, 再拜.
사 제 김 상 려   재 배

삼가 재배하며 글을 올립니다.

신랑신부의 혼례식[西階東筵]³에 대해서 새로 의논해야 할 것 같습니다. 하룻

---

3. 『주자가례朱子家禮』에 나오는 "신랑은 서쪽에 자리하고[西階] 신부는 동쪽에 자리한다[東筵]"라는 말에서
    유래한 것이다.

밤으로는 충분하지 않습니다. 시간이 조금 지난 지금도 그리워하는 마음 평소와 다를 바 없지만, 최근에는 안부를 살피지 못했습니다. 봄기운이 한창인데 건강은 어떻습니까? 집안 대소 간에 모두 평안하십니까? 그렇다면 저에게 위로가 될 것 같습니다. 사제(사돈 동생, 겸사임)는 일을 줄이고 애썼더니 큰 손해가 없는 듯합니다. 나머지는 정리가 되어 다른 어떤 일도 없습니다. 저희 집안은 모두 평안하니 저로서는 다행입니다.

처음 뵐 때, 백에 하나라도 보여 드릴 것이 없어 식은땀이 나고 부끄러워서 몸 둘 바를 몰랐습니다. 자라는 아이들의 행복을 위해서라도 도리가 아니었던 것 같습니다. 사위는 며칠 만에 다시 보니 세상에서 흔히 말하는 군자라는 말에 잘 어울리는 것 같았습니다. 좋은 봄날 한번 왕림해 주시기를 간절히 바랍니다. 사위는 너무 오래 데리고 있지 않으셔도 됩니다. 한 달 정도 지나고 돌려보내시는 것이 어떻겠습니까? 바빠서 나머지는 이만 줄입니다. 예를 다 갖추지 못한 점을 살펴 주십시오.

기해년(1959년) 2월 25일, 사제 김상려 재배.

謹拜爲上
근 배 위 상

同鄕左右, 不識誰某姻緣, 往來數宵吐論,
동 향 좌 우　불 식 수 모 인 연　왕 래 수 소 토 론

未洽新誼. 居然之頃, 此時瞳瞳之懷.
미 흡 신 의　거 연 지 경　차 시 동 동 지 회

伏未審此際, 綠陰方暢, 靜中棣體展起居萬重,
복 미 심 차 제　녹 음 방 창　정 중 체 체 극 기 거 만 중

同堂僉位平吉否.
동 당 첨 위 평 길 부

仰賀區區不任, 實非尋常, 査弟侍事僅無大損.
앙 하 구 구 불 임　실 비 심 상　사 제 시 사 근 무 대 손

餘集而前羔.
여 집 이 전 양

大家各節無他何, 村葉幷一安, 是爲私幸.
대 가 각 절 무 타 하　촌 엽 병 일 안　시 위 사 행

삼가 사돈어른께 글을 올립니다.

같은 마을에 누군가 혼인을 한다[不識誰][4]고 해서, 몇 날 밤을 이야기를 나누
었으나 새로운 논의가 아직 충분히 이해하지 못했습니다만, 다만 시간이 조금
지나니 어렴풋이 알 것 같습니다. 녹음이 한창 짙어지는 요즘 사돈어른 건강하
시고 집안은 두루 편안하신지요. 그렇다면 제 마음이 많이 놓일 것 같습니다.
저는 부모님을 모시면서 큰 탈 없이 지내고 있습니다. 다른 일은 전과 다를 바
없습니다. 모두들 절기마다 다른 큰 일 없으니, 시골집 모두가 평안하니 저에게
는 큰 행운입니다.

今番一次, 惠臨窮家, 所置松盤蔥蕩接代,
금 번 일 차　혜 림 궁 가　소 치 송 반 총 탕 접 대

無顔新査, 情念愧汗, 無地耳.
무 안 신 사　정 념 괴 한　무 지 이

4.　편지 내용을 보아 당사자끼리는 신랑과 신부를 잘 알고 있으나, 형식상 이런 표현을 쓴 것 같다.

又況床需, 何其過念也, 來厚往薄.
우황상수 하기과념야 내후왕박

遠坐紅顔郞, 數日見置, 每事凡百,
원좌홍안랑 수일견치 매사범백

今世希漾貴情, 日日新世皆獨堂堂慶.
금세희소귀정 일일신세개독당당경

況然方今草令迫頭.
황연방금초령박두

勿爲久留, 思家諫節, 今者迴家, 又於從速命送, 千萬切企耳.
물위구류 사가간절 금자회가 우어종속명송 천만절기이

餘忙撓不備禮.
여망요불비례

尊照, 己亥四月旬日查弟金相麗拜上.
존조 기해사월순일사제김상려배상

　　이번에 궁벽한 저의 집을 찾아주셨는데, 대접이 변변치 않아 새로 맺은 사돈께 무안하고 부끄러워서 식은땀이 흐르고 몸 둘 곳이 없었습니다. 보내 주신 예물과 음식이 분에 넘칩니다. 보잘것없는 것을 보냈는데 후하게 답례해 주셨습니다. 멀찌감치 앉아 신랑 얼굴을 며칠 보니 매사 비범하고 요즘 세상에 보기 드물며 귀한 것 같습니다. 또 '하루하루가 새로우니[日日新]' 모두들 당당하다고 칭찬합니다. 지금 막 신혼이니 더 말할 나위가 있겠습니까! 이번 초행길은 저희 집안을 생각하셔서 너무 오래 붙잡아 두지 마셨으면 합니다. 빨리 돌아가라고 해 주십시오. 거듭 부탁드립니다. 바빠서 예를 다 갖추지 못한 채 이만 줄이겠습니다.
기해년(1959년) 4월 10일, 사제 김상려 배상.

李生員. 哀前.
이 생원 애전

省式. 於夏頓首再拜言, 德門凶禍出於意表.
생 식 어하돈수재배언   덕문흉화출어의표

尊先大人處士公奄違, 色養承訃, 驚怛不能已.
존선대인처사공엄위   색양승부 경단불능이

伏惟孝心純至, 思慕號絶, 何可堪任.
복유효심순지   사모호절   하가감임

以言隆邵, 雖曰天終, 豈以是有歇於孝子無窮之痛耶.
이언륭소   수왈천종   기이시유헐어효자무궁지통야

竊惟襄禮循俗利行, 而震湯餘哀體氣力若何.
절유양례순속리행   이진탕여애체기력약하

(상중인) 이 생원께

생식(형식을 생략함).

초여름 머리를 조아리고 재배하며 말씀 올립니다. 귀가의 흉사에 대해서 애
도를 표합니다. 존경하는 선대인[5]께서 운명을 달리하셨다니, 저도 부모님을 봉
양[色養][6]하는 처지로서 부고를 받으니 놀라움이 그치지 않습니다. 평소 효성
이 지극했던 분이니 사무치는 마음에 얼마나 애통하게 울었을지 짐작이 갑니
다. 어떻게 견디었는지요? 나이로 보면 천종天終이라고 할 수 있겠지만, 한없이
애통해 하는 효자에게 그것이 다 무슨 소용이겠습니까! 양례襄禮[7]는 속가의 도리
대로 순조롭게 진행하셨겠지만, 매우 놀라서 기력이 상하지 않으셨는지요?

---

5. 남의 아버지를 높여 부르는 말.
6. 다음 글에서 유래한 것으로, '부모를 봉양한다'라는 의미이다. 『論語』, 「爲政」: 자하가 효를 여쭈었다. 공자
    께서 말씀하셨다. "부모님 안색을 살피는 것이 어렵다. 어려운 일은 자식이 대신하고 술과 밥이 있으면 부
    모님을 먼저 드리고 이런 것을 효라고 한 적이 있던가?"[子夏問孝. 子曰, "色難. 有事, 弟子服其勞, 有酒食,
    先生饌, 曾是以爲孝乎?"]
7. 장사 지내는 예절.

伏願强加蔬食, 無至以孝膓孝, 初夏向於畢,
복원강가소식　무지이효장효　초하향어필

至唁當, 不後而適緣甚故, 未能遂忱末由奉慰.
지언당　불후이적연심고　미능수침말유봉위

揆諸契分悲愧增深耳, 雖不望哀恕之萬一,
규제계분비괴증심이　수불망애서지만일

自恐則多, 餘不盡備.
자공즉다　여불진비

疏禮謹奉疏. 伏惟哀照.
소례근봉소　복유애조

戊戌六月二十六日, 查少弟南初夏謹二拜疏上.
무술육월이십육일　사소제남초하근이배소상

　거친 음식이라도 억지로 드셔서 몸이 상하지 않으시길 간절히 바랍니다. 초여름이 끝나 가는데 다시 찾아뵙고 위로의 말씀 전해야 하나, (장례) 얼마 후 뜻밖에 일이 생겨 경황이 없어 찾아뵐 겨를이 없었습니다. 지난 친분을 생각하면 죄송한 마음 금할 길 없습니다. 조금이라도 헤아려 주시길 바랄 수도 없겠지만, 그저 걱정만 한가득입니다. 이만 줄입니다. 예를 다 갖추지 못하니 헤아려 주십시오.

　무술년(1958년) 6월 26일, 사돈 동생 남○○이 초여름에 삼가 재배하며 글을 올립니다.

乙未四月初十日 載末 鄭鎭默 謝岸上
을 미 사 월 초 십 일 재 말 정 진 묵 사 안 상

謹二拜上候疎
근 이 배 상 후 소

省式再拜言, 曩日衡門實維勝緣,
생 식 재 배 언   낭 일 형 문 실 유 승 연

而但此闒茸未能遂, 愧背汗則將何手盡揮也.
이 단 차 탑 용 미 능 수   괴 배 한 즉 장 하 수 진 휘 야

其後又之者, 書未進, 而春已過矣.
기 후 우 지 자   서 미 진   이 춘 이 과 의

謹伏詢際玆萎夏, 靜養棣體候茂納湛重, 視聽之職,
근 복 순 제 자 위 하   정 양 체 체 후 무 납 담 중   시 청 지 직

無惱於方寸間, 寶庇均慶否, 區區無任哀溯之至.
무 뇌 어 방 촌 간   보 비 균 경 부   구 구 무 임 애 소 지 지

을미년(1955년) 4월 10일 재말[8] 정진묵 올림.

삼가 재배하며 글을 올립니다.

(상중이라) 형식을 갖추지 않습니다. 재배하며 글을 올립니다. 지난날 형문衡門[9]
과 좋은 인연을 맺었는데, 저희[闒茸][10]가 제대로 쫓아가지 못해 부끄럽고 식은
땀이 나지만 어쩔 도리가 없었습니다. 그 후로도 소식을 보내지 못했는데 벌써
봄이 지나갔습니다. 늦더위에 어떻게 지내십니까? 가내 두루 평안하시길 바라
마지 않습니다. 들리는 소문으로는 마음에 담아 둘 게 없을 것 같습니다만, 댁
네 어른들[寶庇][11] 모두 안녕하신지 늘 궁금한 마음 금할 길 없습니다.

8. 손자인 효충의 전언에 따르면, 송파 선생 고향 인근의 마을이라고 함.
9. '형문'은 나무로 얼기설기 엮은 대문으로, 안분자족安分自足하는 은자隱者의 거처를 뜻한다. 이 편지에서는
   수신자를 높이는 경어로 사용했다. 출천은 다음과 같다. 『詩經』, 「衡門」: 형문 아래에서 한가히 지낼 만하
   다.[衡門之下 可以棲遲.]
10. 탑용闒茸은 '비천하고 재주가 없다'는 뜻으로, 여기서는 발신자가 자신을 낮추는 겸어로 사용했다. 출천은
    다음과 같다. 『漢書』, 「司馬遷傳」: 爲掃除之隸, 在闒茸之中.
11. 서간문에서 웃어른께 그의 가족을 높이어 이르는 말.

罪下生所謂曳麻未能攀栢, 返有至矧之譏死當無惜,
죄 하 생 소 위 예 마 미 능 반 백　반 유 지 신 지 기 사 당 무 석

而何幸盛度包荒特加慰恤, 而使之幹蠱顧此魯鈍,
이 하 행 성 도 포 황 특 가 위 휼　이 사 지 간 고 고 차 노 둔

雖非其人感荷則莫深.
수 비 기 인 감 하 즉 막 심

但賢愚無分, 騰例有數, 瑞彩之翔見, 折於蹄蹟,
단 현 우 무 분　등 례 유 수　서 채 지 상 견　절 어 제 적

直下之瀑, 誤落於風潮, 嘆則飮墨, 痛則入髓,
직 하 지 폭　오 락 어 풍 조　탄 즉 음 묵　통 즉 입 수

當日從事者之心, 固如是也. 況又積年養德之腸乎.
당 일 종 사 자 지 심　고 여 시 야　황 우 적 년 양 덕 지 장 호

　　저[罪下生][12]는 여러 일이 겹쳐서 부친상[攀栢][13]을 제대로 치르지 못했으니,
죽어야 마땅하다는 비난을 듣더라도 애석할 게 없을 것 같습니다. 다행히도 댁
에서 넓으신 도량[包荒][14]으로 특별히 위로해 주시고 도와주시면서, 선친의 유
고[幹蠱][15]를 받들 수 있도록 저처럼 우둔한 이를 돌봐 주셨으니 그 은혜를 깊이
새기지 않을 수 없습니다. 하지만 현명하든 그렇지 않든, 장례를 모시는 절차는
분수에 맞게 해야 하는 것 같습니다. 상서로운 구름이 잠깐 나타났다가 굽이쳐
폭포처럼 곧장 낙하했는데, 세상 속으로 잘못 떨어졌습니다. 과거에 낙방한 것
[飮墨][16]처럼 한탄스럽고, 골수에 사무치게 애통합니다. 당일에 일을 치렀던 사

12.　부모의 상喪을 당했을 때, 자신이 죄인이라는 뜻으로 이런 표현을 썼다. '생식省式'과 더불어, 이 편지의 발
　　신자가 부모상을 입고 있다는 것을 알 수 있다.

13.　반백비호攀栢悲號의 준말. 중국 삼국 시대 때 위魏나라의 왕부王裒는 아버지 왕의王儀가 사마소司馬昭에게 죽임
　　을 당하자 시묘侍墓하면서 아침저녁으로 곁에 있던 잣[栢]나무를 붙잡고 곡을 하였고, 왕부의 눈물 때문에
　　결국 잣나무가 말라 죽었다고 한다. '반백비호'는 이 고사故事에서 유래하였으며, 어버이의 상에 몹시 슬퍼
　　함을 뜻한다.

14.　『주역』, 「태괘泰卦」 구이九二의 효사爻辭에 나오는 "9·2는 광명정대한 도량으로써 낮고 어리석은 무리까지
　　포용하고 버려두지 않으니 붕당이 사라진다.[九二包荒, 用馮河, 不遐遺, 朋亡.]"라는 구절에서 유래함. 보
　　통은 '임금의 공명정대한 포용력'을 뜻하는데, 이 글에서 상대방을 그만큼 존중하고 있다는 것을 보여 준
　　다. ䷊(지천태괘)

15.　간부지고幹父之蠱의 준말로, 아들이 아버지의 뜻을 계승하고 발전시키는 것을 말한다. 『주역』, 「고괘蠱卦」 ䷑
　　(산풍고괘).

16.　옛날에 과거 시험에서 악필인 자에게 먹물을 마시게 한 데에서 유래하여, '먹물을 마시다[飮墨]'는 과거 시
　　험에 낙방한 것을 뜻하는 말로 쓰인다.

람들이 다 이런 마음이었는데, 하물며 오랫동안 길러 주신 은혜가 있는 저는 어떻겠습니까!

出秦之車, 渡西潮之箱, 從古非無, 則是所可驗,
출 진 지 차 　 도 서 조 지 상 　 종 고 비 무 　 즉 시 소 가 험

而抑安知黑白守, 不有尙褧添花之錦歟.
이 억 안 지 흑 백 수 　 불 유 상 경 첨 화 지 금 여

伏擽非虛藏匵有待, 故驥遇伯而有三倍之增玉,
복 력 비 허 장 독 유 대 　 고 기 우 백 이 유 삼 배 지 증 옥

得卞而盡三朝之抱也.
득 변 이 진 삼 조 지 포 야

　집을 떠나는 수레[出秦][17]나, 서역을 건너는 상여는 예부터 늘 있어 왔기에 절차를 살펴볼 수 있은데, 어찌 흑백을 구분할 줄[知黑白守][18] 알아 금상첨화錦上添花[19]의 허물이 없었겠습니까? 궤를 비우지 않고 기다려서, 천리마가 백락伯樂[20]을 만나 값이 세 배가 올라가듯이, 알아주는 이를 만나 세 조정을 기다리듯 했어야 했습니다.

17. 진秦나라에서는 부잣집 자식이 장성하면 분가分家를 하고, 가난한 집 자식이 장성하면 처가살이하는 풍속이 있었는데, 이를 인용하여 '상여가 나가는 것'을 은유하는 것 같다. 『한서漢書』, 「가의전賈誼傳」 참고.
18. 이 편지의 발신자가 『도덕경』을 인용한 것은 확실하나, 『도덕경』은 해석의 갈래가 많아 명확하게 다가오지 않는다. 여기서는 '흑백'을 분간하지 못한다는 의미로 쓴 것 같다. 다음은 도덕경 전문이다. 윤지산 옮김, 『도덕경』(지식여행, 2022), 참고. "암컷다움을 통각하면서, 수컷다움을 지켜라! 그럼, 하늘 아래를 흐르는 계곡이 된다. 하늘 아래의 계곡이 되면 타고난 덕을 잃지 않아 갓난아기로 돌아간다. 밝음을 깨닫고 어둠을 지켜라! 그럼 천하의 모범이 된다. 천하의 모범이 되면 타고난 덕이 이지러지지 않는다. 그러면 다시 가없는 길로 되돌아간다. 영광을 깨치고 욕됨을 품어라! 그럼 천하에 흐르는 계곡이 된다. 천하의 계곡이 되면 타고난 덕이 더 깊어져, 본래 질박한 통나무로 돌아간다. 통나무를 켜면 그릇이 된다. 이 그릇은 성인이 거둬들여 백성의 우두머리로 삼는다. 하나, 진정 큰 그릇은 통나무를 그대로 만든다.[知其雄/守其雌/爲天下谿/爲天下谿/常德不離, 復歸於嬰兒/知其白, 守其黑/爲天下式/爲天下式/常德不忒/復歸於無極/知其榮, 守其辱/爲天下谷/爲天下谷/常德乃足/復歸於樸/樸散則爲器/聖人用之. 則爲官長/故大制不割.]"
19. 금상첨화는 익히 알려진 것은 '좋은 것에 좋은 것을 더한다'라는 의미이지만, 본래 뜻은 '좋은 비단에 꽃을 덧그려도 소용이 없다'는 뜻이다. 설상가상雪上加霜도 같은 맥락에서 '엎친 데 덮치다'라는 의미보다는 '무용無用하다'라는 의미에 가깝다.
20. 한유韓愈의 「잡설雜說」에 나오는 고사. '천리마는 항상 있지만, 그 진정한 가치를 알아보는 이는 드물다'라는 뜻이다.

且義理之天昭然在上, 挺生之地畢竟不偶, 幸以此,
차 의 리 지 천 소 연 재 상   정 생 지 지 필 경 불 우   행 이 차

下鑑而默算, 則奚啻幸於一時哉, 固知恢廓之有素,
하 감 이 묵 산   즉 해 시 행 어 일 시 재   고 지 회 곽 지 유 소

則想應按駐之蒼蒼, 然敢此蕘言者, 非所之以求譽也.
즉 상 응 안 주 지 창 창   연 감 차 요 언 자   비 소 지 이 구 예 야

實留赤悃, 願勿蚩點於狡童, 而特垂寬宥者如何.
실 류 적 곤   원 물 치 점 어 교 동   이 특 수 관 유 자 여 하

是所爲已之望也.
시 소 위 기 지 망 야

　이치는 하늘에서 밝게 빛나고 있어도 이 땅에서 태어나길 때를 잘못 만날 수도 있는 것 같습니다. 다행스럽게 이런 사정을 잘 살피고 묵묵히 헤아려 주셨던 게 한두 번이 아니었습니다. 넓으신 도량을 바탕으로 하시니, 앞으로 길이 발전하실 거라 생각합니다. 제가 이런 말씀을 드리는 것은 그저 명예를 구하고자 함이 아니고, 실지로 진심에서 우러나는 것이니 교활하다고 허물하지 마소서, 너그럽게 헤아려 주시기를 그저 바랄 뿐입니다.

天於吾兩家賜之一勝緣, 豈徒然事哉.
천 어 오 량 가 사 지 일 승 연   기 도 연 사 재

自不勝感荷之心, 而且施臨席陋地, 生彩良覺葭莩,
자 불 승 감 하 지 심   이 차 시 림 석 누 지   생 채 량 각 가 부

新誼有浮於藍田, 舊約矣.
신 의 유 부 어 람 전   구 약 의

第寒程返駕, 固知主人投轄, 誠薄則悵愧者曷有其極,
제 한 정 반 가   고 지 주 인 투 할   성 박 즉 창 괴 자 갈 유 기 극

謹伏詢際玆栗烈, 棣體度連保湛翕,
근 복 순 제 자 률 렬   체 체 도 련 보 담 흡

而無向時勞儀之愆耶, 語失倫矣.
이 무 향 시 로 양 지 비 야   어 실 륜 의

　하늘이 양쪽 집안에 좋은 인연을 주셨는데, 어찌 헛되이 그렇게 하셨겠습니까? 감사하는 마음 금할 길 없는데, 또 영광스럽게도 누추한 저희 집을 찾아주

시니, 먼 친척 같은 사이[葭莩]²¹에서 새롭게 우의가 양가 집안[藍田]²²에서 샘솟는 것을 새삼 느낍니다. 마치 옛날부터 약속이 있었던 것처럼 느껴집니다. 추운 길을 돌아가려 하는데 어른께서 투할投轄하심을 알아차렸습니다. 대접을 제대로 못한 것이 참으로 안타깝고 부끄러워서 몸 둘 바를 몰랐습니다. 이 맹렬한 추위[栗烈]²³에 댁내 두루 건강하고 평안하십니까? 늘 걱정하고 생각하면서도 말씀을 제대로 전하지 못하고 있습니다.

萱闈鼎茵康泰, 曁阮府查丈大耋無損,
훤 위 정 인 강 태　　기 완 부 사 장 대 질 무 손

天和胤玉課食充健, 堂廡均慶否.
천 화 윤 옥 과 식 충 건　　당 무 균 경 부

區區無任新忱, 忝弟望五旬措大, 得有今日者,
구 구 무 임 신 침　　첨 제 망 오 순 조 대　　득 유 금 일 자

乃知人間慶, 況獨於吾家也.
내 지 인 문 경　　황 독 어 오 가 야

新人已知素等出, 而留在寒廚, 得看其善事之道, 則果然耳.
신 인 이 지 소 등 출　　이 류 재 한 주　　득 간 기 선 사 지 도　　즉 과 연 이

得先聲儘覺 尊敎之有特奉, 呵呵迷豚, 直一遊駒,
득 선 성 진 각　존 교 지 유 특 봉　　가 가 미 돈　　직 일 유 구

而過蒙許奬, 竊恐吾執事溺於新愛矣.
이 과 몽 허 장　　절 공 오 집 사 닉 어 신 애 의

21.　가부葭莩는 갈대 대롱 안에 있는 아주 얇은 것을 뜻하는데, '사이가 그만큼 멀다'는 뜻으로 쓴다. 그렇지만 '곧 가까워질 사이'라는 것을 의미한다. 출전은 다음과 같다. 『한서漢書』, 「중산정왕전中山靖王傳」: 가부葭莩는 친親이 있는 것도 아니다.

22.　중국 섬서성陝西省에 있는 현縣의 이름으로, 좋은 옥이 많이 나는 것으로 유명하다. 여기서 상대 집안을 높여 부르는 말로 사용했다.

23.　『시경』, 「칠월七月」에 "일양一陽의 동짓달에는 바람이 차가워지고, 이양二陽의 섣달에는 기온이 싸늘해진다.[一之日觱發, 二之日栗烈.]"라는 말이 나온다. '이양二陽'은 양이 2개 생겨난다는 뜻으로 벽괘로는 ䷒(지택임괘)이다. 음력으로 12월이고, 따라서 '율렬'은 '극심한 추위'를 뜻하게 된다.

휜당[萱闈][24]께서는 여전히[鼎茵][25] 건강하십니까? 또 어른[阮府][26]께서는 연세가 많으신데 건강에 문제가 없으십니까? 댁[天和][27]의 자녀[胤玉][28]는 잘 먹고 건강하게 자라고 있습니까? 집안[堂廡][29] 두루 평온하십니까? 저는 곧 쉰 살이 다가오는데 별 볼 일 없이 지내다가[措大],[30] 오늘 같은 큰 경사가 생겼습니다. 오늘 또 어떤 사람이 경사에 대해서 물어왔는데, 그것이 어찌 우리 집안만의 경사이겠습니까? 새로 온 아이는 평소부터 뛰어나다는 소문이 자자했고, 찬 부엌에서 일하는 모습을 보니 과연 그렇다는 생각이 들었습니다. 댁에서 잘 가르쳤으니 (새아기가) 배우고 깨달은 게 있는 것 같습니다. 저희 미돈迷豚[31]은 그저 망아지처럼 뛰어다니기만 하는데, 칭찬을 과하게 받은 것 같습니다. 아들이 사랑을 새로이 받으면서 실수할까 봐 걱정입니다.

饌儀知伸尙矣, 何其過念也.
난 의 지 신 상 의   하 기 과 념 야

合竢嘖嘖, 生色中生色矣. 禮常往來.
합 사 책 책   생 색 중 생 색 의   예 상 왕 래

固知有素, 而實不學, 盛算則惡惡之者切矣.
고 지 유 소   이 실 불 학   성 산 즉 오 악 지 자 절 의

新行未幾返庭, 又迫悵訣, 則非但乃公翁新愛之未恰,
신 행 미 기 반 정   우 박 창 결   즉 비 단 내 공 옹 신 애 지 미 흡

而其忙往忙來者, 反有煩撓, 則以渠恢弘,
이 기 망 왕 망 래 자   반 유 번 요   즉 이 거 회 홍

雖不現言, 其送者, 肯曰安乎.
수 불 현 언   기 송 자   긍 왈 안 호

---

24. 『고사전高士傳』의 '색동옷을 입고 어머니 앞에서 춤을 추네[斑衣試舞萱闈裏]'에서 유래한 말로, 상대방 어머니를 높여 부르는 말이다. 원래 규방 앞에 원추리[萱草]를 심어서, '휜당'은 어머니를 뜻하는 말로 썼다.
25. '높은 벼슬에 올라 넉넉한 생활을 누린다'는 것으로, 고관대작에 있는 사람이 솥을 여러 개 걸고, 자리를 여러 개 포개 앉아 풍요로운 생활을 한다는 열정루인列鼎累茵이라는 말에서 유래했다. 여기서는 상대방을 지극히 높여 부르는 말로, '일상생활'을 의미한다.
26. 완부阮府 혹은 완장阮丈이라 하는데, 남의 백부伯父, 중부仲父, 숙부叔父, 계부季父 등을 높여 부르는 말이다.
27. 궁전宮殿을 '천화天和'라고 했는데, 여기서 상대 집안을 매우 높여서 부른 말로 사용했다.
28. 윤옥胤玉 혹은 윤옥允玉이라고 하는데, 남의 아들을 높여 이르는 말이다.
29. '정전正殿과 그 복도'를 뜻하는데, 상대방의 집안을 높이는 극존칭어로 썼다.
30. '선비가 이름을 크게 떨치지 못하고 한미하게 지내는 것'으로, 여기서도 겸사의 일종이다. 출전은 다음과 같다. 『新五代史』, 「十國世家, 東漢世家」: 老措大, 毋妄沮吾軍.
31. 미돈迷豚은 '자기 아들을 낮춰 부르는 말'이다.

且未隨其後, 雖恃寬宥, 自愧則深,
차 미 수 기 후　수 시 관 유　자 괴 즉 심

兒子所謂工夫者, 甚勿留連, 從速命送, 是仰耳.
아 자 소 위 공 부 자　심 물 류 련　종 속 명 송　시 앙 이

餘不盡備候禮伏惟, 尊照.
여 부 진 비 후 례 복 유　존 조

戊戌至晦, 忝弟某二拜上.
무 술 지 회　첨 제 모 이 배 상

　　잔치와 예식은 평소대로 하면 될 것 같습니다. 어찌 그리 지나치게 염려하십니까? 입이 마르도록 칭찬하셨지만, 그저 구색을 갖추는 것에 지나지 않습니다. 예법대로 통상 왕래했을 뿐입니다. 평소 자질을 알고 있고 또 실제 배운 것이 별로 없으니 잘못된 점이 있으면 크게 꾸짖어 주시길 바랍니다. 신행 가서 아직 돌아오지 않았는데, 댁에서 베푼 사랑에 도리를 다하는 것일 뿐만 아니라, 또 왕래하는 것이 몹시 번거로워 폐를 끼칠 것 같습니다. 넓으신 아량으로 헤아려 주십시오. 비록 말씀을 밖으로 드리지 못하지만, 보내 주시면 반드시 '사리에 맞다'라고 기꺼이 말할 것입니다. 또 뒤처리를 제대로 하지 못한 것을 너그럽게 헤아려 주실 것이라 믿지만, 그래도 여전히 송구합니다. 아이를 살펴보면서 공부시킨다고 너무 오래 붙잡아 두지 마시고, 빨리 돌아가라 명해 주시길 바랄 뿐입니다. 예를 더 갖추지 않고 여기서 줄입니다. 살펴주십시오.
　　무술년(1958년) 동짓달 그믐, 아우[忝弟][32] ○○○ 드림.

32.　상대방을 높이고 자신은 낮추는 말.

●

以若新好反寂寥, 雖曰等閒人事, 固無其悵缺者耶.
이 약 신 호 반 적 요　수 왈 등 한 인 사　고 무 기 창 결 자 야

至此而愧浮于情矣.
지 차 이 괴 부 우 정 의

謹伏詢際玆初寒靜養, 茂納崇重, 胤舍次弟,
근 복 순 제 자 초 한 정 양　무 납 숭 중　윤 사 차 제

但在怡愉, 寶覃均慶, 女阿示蒙庇善度否.
단 재 흡 유　보 담 균 경　여 아 시 몽 비 선 도 부

區區無任新忱, 查少弟望五旬措大,
구 구 무 임 신 침　사 소 제 망 오 순 조 대

非無笄女之慶, 而至於有查. 則惟尊座一位也.
비 무 계 녀 지 경　이 지 어 유 사　즉 유 존 좌 일 위 야

當極其延送之況, 而惟此雌守未能其遂,
당 극 기 연 송 지 황　이 유 차 자 수 미 능 기 수

肯曰自安乎, 想應尊座示有意人也.
긍 왈 자 안 호　상 응 존 좌 시 유 의 인 야

　우호를 새로 맺었는데도 도리어 적막한 것은, 인사를 등한시해서 그렇다고
할 수 있겠지만, 어찌 섭섭한 마음이 없겠습니까? 이런 상황에 이르고 보니 보
여 주신 정에 비하면 부끄러울 뿐입니다. 초겨울 건강은 어떠신지 안부 여쭙니
다. 아드님 형제[胤舍次弟][33]는 만족하고 즐겁게 지내고 있다니, 집안[寶覃][34]에
두루 경사가 아니겠습니까? 저의 여아를 잘 거둬 주십시오. 저는 댁에서 보여
주신 새로운 정성에 감당하기 벅찰 정도입니다. 사소제查少弟[35]는 곧 쉰이 다 되
어 가는데도 그저 별 볼 일 없이 지내다가, 이제야 딸을 시집보내는 경사를 맞
았습니다. 사돈어른이 저에게 유일한 사돈입니다. 격식에 맞게 예단을 보내는
건 당연한 일입니다만, 사돈께서 보내는 것에 저[雌守][36]는 쫓아가지 못하니 어

---

33. 윤사胤舍는 상대방 아들은 높여 부르는 말이고, 차제次弟는 동생을 뜻하는 말이다.
34. 주로 편지 같은 글에서 상대 집안을 높여 부르는 말이다.
35. 사돈에게 자신을 동생이라고 칭하고 낮추며 사돈은 높이는 말.
36. 雌守(자수)는 자신을 낮추어 겸손하게 처신하는 것을 말한다. 『도덕경』 28장: 知其雄, 守其雌, 爲天下谿, 知
　　其白, 守其黑, 爲天下式.

찌 마음이 편하겠습니까? 다만 사돈께서 보여 주신 뜻에 부응하도록 노력했습니다.

雖以知仲者爲寬宥, 然而心安得無其過度之責歟.
수 이 지 중 자 위 관 유   연 이 심 안 득 무 기 과 도 지 책 여

於是而若徒然過之, 則其處安在, 且今念五以後,
어 시 이 약 도 연 과 지   즉 기 처 안 재   차 금 념 오 이 후

則時務畢, 而暇示從容矣.
즉 시 무 필   이 가 시 종 용 의

以此下諒, 而自卜日率婦帶行, 以賜一番勝遊,
이 차 하 량   이 자 복 일 솔 부 대 행   이 사 일 번 승 유

則其浹恰者, 安知不有愈於已往歟.
즉 기 협 흡 자   안 지 불 유 유 어 이 왕 여

是所一望, 而若有孤, 此則吾知存尊座較我之甚,
시 소 일 망   이 약 유 고   차 즉 오 지 존 존 좌 교 아 지 심

而其疎闊者, 必自然也. 幸特加恕諒如何.
이 기 소 활 자   필 자 연 야   행 특 가 서 량 여 하

餘不盡備候禮, 伏惟尊照.
여 부 진 비 후 례   복 유 존 조

포숙아鮑叔牙가 관중管仲의 가난을 헤아렸듯[知仲][37] 제 처지를 이해해 주시면, 저 스스로를 과도하게 책망하지 않을 것 같습니다. 그래서 무사히 지나간다면 제 처지가 편안할 것 같습니다. 이달 25일 이후는 급한 일이 끝나고 한가해질 것 같습니다. 이런 점을 널리 살펴주십시오. 제가 좋은 날을 점쳐서 여아를 데리고 가겠으니, 좋은 시간 가졌으면 합니다. 즐거움이 이전보다 더 낫지 않겠습니까? 이는 제가 줄곧 바라는 바이고 외로운 걸로 말하자면 사돈이 저보다 더 높다고 알고 있습니다만, 그것을 풀어 버리는 것이 응당 자연스럽지 않겠습니까? 두루두루 너그럽게 살펴주십시오. 세세한 예는 갖추지 않고 이만 줄입니다. 부디 살펴주십시오.

37. 『사기史記』, 「관안열전管晏列傳」 참고.

●

珠履初奉草廬生彩, 良覺淸範之逈出也.
주 리 초 봉 초 려 생 채　　양 각 청 범 지 형 출 야

誠無限勝緣, 而只由澹泊, 未能一留.
성 무 한 승 연　　이 지 유 담 박　　미 능 일 류

而寒程風嶺, 乃見其餞, 肯曰新好之情耶.
이 한 정 풍 령　　내 견 기 전　　긍 왈 신 호 지 정 야

怪浮于悵耳. 謹伏詢臘寒, 靜養得無向憊, 而茂納崇裕.
괴 부 우 창 이　　근 복 순 랍 한　　정 양 득 무 향 비　　이 무 납 숭 유

子舍咸房連衛保覃均慶否.
자 사 함 방 련 위 보 담 균 경 부

區區無任新溯.
구 구 무 임 신 소

查弟遇吉以來, 留客東床,
사 제 우 길 이 래　　유 객 동 상

較看其耦, 則實以鳥對鳳, 不勝過分之況.
교 간 기 우　　즉 실 이 조 대 봉　　불 승 과 분 지 황

　　누추한 집에 처음으로 귀한 걸음 해 주셔서 영광입니다. 이렇게 빼어난 분을 뵐 수 있다니 이보다 더 좋은 인연은 없는 것 같습니다. 집안에 갖춘 게 너무 없어 하루를 묵을 수 없었는데도, 추운 날씨에 바람 부는 고개를 넘어 전송할 때 진실로 '좋은 인연을 맺었구나'라고 생각하면서 한편으로는 몹시 부끄럽습니다. 섣달 추위에 건강은 어떠신지요? 편안하시길 기원합니다. 또 자제분을 비롯해 집안은 두루두루 평온하신지요? 궁금한 마음 금할 길 없습니다. 저는[查弟][38] 좋은 인연을 만난 이래 사위[東床][39]를 손님처럼 머물게 하면서, 그 배우자가 될 여식을 살펴보니 참새와 봉황만큼 차이가 많이 나는 것 같았습니다. 이는 이겨 내지도 못할 과분한 상황입니다.

---

38. 사돈에게 자신을 낮추어 '동생'이라는 표현을 썼는데, 이 편지로 보라 두 집안이 사돈을 맺은 것 같다.
39. 동상東床은 자기 사위를 부르는 말이나, 간혹 다른 사람의 사위를 부르는 말로도 쓴다.

惟守拙長技, 不知況後之有禮.
유수졸장기　부지황후지유례

徒以寒素本色, 則第饌之日, 尊家臨席者, 想座有過設之責矣.
도이한소본색　즉제난지일　존가림석자　상좌유과설지책의

所恃者, 幸盛算良遂知仲, 然而自怩則深.
소시자　행성산량수지중　연이자괴즉심

新郎以曠省之慮, 遽邇昔歸行, 莫尼之第,
신랑이광성지려　거이석귀행　막니지제

還珠之後, 其勿自寶而趄, 借東壁光千萬耳.
환주지후　심물자보이진　차동벽광천만이

餘不盡備候禮, 伏惟尊照.
여부진비후례　복유존조

　또 서툰 재주만 있어 향후의 예를 어떻게 해야 할지 모르겠습니다. 집안도 빈한하고 성격도 투박한지라 잔치 당일 귀한 분을 모셔 놓고 혹시 결례가 있었는지도 모르겠습니다. 사돈어른께서 특별히 헤아려 주시리라 믿지만, 그래도 제 처지가 몹시 부끄럽습니다. 신랑은 문후[40] 여쭈러 갈 생각을 하고 있더니, 갑자기 이 저녁에 간다고 하니 막을 겨를이 없었습니다. 사돈어른 댁으로 돌아가더라도, 스스로를 아껴 멀리 나가지 말도록 하소서. 이런 훌륭한 사위를 얻어 천만 다행입니다. 예를 다 갖추지 않고 이만 줄입니다. 살펴주십시오.

---

40. 혼정신성昏定晨省을 뜻하는 말로, 어버이를 제대로 봉양하는 것을 말한다. 『예기』, 「곡례曲禮」에 "자식은 어버이께 겨울에는 따뜻하게 해 드리고 여름에는 시원하게 해 드려야 하며, 저녁에는 잠자리를 보살펴 드리고 아침에는 문안 인사를 올려야 한다.[凡爲人子之體, 冬溫而夏清, 昏定而晨省.]"라는 구절이 있다. 여기에서 유래한 말이다.

●

世幷而誼重, 面始而心吐, 良覺勝緣之不偶也.
세 병 이 의 중　면 시 이 심 토　양 각 승 연 지 불 우 야

但此無廉, 惟知孔嘉之爲好, 而不知電別之爲悵, 惡惡者則深.
단 차 무 렴　유 지 공 가 지 위 호　이 부 지 전 별 지 위 창　오 악 자 즉 심

謹伏詢際玆紗薄, 太夫人氣力, 茂納康寧,
근 복 순 제 자 사 박　태 부 인 기 력　무 납 강 녕

省退棣況, 怡愉且湛, 趨庭曁保覃均慶否.
성 퇴 체 황　이 유 차 담　추 정 기 보 담 균 경 부

區區新溯之至.
구 구 신 소 지 지

查弟偏候粗寧, 魯衛姑保, 幸莫甚焉.
사 제 편 후 조 녕　노 위 고 보　행 막 심 언

　　세상을 함께 살아가면서 의논이 중요한 법인데, 처음 마주 보고 심정을 토로하니 여태 좋은 인연을 만나지 못했다는 것을 깨달았습니다. 그러나 염치없게도, 잔치가 좋은 줄만 알고 이별[電別][41]이 아쉬운 줄 몰랐습니다. 좋지 못한 것은 아주 싫어 합니다. 이 더위에 태부인(모친을 가리킴)의 기력은 어떻습니까? 부모님을 모시는 형제분[棣][42]들은 여전히 즐겁게 잘 지내고 계십니까? 자제분[趨庭]과 집안 대소 두루두루 평온하십니까? 사제는 그럭저럭 지내고 있으며 형제들[魯衛][43]이 돌봐줘서 이보다 다행인 것도 없습니다.

而又重之者, 乃玉潤之楣光也.
이 우 중 지 자　내 옥 윤 지 미 광 야

41.　電別은 원래 '餞別(전별)'로 써야 하나, 이별을 강조하려고 의도적으로 '電(전)' 자를 쓴 것 같다. 그렇지 않으면 도무지 문맥을 해석할 길이 없다. 아니면 작가가 필사하면서 오기했을 가능성도 배제할 수 없다.

42.　棣는 형제를 상징하는 용어이며, 체후棣候, 체황棣況, 체환棣歡 등으로 사용한다. 따라서 형제간의 우애를 말할 때는 체악棣鄂, 체악棣尊, 체우棣友라고 한다.

43.　노魯나라는 주공周公의 봉국封國이고 위衛나라는 주공의 아우 강숙康叔의 봉국인데, 두 나라의 정치 상황이 마치 형제처럼 비슷하기 때문에 공자가 "魯衛之政, 兄弟也"라고 했다. 여기서 유래하여 '노위魯衛'는 형제를 대신하는 말로 사용한다. 『논어論語』, 「자로子路」편 참고.

局賢而行一厲, 始覺盛敎之有素, 而但其偶不似喜,
국 현 이 행 일 려　　시 각 성 교 지 유 소　　이 단 기 우 불 사 희

不勝投桃得瓊也.
불 승 투 도 득 경 야

所謂餪儀, 非徒貿之, 而殆有沒之其於尊家瞻視,
소 위 난 의　　비 도 무 지　　이 태 유 몰 지 기 어 존 가 첨 시

想應有陝天之嘲笑矣.
상 응 유 협 천 지 조 소 의

愧汗無冬, 敢謂肺春三, 邀業當送伻而難求莫甚,
괴 한 무 동　　감 위 폐 춘 삼　　요 업 당 송 팽 이 난 구 막 심

幸此以下諒, 而自卜日, 源源則亦救幣之一好事也.
행 차 이 하 량　　이 자 복 일　　원 원 즉 역 구 폐 지 일 호 사 야

餘不盡備候禮, 伏惟尊照.
여 부 진 비 후 례　　복 유 존 조

　또 중요한 것은 사위가 집안을 빛낼 인물이라는 것입니다. 재능은 뛰어나지만, 행동은 한결같이 조심스러웠습니다. 평소의 가르침이 있어서 그렇다는 것을 처음 알게 되었습니다. 하지만 제 여식은 기쁜 빛이 없어 보였는데, 복숭아를 던져 주고 옥을 얻는[44] 기쁨을 못내 감추는 것 같았습니다. 난의[45]는 그저 주고받는 것이 아닌데, 사돈댁에서 보시기에는 거의 차린 게 없을 것 같습니다. 남들이 웃는 게 당연할 것 같습니다. 부끄럽고 식은땀이 나면서 심장이 춘삼월처럼 뛰었습니다. 맞이하는 일에 대해서 마땅히 사람을 보내어 여쭤야 하나 사람을 구하기가 쉽지 않습니다. 이 일 이외에 다른 것은 양해해 주시길 부탁드립니다. 좋은 날을 점쳐서 순조로우면 폐백 같은 좋은 일을 치르도록 하겠습니다. 예를 다 갖추지 않고 이만 줄입니다. 살펴주십시오.

44.　『시경』, 「억抑」에 "나에게 복숭아를 던져주자, 오얏으로 보답했다.[投我以桃, 報之以李.]"라는 시가 있는데, 이를 원용하여 패러디한 것이다. '선물은 작은데 더 큰 것을 되돌려 받았다'라는 의미이다.
45.　난의餪儀는 '잔치 음식을 보내는 것'을 말한다.

●

六禮因緣, 幸莫深焉. 況八耋躬枉乎.
육 례 인 연　행 막 심 언　황 팔 질 궁 왕 호

感荷倍深, 而但此愚慵, 未能從容穩陪, 纔一宵而奉餞.
감 하 배 심　이 단 차 우 용　미 능 종 용 온 배　재 일 소 이 봉 전

浮悵之愧, 莫知仰謝也.
부 창 지 괴　막 지 앙 사 야

謹伏詢比來, 棣床頤養, 茂膺川岡, 趨庭與咸房,
근 복 순 비 래　체 상 이 양　무 응 천 강　추 정 여 함 방

連衛堂廡, 幷泰階否. 區區仰溯無任新忱.
연 위 당 무　병 태 계 부　구 구 앙 소 무 임 신 침

契下生近日況, 恰非直魯衛之相保, 而抑有舘客之淸苦也.
계 하 생 근 일 황　흡 비 직 노 위 지 상 보　이 억 유 관 객 지 청 고 야

　　육례[46]의 인연보다 더 중요한 것이 있겠습니까? 하물며 팔순의 노모께서 친히 오셨으니 더할 나위 없이 중요한 자리여서, 감사한 마음 평소보다 훨씬 더 깊습니다. 제가 여러 방면이 서툴러 편안하게 잘 모시지도 못하고, 겨우 하룻밤만 보내고 전별하게 되었습니다. 송구스럽고, 부끄럽고, 또 어떻게 감사의 말씀 전해야 할지 모르겠습니다. 근래 형제들과 부모님 봉양하시며 건강하신지요? 또 자제분들과 규방 분들, 집안 두루두루 모두 평온하십니까? 궁금한 마음 금할 길이 없었습니다. 저[契下生]는 근래 형제들이 도와주어서 관객처럼 청빈한 생활을 하며 잘 지내고 있습니다.

默察其動作, 已有龍猪之分, 則苟無虎鵠之戒, 能如是乎.
묵 찰 기 동 작　이 유 룡 저 지 분　즉 구 무 호 곡 지 계　능 여 시 호

然而所謂吾生長者, 不足其耦, 一則可喜, 一則可愧. 禮後之送,
연 이 소 위 오 생 장 자　부 족 기 우　일 즉 가 희　일 즉 가 괴　예 후 지 송

當厚而不厚, 尊門臨席責, 想應不深, 而自深矣.
당 후 이 불 후　존 문 림 석 책　상 응 불 심　이 자 심 의

46.　납채納采, 문명問名, 납길納吉, 납징納徵, 청기請期, 친영親迎 등 여섯 가지 혼례의식을 말한다. 현대 사회의 결혼
　　은 '친영'의 절차에 해당한다.

惟所仰者, 盛宥之寬, 則恃先而慙後也.
유 소 앙 자　성 유 지 관　즉 시 선 이 참 후 야

玉潤新愛未盡, 遽欲歸省行, 莫尼之三.
옥 윤 신 애 미 진　거 욕 귀 성 행　막 니 지 삼

邀當送車馬, 而實多難便.
요 당 송 거 마　이 실 다 난 편

幸以此下念, 而其於後來無使望眼之穿切仰耳.
행 이 차 하 념　이 기 어 후 래 무 사 망 안 지 천 절 앙 이

餘不盡備, 伏惟下鑑.
여 부 진 비　복 유 하 감

(사위의) 행동을 살펴보니 (제 여식과는) 용과 돼지처럼 차이가 많이 나는데, 큰 가르침[虎韜]이 없었으면 어찌 이렇게 할 수 있겠습니까. 제 장녀가 배필로는 부족한 것 같습니다만, 한편으로는 기쁘고 한편으로 부끄럽기 짝이 없습니다. 예식을 마치고 예물은 마땅히 후하게 보내야 하는데 그러질 못했습니다. 자리에 함께하신 사돈어른들께서 심하게 책망하시지 않으셨지만, 저는 깊이 자책했습니다. 넓은 아량을 베풀어 주시길 바랄 뿐입니다. 사돈어른을 믿는 마음이 먼저이고, 부끄러움은 나중 일입니다. 사위에게 새 사랑을 다 베풀지도 못했는데, 갑자기 인사하러 돌아가려 합니다. 서너 번 잡았습니다만 끝내 그러지 못했습니다. 마땅히 거마를 딸려 보내야 하나 인편을 구하기가 쉽지 않습니다. 이 점 너그럽게 헤아려 주십시오. 다음에 오실 때 크게 책망하지 않으시기를 바랄 뿐입니다. 예를 다 갖추지 않고 이만 줄입니다. 살펴주십시오.

●

西階一陪, 便如南柯, 則是所悵缺者, 猶爲莫深, 況又歲新乎.
서 계 일 배 편 여 남 가 즉 시 소 창 결 자 유 위 막 심 황 우 세 신 호

因此投筆伊人之思, 自然益切耳.
인 차 투 필 이 인 지 사 자 연 익 절 이

謹伏詢正晦, 萱闈壽韻增福, 省退棣體, 席連衛且湛.
근 복 순 정 회 훤 위 수 운 증 복 성 퇴 체 체 석 련 위 차 담

玉潤聲息種種, 無或倚閭寶覃均慶否. 區區無任新忱.
옥 윤 성 식 종 종 무 혹 의 려 보 담 균 경 부 구 구 무 임 신 침

　　서쪽 계단[西階]⁴⁷에 나란히 서 있는 것을 보니 마치 꿈[南柯]⁴⁸만 같아, 슬프고 애타는 마음이 이보다 더 심한 경우가 있겠습니까?⁴⁹ 하물며 해가 바뀜에 있었으랴! 이런 연고로 저는 붓을 들어 이 사람의 심사를 풀어내니, 저절로 더욱 애절해집니다. 정월 그믐인데, 사장어른은 건강하시고, 부모님을 모시면서 사돈도 건강하십니까? 가내도 두루 평온하십니까? 사위 편으로 가끔 소식을 전해 듣지만, 혹시 사돈댁에 별일이 없는지 안부[倚閭]⁵⁰가 궁금하기 그지없습니다.

查弟老慈氣力粗寧, 餘累免何私幸.
사 제 노 자 기 력 조 녕 여 루 면 하 사 행

47.　『가례家禮』에 온공溫公이 주석을 단 것을 보면, "신랑은 서쪽에 자리하고 신부는 동쪽에 자리한다.[有壻在西婦在東之語. 西階是賓之位. 東階是主人之位.]"라고 했다. 서계西階는 손님의 자리이며 동계東階는 주인의 자리로서, 사당에서 서립序立할 때의 예 또한 남자는 동쪽에, 여자는 서쪽에 서는 것이 예법이다.

48.　남가일몽南柯一夢의 줄임말이다. 잘 알려진 대로, 당나라 이공좌李公佐의 소설 『남가기南柯記』에 나오는 고사이다. 본래 일장춘몽一場春夢과 같은 의미로 쓰지만, 이 글의 문맥으로 보면 '꿈같은 경사'라는 의미를 담고 있다. 그런데 뒤 구절이 '몹시 슬프다'라고 해서 앞뒤가 잘 연결되지 않는다. 이 편지는 혼례에 관한 내용으로 흉사를 다룰 일이 전혀 없는데, '이보다 더 슬프다'는 구절은 의미가 통하지 않는다. 작가의 오류인지, 역자가 글이 짧은지 후세의 현명한 이를 기다려 판단할 수밖에 없다.

49.　앞의 주석에서 지적했듯이 이 글은 문리가 순하지 않다. 역자가 모르는 개인적 사정이 있는지 추측할 수 있을 뿐이다. 친영親迎 이전에 상사喪事가 있어 이런 표현을 쓰지 않았을까 추측할 뿐이다.

50.　의려倚閭는 '마을 입구에 세운 문에 기댄다'라는 뜻으로, '모친이 자식을 간절히 생각하며 안부를 걱정한다'는 말이다. 『전국책』에 다음 고사가 나온다. "제나라 왕손고王孫賈가 열다섯 살에 민왕閔王을 섬겼는데, 아침에 나가서 저녁에 돌아올 때면 모친이 '집 문에 기대어 기다렸고[倚門而望]', 저녁에 나가서 돌아오지 않으면 '마을 문에 기대어 기다렸다[倚閭而望]'고 한다."

曷喩嘉辰迎送之禮, 從古非無.
갈유가진영송지례 종고비무

而惟此寒素, 凡百俱設, 愧汗自切, 則豈望盛恕之萬一耶.
이유차한소 범백구설 괴한자절 즉기망성서지만일야

此時勝遊之節也.
차시승유지절야

又新誼未洽, 則幸珎駕一枉, 以彩窮廬, 而一則攄盡.
우신의미흡 즉행진가일왕 이채궁려 이일즉터진

兄我之勝緣, 一則更玩賤裔之樣子如何.
형아지승연 일즉경완천예지양자여하

預爲掃榻釀樽, 而又喬梓幷枉切仰耳.
예위소탑양준 이우교재병왕절앙이

餘不盡備禮, 惟冀尊照.
여부진비례 유기존조

　　저의 모친께서는 기력이 그런대로 괜찮으시고, 다른 자잘한 일도 벗어날 수 있어 저로서는 여러모로 다행인 상황입니다. 좋은 때 친영의 예는 예부터 늘 있어 왔습니다. 다만 저희가 본래 빈한한 집안이라, 나름 구색을 갖춘다고 했으나 (미비해서) 부끄럽고 식은땀이 날 정도입니다. 사돈께서 너그럽게 헤아려 주시길 바랄 뿐입니다. 최근에 좋은 인연을 맺었는데, 새로 의논하신 것이 미흡하시다면 누추한 저희 집을 방문하셔서 생각하신 것을 다 풀어놓으면 좋겠습니다. 사돈과 제가 좋은 인연을 맺었는데, 저희집이 비록 남루하지만 즐거운 시간 한번 보내는 것이 어떻겠습니까? 사돈과 사위[喬梓][51]가 같이 왕림해 주시길 간절히 바랍니다. 예를 다 갖추지 않고 이만 줄입니다. 살펴주십시오.

---

51. 교재喬梓는 원래 부자父子를 뜻하는 말이다. 이 글에서 편지 수신인을 고려한다면 '사돈과 사위'가 된다. 『상서대전尙書大全』에 나오는 다음의 고사에서 유래했다. 주周나라 때 백금伯禽이 숙부인 강숙康叔과 함께 아버지 주공周公을 세 번 찾아뵈었는데 모두 주공에게 매를 맞았다. 강숙이 놀라서 백금에게 말하기를 "상자商子라는 사람이 있는데 현인賢人이시다. 가서 만나 보자"라고 하였다. 상자를 만나 그 까닭을 물으니, 상자가 말하기를 "남산南山 남쪽에 나무가 있으니, 그 이름이 교喬이다. 그대들은 가서 보라"라고 하였다. 이에 두 사람이 가서 보니 과연 교라는 나무가 높이 서 있었다. 이에 돌아와 상자에게 말하니, 상자가 말하기를 "교는 부도父道이다. 남산의 북쪽에 재梓라는 나무가 있으니, 그대들은 다시 가서 보라"라고 하였다. 두 사람이 가서 보니 과연 재라는 나무는 낮게 고개를 숙이고 있었다. 이에 돌아와 상자에게 말하니, 상자가 말하기를 "재는 자도子道이다"라고 하였다. 이에 두 사람이 다음 날 주공을 찾아뵙고 공경한 자세로 무릎을 꿇고 앉으니, 주공이 머리를 쓰다듬으며 위로하고 음식을 주며 말하기를 "네가 어디서 군자君子를 만났느냐?"라고 하였다.

謹二拜謝候書
근 이 배 사 후 서

幷世客接, 尙遲晩道者, 天必有爲.
병 세 객 접 상 지 만 도 자 천 필 유 위

今日新好事, 而然則豈徒然哉.
금 일 신 호 사 이 연 즉 기 도 연 재

載盡況洽而歸, 自不覺嶺之高病之退矣.
재 진 황 흡 이 귀 자 불 각 령 지 고 병 지 퇴 의

兒還又承惠書繾綣辞旨, 足可令人僕僕者也.
아 환 우 승 혜 서 견 권 사 지 족 가 령 인 복 복 자 야

憑伏審數宵回, 春堂壽韻, 保有萬壯, 定下靜養,
빙 복 심 수 소 회 춘 당 수 운 보 유 만 장 정 하 정 양

茂納怡愉, 子舍棣況, 連護湛相, 寶覃均慶否.
무 납 이 유 자 사 체 황 연 호 담 상 보 담 균 경 부

區區無任新賀. 查少弟魯衛姑保, 誠式好矣.
구 구 무 임 신 하 사 소 제 노 위 고 보 성 식 호 의

재배하며 안부 글 올립니다.

　세상을 살아가면서 손님을 맞이할 때 천천히 오랫동안 모시는 것을 좋아하는 것은 반드시 하늘의 뜻이 있어 그럴 것입니다. 오늘 새로운 경사가 한갓 헛되겠습니까? 모두 흡족해 하시고 돌아가신 것 같아, 고개 넘어 돌아오는 길에 힘든지 몰랐습니다. 아이 돌아올 때 보내신 편지에서 하신 간곡한 말씀은 충분히 이해했습니다. 며칠이 지났는데, 사장어른은 여전히 건강하시고 사돈도 별고 없으신지요? 자제분들과 형제분들도 모두 어떤지, 집안 두루두루 평온하십니까? 궁금한 마음 금할 길 없습니다. 저는 형제들이 두루 도와줘 진실로 형제간 우애 있게 지내고 있습니다.

然而所謂望五旬, 人事得已下慶則始矣.
연 이 소 위 망 오 순 인 사 득 이 하 경 즉 시 의

惟知福星之爲好, 而不知其初見之新嫌, 友貽勞勞等事.
유 지 복 성 지 위 호 이 부 지 기 초 견 지 신 혐 우 이 노 노 등 사

雖曰溢慈, 實則愚矣.
수 왈 일 자 실 즉 우 의

婉淑這德, 實非偶然, 則吾家之福, 天固必矣.
완 숙 저 덕 실 비 우 연 즉 오 가 지 복 천 고 필 의

扭迷遯之遊驅, 無足可敵. 喜一愧一.
단 미 둔 지 유 구 무 족 가 적 희 일 괴 일

而來視過有許奬. 竊恐吾座下溺於新愛也.
이 래 시 과 유 허 장 절 공 오 좌 하 닉 어 신 애 야

餪儀知仲尙矣.
난 의 지 중 상 의

而還有過念受時之歡, 不覺答時之愧. 可笑賤鑑矣.
이 환 유 과 념 수 시 지 환 불 각 답 시 지 괴 가 소 천 감 의

來余之敎, 非扭座下之曲請, 而弟亦有未洽者,
내 여 지 교 비 단 좌 하 지 곡 청 이 제 역 유 미 흡 자

新儀之纔一見, 則從當隨便欲一行耳.
신 의 지 재 일 견 즉 종 당 수 편 욕 일 행 이

兒子行循俗從禮, 又命送其於迎後之薪薪,
아 자 행 순 속 종 례 우 명 송 기 어 영 후 지 신 신

亦當□□言之, 愧矣. 餘不盡備謝候禮, 尊照.
역 당 □ □ 언 지 괴 의 여 부 진 비 사 후 례 존 조

    나이가 곧 쉰인데, 살면서 이런 경사는 처음입니다. 하지만 복성福星이 좋은 줄만 알았지, 처음 뵐 때 불편함이나, 벗들이 수고한 것에 대해서는 잘 몰랐습니다. 자애로움이 넘친다고들 칭찬하나, 실제로는 어리석을 뿐입니다. (새아기가) 덕이 저렇게 완숙한 것은 절대 우연이 아닐 것이며, 이는 필히 하늘이 우리 집안에 주신 복된 일일 터입니다. 미숙한 제 자식은 망아지 같은데, 다스리기 힘드실 것 같습니다. 한편으로는 기쁘고 한편으로는 부끄럽습니다. 오셔서 보실 때는 약간 과장된 점이 있었습니다. 사돈께서 너무 아끼실까 걱정입니다. 난의는 형편대로 하시면 될 것 같습니다. 하지만 받을 때 기쁨만 생각했지, 답례할 때 부끄러움은 미처 몰랐습니다. 웃으시면서 살펴주십시오. 말씀하신 부분은 사돈뿐만 아니라 저도 미흡한 부분이 있다고 생각합니다. 예식 때 잠깐 뵈었을 뿐이라서, 도리에 따라 편의대로 행했습니다. 아이들이 풍속과 예법에 따라야 하고, 또 친영 이후의 섭섭함에 대해서 아이들에게 일러 주십시오. 또한 당연히 □□하셔야 할 것 같습니다. 부끄럽습니다. 예를 갖추지 않고 그만 줄입니다. 살펴주십시오.

與寧海翊洞南孝河書
여 영 해 익 동 남 효 하 서

省式
생 식

尊閤夫人宗婦氏祥朞奄屆, 暮年酸苦之懷, 何以堪居.
존 합 부 인 종 부 씨 상 기 엄 계 모 년 산 고 지 회 하 이 감 거

伏惟自護氣力, 下以慰孝子哀, 而鎭帖之是願耳.
복 유 자 호 기 력 하 이 위 효 자 애 이 진 첩 지 시 원 이

某等承訃以來, 未嘗匍匐, 無與共喪亂之憂者.
모 등 승 부 이 래 미 상 포 복 무 여 공 상 난 지 우 자

知不免情外之責, 而晩以一紙, 亦替傳於浮便祇切悲愧.
지 불 면 정 외 지 책 이 만 이 일 지 역 체 전 어 부 편 지 절 비 괴

漢初甫奠英山之日奉尊昈於道齋, 得承邇來憂虞大槪事,[52]
한 초 보 전 영 산 지 일 봉 존 면 어 도 재 득 승 이 래 우 우 대 개 사

而歸以報聆之殆, 不勝驚惋. 孝哀之呻囈, 或君之縲絏,
이 귀 이 보 령 지 태 불 승 경 완 효 애 지 신 예 욱 군 지 류 설

固爲尊慈之靈臺下百丈愁城, 而亦闔族之所共作惡也.
고 위 존 자 지 령 대 하 백 장 수 성 이 역 합 족 지 소 공 작 오 야

영해 익동 남효하께 보내는 글

형식을 생략합니다. 집안의 종부이신 존합尊閤[53]의 탈상이 곧 다가오는데, 말년의 신고辛苦를 어떻게 견디고 계십니까? 부디 기력을 잘 차리시기를 바라고 또 상주喪主를 위로하고자 이 글을 씁니다. 저희는 부고를 받고 조문 가서 슬픔을 나누기도 했습니다만, 그간의 정으로 봐서 책임을 다하지 못한 부분이 있는 것 같습니다. 늦었지만 편지로 몹시 슬프고 애통한 마음을 전합니다.

돌아와서야 건강이 좋지 않다는 소식을 들으니, 몹시 놀랐습니다. (모친을 떠나보

---

52. 이 부분은 번역하지 않았다. 과문寡聞한 탓이겠지만, 정확하게 의미를 파악할 수 없다. 가필加筆인지 필사筆寫 과정의 오류인지 명확하게 단정할 수 있는 것이 없다. 이대로 남겨 두면서 후세 군자를 기다릴 수밖에 없다. 소위 '불가강해不可强解'이다.

53. 남의 부인을 높여 부르는 말.

ᄖ) 자손들도 목이 잠길 만큼 슬플 것이고, 어른께서도 몹시 비통해하실 텐데, 이는 지하에 계신 존령께 크나큰 근심이 될 것이며, 우리 집안사람들 모두가 염려하는 바입니다.

其後有日矣, 未知沈病者, 打疊不瑕有害於將事之節,
기 후 유 일 의   미 지 침 병 자   타 첩 불 하 유 해 어 장 사 지 절
拘囚者放解, 庶幾調治於受困之憊否.
구 수 자 방 해   서 기 조 치 어 수 곤 지 비 부
實願聞之至, 凡居息於此, 世者當觀象玩占,
실 원 문 지 지   범 거 식 어 차   세 자 당 관 상 완 점
不宜褰裳就溺, 今非曰必有是也.
불 의 건 상 취 닉   금 비 왈 필 유 시 야

而前轍豈不爲戒乎.
이 전 철 기 불 위 계 호
念我宗家, 氣數之岌業, 每中夜不寐, 循環之理天也.
염 아 종 가   기 수 지 급 업   매 중 야 부 매   순 환 지 리 천 야
未知稅駕, 何日良用, 歎咄族中, 都節何居, 周爲馳溸,
미 지 세 가   하 일 량 용   탄 돌 족 중   도 절 하 거   주 위 치 소
鄙中劣狀, 無足奉道耳.
비 중 렬 상   무 족 봉 도 이
有事而不躬, 問遇厄而不往救, 豈至情乎.
유 사 이 불 궁   문 우 액 이 불 왕 구   기 지 정 호

이후로도 며칠이 지났으니, 병이 차도가 있는지 모르겠습니다. 장래의 일에 해가 없도록 잘 수습하시길[打疊][54] 바랍니다. 묶인 것이 풀리듯, 곤혹스럽고 고달픈 지경에서 벗어나시길 진심으로 바랍니다. 여기에서 어느 정도 진정이 되면, 세상 이들은 보통 천문을 관찰하거나 점을 친다고 합니다. '치마를 걷고 강을 건너지 말아야 한다'[55]라는 점괘가 있는데, 지금 꼭 여기에 해당한다고 할 수

---

54. 타첩打疊은 '어떤 일을 미리 수습하고 처리한다'라는 뜻이다.
55. 『시경詩經』, 「정풍鄭風, 건상褰裳」에 "그대가 나를 사랑하여 그리워한다면, 치마를 걷고 유수를 건너겠지만, 그대가 나를 그리워하지 않는다면 어찌 다른 사람이 없겠는가.[子惠思我, 褰裳涉洧, 子不我思, 豈無他士.]"라고 하였다 이 시를 인용할 때는 주로 '작중 화자인 여성'을 비난하는 뜻으로 많이 쓴다. 따라서 여기서 '건상'은 '타인의 비난'이라는 의미이다.

없습니다.

하지만, 어찌 지난날을 거울로 삼아 경계하지 않을 수 있겠습니까? 집안의 종가 상황을 살펴보니 기수가 매우 위급한 것 같아 밤에 잠을 이루지 못합니다. 천리는 순환한다고 하는데, 언제 이 멍에에서 풀려나 좋은 날이 올지 모르겠습니다. 집안사람 중에 탄식하면서 절도를 잃고 우왕좌왕하는 이들이 있는데 이런 용렬한 모습은 말할 가치도 없습니다. 대사가 있는데 나서서 행동하지 않고, 집안에 어려운 일이 닥쳐도 가서 돕지 않으니, 이런 이들 두고 정이 있다고 어찌 말할 수 있겠습니까?

道路遠矣, 世故掣矣, 以是而得蒙諒宥則幸耶.
도 로 원 의　　세 고 체 의　　이 시 이 득 몽 량 유 즉 행 야

餘萬非筆端可旣. 伏惟照在. 壬申十月二五日, 族從.
여 만 비 필 단 가 기　　복 유 조 재　　임 신 십 월 이 오 일　　족 종

相鉉, 錫冕, 錫玄, 錫年, 錫東.
상 현　 석 면　 석 현　 석 년　 석 동

갈 길은 멀고 세상은 도와주지 않습니다. 이런 차에 가르침을 받았고 또 저희 처지를 이해해 주셔 정말 다행입니다. 드릴 말은 많지만 여기서 이만 줄입니다. 살펴주십시오.

임신년(1932년), 10월 25일, 집안 동생 상현, 석면, 석현, 석년, 석동 드림.

●

伏惟以睡隱先生, 不祧之位, 將行吉祀之禮,
복 유 이 수 은 선 생　　부 조 지 위　　장 행 길 사 지 례

以及通諭于近遠斯文, 公議寔出於崇德象[56]賢,
이 급 통 유 우 근 원 사 문　　공 의 식 출 어 숭 덕 상　　현

則惟幸一段秉彝, 尙不泯于斯世, 而其在縫章遺裔,
즉 유 행 일 단 병 이　　상 불 민 우 사 세　　이 기 재 봉 장 유 예

孰敢無高山景行之思乎.
숙 감 무 고 산 경 행 지 사 호

恨不能立社尸祝, 而仍行本家祼薦[57]之廟也.
한 불 능 립 사 시 축　　이 잉 행 본 가 관 천　　지 묘 야

鄙等合宜晉參[58]於瞻拜, 興俯之未,
비 등 합 의 진 삼　　어 첨 배　　흥 부 지 미

一以贊本孫追遠之誠孝, 一以觀僉君子, 周旋之禮數.
일 이 찬 본 손 추 원 지 성 효　　일 이 관 첨 군 자　　주 선 지 례 수

而非惟病喘龜縮, 又拘門事未能遂忱.
이 비 유 병 천 균 축　　우 구 문 사 미 능 수 침

只以一紙呈, 似安敢望恕宥也.
지 이 일 지 정　　사 안 감 망 서 유 야

秪祝僉體尊重祀禮利行.
지 축 첨 체 존 중 사 례 리 행

수은 선생을 불조지위不祧之位[59]에 모시고자 제사를 올리려고 합니다. 이를 원근의 동문 선후배님께 알려드립니다. '덕망이 높고 학식이 뛰어난 분을 높이고 받들자'라고 의견이 모아졌습니다. 사람의 떳떳한 본성[秉彝][60]이 아직 이 세상

---

56. 象은 '尙'을 잘못 쓴 듯하다. 번역은 '尙'에 준하여 했다.
57. 원문의 '祼薦'은 통상 '薦祼'이라고 쓴다. '薦'은 음식을 올리는 것이고, '祼'는 강신주를 따르는 것을 말한다.
58. 晉參은 '進退(진퇴)'와 뜻이 통하는데, 進退가 더 통상적인 표현이다.
59. '공이 크고 학문이 높은 사람의 위패를 사당에서 영구히 모시는 것'을 말한다.
60. 『시경』, 「증민烝民」: 사람이 떳떳한 본성이 있어, 이 아름다운 덕을 좋아하도다.[民之秉彝 好是懿德.]

에서 사라지지 않았으니, 선비의 후손이라면 고인의 큰 덕[高山景行]⁶¹을 어찌 흠모하지 않을 수 있겠습니까?

시축^{尸祝62}을 세우지 못하는 것이 한이 되지만, 본가의 사당에서 제사를 모셨습니다. 저희가 진퇴, 흥부의 예를 진행하면서, 한편으로 본가에서 내려오던 제사 모시는 방식을 따르고 한편으로는 여러 군자의 예법을 참고했습니다. 병이 났을 뿐만 아니라, 집안의 여러 일에 얽매여 정성을 다하지 못했습니다. 이렇게 편지로 소식을 알리니 어찌 용서를 바랄 수 있겠습니까! 건강에 유의하시고 제사가 순조롭게 진행되기를 바랄 뿐입니다.

61.　『시경』, 「거할車舝」: 높은 산처럼 우러르고 큰길처럼 따라간다.[高山仰止 景行行止.]
62.　'제사 때 축문을 읽는 제관'을 말한다. 이하는 제사를 모시는 설명하고 있다. 천관薦祼은 제물을 올리고 강신주를 따르는 것이고, 흥부興俯는 제사에서 일어서고 부복俯伏하는 것이며, 진퇴進退는 초헌初獻 등 의식을 거행하는 자리에 나아가거나 물러나는 것이며, 추배趨拜는 종종걸음으로 제사에 나아가는 것과 절하는 것을 이른다.

●

我從先祖府君墓所, 守護數百年, 有意外不安之慮,
아 종 선 조 부 군 묘 소 수 호 수 백 년 유 의 외 불 안 지 려

而聞有遷曆之議者, 已幾守一年.
이 문 유 천 적 지 의 자 이 기 수 일 년

若緬襄之禮, 定有其日, 則當啓示于鄙等.
약 면 양 지 례 정 유 기 일 즉 당 계 시 우 비 등

鄙等亦當瞻拜, 痛哭於衣冠改藏之所, 而全然無由得聞者, 何事也.
비 등 역 당 첨 배 통 곡 어 의 관 개 장 지 소 이 전 연 무 유 득 문 자 하 사 야

想貴中不必無奇, 而應浮沈於中道耳.
상 귀 중 불 필 무 기 이 응 부 침 어 중 도 이

　우리 조상님들의 묘소를 수백 년 지켜 왔습니다. 뜻밖에도 불안한 염려가 있
는데, 이장하자는 논의가 근 일 년 가까이 있었다고 합니다. 만약 이장[緬襄]할
때 제사 날짜가 정해지면, 꼭 저희에게 알려 주십시오. 저희가 당연히 참배하고
그 자리에서 애통하게 곡을 올려야 합니다. 그런데도 전혀 소식을 들을 수가 없
으니, 어찌 된 연유입니까? 귀하께서 정도에서 벗어난 점이 없지 않아 있으니,
반드시 예법을 따라 주시길 바랍니다.

今始於寧海風傳, 得悉已行.
금시어녕해풍전 득실이행

此擧事過矣, 不須相尤, 而未伸殘誠者, 實傍裔之罪.
차거사과의 불수상우 이미신잔성자 실방예지죄

恨莫逮之私庸有旣耶.
한막체지사용유기야

謹未審炎酷僉體, 得不以節氣之愆, 有所致損否.
근미심염혹첨체 득불이절기지건 유소치손부

鄙等衰狀已甚, 吸暑喘喘耳, 緣何得奉語對討, 以余寂阻之懷耶.
비등쇠상이심 흡서천천이 연하득봉어대토 이여적조지회야

事緩後一書, 未知尙愈於已也. 而亦或彛衷所發諒之否.
사완후일서 미지상유어이야 이역혹이충소발량지부

영해에 처음에는 소문으로 떠돌던 것이 일어나고야 말았습니다. 큰일은 이미 지나갔으니 염려하실 필요가 없습니다. 작은 정성이라도 다하지 못한 것은 진정으로 후손들의 죄입니다. 제 힘이 미치지 못한 채 이미 지나가 버린 것이 몹시 한이 됩니다. 날씨가 꽤 무더운데 안부를 살피지 못했습니다. 절기와 어긋나지 않고 건강은 여전하십니까? 저는 건강이 몹시 안 좋아졌고 더위에 숨을 헐떡이고 있어, 만나 뵙고 말씀을 나누면서 막힌 소회를 풀고 싶으나 그럴 수 없습니다. 사태가 좀 진정되면 다시 글을 보내겠습니다만, 지난번보다 나아질지 모르겠습니다. 널리 양해해 주시길 부탁드립니다.

與查兄書
여 사 형 서

稽顙, 新好之地.
계 상　신 호 지 지

半歲阻晤, 猶之爲帳, 耿而期日, 且當此時傾仰,
반 세 조 오　유 지 위 장　경 이 기 일　차 당 차 시 경 앙

尤不切於平昔乎.
우 부 절 어 평 석 호

謹本審至沍, 侍奠哀棣體履萬加支衛, 允舍咸房,
근 본 심 지 호　시 전 애 체 체 리 만 가 지 위　윤 사 함 방

　連侍淸穆仁堂僉候, 在凝吉否. 周爲馳漆區區.
연 시 청 목 인 당 첨 후　재 응 길 부　주 위 치 소 구 구

査弟罪人, 廬下節序之感猶庭, 添損之ㅁ, 己不可言,
사 제 죄 인　여 하 절 서 지 감 유 정　첨 손 지 ㅁ　이 불 가 언

而日望海外, 看雲倚閭, 熬費神思, 烏可謂世味乎.
이 일 망 해 외　간 운 의 려　오 비 신 사　오 가 위 세 미 호

但今日之結帨裝送, 惟曰慶幀面禮數之薄物,
단 금 일 지 결 세 장 송　유 왈 경 치 면 예 수 지 박 물

賤息之失敎罪愧交深.
천 식 지 실 교 죄 괴 교 심

望須哀座, 恕之以高義, 庇之以慈念, 則尤亦幸耳.
망 수 애 좌　서 지 이 고 의　비 지 이 자 념　즉 우 역 행 이

餘都留不宣疏禮. 伏惟哀照.
여 도 유 불 선 소 례　복 유 애 조

사형께 드리는 글

　고개 숙여 인사드립니다. 새롭고 좋은 곳에서도 반년이나 소식이 막혔으니, 장막에 갇힌 것 같습니다. 만날 날짜가 점점 다가오니 평소보다 더욱 그립습니다. 날씨가 몹시 추운데도 여전히 건강하시다는 것을 알게 되었습니다. 집안 두루두루 어른들 모두 예전처럼 건강하신지요?
여러 가지가 궁금합니다. 저는 움막에서 계절이 바뀌는 것을 느끼는데 마치 집에 있는 것 같습니다. 들고 나는 것을 다 말할 수 없습니다. 날마다 바다를 보거

나 구름을 보면서 문설주에 기대어[倚門][63] 자식 걱정에 애달아하고 있습니다. 세상살이가 본래 이런가 봅니다. 오늘 예물을 몇 개 보냈는데, 그저 형식을 갖춘 변변찮은 물건에 지나지 않습니다. 천식賤息[64]을 잘못 가르치지 않았는지, 송구한 마음을 거둘 수 없습니다. 바라옵건대, 애좌哀座[65]께서 고견으로 용서해 주시고 따뜻한 마음으로 품어 주십시오. 그러면 이보다 더 좋을 것이 있겠습니까? 예를 갖추지 않고 이만 줄입니다. 부디 살펴 주십시오.

---

63. 부모가 자식의 안부를 걱정하는 말이다. 『전국책(戰國策)』, 「제책(齊策)」.
64. 자기 자식의 겸칭.
65. 상주를 부르는 존칭.

以有期之日待之而竟孤望, 令從氏兄光臨可感.
이 유 기 지 일 대 지 이 경 고 망　　　영 종 씨 형 광 림 가 감

而烏能無耿結底懷緖耶.
이 조 능 무 경 결 저 회 서 야

謹伏審至沍靖中, 棣床興候衛湛重.
근 복 심 지 호 정 중　　체 상 흥 거 후 위 담 중

梓舍曁咸房俱得穩, 侍同堂僉節, 幷躋泰階, 仰溸區區.
재 사 기 함 방 구 득 온　　시 동 당 첨 절　　병 제 태 계　　앙 소 구 구

實非紙上例語也.
실 비 지 상 례 어 야

弟飮啄山樊無足, 向人說道, 而一自于歸人入門后, 滿至和氣,
제 음 탁 산 번 무 족　　향 인 설 도　　이 일 자 우 귀 인 입 문 후　　만 지 화 기

依然若雪裡生春, 可以爲悅親之資, 而不暇獻賀, 自誇萬萬.
의 연 약 설 리 생 춘　　가 이 위 열 친 지 자　　이 불 가 헌 하　　자 과 만 만

魯衛依遣餘累. 姑無現警各籬, 亦免何何煩於崇聽哉.
노 위 의 견 여 누　　고 무 현 경 각 리　　역 면 하 하 번 어 숭 청 재

迷豚今以起送似稔, 而山廚冷薄, 祇以空肩一力, 隨後愧窘無已,
미 돈 금 이 기 송 사 혜　　이 산 주 냉 박　　지 이 공 견 일 력　　수 후 괴 군 무 이

望須勿較, 從送幷蠻於顧如何. 餘續候不備. 伏惟尊照.
망 수 물 교　　종 송 병 비 어 고 여 하　　여 속 후 불 비　　복 유 존 조

만날 날을 기대하고 있었으나 결국 만나지 못하게 되어 크게 실망하고 있습니다. 영종씨令從氏[66]께서 찾아주신다면 큰 영광이겠습니다. 만나면 회포를 풀 수 있지 않겠습니까? 날이 몹시 차가운데, 형제[棣床][67]분 모두 건강하시다는 것을 알게 되어 마음이 놓입니다. 재사梓舍나 함방咸房 모두 잘 처리되었는지, 집 안 두루 평온泰階[68]하신지 몹시 궁금합니다. 편지로 나눌 이야기가 아닌 것 같습니다. 저는 산중에서 그럭저럭 지내면서 사람들에게 늘 이렇게 말합니다. "새사

66. 사촌 형님을 높여 부르는 말.
67. 체상棣床은 상체常棣, 즉 '형제의 책상'이라는 말이다. 『시경』, 「상체常棣」에 "상체의 꽃이 활짝 피었네. 많은 사람 중 형제만 한 이가 없느니라.[常棣之華, 鄂不韡韡, 凡今之人, 莫如兄弟.]"라 하였다. 여기에서 유래하여 '상체'는 '형제'를 대신하는 말로 사용한다.
68. '泰階(태계)' 혹은 '泰界(태계)'라는 표현을 작가가 쓰는데 명확하게 의미가 다가오지 않는다. 다른 문헌에서 용례를 찾아보기도 어렵다. 음차한 것 같은데, 근거는 없다. '안부를 묻는 표현'으로 해석했다.

람이 우리 집안에 들어오고부터 화기가 가득하고 마치 눈 내리는 겨울에 봄이
온 것 같다. 진정으로 부모를 기쁘게 할 줄 아는 자질을 갖췄다." 공연히 칭찬하
는 것이 아니라 아주 자랑스럽습니다. 형제분들[魯衛]께 예법대로 예물을 보냈
지만, 폐를 끼치는 것 같습니다. 눈에 띨 만한 것도 없으니 칭찬받을 일도 없는
것 같습니다. 미돈迷豚[69]이 오늘 음식을 가지고 갈 것인데, 마치 혜강嵇康이 마시
고 먹던 것처럼 보잘것없습니다. 나름대로 애는 썼으나 궁색하기 짝이 없습니
다. 다른 집과 비교하시지 않았으면 합니다. 고삐도 같이 보내니 살펴봐 주십시
오. 예를 갖추지 않고 이만 줄입니다. 살펴봐 주십시오.

---

69. 자기 아들을 낮추는 말로 '가아家兒'라고도 한다.

●

嚮者相別於焉數旬, 蔦蘿之懷, 朱陳之誼, 尤倍於平日之情也.
향 자 상 별 어 언 수 순　조 라 지 회　주 진 지 의　우 배 어 평 일 지 정 야

謹未詢少春靖養起居候, 以時萬禧.
근 미 순 소 춘 정 양 기 거 후　이 시 만 희

子舍穩侍篤課廡內節宣周周平迪否.
자 사 온 시 독 과 무 내 절 선 주 주 평 적 부

仰漊區區. 實非尋常且祝. 查弟魯衛相將, 劣狀卬昔.
앙 소 구 구　실 비 심 상 차 축　사 제 노 위 상 장　열 상 인 석

兒們無頃耳. 惟幸新婦阿懿範之風, 宿宿常滴, 和氣自生耳.
아 문 무 이 이　유 행 신 부 아 의 범 지 풍　숙 숙 상 적　화 기 자 생 이

就豚兒一番走拜然, 彼汨於塵穴, 尙爾未暇.
취 돈 아 일 번 주 배 연　피 골 어 진 용　상 이 미 가

烏可容喙耶. 仰托掃萬一次, 賁臨掃搨不備禮.
오 가 용 훼 야　앙 탁 소 만 일 차　분 임 소 탑 불 비 례

　　십여 일 전 헤어졌는데, 조라蔦蘿[70]의 회포와 주진朱陳[71]의 우의는 평소 나누었던 정보다 몇 곱절이 더 깊었습니다. 봄철인 요즘 건강은 어떤지 안부를 여쭙지도 못했습니다. 여전히 학업에 열중하시는지, 가루 두루 평온하신지 궁금한 마음 금할 길 없습니다. 나날이 발전하시길 기원합니다. 저희 형제는 여전히 우애 있게 잘 지내며, 저는 예전과 크게 달라진 게 없습니다. 아들 내외도 무탈합니다. 새아기는 의젓하고 기품이 있으며, 또 부지런해서 집안에 화기가 저절로 감돕니다. 돈아豚兒[72]를 인사하러 보내겠습니다. 세상살이에 얽매여 가르칠 겨를이 없었습니다. 조금이라도 가르쳐 주십시오. 집 안을 청소하고 기다리고 있겠습니다. 예를 갖추지 않고 이만 줄입니다.

70. 『시경』, 「소아小雅」, 규변頍弁」에 "새삼덩굴과 더부살이, 소나무 잣나무에 뻗어 있네.[蔦與女蘿 施于松柏.]"라고 하였다. 여기서 유래하여 '형제와 친척 사이가 매우 화목한 것'을 비유한다.
71. 중국의 서주徐州 고풍현古豐縣에서 주씨朱氏와 진씨陳氏 두 성이 서로 혼인하여 화목하게 살았던 촌락 이름인데, 백거이白居易의 「주진촌朱陳村」이라는 시로 더욱 유명해졌다. 여기서는 아주 친한 사이를 표현한 것이다.
72. 자기를 아들을 낮추는 말.

三嶺橫遮二音乍阻, 有時停雲懷想想一般兩情.
삼 령 횡 차 이 음 사 조　유 시 정 운 회 상 상 일 반 량 정

謹進南至節, 查丈年深氣力循序衛重,
근 진 남 지 절　사 장 년 심 기 력 순 서 위 중

侍餘棣樂得免寒牀, 風雨之勞. 寶覃尊少候, 竝一例佳相否.
시 여 체 락 득 면 한 상　풍 우 지 로　보 담 존 소 후　병 일 례 가 상 부

實爲區區溯仰之至. 查弟奉率, 姑保各家.
실 위 구 구 소 앙 지 지　사 제 봉 솔　고 보 각 가

猶遣女阿, 亦蒙厚庇善飯. 兒們竝印昔.
유 견 여 아　역 몽 후 비 선 반　아 문 병 인 석

然而但以向日執禽者之纔眄解送, 爲慮新情, 固如是耶.
연 이 단 이 향 일 집 금 자 지 재 면 해 송　위 려 신 정　고 여 시 야

三邀當趁卽送去, 而許大宂口前牽後掣.
삼 요 당 진 즉 송 거　이 허 대 용 口 전 견 후 체

今牰起伻此, 豈始料所及哉.
금 추 기 팽 차　기 시 료 소 급 재

大秪今冬日氣溫和至此, 儻眷吾兩家往來之便利耶.
대 지 금 동 일 기 온 화 지 차　당 권 오 량 가 왕 래 지 편 리 야

何其太暖之乃爾也. 餘掃榻擡眸, 不備.
하 기 태 난 지 내 이 야　여 소 탑 대 모　불 비

伏惟亮照照稽顙丹拜言.
복 유 량 조 조 계 상 단 배 언

　　고개가 셋이나 막혀 있으니 그동안 소식을 들을 수 없었습니다. 가끔 구름이
멈춘 것을 보고 우리 두 집안의 정情에 대해서 생각해 보았습니다. 동지가 가까
워 오는데, 연세도 많으셔도 사장어른은 전처럼 기력이 여전하십니까? 추운 겨
울에 어른 모시고 힘드실 텐데 어떤지 모르겠습니다. 집안 두루 평안하십니까?
궁금한 마음 금할 길 없습니다. 저의 부모님이나 식구들[奉率],[73] 친척들 모두
건강합니다. 새아기 편으로 보내 주신 음식 잘 받았습니다. 아들 내외도 예전처
럼 잘 지내고 있습니다. 옛날에 고기를 잡아 보내 주신 적도 있는데, 다시 새로

73.　상봉하솔上奉下率의 준말로, 위로 부모님과 아래로 처자식을 모두 가리키는 말이다.

운 정이 돋는 것 같습니다. 세 번이나 불러 주셨는데 당장 가야 마땅하나, 중요하지도 않은 세상일 탓에 자꾸 발목을 잡힙니다. 지금이라도 당장 움직여야 하는데, 어찌 처음 생각한 대로 되겠습니까. 동지가 가까운데 날씨가 매우 따뜻합니다. 우리 두 집안이 편하게 왕래하라고 하늘이 돌봐 주신 것 같습니다. 더 따뜻하길 기다릴 필요가 없을 것 같습니다. 집 안을 청소하고 오실 날을 손꼽아 기다리겠습니다. 이만 줄입니다. 살펴봐 주십시오.

●

自春徂夏悅,[74] 若中風中酒之人, 未能抖擻神精.
자 춘 조 하 열　　약 중 풍 중 주 지 인　미 능 두 수 신 정

尤於人事上, 全然蔑如, 未暇修謝于外地慰疏,
우 어 인 사 상　전 연 멸 여　미 가 수 사 우 외 지 위 소

覆載之間, 此何人哉. 料襮此兒冒暑昨到.
복 재 지 간　차 하 인 재　요 박 차 아 모 서 작 도

謹未審旱炎, 此酷查丈氣韵循序康旺, 侍餘棣樂湛儘,
근 미 심 한 염　차 혹 사 장 기 운 순 서 강 왕　시 여 체 락 담 흡

允君昆季, 第次充長在傍, 各位竝在泰階.
윤 군 곤 계　제 차 충 장 재 방　각 위 병 재 태 계

哀溯區區, 不任遠外之忱, 查弟齊衰人, 頑縷僅支.
애 소 구 구　불 임 원 외 지 침　사 제 자 최 인　완 루 근 지

老人候免臀村節姑保, 庸是爲幸耶.
노 인 후 면 건 촌 절 고 보　용 시 위 행 야

惟倦嬌遠蒙厚庇, 姑保前日樣子而已.
유 천 교 원 몽 후 비　고 보 전 일 양 자 이 이

　　봄에서 여름으로 접어들면서 몹시 더워, 풍을 앓거나 술에 취한 사람처럼 정신을 차리지 못하겠습니다. 더욱이 인사人事에 있어서는 그렇게 해서는 안 되는데, 멀리서 보낸 주신 위로 편지에 감사의 답을 할 겨를이 없었습니다. 하늘과 땅 사이에 저 같은 (못난) 위인이 어디에 있겠습니까! 뜻밖에도[料襮][75] 이 아이가 더위를 무릅쓰고 어제 도착했습니다. 날씨가 이렇게 무더운데 사장어른은 건강하십니까? 또 사돈은 부모님 모시면서도 건강하신지, 형제분과도 여전히 화목하신지, 윤군允君[76]은 이제 모두 제사를 모실 정도로 장성하지 않았는지, 멀리서 궁금한 마음 금할 길이 없습니다. 자최인인 저는 근근이 버티고 있습니다. 노인들은 무탈하시고 집안 친척들도 여전하니, 이 얼마나 다행입니까? 제 여식

---

74. '熱'자의 오기 같다. 번역은 '熱'로 판단한다.
75. 料襮(요박)는 '뜻밖'이라는 뜻으로 한자로 가차한 것이다. 즉 意外(의외)나 料外(요외), 혹은 意表(의표)로도 썼으니, 모두 같은 뜻이다.
76. 胤君(윤군)이라고도 하는데, 모두 상대방 자식을 높여 부르는 말이다.

을 잘 보살펴 주셔서 그런지 옛날 그 모습 그대로입니다. 사위가 이번에 같이 왔으면 했는데, 날씨가 몹시 더워서 그런지 같은 못 온 것 같습니다.

倩君今與此兒當偕來, 而顧念旱虐尙峭, 似未得幷晉.
천 군 금 여 차 아 당 해 래　　이 고 념 한 학 상 초　　사 미 득 병 진

然稍竢生涼, 喬梓幷枉如何. 預爲之掃榻耳.
연 초 사 생 량　　교 재 병 왕 여 하　　예 위 지 소 탑 이

向者甘隱來价便付送衣件矣, 今聞幸免浮沈, 而秪到云幸耳.
향 자 감 은 래 개 편 부 송 의 건 의　　금 문 행 면 부 침　　이 지 도 운 행 이

餘萬都漏不次, 伏惟尊照.
여 만 도 누 불 차　　복 유 존 조

　　날씨가 조금 서늘해지면 그때 사돈도 사위와 함께 오시면 어떻겠습니까? 집을 청소해 놓고 기다리겠습니다. 저번에 감은리甘隱里[77]에서 오는 인편으로 옷을 보냈는데, 오늘 '잘 받으셨다'라고 들었습니다. 다행입니다. 이만 줄입니다. 살펴 주십시오.

---

77. 청송군 안덕면에 위치한 마을이다. 1896년 황후시해와 단발령으로 전국 각지에서 의병이 일어났다. 청송, 이천, 의성으로 구성된 삼진연합의진이 관군을 상대로 전투를 벌인 곳이 바로 감은리이다. 이를 '감은리 전투'라고 부른다.

●

僭恃先契之重累, 煩記室之問. 庶幾從事於大君子之門.
참 시 선 계 지 중 누　번 기 실 지 문　서 기 종 사 어 대 군 자 지 문

此其漸也, 伏問筆硯之餘, 道體候無愆損否.
차 기 점 야　복 문 필 연 지 여　도 체 후 무 건 손 부

某等尙遺闒茸, 知荷慇懃賜耳. 先祖碣文, 旣承許諾矣.
모 등 상 견 탑 용　지 하 은 근 사 이　선 조 갈 문　기 승 허 낙 의

竊伏念揄揚之筆, 復洗龍蛇之劫,
절 복 념 유 양 지 필　부 세 룡 사 지 겁

而引以爲殘, 仍心銘肺鑴之室.
이 인 이 위 잔　잉 심 명 폐 전 지 실

則縱門下日用, 自任而責, 而其得以光祖先者,
즉 종 문 하 일 용　자 임 이 책　이 기 득 이 광 조 선 자

當何如於百世之上千載之後也.
당 하 여 어 백 세 지 상 천 재 지 후 야

今於修候之席, 歲暮道絶, 自不能筋力, 使門少而替步,
금 어 수 후 지 석　세 모 도 절　자 불 능 저 력　사 문 소 이 체 보

非但逋慢於從事之門, 其於衛先之道, 殊愧無城耳.
비 단 포 만 어 종 사 지 문　기 어 위 선 지 도　수 괴 무 성 이

　　외람되게도 선대의 오랜 인연을 믿고, 번거롭게 기실記室[78]께 자문을 구합니
다. 대군자의 문하에서 배우기를 청합니다. 나아가 학문에 여념이 없으신 중에
건강이 어떠신지 여쭙습니다. 저는 그저 허투루 시간을 보내고 있었는데, 은근
히 베푸신 것을 알게 되었습니다. 선조의 묘갈문은 이미 승낙을 받았습니다.
조상을 기리는 문장을 짓고, 불행이 닥치는[龍蛇][79] 위협을 다시 씻어 내려고 남
아 있는 것 모아 마음과 가슴에 새기려고 합니다. 만약 문하에서 매일 자임하고

78.　조선시대에 기록을 맡았던 관리.
79.　후한後漢의 정현鄭玄이 만년에 병이 들어 벼슬에서 물러나 집에 돌아와 지냈는데, 하루는 꿈에 공자가 나타
　　나 "일어나라, 일어나라. 올해는 용의 해이고 내년은 뱀의 해이다"라고 하였다. 정현은 꿈에서 깨어나 참언
　　讖言으로 맞추어 보고는 자신의 천명이 다했음을 알았으며, 그해에 죽었다. 그 뒤 용사龍蛇에 해당하는 진년
　　辰年과 사년巳年은 현인賢人에게 불행이 닥치는 흉년으로 일컬어졌다. 『後漢書』, 「鄭玄列傳」.

책망하면서도 선조를 빛내고자 한다면, 천년이 지난 뒤에도 가능하겠습니까? 지금 문후를 여쭈는 시기도 이미 해가 저물고 길이 끊겨서 스스로 힘을 쓸 수가 없을 지경입니다. 그래서 문하의 소년을 대신 보냅니다. 문하의 섬기는 일도 제대로 하지 못했을 뿐만 아니라, 조상을 보위하는 것도 제대로 하지 못해 몹시 부끄럽습니다.

大嶺昏衢, 惟下執事秉燭矣.
대 령 혼 구　유 하 집 사 병 촉 의

吾黨之士, 遍借餘光, 而竊愧此月其光明擿埴於冥途.
오 당 지 사　편 차 여 광　이 절 괴 차 월 기 광 명 적 식 어 명 도

顚沛於荒濱者, 鄙等而已也.
전 패 어 황 빈 자　비 등 이 이 야

一雅無分, 十死爲恨.
일 아 무 분　십 사 위 한

　　고개 아래라서 길이 어두운데, 오직 저[下執事][80]만 등불을 들고 있습니다. 우리 집안 선비들은 다른 빛을 빌리고자 하는데, 달이 밝게 빛나는데도 어두운 곳에 길을 찾고자[擿埴][81] 하니 참으로 부끄럽습니다. 황량한 물가에서 넘어지는 것은 오직 저뿐입니다. 우아한 글을 한 편 쓰는 것은 분수에 맞지 않으니 열 번 죽어도 한이 됩니다.

80.　下執事(하집사)는 편지의 형식으로, 상대에게 자신을 낮추는 표현이다.
81.　'적식지탄擿埴之嘆'이라고 하는데, '맹인盲人이 지팡이로 땅을 짚으면서 길을 찾는 것'을 말한다. 흔히 '사람이 도리를 모르고 억측臆測으로 생각하고 행동하는 것'을 비유한다. 『법언法言』, 「수신修身」: 맹인이 지팡이로 땅을 짚으면서 길을 찾아다니는 것과 같다.[素擿埴索塗, 冥行而已.]

308

●

伏俟涼秋, 令體崇穆德履豈弟否.
복 사 량 추　영 체 숭 목 덕 리 개 제 부

下溪中流尙有昔時, 吾家路矣, 正柂直指而方行.
하 계 중 류 상 유 석 시　오 가 로 의　정 타 직 지 이 방 행

當自在而近. 又澄瀾如鏡寒月照膽. 正好求得千載心也.
당 자 재 이 근　우 징 란 여 경 한 월 조 담　정 호 구 득 천 재 심 야

區區仰頌, 鄙等先祖遯齋公修文卓行. 冠居於時宰之薦匠.
구 구 앙 송　비 등 선 조 둔 재 공 수 문 탁 행　관 거 어 시 재 지 천 장

正於先儒之論, 顧屛孫之有是祖, 無愧於聞人.
정 어 선 유 지 론　고 잔 손 지 유 시 조　무 괴 어 문 인

而歲淹寒阡苔痕埋. 沒方謀豎碣.
이 세 엄 한 천 태 흔 매　몰 방 모 수 갈

第伏念尊祖之道, 傳後之寶, 不出於下執事筆硯之精.
제 복 념 존 조 지 도　전 후 지 보　불 출 어 하 집 사 필 연 지 정

大江南北仰瞻星斗, 無如下執事矣. 猥求聲臭, 無如下執事矣.
대 강 남 북 앙 첨 성 두　무 여 하 집 사 의　외 구 성 취　무 여 하 집 사 의

又世分居一於其間, 引領趨向, 固有其所,
우 세 분 거 일 어 기 간　인 령 추 향　고 유 기 소

而謙德讓辭之欲固, 而亦不得者也.
이 겸 덕 양 사 지 욕 고　이 역 불 득 자 야

　서늘한 가을이 다가오는데, 건강은 어떠하시며 또 가내는 두루 평안하십니까[豈弟]?[82] 개울은 옛날 그대로 우리 집으로 오는 길입니다. 곧바로 우리 집을 향해 흐르고 있습니다. 집과 아주 가깝고 또 아주 맑아서 마치 거울로 찬 달을 비추는 것 같습니다. 긴 세월 동안 한결같은 마음을 얻을 수 있는 것 같습니다. 우리 선조이신 둔재공遯齋公의 문장이 뛰어났고 업적이 탁월했습니다. 당시에 가장 뛰어나셨고, 재상으로 천거될 정도였습니다. 선유先儒의 논의를 살펴보면 우리

---

82. 『시경』, 「육소蓼蕭」: 군자를 뵈니, 매우 편안하고 화락하도다. 형에게도 아우에게도 마땅하니, 훌륭한 덕으로 장수하고 즐기리라.[旣見君子, 孔燕豈弟, 宜兄宜弟, 令德壽豈.]

에게 이런 명성이 드높았던 조상이 있었다는 것은 알 수 있는데, 세월이 흘러 흔적마저 사라지고 묘갈문 또한 찾을 길이 없습니다. 선조의 도는 후세에게 전할 보물과 같은데, 저는 솜씨가 없어 좋은 문장을 지을 수가 없습니다.

대강大江[83] 남북으로 북두성을 관찰하는 것이나, 소리를 듣고 냄새를 맡는 것에 있어서 저보다 더 나은 사람은 없습니다. 하지만 세상을 나누어서 한 칸에 거처하고자 마땅한 장소를 찾고 겸양과 겸사를 진정으로 실천하는 것은 할 수가 없습니다.

皓首精力, 恐或有過事之勞. 而僭恃其府庫布帛,
호 수 정 력　공 혹 유 과 사 지 로　　이 참 시 기 부 고 포 백

恒於日用, 則窮厓一片, 何莫非自己任也.
항 어 일 용　즉 궁 애 일 편　하 막 비 자 기 임 야

微誠所激, 不知所諱, 幸奄正墨, 以慰神, 人如何人如何.
미 성 소 격　부 지 소 휘　행 엄 정 묵　이 위 신　인 여 하 인 여 하

江表偉人惟下執事也, 文林大踢, 惟下執事.
강 표 위 인 유 하 집 사 야　문 림 대 척　유 하 집 사

顧區區恁地自奄, 足跡未及於門墻之間, 姓名不當於几案之側.
고 구 구 임 지 자 엄　족 적 미 급 어 문 장 지 간　성 명 부 당 어 궤 안 지 측

而因事存, 綠畹晚於楡暉, 莫可及之日.
이 인 사 존　녹 원 만 어 유 휘　막 가 급 지 일

加之誅斥, 則於分因榮矣. 而固知盛意, 必憐恤乃已也.
가 지 주 척　즉 어 분 인 영 의　이 고 지 성 의　필 련 휼 내 이 야

머리카락이 하얗게 셀 정도로 힘을 다해도, (성과 없이) 허투루 힘만 낭비하는 것 같습니다. 외람되게 유산에 의지하면서 하루하루는 풍족했지만, 궁벽한 시골에서 한평생이 훌륭하다고 어찌 자임할 수 있겠습니까! 작은 정성을 바치지만, 무엇을 금해야 할지는 모르겠습니다. 글을 올려 신을 위로합니다. 사람이 무엇을 어찌하겠습니까? 사람이 무엇을 어찌하겠습니까?

83. 보통 장강長江을 '대강'이라고 하는데, 여기서는 '한강'을 지칭하는 것 같기도 하고 명확하지 않다.

강표江表[84]의 위인은 오직 저[下執事]뿐이고, 문단에서 재주가 가장 뛰어난 이
[大踢][85]도 저라고 생각했지만, 보잘것없는 자신을 돌아보니 문하의 담장에도
미치지 못하며, 이름 석 자를 궤안에 넣어야만 할 존재가 아니라는 것을 알게
되었습니다. 경우에 따라서 낮보다 저녁에, 녹음이 느릅나무보다 더 빛나기도
한다고 합니다. 차라리 허물을 꾸짖어 주시는 것이 영광일 수 있습니다. 제 성
의를 잘 아신다면, 저를 가련하고 긍휼히 여겨 주시는 것만으로 족합니다.

---

84. 강표江表는 원래 장강 곧 양자강揚子江 아래를 뜻하나, 여기서 은유적으로 쓴 것 같다. 즉 '한강 이남' 같은
    표현은 경상도에서 상용했다.
85. 『회암집晦庵集』, 「답진동부서答陳同父書」에 보면, "선유는 맹자를 두고 '주먹이 억세고 발길이 날래다[贔拳大
    踢]'라고 했다". 이를 바탕으로 '가장 뛰어난 이'라고 번역했다.

●

伏惟端夏節宣, 豈第觀玩崇深否, 自任重矣.
복 유 단 하 절 선　개 제 관 완 숭 심 부　자 임 중 의

白首窮經不容己之者, 然晚暮精力,
백 수 궁 경 불 용 기 지 자　연 만 모 정 력

不瑕有害於撰述之節, 筆硯之勞耶.
불 하 유 해 어 찬 술 지 절　필 연 지 로 야

日用傾仰先祖誠齋公, 自言有祖, 而無愧於聞人也.
일 용 경 앙 선 조 성 재 공　자 언 유 조　이 무 괴 어 문 인 야

母線之活子, 芽幼而覺天彝也. 誠關之對主翁, 長而明路脈也.
모 선 지 활 자　아 유 이 각 천 이 야　성 관 지 대 주 옹　장 이 명 로 맥 야

　　단오에 건강하시고[節宣]⁸⁶ 가내 두루 평온하며 학문은 여전하십니까? 자임
하는 것이 가장 중요한 것 같습니다. 머리가 하얄 때까지 경학을 연구해도 인정
받지 못하는 경우도 있다고 합니다. 만년까지 힘을 다했지만, 저술과 편찬에 어
떤 흠이 있는지 허물할 수 없을 것 같습니다. 선조이신 성재공誠齋公을 매일 깊
이 흠모하면서 혼자 '이런 조상이 있다'라고 자랑하는데, 다른 사람에게 부끄럽
지 않습니다. 어머니 바느질이 자식을 살려, 싹 같은 아이가 천륜을 깨닫는다고
합니다. 마음⁸⁷에 있어서 성의가 닫혀 있었는데, 오랫동안 갈 길을 밝혀 주셨습
니다.

及其興圖詩, 恨桐栢家聲, 章章播口, 而枉失紅炎,
급 기 여 도 시　한 동 백 가 성　장 장 파 구　이 왕 실 홍 염

耗盡靑氈, 殘裔不尙之辜.
모 진 청 전　잔 예 불 상 지 고

86.　『춘추좌씨전, 소공昭公 원년』에 "군자도 사시를 두어, 아침에는 정사를 처리하고 낮에는 현명한 이를 찾아
　　뵙고, 저녁에는 조령約令을 만들고 밤에는 몸을 편히 하여서, 이에 기운을 소통시키고 막지 않도록 하여
　　그 몸을 드러낸다.[君子有四時, 朝以聽政, 晝以訪問, 夕以修令, 夜以安身, 於是乎節宣其氣, 勿使有所壅閉
　　湫底, 以露其體.]"라고 하였다. 원래는 '기를 통하고 조절한다'라는 의미이나, 여기서 문맥을 고려하여 번
　　역했다.
87.　'주옹主翁'은 주인옹主人翁의 준말로, 몸의 주인인 마음을 의인화한 것이다. 당唐나라 때 승려 서암瑞巖이 매일
　　"주인옹아! 깨어 있느냐? 깨어 있노라"라고 자문자답한 것에서 유래했다.

312

愧見天日, 而且況獜穨龜落墓道荒涼已.
괴 견 천 일　이 차 황 린 퇴 귀 락 묘 도 황 량 이

是百有年矣. 今茲攻石不文則已. 不已則必於下執事也.
시 백 유 년 의　금 자 공 석 불 문 칙 이　불 이 즉 필 어 하 집 사 야

執事文足以實其蹟矣. 契不必因其讓矣.
집 사 문 족 이 실 기 적 의　계 불 필 인 기 양 의

盛度包荒, 豈以竝世落莫者.
성 도 포 황　기 이 병 세 락 막 자

　　여도시輿圖詩[88]에서 '동백가성桐栢家聲'을 한탄하는 것이 장章마다 자자하고, 홍염을 잃고 청전靑氈[89]을 다 잃고 후손이 조상을 숭상하지 못하는 죄 탓에 하늘 보기가 부끄럽습니다. 하물며 귀락龜落의 묘도는 이미 무너져 백여 년이 지남에 있어서랴! 지금 비석을 다시 세우려고 하는데 글을 짓지 못하고 있습니다. 이 일을 마치지 못하면 모두 저의 잘못입니다. 선생님의 문장은 유적遺蹟을 충실하게 그려 내실 것이라 생각합니다. 사양하시지 않았으면 합니다. 성대한 뜻이 어찌 세상과 더불어 꺾여야 하겠습니까?

88.　주어진 정보의 한계로 정확히 무엇을 지칭하는지 알 수 없다. 위백규魏伯珪의 여도시가 있는데, 그것을 지칭하는지 아닌지는 근거가 없다. '여도'는 '동국여도東國輿圖' 같은 실례에서 볼 수 있듯이, 지도를 뜻한다.

89.　선대先代로부터 전해진 귀한 유물을 가리킨다. 『진서晉書』, 「왕희지전王羲之傳」: 진晉나라 왕헌지王獻之가 누운 방에 도둑이 들어와서 물건을 모조리 훔쳐 가려고 했다. 왕헌지가 말했다. "도둑아, 푸른 모포는 우리 집안의 유물이니, 그것만은 놓고 가는 것이 좋겠다.[偸兒, 靑氈我家舊物, 可特置之.]"

僭恃答花齋念中承悉來喩, 涕撗于紙, 屢回不見字矣.
참 시 답 화 재 념 중 승 실 래 유　체 광 우 지　누 회 불 견 자 의

變出先齋, 可憐焦土, 則抖擻反覆失火, 非偶爾.
변 출 선 재　가 련 초 토　즉 두 수 반 복 실 화　비 우 이

殘仍悽蒿之誠, 未格神明歟. 大洋飜桑之劫, 不免氣數歟.
잔 잉 처 호 지 성　미 격 신 명 여　대 양 번 상 지 겁　불 면 기 수 여

縫瓦篆甍寂寥, 是一夕寒灰,
봉 와 전 맹 적 요　시 일 석 한 회

則楸下目視之慘, 何可以遠外耳聞同日語哉.
즉 추 하 목 시 지 참　하 가 이 원 외 이 문 동 일 어 재

一日曠其墟, 則猶爲報祖, 一日之羞, 肯構之責,
일 일 광 기 허　칙 유 위 보 조　일 일 지 수　긍 구 지 책

孰敢議其後, 而但力綿事巨, 竊恐歲月未就也.
숙 감 의 기 후　이 단 력 면 사 거　절 공 세 월 미 취 야

'화재花齋'에 답하려 생각하던 차에, 소식을 받게 되었습니다. 눈물이 종이를 적셔, 몇 번이나 돌아보아도 글자가 보이지 않습니다. 선재에 변괴가 생겨 불탄 것이 안타깝습니다. 실화失火가 반복되는 것은 우연이 아닌 것 같습니다. 후손들이 미력이나마 정성을 다해도 신명께서 오시지 않는 예도 있지 않았습니까? 상전벽해 같은 시간이 흘러도 운명을 피할 수 없는 것입니까? 지붕과 용마루가 불에 타 무너져 하룻밤 사이에 재로 변했다고 하는데, 오동나무 아래에 보이는 처참한 광경을 전하는 소리가 모두 같습니다. 하루아침에 터가 비었는데도 오히려 조상께 보은이라고 한다면, 그날의 치욕과 중수[肯構]⁹⁰의 책임 등 후일에 대해서는 누가 감히 의논하려 들겠습니까? 힘은 모자라고 일은 중대한데 세월은 우리 편이 아닌 듯합니다.

90.　肯構(긍구)는 긍구긍당肯構肯堂의 준말로, '후손이 선대의 유업을 잘 계승하는 것'을 뜻한다. 『서경書經』, 「대고大誥」에 "아버지가 집을 지으려 그 규모를 정했는데도, 아들이 터조차 마련하지 않는데 집을 잘 지겠는가.[若考作室, 旣底法, 厥子乃弗肯堂, 矧肯構.]"라고 하였다. 여기서는 '고가古家를 자손들이 중수重修한 것'을 가리키는 듯하다.

●

寒暄不須奉請, 而僉體候, 能無震盪之愆否.
한 훤 불 수 봉 청   이 첨 체 후   능 무 진 탕 지 건 부

槪想其日夕急, 合都料意匠,
개 상 기 일 석 급   합 도 료 의 장

必賢於一邊淺來之設, 無間架者矣.
필 현 어 일 변 천 래 지 설   무 간 가 자 의

衆心所屬恃, 而無恐耳.
중 심 소 속 시   이 무 공 이

某等在在衰病中, 而喉下一線, 尙未泯矣.
모 등 재 재 쇠 병 중   이 후 하 일 선   상 미 민 의

一番參聽於經畫之未者, 合做底道理.
일 번 참 청 어 경 획 지 미 자   합 주 저 도 리

而海山迢遞, 無以自力, 則僉執躬厚之誅.
이 해 산 첩 체   무 이 자 력   즉 첨 집 궁 후 지 주

惟所自甘, 而早晩之後, 將何辭而報吾祖也.
유 소 자 감   이 조 만 지 후   장 하 사 이 보 오 조 야

최근 안부를 묻지 못했는데, 여전히 건강하십니까? 그날 저녁이 다급했던 것
같은데, 도료장都料匠[91]의 뜻대로 한다면 문외한의 주장보다 반드시 나을 것이며
큰 문제가 없을 것 같습니다. 모두가 믿는 바이니 걱정할 것이 없을 듯합니다.
저희 중 몇몇은 병중인데 아직 목 아래가 낫지 않았습니다. 한번 계획이 완성되
기 전에 참석하여 도리에 부합하는지 듣고 싶습니다. 산과 바다가 바뀌듯 세상
이 변하는데 저희는 힘이 없으니, 심하게 저희를 꾸짖으셔도 달게 받아들이겠
습니다. 조만간 조상께 고해야 하는데 어떻게 해야 할지 모르겠습니다.

91.   도목수都木手와 같은 말이다.

只自訟, 而已景仰之後, 安信種種便聞然, 豈若一面之對乎間.
지 자 송 이 이 경 앙 지 후 안 신 종 종 편 문 연 기 약 일 면 지 대 호 간

或悵仰之懷, 伏想一般矣.
혹 창 앙 지 회 복 상 일 반 의

謹更詢秋日漸暮靖案起居候, 以時安過,
근 경 순 추 일 점 모 정 안 기 거 후 이 시 안 과

餘外同堂僉節, 亦得均善.
여 외 동 당 첨 절 역 득 균 선

閭井俱在平域否. 一一願聞.
여 정 구 재 평 역 부 일 일 원 문

不啻萬萬忝弟劣狀姑依. 大小節幷無他憂, 以是伏幸耳.
불 시 만 만 첨 제 렬 상 고 의 대 소 절 병 무 타 우 이 시 복 행 이

就見此近日之佳景, 則又爲滿山滿家也.
취 견 차 근 일 지 가 경 즉 우 위 만 산 만 가 야

嶺楓成粧, 庭菊開熊, 儘覺良辰之節也.
영 풍 성 장 정 국 개 웅 진 각 량 신 지 절 야

而豈不僉人間吉事之經論乎.
이 기 불 첨 인 간 길 사 지 경 론 호

前於來伻, 節需夥爲勤僉, 則受得還愧.
전 어 래 팽 절 수 과 위 근 첨 즉 수 득 환 괴

而所謂答禮, 一不中心言, 可難成耳.
이 소 위 답 례 일 불 중 심 언 가 난 성 이

至此又有請托之說, 然際玆, 則拘於家事, 可謂抽身無暇,
지 차 우 유 청 탁 지 설 연 제 자 즉 구 어 가 사 가 위 추 신 무 가

故家兒今爲隻送, 而于歸吉日擇定, 小錄夾告,
고 가 아 금 위 척 송 이 우 귀 길 일 택 정 소 록 협 고

以此考捧詳試仗望耳.
이 차 고 봉 상 시 장 망 이

餘續后面唔不借. 謝狀上.
여 속 후 면 오 불 차 사 상 상

　다만 자책할 뿐입니다. 일전에 뵙고서 안부는 종종 들었지만, 직접 찾아뵙는
것만 하겠습니까? 평소처럼 늘 그립고 흠모하는 마음이 가득합니다. 가을이 점
점 저물어 가는데, 편안하신지요? 또 집안 두루두루 무고하신지요? 이웃도 모

두 평안하신지요? 하나하나 소식을 듣고 싶습니다. 저는 예전 그대로 잘 지내고 있습니다. 대소사 모두 아무 문제가 없기를 늘 바라고 있습니다. 최근 온 산과 온 집안의 경치가 좋습니다. 고개의 단풍이 화장한 것처럼 곱고, 마당에 국화는 활짝 피었습니다. 참으로 좋은 계절입니다. 사람이 '길사'라는 경험을 어찌 저버릴 수 있겠습니까? 일전에 인편으로 음식을 많이 보내시면서 부족하다고 하셨는데, 받고 보니 제가 오히려 부끄러웠습니다. 소위 '답례'라는 것이 인사치레라고들 하지만, 실천하기는 진정으로 어려운 것 같습니다. 게다가 부탁드린 것도 있는데, 그런 사이 집안일에 얽매여 시간을 낼 겨를이 없었습니다. 집의 아이 편으로 간소한 음식을 보내면서 길일을 택해 혼례[于歸] 날짜 잡았다는 것을 소록小錄[92]으로 알려드립니다. 살펴봐 주십시오. 이만 줄이며 편지를 올립니다.

---

92. '요점만 간단히 적은 종이쪽지'를 말한다.

●

一字寒暄亦非難事, 素以懶習.
일 자 한 훤 역 비 난 사   소 이 라 습

姪兒住來之際全付, 江湖烏可曰至情之道乎.
질 아 주 래 지 제 전 부   강 호 오 가 왈 지 정 지 도 호

君亦較我而然耶.
군 역 교 아 이 연 야

未審新元棣履, 日有長觀之樂, 大家節一安, 村內老少.
미 심 신 원 체 리   일 유 장 관 지 락   대 가 절 일 안   촌 내 로 소

候俱在泰界否. 周溯願聞之至. 表從本無生世之況.
후 구 재 태 계 부   주 소 원 문 지 지   표 종 본 무 생 세 지 황

而去年哭德夫, 從父子後先之慘, 萬念都灰爭崆口.
이 거 년 곡 덕 부   종 부 자 후 선 지 참   만 념 도 회 쟁 공 口

於雁鶩送曆, 刻於輸贏, 何以渠之, 無病爲幸也.
어 안 목 송 귀   각 어 수 리   하 이 거 지   무 병 위 행 야

若下從玄扃, 則有父母焉,
약 하 종 현 경   즉 유 부 모 언

又有弟有妻有子, 若孫可謂別天地完福人也. 欲死欲死不然.
우 유 제 유 처 유 자   약 손 가 위 별 천 지 완 복 인 야   욕 사 욕 사 불 연

則那得一羽高擧於山水淸爽之界, 逈脫塵臼囚獄之中,
즉 나 득 일 우 고 거 어 산 수 청 상 지 계   형 탈 진 구 수 옥 지 중

本是宿願而遂未果, 只自咄嘆而已.
본 시 숙 원 이 수 미 과   지 자 돌 탄 이 이

縱不住寧不來, 爲源源開懷之道耶. 餘忙憬不宣.
종 불 주 녕 불 래   위 원 원 개 회 지 도 야   여 망 효 불 선

안부[寒暄][93] 한 번 묻기가 쉽지 않은데, 아마도 평소 게으른 성격 탓인 것 같다. 조카아이가 왕래하는 사이에 전부 전하니, 강호에서 이를 두고 어찌 '정이 깊다'라고 평가하겠는가? 나와 비교하면 자네 역시 그런 것 같네! 새해 가족은 잘 지내는지[棣履],[94] 나날이 즐거운지, 집안은 모두 평온한지, 마을 사람들은 모두 평안한지 궁금함을 금할 길이 없다. 외사촌[表從]은 세상을 살아갈 상황

93. 寒暄(한훤)은 문자 그대로 풀면 '추위와 더위'이다. 여기서 나아가 '안부를 묻는 표현'으로 상용한다.
94. 형제들과의 일상생활을 가리키는 말이다. 체후棣候, 체황棣況, 체환棣歡 등으로 사용하기도 한다. 棣는 형제를 상징하는 용어이며, 이 때문에 형제간의 우애를 말할 때는 체악棣鄂 혹은 체악棣萼, 체우棣友라고 한다.

이 아닌 것 같다. 작년에 덕부德夫를 떠나보내고, 부자가 앞뒤로 참상을 당하니 만사가 모두 허망하다는 생각이 다투어 일어날 것이다. 철새를 떠나보내면서 흐르는 것에 무엇을 새겨 둔들 무슨 소용이 있겠는가? 병이 없는 것만으로 다행이다. 저승[玄扃]으로 내려가면 부모님, 동생, 처, 아들이 있을 것인데, 후손에게는 '별천지이고 완전히 복 받았다'라고 할 수 있을 것이다. 죽고 싶어도 그럴 수 없다. 새 깃털을 얻어 이 세상을 떠나 맑은 세계를 훨훨 날아 감옥 같은 이 세상을 벗어나고 싶다. 본래부터 숙원이나 아직 결행하지 못하고 다만 한탄만 할 뿐이다. 마음을 잡지 못하겠다면 오지 않겠느냐? 회포라도 길게 풀어 보자. 바빠서 이만 줄인다.

昔以藍約, 今以葭誼, 兩家相眷, 天所以申之耶.
석 이 남 약　금 이 가 의　양 가 상 권　천 소 이 신 지 야

嚮於令季氏, 奉拜略捸此蘊矣.
향 어 령 계 씨　봉 배 약 도 차 온 의

伊後乍阻, 謹未審, 此際臘寒棣狀做況湛重,
이 후 사 조　근 미 심　차 제 랍 한 체 상 주 황 담 중

允侍住勝同堂諸節, 俱在泰階否.
윤 시 주 승 동 당 제 절　구 재 태 계 부

懸溸不任新忱. 忝弟備經苦海.
현 소 불 임 신 침　첨 제 비 경 고 해

萬事食囊, 世間何況都不上心, 而自向日新燕後,
만 사 식 낭　세 간 하 황 도 불 상 심　이 자 향 일 신 연 후

意思稍回, 似有安戢底境界.
의 사 초 회　사 유 안 집 저 경 계

大抵憂樂之無常, 果如是耶.
대 저 우 락 지 무 상　과 여 시 야

新郎俊秀爽明, 頗有遠大期望苟賢之望, 己自副矣.
신 랑 준 수 상 명　파 유 원 대 기 망 구 현 지 망　이 자 부 의

第爲其對者, 竊非古人量才之道.
제 위 기 대 자　절 비 고 인 량 재 지 도

則尤豈非發騂處耶.
즉 우 기 비 발 성 처 야

開正後棣駕聯枉, 以抒一初新情如何, 不備侒禮. 伏惟棣照.
개 정 후 체 가 련 왕　이 서 일 초 신 정 여 하　불 비 사 례　복 유 체 조

　옛날에는 향약을 맺었는데, 오늘을 가의葭誼[95]를 올리니, 양가가 서로 돌보게 된 것은 모두 하늘이 주신 것이네. 지난번 영계씨令季氏[96]가 오셔서 그간의 사정을 대략 말씀해 주셨네. 이후 적조했는데 소식을 모른다네. 설달 추위에 어떻게 지내는지, 모시는 부모님과 집안사람은 모두 건강한지 궁금한 마음 금할 길이 없네. 나는 힘든 일을 겪고 만사가 시들해서 세상일에 도무지 마음에 가지 않

95.　혼례를 뜻함.
96.　손아래 동생의 아내를 높여 부르는 말.

네. 지난번 잔치 다음부터 조금씩 회복해서 거의 안정된 것 같네. 즐거움과 근심이 무상하다고들 하는데, 과연 그런 것 같네. 신랑은 총명하고 준수해서, 아마도 크게 될 인물 같네. 다만 직접 대면하는 것은 '옛사람이 인재를 헤아리는 법도'와는 다르네. 구태여 얼굴을 붉힐 필요가 있겠는가? 바로잡고 난 뒤 한번 와 주시게. 쌓은 회포를 풀고 새로 정을 쌓아 가세. 예를 갖추지 않고 이만 줄이네. 살펴봐 주시게.

●

禮相往復外仍闊焉, 便有憧憧者矣. 向奉尊翰灑然.
예 상 왕 복 외 잉 활 언   편 유 동 동 자 의   향 봉 존 한 쇄 연

若更承初筵酬酢, 而書后有日.
약 경 승 초 연 수 초   이 서 후 유 일

伏未審歲暮堂上査丈壽體候, 連向岡陵.
복 미 심 세 모 당 상 사 장 수 체 후   연 향 강 릉

退而啓處晏重.
퇴 이 계 처 안 중

尊少候均相, 允玉充建, 吾家人亦蒙庇善度否.
존 소 후 균 상   윤 옥 충 건   오 가 인 역 몽 비 선 도 부

　예의상 왕복하는 길이 멀어, 동동왕래憧憧往來[97]하게 됩니다. 지난번 존한尊翰[98]
을 모시고 처음 잔치 자리를 가졌는데 즐거웠습니다. 편지를 드리려는데 그사
이 며칠이 흘렀습니다. 사장어른 건강하신지요? 강릉岡陵[99]을 기원합니다. 댁으
로 돌아가신 이후 편히 쉬고[啓處][100] 계시는지요? 집안 두루두루 평안하신지
요? 윤옥允玉[101]은 충실하고 건장해 보입니다.

97.　☲ (택산함澤山咸)의 구사九四 효사에서 유래한 것이다. "사심私心을 가지고 조바심을 내며 어느 한쪽으로 치
우쳐 추구하는 것"을 말한다. 『주역周易』, 「함괘咸卦」에 "곧으면 길하여 뉘우침이 없겠지만, 왕래하기를 끊임
없이 하면 벗들만 네 생각을 따를 것이다.[貞吉悔亡, 憧憧往來, 朋從爾思.]"라 하였다. 이를 『정전程傳』에서
다음과 같이 해석했다. "대저 곧고 한결같으면 감동해서 모두 통하겠지만, 끊임없이 왔다갔다하면서 사심
으로 남을 감동시키려 할 경우, 생각이 미치는 것은 감동시킬 수 있어도 그렇지 않으면 감동시키지 못한
다. 친구끼리만 그 생각을 따르기 때문이다. 사심이 한 군데로 쏠려 한 귀퉁이와 한 가지만 주로 하면, 어
떻게 불통하지 않겠는가?[夫貞一, 則所感無不通, 若往來憧憧然, 用其私心以感物, 則思之所及者有能感而
動, 所不及者不能感也, 是其朋類則從其思也, 以有係之私心, 旣主於一隅一事, 豈能廓然無所不通乎.]"
98.　편지에서 상대방을 높여 부르는 말.
99.　'만수무강을 축원'할 때 쓰는 표현이다. 『시경』, 「소아小雅, 천보天保」: 산처럼 언덕처럼, 산등성이처럼 구릉
처럼[如山如阜, 如岡如陵.]
100.　『시경』, 「소아, 사모四牡」: 네 필 말이 쉴 새 없이 달려가는데, 큰길이 구불구불하도다. 어찌 돌아갈 생각지
않으랴만, 왕사를 소홀히 할 수 없기에, 내 마음이 슬퍼지네. 네 필 말이 쉴 새 없이 달려가는데, 흰 말 검은
말이 많기도 하다. 어찌 돌아가길 생각지 않으랴만, 왕사를 소홀히 할 수 없기에, 편안히 쉴 겨를이 없도다
[四牡騑騑, 周道倭遲, 豈不懷歸, 王事靡盬, 我心傷悲, 四牡騑騑, 嘽嘽駱馬, 豈不懷歸, 王事靡盬, 不遑啓處.]
101.　남의 아들을 높여 부르는 말.

322

伏漭勞禱之至. 查弟二人候僅免愆和傍狀亦依私幸.
복소로도지지　사제이인후근면건화방상역의사행

猶兒依敎趁送, 而尙稽者, 雪嶺間阻爲慮不些耳.
유아의교진송　이상계자　설령간조위려불사이

將去箱需, 吾輩相摯, 不以物而輸送萬福.
장거상수　오배상지　불이물이수송만복

新人穉情, 旣不寒涼哉. 還愧還愧.
신인치정　기불한량재　환괴환괴

姪兒勿爲久挽, 而無使閑浪如何. 餘忙不備. 伏惟尊照.
질아물위구만　이무사한랑여하　여망불비　복유존조

　제 자식도 아껴 주시고 가르쳐 주십시오. 부디 잘 부탁드립니다. 저희 두 사람은 큰 탈 없이 평소대로 잘 지내고 있어 참으로 다행입니다. 말씀하신 대로 아이 편으로 예물을 보냈는데, 높은 고개가 가로막고 있어 제대로 도착했는지 걱정이 많습니다. 저희가 준비한 폐백으로 상자 몇 개를 보냈는데, 저희는 물건이라고 여기지 않고 만복을 보낸다고 생각하였습니다. 새사람이라 미숙하니 어찌 부족하지 않겠습니까? 부끄럽고 부끄럽습니다. 조카아이는 너무 오래 붙들지 마시고, 게을러지지 않게 하는 것이 어떻겠습니까? 이만 줄입니다. 살펴봐 주십시오.

●

瞻望南雲, 無日不憧憧於那邊左右而轉聞, 漐區區之至.
첨 망 남 운 무 일 불 동 동 어 나 변 좌 우 이 전 문 소 구 구 지 지

忝弟自來茸闒, 何足與聞於新契之下.
첨 제 자 래 용 탑 하 족 여 문 어 신 계 지 하

而入建粗慰者, 有床新容做得住,
이 입 건 조 위 자 유 상 신 용 주 득 주

況始知世間人情, 隨遇而遷之也.
황 시 지 세 간 인 정 수 우 이 천 지 야

所謂俗儀沒樣太甚, 區區費辭, 還甚可愧.
소 위 속 의 몰 양 태 심 구 구 비 사 환 심 가 괴

然此是拙陋者之常情耳.
연 차 시 졸 루 자 지 상 정 이

新郞攙熱新面, 遽爾辭送, 路雖邇, 亦悵缺也.
신 랑 참 열 신 면 거 이 사 송 노 수 이 역 창 결 야

開正後趂爲命送如何. 不宣. 候禮惟冀照亮.
개 정 후 진 위 명 송 여 하 불 선 후 예 유 기 조 량

324

남쪽 하늘의 구름을 바라보며 사돈댁의 소식에 귀를 기울이지 않은 날이 없을 정도로 궁금한 마음 금할 길이 없습니다. 저는 보잘것없는 인물이라 어찌 사돈[新契]¹⁰²께 제 소문이 나겠습니까? 크게 위로가 되는 것은 새 얼굴이 들어와서 같이 살게 된 것입니다. 하지만, 세상 인정이 기회에 따라 수시로 변한다는 것을 이제야 알게 되었으니 새삼 무엇을 더 말하겠습니까? 세속의 풍속이 심하게 무너졌으니, 구구절절 따지는 것은 도리어 부끄러운 일일 것입니다. 이처럼 조잡하고 남루한 것이 어쩌면 인지상정일지도 모릅니다. 신랑은 얼굴에 열이 뻗쳐 갑자기 보내게 되었는데, 길은 비록 멀지 않으나 아쉽고 걱정이 많이 됩니다. 제자리로 돌아오면 다시 돌아가라고 명해 주십시오. 이만 줄입니다. 부디 살펴봐 주십시오.

---

102. '새로 맺은 사이'라는 뜻이다.

懸戀之際, 得承惠翰, 忙手披閱, 欣不勝感荷無已.
현련지제　득승혜한　망수피열　흔불승감하무이

藉審邇來, 查丈壽體候, 連衛萬重, 退餘履用穩篤.
자심이래　사장수체후　연위만중　퇴여리용온독

當[103]內尊少節, 幷爲一安幸. 何煩道慰仰連連.
당　내존소절　병위일안행　하번도위앙련란

查契宂汨無已, 而迷督以東西債錢奔遑, 在家無日.
사계용골무이　이미독이동서채전분황　재가무일

孫兒以回輪數旬, 呻口末爲眼疾口疳. 未知何蘇醒.
손아이회수수순　신口말위안질구감　미지하소성

聞迫悶迫, 今向痊可尙, 未必幾日. 臥拜矣. 恕諒耶.
문박민박　금향전가상　미필기일　와배의　서량야

示中順婉曾孫之慶. 聞不勝欣蹈.
시중순완증손지경　문불승흔도

而家憂所使空伻回送, 愧汗之深爲渠.
이가우소사공팽회송　괴한지심위거

祖上者, 豈可向人說道哉.
조상자　기가향인설도재

餘只祝産後無頉, 而從近家兒命送矣. 以此恕諒如何.
여지축산후무이　이종근가아명송의　이차서량여하

忙不備. 謝禮.
망불비　사례

　늘 생각하던 차에, 편지를 받고 손이 바쁘게 뜯어 읽고는 무척 기쁘고 감사했습니다. 사장어른께서 여전히 건강하시고, 또 사돈도 평안하시다는 것을 알게 되었습니다. 가내 두루두루 평안하시다는 것도 알게 되었습니다. 저[查契]는 자질구레한 일이 그치질 않아, 미독迷督[104]은 이리저리 돈을 빌리러 정신없이 다니고 있어 집에 있을 겨를이 없습니다. 손자가 십여 일째 끙끙 앓더니만 끝내 안질과 구감이 생겨 언제 나을지 모르겠습니다. 불안하고 초조하던 차에조금씩

103. 원문의 '當'은 '堂'의 오기인 것 같다.
104. '자기 자식을 상대방에게 낮추어 부르는 말'이다. 미아迷兒, 가돈家豚이라고도 한다.

차도가 있으나 언제 완치될지는 모르겠습니다. 지금은 손을 놓고 있습니다. 부디 (전후 사정을) 이해해 주십시오. 사돈께서 증손을 얻었다는 경사를 듣고 춤출 듯이 기뻤습니다. 집안에 우환이 있어 선물을 보낼 수 없어 몹시 부끄럽습니다. 이런 처지에서 조상이랍시고 후손들에게 어찌 도를 말할 수 있겠습니까? 다만 출산 후 산모에게 탈이 없기를 기원할 뿐입니다. 곧 가아家兒[105]를 보내도록 하겠습니다. 두루 이해해 주시길 바랍니다. 바빠서 이만 줄입니다. 예를 올립니다.

105. '자기 자식'을 지칭함.

상량문
上樑文

기우제문
祈雨祭文

병풍문
屏風文

계도문
啓道文

상량문

維歲次癸巳十月壬戌朔二九日庚寅.
유 세 차 계 사 십 월 임 술 삭 이 구 일 경 인

幼學英陽南聖道, 百拜敬告于田土之神曰.
유 학 영 양 남 성 도　　백 배 경 고 우 전 토 지 신 왈

伏薦芬苾, 月吉辰良. 誠雖不多, 祝則其長.
복 천 분 필　월 길 신 량　성 수 불 다　축 즉 기 장

越自徑亂, 居宅無常, 不即周旋, 有年商量.
월 자 경 란　거 택 무 상　부 즉 주 선　유 년 상 량

人之樂土, 基業主張, 我卜我吉, 幸此一方.
인 지 낙 토　기 업 주 장　아 복 아 길　행 차 일 방

而座而向, 蓍龜自當. 紫草舟車, 東南其崗.
이 좌 이 향　시 귀 자 당　자 초 주 거　동 남 기 강

白鶴愛鳳, 西北其障, 銀溪合淵, 抱村護相.
백 학 애 봉　서 북 기 장　은 계 합 연　포 촌 호 상

棣亭松麓, 亦在其旁, 斯築斯建, 乃棟乃樑.
체 정 송 록　역 재 기 방　사 축 사 건　내 동 내 량

落成後願, 最在安康, 堂上壽考, 率下慶光.
낙 성 후 원　최 재 안 강　당 상 수 고　솔 하 경 광

胡福自然, 和樂抱荒, 肥甘輕暖, 出自農桑.
호 복 자 연　화 악 포 황　비 감 경 난　출 자 농 상

是耕是穫, 乃積乃倉, 爰及家畜, 不啻牛羊.
시 경 시 획　내 적 내 창　원 급 가 축　불 시 우 양

莫非潤屋, 金玉盈箱, 於斯安樂, 世世吾庄,
막 비 윤 옥　금 옥 영 상　어 사 안 낙　세 세 오 장

茲敢百拜, 神其洋洋, 尚饗.
자 감 백 배　신 기 양 양　상 향

유세차 계사년(1953년) 10월(초하루가 임술일) 29일 경인일입니다. 유학[1] 영양남씨 성도는 토지신께 공손히 절을 올리며 경건하게 고합니다.

음식을 정성껏 갖추고 길일을 잡아, 성의를 다하지는 못하면서도 오래 가기를 축원합니다. 난리를 겪으면서 거처가 일정하지 않아, 두루 살피지 못하고 몇 년을 이것저것을 헤아렸습니다. 사람에게 낙토란 근본이 튼튼한 곳으로, 제가 점을 쳐 길한 곳을 찾으니 다행히 이쪽이었습니다. 방향을 정하고 시초점과 거북점을 치니 모두 합당했습니다. 자초산이 있어도 배나 수레로 왕래가 가능하고, 동남쪽으로 산등성이가 뻗어 있고 백학이 봉황처럼 깃들며, 서북쪽은 막혀 있어 은하수가 연못처럼 흘러 모이는 곳입니다. 이웃이 둘러싸고 있어 서로 돕고 보호할 수 있으며, 소나무 숲 옆에는 오체정이 있습니다. 그 옆에 터를 잡고 집을 지으려고 들보를 올리고 기둥을 세웁니다.

집을 완성한 이후에는 가족의 평안과 건강이 제일 중요합니다. 어른들은 장수하고 아이들에게 경사가 있기를 바라며, 자연히 큰 복을 누리면서 어려움을 이겨 내고 화목하게 지냈으면 합니다. 좋은 옷과 좋은 음식은 모두 농사에서 나옵니다. 씨 뿌리고 잘 거둬들여 창고에 가득하기를 기원합니다. 소와 양을 비롯한 모든 가축이 잘 자라고, 집안에 부가 가득해 금옥 같은 보물이 가득 넘쳤으면 합니다. 이런 평온과 즐거움이 우리 집안 대대로 이어졌으면 합니다.

이에 예를 갖추고 절을 올리니, 신께서는 강림하시어 흠향하소서! 상향.

---

1. 조선 시대에 벼슬을 하지 않은 양반의 자손이나 사족土族의 신분을 표시하는 말.

기우제문

祈雨祭文
기 우 제 문

維歲次壬辰閏五月己亥朔初五日癸卯,
유 세 차 임 진 윤 오 월 기 해 삭 초 오 일 계 묘

幼學英陽南聖道百拜敢告于皇矣上帝之下曰.
유 학 영 양 남 성 도 백 배 감 고 우 황 의 상 제 지 하 왈

以我愚蒙, 禱天何宜, 固知非分.
이 아 우 몽   도 천 하 의   고 지 비 분

臨喝自爲, 誠雖無物, 祝則長辭.
임 갈 자 위   성 수 무 물   축 즉 장 사

哀此鮮民, 祭值亂離, 此真可懼.
애 차 선 민   제 치 란 리   차 진 가 구

旱又重之, 播種未能, 耕耘亦遲,
한 우 중 지   파 종 미 능   경 운 역 지

瞻彼野色, 夏如冬期, 斯憂斯鬱, 實難扶支.
첨 피 야 색   하 여 동 기   사 우 사 울   실 난 부 지

以此下鑑, 亟賜神奇, 油然沛然.
이 차 하 감   극 사 신 기   유 연 패 연

正當此時, 未已千里, 孰不念茲.
정 당 차 시   미 이 천 리   숙 불 념 자

何嫌盈溢, 川澤後資, 大好快活, 從此可知,
하 혐 영 일   천 택 후 자   대 호 쾌 활   종 차 가 지

微忱所冀, 默感禋厄, 尚饗.
미 침 소 기   묵 감 인 치   상 향

유세차 임진년(1952년) 윤 5월(초하루가 기해일) 5일(계묘일)에 유학幼學 영양 남씨 성
도는 높고 높으신 상제께 백배하며 감히 아룁니다. 어리석은 제가 하늘에 기도
하는 것이 어찌 타당하겠습니까! 또 제 분수에 넘는 것이라고 잘 알고 있습니
다. 강림하시길 목이 쉬도록 간청합니다. 치성을 드리면서 제물을 제대로 갖추
지 못했지만, 축원하며 길게 말씀드리고자 합니다. 이 조선의 백성을 긍휼히 여

기시고, 다만 이 난리를 피해 갈 수 있게 제사를 올립니다. 가뭄은 진실로 두렵습니다. 가뭄이 거푸 들어 파종을 제대로 못 하고 밭을 갈거나 김을 매는 것도 평소보다 늦어지고 있습니다. 저 들판의 색을 보면 여름인데도 마치 겨울처럼 황량합니다. 이 근심과 답답함을 진정 견디기 어렵습니다. 굽어살피시고 신기를 내리시어 이 강토가 흠뻑 젖게 해 주십시오. 바로 이런 시기를 당하여 천 리내에 이를 생각하지 않는 사람이 아무도 없습니다. 개울과 강이 넘치더라도 누가 싫어하겠습니까? 나중에 도움이 되니 아주 좋아하고 즐거워할 것은 이로써 알 수 있습니다. 진심으로 바라는 바입니다. 제가 올리는 잔을 받아 주십시오. 상향.

병풍문

本宗五服之圖
본 종 오 복 지 도

孝 悌 忠 信 禮 義 廉 恥
효 제 충 신 예 의 염 치

祭儀曰祭神如神在, 夫祭也者報本也.
제 의 왈 제 신 여 신 재   부 제 야 자 보 본 야
冬至祭始祖, 立春祭先祖, 仲春祭稱通追之孝也.
동 지 제 시 조   입 춘 제 선 조   중 춘 제 칭 통 추 지 효 야

　『예기』「제의」에서 "조상신께 제사를 올릴 때는 마치 직접 강림하신 듯 모셔
라!"[2]라고 했다. 무릇 제사라는 것은 조상의 은혜에 보답하는 것이다. 동지에
는 시조께, 입춘에는 선조께 제사를 올린다. 중춘 때 제사는 추모하는 효를 통
칭한다.

孝子之事親也, 居則致其敬, 養則致其樂,
효 자 지 사 친 야   거 즉 치 기 경   양 즉 치 기 악
病則致其憂, 喪則致其哀.
병 즉 치 기 우   상 즉 치 기 애

祭則致其嚴, 祭之日, 僾然如見其形容,
제 즉 치 기 엄   제 지 일   애 연 여 견 기 형 용
思其志意, 思其所嗜.
사 기 지 의   사 기 소 기

2.　『論語』,「八佾」: 祭神如神在, 子曰吾不與祭如不祭.

(『효경孝經』에서 말했다.)[3] "효자가 어버이를 섬길 적에, 평소에는 공경함을 다하더라도 특히 봉양할 때에는 뜻을 헤아려 즐겁게 해 드리고, 병이 드시면 근심어린 마음으로 최선을 다하고, 돌아가시면 슬픔을 극진히 해야 하며, 제사를 모실 때는 엄숙하게 해야 한다."

제사 당일에는 '마치 생전의 모습을 보듯, 생전의 뜻을 생각하며, 생전의 즐기시는 것을 떠올리며 숨죽여 울어야' 한다.

潔其衣服, 灑掃室堂及庭, 布席, 各從其事.
결 기 의 복   쇄 소 실 당 급 정   포 석   각 종 기 사
秋霜露既降, 君子履之, 必有愴淒之心, 非其寒之謂也.
추 상 로 기 강   군 자 리 지   필 유 창 처 지 심   비 기 한 지 위 야
春雨露既濡, 君子履之, 必有怵惕之心, 感節序之變遷也.
춘 우 로 기 유   군 자 리 지   필 유 출 척 지 심   감 절 서 지 변 천 야
事死如事生, 事亡如事存, 孝之至也.
사 사 여 사 생   사 망 여 사 존   효 지 지 야

의복을 깨끗이 빨아 갖춰 입고, 방과 청, 뜰을 쓸고 닦으며, 자리를 깔고 여러 일을 처리한다.[4] 가을에 서리가 내렸다면 군자는 밟아 보고 반드시 슬픔을 느끼는데, 날씨가 추워서 그런 것이 아니다. 봄에 비가 내리면 군자는 밟아 보고 또 크게 상심하는데, 계절의 변화를 느껴서가 아니다(시간이 흐르면 부모님 연세가 많이 든다는 뜻).[5] 제사를 모실 때도 생전에 모실 때처럼 해야 하고, 안 계셔도 마친 눈앞에 계신 듯 모셔야 한다. 이렇게 하면 진정한 효자라고 할 수 있다.

3. 『孝經』: 孝子之事親也, 居則致其敬. 養則致其樂. 病則致其憂. 喪則致其哀. 祭則致其嚴. 五者備矣然後能事親.
4. 『禮記』, 「內則」: 凡內外, 鷄初鳴, 咸盥漱, 衣服, 斂枕簟, 灑掃室堂及庭, 布席, 各從其事. 孺子蚤寢晏起, 唯所欲, 食無時.
5. 『禮記』, 「祭義」: 祭不欲數, 數則煩, 煩則不敬. 祭不欲疏, 疏則怠, 怠則忘. 是故君子合諸天道, 春禘, 秋嘗. 霜露既降, 君子履之, 必有悽愴之心, 非其寒之謂也. 春雨露既濡, 君子履之, 必有怵惕之心, 如將見之. 樂以迎來, 哀以送往, 故禘有樂而嘗無樂.

蓼莪詩曰, 哀哀父母, 生我劬勞, 欲報其思,
요 아 시 왈　애 애 부 모　생 아 구 로　욕 보 기 사

昊天罔極, 爲人子者, 孰不感歟.
호 천 망 극　위 인 자 자　숙 불 감 여

　　『시경』「요아」라는 시에서 "애달픈 부모님, 날 낳으시고 힘들게 기르셨네"[6]라고 노래했다. 그 은혜에 보답하기를 생각하며, 하늘을 우러러 끝없이 울부짖는다. 사람의 자식이라면 누가 감동하지 않겠는가!

孔子曰, 吾不與祭如不祭.
공 자 왈　오 불 여 제 여 불 제

又曰, 有其誠則有其神, 無其誠無其神, 可不敬歟.
우 왈　유 기 성 즉 유 기 신　무 기 성 무 기 신　가 불 경 여

檀紀四貳八九年 丙申 月 日 始 某年某月某日完成
단 기 사 이 팔 구 년　병 신　월　일　시　모 년 모 월 모 일 완 성

　　공자께서 말씀하셨다. "내가 제사에 참여하지 않으면 제사를 모시지 않은 것과 마찬가지다." 또 말씀하셨다. "성의를 다하면 신이 강림하시고, 성의가 없으면 강림하지 않으신다." 누가 공경을 하지 않을 수 있겠는가!

단기 4289년 병신년(1956년) 모월 모일부터, 모년 모월 모일 완성.

6.　　『詩經』,「小雅, 谷風」: 蓼蓼者莪, 匪我伊蒿. 哀哀父母, 生我劬勞. 蓼蓼者莪, 匪我伊蔚. 哀哀父母, 生我勞瘁.

계도문

夫天地大運이 非其人不命이라 人間之大業이 非其
부천지대운　　비기인불명　　　　인간지대업　　　비기

命不成하니 人有其人하면 運有其運하니 其之新爲을
명불성　　　인유기인　　　운유기운　　　　기지신위

亦有其時하니 如此大昌을 何以易言哉리요 嗚乎라 時
역유기시　　여차대창　　가이역언재　　　오평　시

之許多英雄이 皆莫不有心이 莫不貪其强하고 含順得
지허다영웅　　개막불유심　　막불탐기강　　　함순득

其志之有하니 及其終也하며 有 一無二한이 一故何處오 曰
기지지유　　　급기종야　　유일무이　　　　일귀하처　왈

德也라 德者何也오 萬物之生源이요 萬事之性質故로 自古
덕야　덕자하야　만물지생원　　　만사지성질고　　자고

聖雄이 順德者興하고 逆德者亡인이 興亡之分이 固其德之存
성웅　순덕자흥　　　역덕자망　　　흥망지분　　고유덕지존

不存如何矣이나 然而나 德在於道하고 道在於德하니 無道
부존여하의　　　연이　덕재어도　　　도재어덕　　무도

無德이면 生之其從何以出乎이 有道이며 有德이요 有德이면
무덕　　　생지기종하이출호　　유도　　유덕　　　유덕

有和니 是난 天理之故나 然而나 人事之元氣이 大丈夫一擧
유화　시　천리지고　　연이　인사지원기　　대장부일거

新業하야 捨是何以哉리요 故로 不可不道德也라 自井源으로
신업　　　사시하이재　　　고　불가불도덕야　　자정원

彌于四海하야 其之廣大한이 如此大昌을 何以易敢言哉리요.
미우사해　　　기지광대　　여차대창　　하이역감언재

夫人之在道가 如魚之在水한이 得水而生하고 失水而死한이
부인지재도　　여어지재수　　　득수이생　　　실수이사

可憐倉生이 以大澤之魚로 如遇大旱之渴하여 其之情勢
가련창생　　이대택지어　　여우대간지갈　　　기지정세

가 不忍可見이라 是爲定柱하니 其有統濟之權이나 然而나
　불인가견　　　시위정주　　기유통제지권　　　연이

若無波濤之力하고 令假前日하야 以濟旣死之衆하고 山
약무파도지력　　　냉가전야　　이제기사지중　　　산

仰海祝하야 今觀時勢한이 淸者은 非也. 動者은 某也云矣
앙해축　　　금관시세　　청자　비야　동자　모야운의

라 衆之新營은 盡擧國民之事하니 何敢言非리요. (擧)
　중지신영　　진거국민지사　　가감언비　　　거

事有先後하고 各有其時하니 時之驛動이 亦莫非時運
사유선후　　　각유기시　　　시지역동　　역막비시운

336

이나 然而나 衆星光이 雖明이나 不如日月之明하고 群鳥之啼
연이　중성광　수명　　불여일월지명　　군조지제

雖好不如一鳳之鳴하고 群魚之踊이 雖高나 不如一龍之運
수호부지일황지명　　군어지통　수고　불여일용지운

한이 新以有道深處하야 如春消之潛龍하고 若得其適時
신이유도심처　　여춘소지잠룡　　약득기적시

하면 動而風發河決之勢하야 掃淸疊塵之濁하고 以鳳
동이황발하결지세　　소청섭진지탁　　이황

鳴龍運之氣하야 揚身以日月之明하고 其極必遠하야
명룡운지기　　양신이일월지명　　기극필원

暫休客帳하고 以片言尺字로 略草數行을 數告于
잠휴객장　　이편언척자　　약초수행　수고우

諸君하노니 小勿忘動하고 心和氣和하야 以待看花하라.
제군　　소물망동　　심화기화　　이대간화

천지의 대운이 인간에게 깃들지 않는 것이 없으니, 인간의 대업은 그 명이 없으면 이루지 못한다. 사람다운 사람이 있듯이 운도 제때의 운이 있으니, 운을 새롭게 한다는 것 또한 알맞을 때가 있다. 이렇게 큰일을 어찌 간단하게 말할 수 있겠는가? 오호라! 시대의 많은 영웅 중 이런 마음을 갖지 않았던 이가 없었고 강함을 욕심내지 않은 사람이 없었다. 그중에서 자기 뜻을 얻은 사람이 있으니, 그 근원을 보면 오직 하나이고 둘이 아닌데, 이 하나는 결국 어디로 귀결되는가? '덕'이다.

덕이란 무엇인가? 덕은 만물을 생성하는 근원이자 만물의 성질이다. 그러므로 옛 성현께서 덕대로 하면 흥하고 덕을 거스르면 망한다고 하셨다. 흥함과 망함은 덕을 지키느냐 그렇지 못하느냐에 달려 있다. 또한, 덕은 도에 뿌리를 두고 있고, 도 역시 덕을 뿌리를 두고 있다. 도가 없으면 덕도 없으니, 살아가면서 어찌 이를 벗어날 수 있겠는가!

도가 있으면 덕이 있고, 덕이 있으면 조화가 있으니, 이는 천리天理가 본래 그렇기 때문이다. 따라서 사람의 원기를 대장부는 단번에 새롭게 해야 하니, 이렇게 하지 않고 무엇을 이룰 수 있겠는가? 그러므로 도와 덕을 지키지 않을 수 없다. 물이 샘에서 온 바다로 흘러가는 것처럼 모든 것은 근본에서 시작되는 것이다. 이런 광대함이 이렇게 크거늘 어찌 쉽게 말할 수 있겠는가!

사람과 도의 관계는 물고기와 물의 관계와 같다. 물고기는 물이 있으면 살고 물이 없으면 죽는다. 가련한 우리 인간도 큰 연못에 사는 물고기와 다를 바 없다. 물고기는 큰 가뭄 때 살아가기 어렵듯, 사람도 그런 상황에 부닥치면 그냥 눈 뜨고 보기 어렵다.

이것이 정한 이치인데, 거기에는 통제할 수 있는 권한이 있다. 그러나 파도를 일으킬 힘이 없고, 가령 옛날처럼 이미 죽은 무리를 구하려고 산과 바다에 기도하는 것처럼, 지금 시세를 보니 맑은 이는 틀렸고, 활동하는 이는 그저 '누구'라고 할 수 있을 정도뿐이다. 백성을 새롭게 만들어 가는 것은 온 나라의 거사인데 어찌 가벼이 처신할 수 있겠는가!

일에는 선후가 있고, 각기 때가 있다. 때라는 것은 늘 움직이는 것으로 시운이라는 것이 매우 중요하다. 뭇 별은 대개 밝으나 해와 달만큼 밝지 않고, 뭇 새들이 지저귀더라도 봉황이 한 번 우는 것만 못하다. 물고기 여러 마리가 뛰어오르더라도 용이 한 번 운신하는 것만 못하다.

도가 새로운 깊은 곳에 처해야 하는데, 마치 새봄의 잠룡처럼 처신해야 한다. 적당한 때를 얻어 한 번 움직일 때 봉황이 물결을 가르는 것처럼 세속의 먼지를 말끔히 일소해야 한다. 마치 봉황이 울고 용이 나르는 것처럼 하고, 해와 달이 밝은 것처럼 내 몸을 닦아서 지극히 높은 경지로 올라가야 한다. 잠시 쉬면서 종이를 빌려 몇 글자를 급히 적에 제군에게 고한다. 경거망동하지 말고 마음과 기를 모두 고르게 하기를 마치 꽃 보듯이 하라.

松坡文集

4부
/
묘갈명
墓碣銘

松坡處士英陽南公墓表 (配 孺人咸安趙氏)[1]
송파처사영양남공묘표 배유인함안조씨

先考의 諱는 聖道이시나 譜帖에는 諱性喆 字聖道로 등제되여 있
선고 휘 성도 보첩 휘성철 자성도

다. 號는 松坡이고 姓은 南氏며 本貫은 英陽이다. 上肇의 諱는
호 송파 성 남씨 본관 영양 상조 휘

敏, 中祖諱는 洪輔를 一世로, 諱謙, 諱淑孫, 諱之卓, 諱奕, 諱承顧,
민 중조위 홍보 일세 휘겸 휘숙손 휘지탁 휘혁 휘승고

諱永蕃, 諱須, 諱蓀, 諱讚, 諱億齡, 諱繼曺는 靑松入鄕祖이시고
휘영번 휘수 휘손 휘찬 휘억령 휘계조 청송입향조

諱宇, 諱斗一, 諱世杜 諱有熏, 諱珏, 諱天鐸, 諱鳳漢, 諱泰勳, 祖考
휘우 휘두일 휘세주 휘유훈 휘각 휘천탁 휘봉한 휘태훈 조고

이시고 考諱는 成熙이시다. 妣는 光山金氏이고 金濟益의 따임이
고휘 성희 비 광산김씨 김제익

시다. 甲寅三月十一日 公을 낳으니, 容貌가 반듯하고 器局이 俊嚴
갑인삼월십일일 공 용모 기국 준엄

하고, 의젓하였다. 六歲 때 紫陰精舍에서 글을 배우다가 怪疾로
육세 자음정사 괴질

家庭形便이 여이치 못하여 外家에서 修學하였다. 品行이 剛直하
가정형편 외가 수학 품행 강직

여 義와 禮로서 몸을 다스리며 法道에 어긋남이 없이 威風이 堂堂
의 예 법도 위풍 당당

하여 사람들이 바라보고 尊敬하였다. 二男三女中 長男으로 父母
존경 이남삼녀중 장남 부모

에 孝行하고, 冠婚喪祭는 禮節에의하여 極盡하고, 兄弟간에는
효행 관혼상제 예절 극진 형제

友愛있고, 벗들과는 信義있게 하니, 遠近에 龜鑑이 되도다. 平素
우애 신의 원근 귀감 평소

부터 讀書를 즐기며, 隣近諸公들과 春夏秋冬 節侯따라 卽景四律
독서 인근제공 춘하추동 절후 즉경사율

을 즐기면서, 恒常 門老門長 紫正 碧窩先生께 배우고 익히면서
항상 문로문장 자정 벽와선생

붓을 놓치 않았다. 一九五十년 六二五事變을 당함에 老母가있
일구오십 육이오사변 노모

어 멀리 떠나지 못하고 마을 周邊에서 숨어살다가, 飛行機空襲
주변 비행기공습

이 있으니 學校 面事務所 등 기타 큰 建物에 白色천으로 表示하
학교 면사무소 건물 백색 표시

---

1. 이 글은 송파공의 장남이신 석걸錫杰이 지었다. 아래에 번역문을 병기한다.

라는 情報를 듯고, 施行하고 오는 道中 人民軍에게 拉致되어 三日
만에 돌아왔으나 슬러저 일러나지 못하자, 祖母任께서 大聲痛哭
하며 장수나무 밑에 숨겨두고 祖母任의 至極精誠으로 겨우 回復
하였다. 陰曆八月五日경 人民軍이 後退하고 戰鬪는 멈추었으나
飛行機爆擊에 家屋이 全破燒失 되었으니 갈 곳이 없었다. 親戚들
의 도움으로 五棣亭에 살면서 甲午八月十二日 小宅과 함께 새집
으로 入宅하고 그해 冬至달十七日 祖母任運命으로 三年喪를 치루
고, 戰爭의 恨歎을 이기지못하고 十餘年間 病魔에시달리면서, 詩
書 몇편를 남기고 忽然 己亥七月二十二日考終命 하시니 엇지 슯
으지 않으리요.

瘠薄한 이곳 시골에 태여나서 塵世名利 다 버리니 마치 그윽한
蘭草가 빈 골짝이에서 스스로 피였다가 스스로 떨어지듯 하여,
세상 사람은 알지 못한 채 復興後麓子坐原에 埋葬하였다 配位
는 咸安趙氏正奎따임이다. 德과 婦行으로 十餘年間 病수발로 고
생만 하시다가 九八년 三月七日別世 하시니 公의 왼편 雙墳이다.
一男三女를 낳았으니, 아들은 錫杰, 딸은 丁胎 月城 李賢雨, 敬眞
義城 金炳東, 圭烈은 日本에, 杰은 三男三女인대 男은 炅汎 大洛
孝忠, 女는 孝淑 貴淑 琦淑, 外孫 상미 일기 영애 양희 이하는 기
록 하지 않은다. 슬프다 父母를 섬기고 孝道하고저함은 天理요,
人之常情의 참되고 眞實함의 극치이건만, 父母가 기다려주지 않

으니 어버이 일은 외롭고 슬픈 感悔를 가진지도 벌서 五十餘年
이 흘렀도다. 衣食住를 위해 바쁘게 살면서도 어버이의 典型을 한
번도 잊은 적 없었고, 지금이라도 記錄하지않으면 先考의 志操
와 德行의 蘊蓄이 歲月이가면 泯滅하여 전하지 못할 것이니 어찌
不孝子의 罪가 아니겠는가. 平素에 눈으로 본대로 記述하여 罔極
한 슬픔을 덜고자 삼가 그윽한 무덤 앞에 墓表를 스노라.

송파처사영양남공묘표 (배 유인함안조씨)

선친의 함자는 성도(존칭 생략)이신데, 보첩에는 성철, 자는 성도로 되어 있다.
호는 송파이고, 성은 남씨이며, 본관은 영양이다. 시조는 민이고, 중조는 홍보로
그 분을 1세로 한다. (2세부터 다음 순서이다.) 겸, 숙손, 지탁, 혁, 승고, 영번, 수, 손,
찬, 억령이다. 계조께서 청송으로 들어오셨다. 우, 두일, 세주, 유훈, 각, 천탁, 봉
한으로 이어졌고, 태훈이 증조할아버지(효충이 아버님 기준)이고, 할아버지는 성희이
시다. 할머니는 광산김씨 제익의 따님이시다. 갑인년(1914년) 삼월 십일일에 공을
낳으셨다. 용모가 반듯하고 기국이 준엄하고 의젓했다.

6세 때 자음정사에서 글을 배우다가, 괴질로 가정 형편이 여의치 못하여 외가
에서 수학하였다. 품행이 강직하여 의와 예로서 몸을 다스리며 법도에 어긋남
이 없었고, 위풍이 당당하여 사람들이 바라보고 존경하였다. 2남3녀 중 장남으
로 부모에 효도하고, 관혼상제는 예법에 따라 극진히 하고, 형제간에 우애가 있
고, 벗들과는 신의가 있었으니, 원근에 귀감이 되었다. 평소 독서를 즐기며, 가
까운 곳의 여러 공들과 사계절마다 경치에 따라 글을 지으셨다. 항상 가문의 원
로이자 어른이신 자정 벽와 선생께 배우고 익히면서 붓을 놓지 않았다.

1950년 육이오 사변을 당하여 노모가 계셔 멀리 떠나지 못하고 마을 주변에
숨어 살다가, 비행기 공습이 있으니 학교와 면사무소 등 큰 건물에 흰 천으로
표시하라는 정보를 듣고, 설치하고 오는 도중에 인민군에게 납치되어 3일 만에

돌아왔으나 쓰러져 일어나지 못했다. 조모께서 대성통곡하며 장수나무 밑에 숨겨 두고, 지극정성으로 간호하자 겨우 회복하셨다. 음력 8월 5일경 인민군이 후퇴하고 전투는 멎었으나, 비행기 폭격으로 가옥이 전부 소실되어 갈 곳이 없었다. 친척들의 도움으로 오체정에 살면서, 갑오년(1954년) 8월 12일에 소택을 짓고 새집으로 이사하고, 그해 동짓달 17일에 조모께서 운명하셔서 삼년상을 치렀다. 전쟁의 한탄을 이기지 못하고 십여 년간 병마에 시달리면서, 시와 글 몇 편을 남기고 홀연히 기해년(1959년) 7월 22일에 돌아가시니, 어찌 슬프지 않겠는가!

　척박한 이곳 시골에 태어나서 세속의 명리를 버리니, 마치 그윽한 난초가 빈 골짜기에서 스스로 피었다가 스스로 떨어지듯 하여, 세상 사람은 (공을) 알아보지도 못한 채로 부흥 후록 자좌에 묻히셨다. 배위는 함안조씨 정규의 따님이다. 부녀의 덕행으로 10여 년간 병시중으로 고생만 하시다가 1998년 3월 7일에 별세하시니 공의 왼편에 무덤을 따로 모셨다. 일남삼녀를 낳았으니, 아들은 석걸이고, 딸 정태는 월성 이현우에게, 경진은 의성 김병동에게, 규열은 일본에 시집갔다. 석걸은 3남3녀를 두었는데, 아들은 경범, 대락, 효충이고 딸은 효숙, 귀숙, 기숙이다. 외손으로 상미, 일기, 영애, 양희가 있고, 그 이하는 기록하지 않는다. 슬프다! 부모를 섬기고 효도하는 것은 천리이고 인지상정으로, 사람의 진실함을 가장 잘 보여 주는 것인데. 부모가 기다려 주지 않으신다. 부모님이 돌아가셨으니 외롭고 슬픈 지도 벌써 50여 년이 흘렀다. 의식주를 꾸리느라 바쁘게 살면서도 어버이의 전형을 한 번도 잊은 적 없다. 지금이라도 기록을 남기지 않으면, 선친의 지조와 덕행이 세월이 가면 사라져 후세에 전하지 않을 것이다. 어찌 불효가 아니겠는가! 평소 본대로 기술하여 망극한 슬픔을 덜고자 한다. 무덤 앞에 정성을 다하고 조심하여 묘표를 쓰노라.

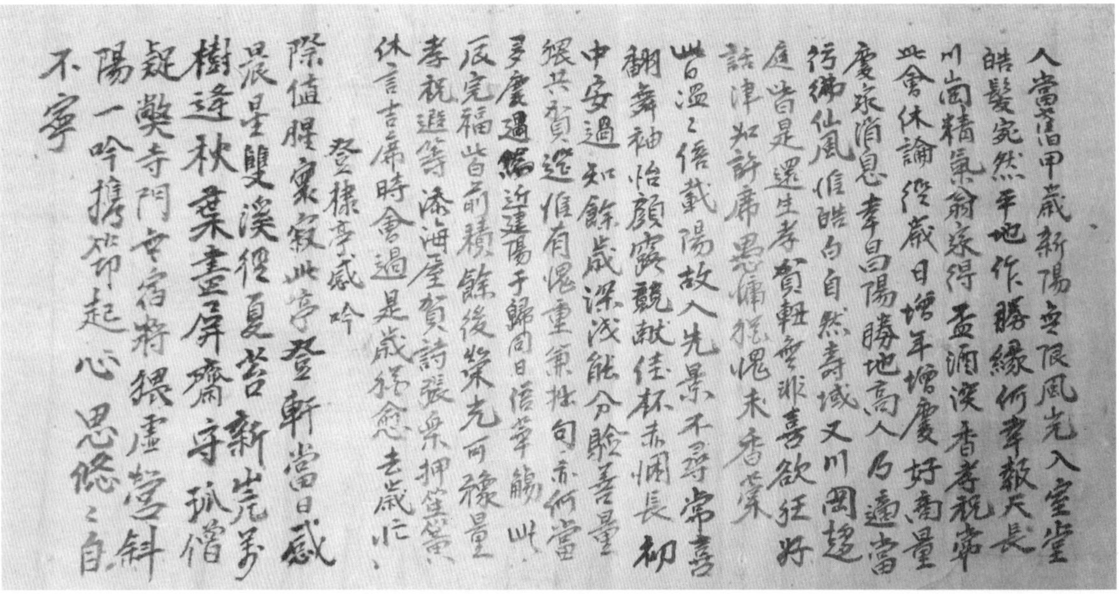

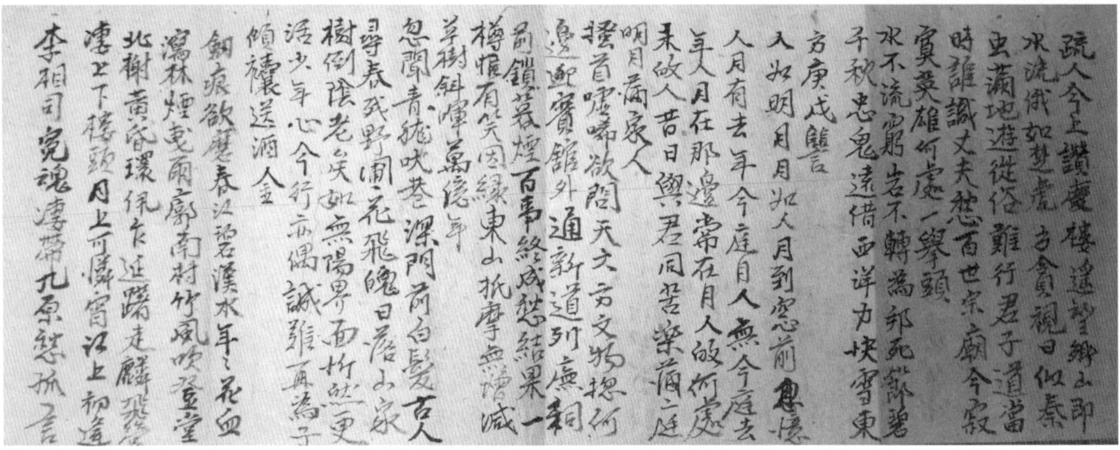

本宗五服報之圖

孝　悌　忠　信　禮　義　廉　恥

孝
祭儀曰祭神如神在夫祭
也者報本也冬至祭始祖
立春祭先祖仲春祭禰通
迫之孝也君子之事親也
居則致其敬養則致其樂
病則致其憂…則致其哀

悌
祭則致其嚴祭奉之日僾然
如見其形容思其志意思
其所嗜漢其衣服濡掃室

忠
堂反庭布尊多從其事秋
宿露既降君子履之必有
愴惕之心非其寒之謂也

信
春兩露既濡君子履之必
有怵惕之心感節之愛
邊也事死如事生事亡如
事存孝之至也祭詩曰
哀々父母生我勤勞敬報

義
其思昊天罔極為人子者

廉
氣不感歟孔子曰吾不與
祭如不祭又曰有其誠則
有旦神無其誠則無其神丁

恥
不敬纜縵紀□歲八九年
丙申　　月　　日　□
其年五月　丑日完成

維歲次癸巳十月壬戌朔二十九日庚寅幼學癸陽南聖道
百拜敬告于

由土之神田伏慕芬恣月吉辰良誠雖不多祝則其長越
自經亂居毛無常不卽周從有年閭置人之樂土基榮
主張我卜我吉宅此一方而向春龜自當紫單舟
東東南其剛白鶴發鳳西北其障銀漢含潤抱村護
相楝亭松麓亦在其旁斯新建已棟乃棟盛後頷
最在安康堂上耆韏下愛先朝福自然和樂抱荒肥甘輠
暖出自農衆是耕是獲乃積万倉愛及家畜不憂牛羊
莫非潤屋含玉遺箱於斯安樂世之吾庄蓁故百拜神
其澤之尚
饗

松　竹

採聞生執天爹名戊百年只在人間事去作王來仙車靈戌玉琴雜敎
招不眠淮山從此俗波落限無違待生　驪陽后人陳呂全　餞有妹天說

少我四年反見終此誠何理之雖通雞通人事當何識
只恨從今不見云　玄曾孫東植慟哭百拜
批

維歲次戊戌建亥之月十三日甲申　外鴈青松沈寅薰

謹具清繁之薦其再孫敬祭于

故聘丈葉滿南令南公

靈几之下操文痛哭曰嗚呼悲夫青氈君子之鄉也

賢人達士接武而起如濘鄉多士曾所標題以　公之

家聲卓爲矣越我陶　公門餞賜以未承籠渥況世

所有聞於鄉黨故舊則不敢贅道而亦不可架

說爲見而但觀於　公之齊家處族與夫接人酬

世謹慎和緩身爲律言爲度都無桅行蟻敎言

隨波黠污則此莫非文祖賢孫世守範圍餘敎中

做來者矣無君子斯爲取斯之言猶可驗也

嗚呼今夕之最所痛恨者不一而足惟我滅誠

生長寒微素乏見聞前地著跟此乎黑窪而已

而幸忝丈德之下庶幾乎鈆化精金矣鳴乎不肖

小子有何積忝于天而遽失依帰諄諄之敎從何

復聞今焉已矣天道周星中祥奄及彜其泂

酌席伸微愧不昧　尊靈庶幾歆格鳴乎

痛哉尚

　饗

　　譽

維歲次丙申十一月癸卯朔十七日己未　涎我

族曾大母英陽南孺人琴　祥之辰也前夕戊午夫椹

植謹將一杯酒數行文一角拜告訣于

儀床未撤之下曰於乎孺人光山金氏也祖後洞翁

而入吾門其姿性溫良事行貞潔已承龍孕矣

垂訓之中則不但自幸而且爲夫黨之幸矣嘆

余少子京　孫人捸愛中人也談笑時修瘁月二訓

澳澀中賜恂之恩至今思之煥然維新少子雖

愚感仰愈深蓄以圖報之意惟以陪蒙之無限

而等胡不符竟以達之孺人長逝之恨少子無依

之泂何其相迫也悲戀鬱欝敎少子胡爲無母無姑而

爲文無孺人難測者理也未知者魅也抐何而更

見曠昔也顧念此等訣當不後而拾也柰斯

靈若有知必曰陽界人蒼植非我捸愛中人也

若煦則少子於是也寧爲今日而何欲後日耶

玆將單杯略欵千古敢曰情我今將已矣歲速

而祥臨暮功已盡服孝子又援琴　余雖欲長

方將何敎情不盡者哭而終之矣惟

尊靈宵如平日而庶賜歆格耶否於乎泂哉

尚

　饗

346

維歲次庚戌十月己酉朔二十日戊辰處士咸安趙公大祥之辰也前夕丁卯通家下生英陽南錫乙謹以不腆之羞再詳告訣于

維歲次戊子六月癸巳朔十九日辛亥遞我外舅主處士咸安趙公大祥之辰也前夕庚戌外甥英陽南錫珍謹以不腆之羞再拜痛訣于

維歲次己丑三月戊午朔十二日己巳吾亡妹青松沈孺人英陽南次寬日之前夕也親家兄次以不腆之羞哀告悲痛訣于

英渴南玲 諸再拜

伏承尚翰 謹審春和

尊體動止萬金沂頌

親~執事既承副單

天定所使活者沂呈

衣製綜示伏望車

謹室佑惟

尊參若

戊寅三月十六日

塔巴隔宗。頃于次。美人出迎

川妾一隨神

塔報厝以涉。小向跪。坐厝于地。

妆女受之。美于桌子上統。仆。學

少退再拜

川交叩神

塔采鉤西。塔撑鉤就座。近枣。

塔鉤春悅。鉤光。再拜。塔筡一杜鉤

王先再拜。塔天羔一拜。

川合忍種

取枣少盍塔鉤于荷。塔揖鉤挑座

生多科坮。塔揖鉤莕悟。少安文科坮塔

揖鉤揮鈬。塔北文珥活。塔撑鉤辛飲

舉饌。撒饌。禮畢

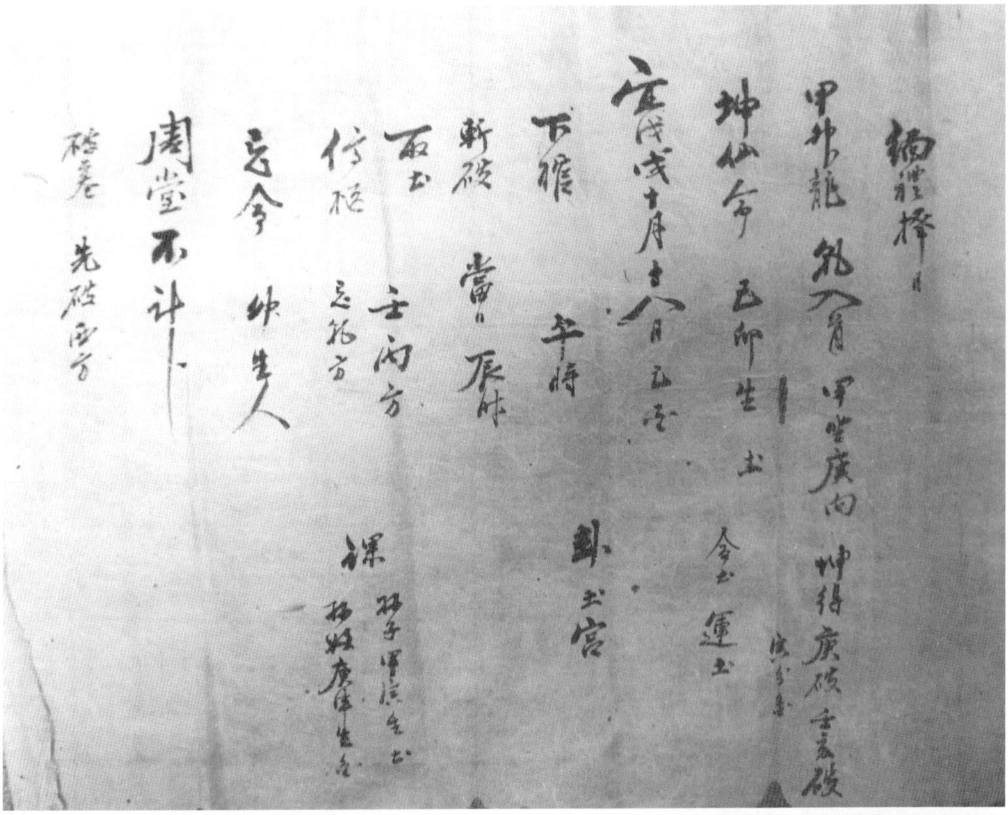

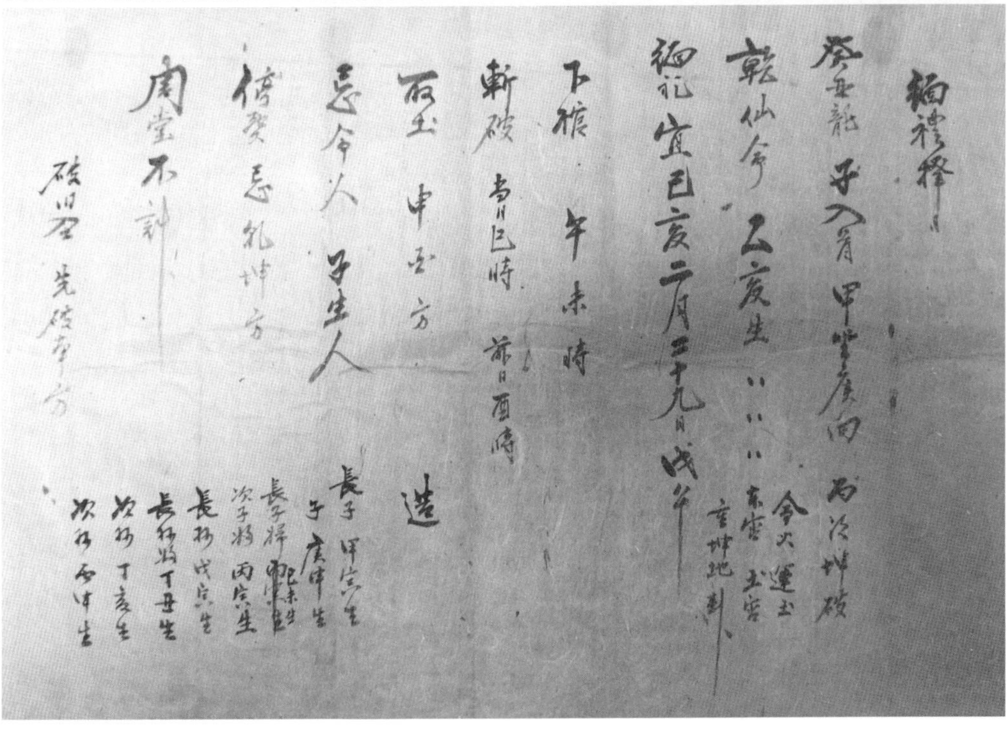

甲卯龍 亥入首 甲堂庚向 坤得庚破 乙亥破
坤仙命 丑卯生 土 令七運土
庚戌十月十八日
下�棺 午時 卦土官
新破 當辰時
倚棺 辰巽方
面土 主丙方 裸
遠令 坤生人
廟堂不計卜
稼磨 先破巳方

參庚龍 子入首 甲堂庚向 丙冷坤破
乾仙命 乙亥生 令大運土
緬龍宜巳亥二月二十九日戊午
下棺 午未時
新破 巳時
面土 申壬方
遠令人 子生人 造
倚穉 辰乾坤方
廟堂不計
破田君 先破乾方

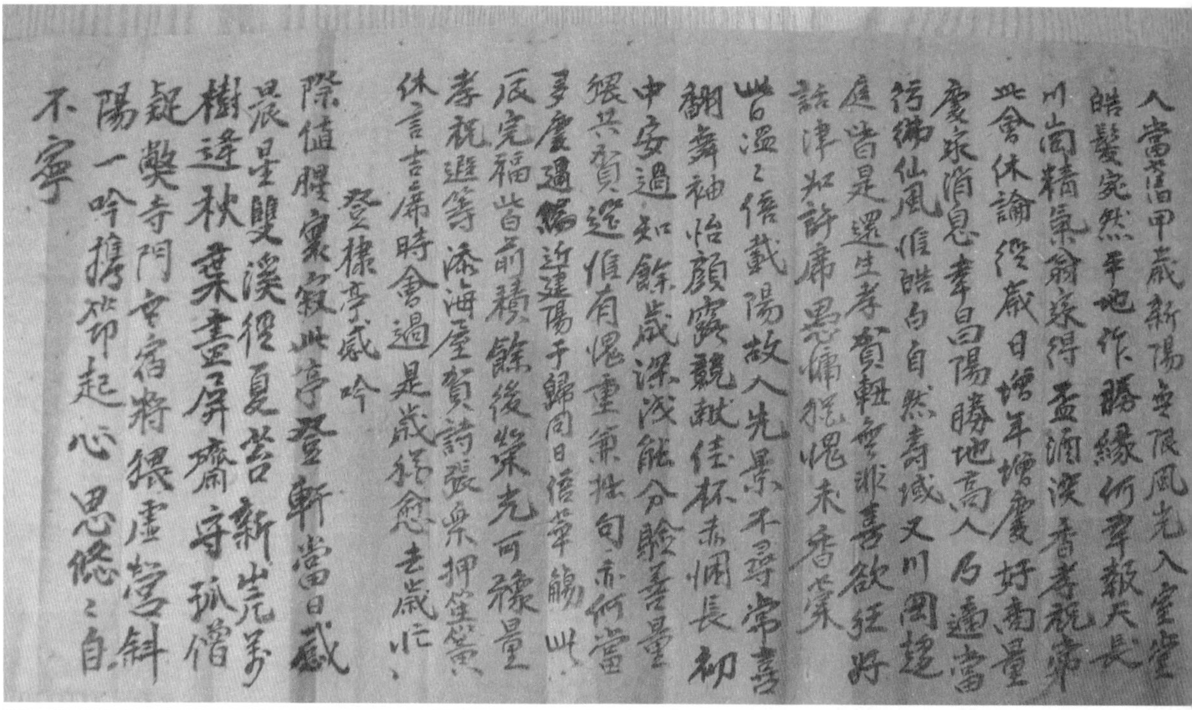
入當甲歲新陽無限風光入室堂
皓髮宛然平地作仙緣何幸報天長
川岡精氣翁孫得孟酒深香壽祝常
此會休論從歲日增年增慶好商量
慶來消息喜自陽勝地高人乃適當
彷彿仙風惟皓白自然壽域又川岡趣
庭皆是還生孝賀輕無非喜欲狂將
話津知許席愚慵猥未吝棠
皆溫溫傳載陽故入先景不尋常喜
翻舞袖怡顏賓觀獻佳杯赤燭長初
中安過知餘歲深淺能分驗善量
猥共賀還惟有愧重策拙句赤何當
多慶過歸近達陽于歸同日倍華觴此
辰完福皆前積餘後光可祿量
孝祝遐算添海屋賀詩張樂押笙簧
休言吉席時會過是歲猶愈去歲忙
登棣亭感吟
際值腥寒寂此亭登軒當日感
晨星雙溪經夏暑新出荒茅
樹逢秋葉盡屏齋守孤僧
疑鑿寺門空宿將猥虛營斜
陽一吟携仰起心思悠悠自
不寧

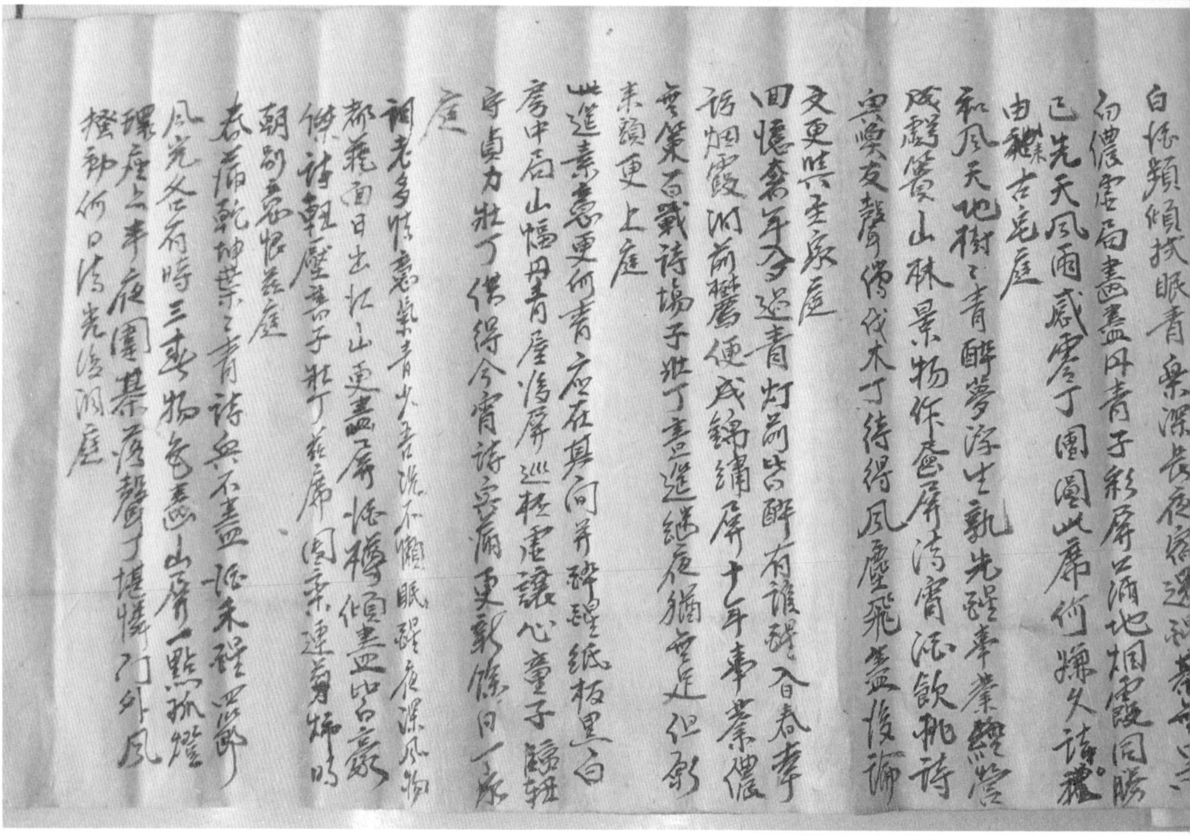
白頭頻傾拭眼青樂深長夜餘邀
向儂雲白畫盡丹青子彩屏山酒地烟霞同勝
已先天風雨感雲丁園圍此席何輝久詩權
由樂古邑庭
和風天地樹樹青醉夢浮生訖先醒奉案經營
成群簪山林景物作畫屏清宵深飲桃詩
與吳友聲傳伐木丁待得風塵飛盞後論
又更唯興至家庭
回憶舊年今遠青灯前皆醉有誰醒入日春孝
詩烟霞洞前鶯便成錦繡屏十年事業儂
無策百戰詩場子壯丁盡遥總夜猶無廷但剩
來顏更上庭
此進素意更何青應在其向前碑醒紙板里白
房中白山幅丹青屋清屏巡杖虛讓心童子歸鞋
守貞力壯丁借得今宵詩宴席更新條日一家
庭
詞老多情意氣青少吾詭不惱眠醒夜深風物
都雜面日出江山更盡屏憑樽傾盡此白豪
傑詩輕壓華子壯丁在席閑來連蘭姊時
朝野感恨在庭
春席乾坤葉葉青詩與不盡憑杯醒四節
風光各有時三事物多畫山屏一點孤燈
環座之幸夜園基落聲丁堤憐門外風
燈動何日清光落洞庭

송파 선생 묘지